霜月红枫 著

梦境直播

上海社会科学院出版社
SHANGHAI ACADEMY OF SOCIAL SCIENCES PRESS

图书在版编目（CIP）数据

梦境直播 / 杨颖著. —— 上海：上海社会科学院出版社，2018
ISBN 978-7-5520-2511-8

Ⅰ.①梦… Ⅱ.①杨… Ⅲ.①中篇小说-小说集-中国-当代②短篇小说-小说集-中国-当代 Ⅳ.①I247.7

中国版本图书馆CIP数据核字（2018）第254854号

梦境直播

著　　者：	霜月红枫
责任编辑：	王勤
封面设计：	主语设计
出版发行：	上海社会科学院出版社
	上海市顺昌路622号 邮编 200025
	电话总机 021-63315900 销售热线 021-53063735
	http://www.sassp.org.cn E-mail:sassp@sass.org.cn
印　　刷：	上海市崇明堡港印刷厂
开　　本：	890×1240 毫米 1/32 开
印　　张：	9.25
字　　数：	280 千字
版　　次：	2019年4月第一版 2019年4月第一次印刷

ISBN 978-7-5520-2511-8/I·302　　　　　定价：45.00 元

版权所有　翻印必究

目 录

梦境直播 /1

水妖 /31

夏魃 /90

真实的幻觉 /127

异鼠 /158

冷冻杀机 /174

幽灵房间 /195

心殇 /217

谜谷 /236

天堂 /251

梦境直播

一

"叮铃铃……"预先设定的手机闹铃声将姜轶洋从梦中惊醒。

他摸索着关掉"头罩"的开关,然后一把将这玩意儿从头上扯下来,往床上一扔,就探头去看床头的嵌入式电脑屏幕。

"头罩"在床上委屈地蜷缩成一团,就像刚和主人度过一个亲密夜晚后,天明时分便被无情抛弃的女人。

它的质地也和女人一样柔软,虽然是由金属制成的,上面密布着无数个电极,但它可以很贴服地套在人的脑袋上,只在眼、鼻、口的位置有开口,方便呼吸,就跟戴普通头罩一样舒服,没有任何不适感。

这样的设计,是为了让使用它的人毫无障碍地入睡,以及做梦。

它有个很高大上的名字,叫"脑细胞电子脉冲成像器",能够用微传感器捕获人在梦境中的脑电波,然后转换成电信号发送给电脑,电脑再通过先进的成像技术将这个人所做的梦一丝不差地显示在屏幕上。

但大家还是喜欢叫它"头罩",或者"梦境头罩"。因为它的外观和质地真的跟头罩差不多,既轻薄又柔软,还有多种颜色可供选择。姜轶洋选择了黑色,黑色让他想到沉睡后的黑暗,有这样的暗示,他相信自己能更好地入睡。

第一次戴上它时,姜轶洋站在镜子前,看见自己变得像个蒙面大盗。于是他突发奇想,或许有一天,自己可以盗走别人的梦。

也难怪他有这样的想法,因为现在"梦境直播"的竞争实在太激烈了!每个人都可以很便宜地买到"梦境头罩",把它与电脑相连,舒舒服服地躺在床上睡一觉,就能向所有人直播自己的梦境,然后得到观众的打赏。精彩的梦境会受到狂热的追捧,一夜醒来,赏金上万,甚至几十万都是常有的事。在这个物质极度丰富的时代,人们不再有饥饿和匮乏，很多人都愿意为吸引自己的东西一掷千金。

巨大的经济利益吸引越来越多的人加入梦境直播的行列，而提供直播的平台也越来越多。无论是平台，还是直播者，都在想方设法使出浑身解数来吸引更多观众。然而被丰富的直播内容宠坏的观众越来越挑剔，口味越来越刁钻，有时直播者醒来，看到的是满屏的差评和臭鸡蛋。

这还不是最坏的结果，最坏的结果是像姜轶洋这样，醒来后在电脑屏幕上看到的是几乎没有人气的直播间，冷清得就像孤寂的雪夜。从来访记录中，他看到整整一晚上只有三个人进入了他的直播间。

一点二十五分，有人溜达进来，看了两分钟，扔下一个臭鸡蛋走了。

两点十六分，又有人进来，看了不到半分钟就破口大骂："播的都是些什么玩意儿，无聊死了！"然后瞬间从直播间消失了。

五点四十分，终于等来了第三个人，他倒是耐着性子看了五分钟，然后留下一句话："梦境很一般，不够吸引人。"

姜轶洋在电脑上查看系统自动录下的昨夜梦境的视频。

第一个人进入直播间时，他正梦到自己编的程序被老板挑剔，忍不住辩白了几句，结果老板威胁要开除他，于是他马上认怂，堂堂男子汉顿时矮了半截，跪在地上不停地哀求老板，哭得一把鼻涕一把泪，看得他恨不得扇自己两耳光！平时在公司被老板欺负也就算了，竟然在梦中都不敢雄起，简直是一身奴骨，懦弱无能，难怪会被人扔臭鸡蛋。

第二个人进来时，他正在黑暗的地道里一直走，一直走，一直走……对方不觉得无聊才怪！

第三个人看到的，是他被一条黑狗追赶的梦境。姜轶洋想起白天自己被小区里一条宠物狗惹烦了，便踢了它一脚，惹得那条狗冲自己不停地狂吠，结果晚上就做了个被狗追得到处乱窜的噩梦。还真是日有所思，夜有所梦。不过这种被狗追的梦很多人都做过，难怪对方会觉得没有吸引力。

姜轶洋叹了口气，又去看直播平台的视频排行榜。

每个人的梦境都会被自动录成视频，供那些不想熬夜的人在白天观看。直播平台还弄了个排行榜，按照打赏的金额和人气分别给视频排名。人气高的，通常打赏的金额也高，所以两个排行榜中上榜的视频高度重合。

姜轶洋点开了打赏排行榜。

排名第三的视频，是一位少女在黑暗的巫术森林里奔跑逃命，最后被一条人头蟒身的怪物一口吞进了肚子。这怪物的头是一个面目狰狞的男人，眼神中布满了恐怖的欲望。巨蟒的身体比十人合抱的大树还要粗，当它张开血盆大口时，森林里顿时刮起了可怕的旋风，少女瞬间被吸入它嘴里，只剩下两条长腿露在外面不断挣扎，然后她的腿渐渐静止下来，整个人彻底滑进了巨蟒腹中。

这惊悚的一幕看得姜轶洋心脏激跳不已，然而当他点开排名第二的视频时，满屏的血腥就像极富冲击力的炮弹，瞬间击中了他的胃，叫他差点连隔夜饭都吐了出来。梦境的主人公是一个孱弱的男孩，被人欺侮后突然化身为可怕的杀人狂魔，血洗了一整座城市。当姜轶洋看到他将鸡爪一般瘦骨嶙峋的手伸进另一个男孩的胸膛，直接掏出血淋淋的心脏时，终于忍不住跑到洗手间里狂吐一气。因为没吃早饭，连胃酸都吐出来了，酸汁刺激了喉咙，令他很不舒服。

但他还是强忍着，点开了排名第一的视频。这个视频令他的呼吸顿时急促起来，一个男人和美女在床上颠龙倒凤，美女身材曼妙，惹人遐想。正当姜轶洋想入非非之际，美女却突然变成了外星生物，很像电影《异形》中那种可怕的怪物，身上、嘴里流出的恶心的黏液几乎涂满了整个屏幕……

看到美女变成外星怪物的一刹那，姜轶洋吓得差点滚下床。然而更可怕的是，梦里的男人竟然不为所动，依然在跟那个可怕的外星怪物做着最原始的事。姜轶洋想要马上关掉视频，体内却有种莫名的冲动和好奇，令他竟然看完了整个视频，然后长长吁了口气，感到一种无聊的满足和难言的空虚。

这确实是一种很奇怪很矛盾的感觉，一边觉得恶心，一边又忍不住要看，而且还想看更多视频，以填补那种莫名的空虚。于是整个周末姜轶洋都宅在家里，靠外卖填饱肚子，在各种各样的梦境视频中消磨时间。

每个周末都是如此。

明明是阳春三月，踏青的好时光，但他已经很久没有闻过花香，呼吸到林间的新鲜空气了。他所租住的这套一居室的老旧公寓里，弥漫着难闻的臭气：地上到处是灰尘和垃圾；床脚乱扔着未洗的臭袜子；沙发上堆着脏衣服，在一堆乱七八糟的杂物中露出几本皱巴巴的编程书，不知有多久没有打开过了；桌上有未吃完的饼干，饼干渣洒得到处都是，还有吃过方便面后留下的油渍，卷筒纸长长的尾巴从桌上耷拉下来，在空中晃晃悠悠……

所谓久在鲍肆，不闻其臭，姜轶洋早已对蜗居的狗窝习以为常，除了躺在床上不停地点开一个又一个视频外，他对周遭的一切熟视无睹。当他终于看完排行榜上所有的视频，想再重温一下前面三个视频时，却发现它们因为过分恐怖、血腥、色情，触犯了互联网管理条例，被人举报后删掉了。但直播者一夜之间所得的赏金已经丰厚得令人眼红，更有人在视频被删前就已经将其下载到电脑上，于是平台的论坛上，到处都是用暗语求要视频的帖子，这些视频被私下传播扩散，更为直播者带来大量的人气。

姜轶洋不知道那些直播者都经历了什么，竟然能拥有那么可怕怪异的梦境，然而也正是因为可怕怪异，才令它们在众多平庸的梦境中脱颖而出，吸引那些有窥私欲又追逐刺激的人津津有味地观看。

姜轶洋觉得是因为自己的经历太简单，所以梦境才那么平常。作为一个没什么想象力的小程序员，他的生活轨迹就是从公司到家里的两点一线，每天按部就班，就像一台调试好的机器，没有任何意外出现，更不可能有什么新奇的素材，所以他的梦境才乏善可陈，毫无吸引力。

如果能盗走别人的梦就好了！姜轶洋不止一次这样想过。他实在太想出名，太想赚大钱了。前女友因为他没钱买房而离开了他，那时他就发誓自己一定要出人头地，让那个势利的女人后悔莫及，让她回过头来求他，让自己好好扬眉吐气一把！

然而无论欲望多么强烈，在现实中他依然是个一文不名的穷屌丝。因为懒而穷，又因为穷而更懒。他不想做那些辛苦的工作，才把目光瞄准了"梦境直播"，睡觉就能赚钱，简直跟天上掉馅饼差不多。可也正因为轻松，门槛低，才使得加入"梦境直播"行列的人越来越多，竞争越来越激烈，能杀出重围的只有极少数人，绝大多数人都像姜轶洋这样当了炮灰。

每次看到精彩的梦境视频，姜轶洋都恨不得盗为己有。

任何事物大热之后，都会出现模仿者和剽窃者，就像以前的网络小说，几乎每部大热的作品都遭到了疯狂的抄袭，由于维权成本太高，惩罚力度太小，很多抄袭者不但不会受到惩罚，还会名利双收。

然而梦境是不可控的，没有人知道自己会做什么样的梦，所以根本无法模仿。姜轶洋在网上找过很多关于梦境的攻略帖，比如这篇：《如何才能做一个吸引人的梦》。

第一，尽量让你的生活变得多姿多彩，去旅游、骑行、徒步，去夜店、打架……做一切你从未做过的、突破传统的事，这样你的梦境才会变得狂放不羁，充满另类的吸引力。

第二，尽量多看排名靠前的梦境视频，多看一些血腥、暴力、色情的书和影视作品，睡觉前尽量回想你所看过的东西，加深印象，把它们牢牢刻在大脑皮层中，这样就有可能使你的梦境中也出现这些元素。从互联网大数据来看，最受欢迎的视频中，都或多或少具有这三种元素。

第三，可以购买别人的梦境视频，转发到自己的直播平台上。姜轶洋试过这种方法，买过几个视频，但因为直播间人气不够，得到的赏金还不够买视频的钱，所以就放弃了这个方法。

第四，直接下载别人的梦境，放在自己的直播间吸引人气。以前曾有人这样做过，但技术的发展很快填补了这个漏洞。如今强大的互联网随时随地都在对比着每个人上传的信息，一旦发现你的视频跟别人的相似度过高，又未曾得到对方允许转载的授权，该视频就会被禁止上传，三次以后，就会被封掉直播间，所以基本上没人敢再冒险盗取别人的梦境。

因此，只有前两条路可以试试。作为一个技术宅男，姜轶洋无法让自己的生活变得多姿多彩，只有不断地看，并吸收别人的东西。这样做似乎还真有效果，他的梦渐渐变得有趣起来，进入他直播间的人缓慢地增加着，基本上是一天增加一两个的节奏，三个月以后，他的粉丝终于艰难地突破了一百人。

二

周末过后，姜轶洋顶着两个黑眼圈去上班。他的公司在市中心，那里不仅房价吓人，房租也高得惊人，姜轶洋既买不起，也租不起那里的房子，只能每天坐地铁从远郊赶到市区去上班。

上班高峰期，地铁上挤得水泄不通，每个人都被压得像沉积岩里的古生物，还夹杂着各种汗臭和难闻的体味。和姜轶洋挤在一起的是一个面容姣好的少女，她的脸蛋被密封车厢里的热气熏得通红，看上去就像个诱人的苹果，鼻尖渗出细密的汗珠。

地铁到站了，又上来一拨人，将两人挤得更紧地贴在一起，少女身上的香水味和她天然的体味混合在一起，简直就像浓烈的催情剂，令姜轶洋禁不住阵阵心猿意马。看过的那些视频此刻都在他脑子里争先恐后地冒出来，像一群邪恶放肆的妖精，拼命诱惑他，撺掇他胆子大点儿，再大点儿……

血液似乎全都集中到了下半身，他脑子里一片混沌，鬼使神差地伸出手，在少女诱人的臀部上摸了一把。还没来得及回味指尖销魂的柔软滋味，他脸上就挨了重重一巴掌。

"色狼！不要脸！"少女涨红着脸骂道。

一车厢的人都朝姜轶洋看过来，无数鄙夷的目光像一把把"嗖嗖"飞来的刀子，把他的脸皮割得一点不剩。

姜轶洋死死低着头，恨不得有个地洞钻进去，地铁一到站就狼狈地挤下车。因为中途下车，他又不得不等下一班地铁，最后到公司的时候很悲催地迟到了两分钟，不仅这个月的全勤奖泡了汤，而且这一天他都在那一巴掌的屈辱中度过，根本无心工作，导致编的程序出现了几个bug，又被老板好一顿臭骂，简直衰到家了！

这天晚上，姜轶洋梦见自己变成了一条喷火的巨龙，把一团又一团火球喷到老板身上，把对方烧得翻滚惨叫，痛不欲生。最后那个可恶的家伙被烧得灰飞烟灭，他心里别提多解气了！巨龙得意扬扬地在空中游弋，看见不顺眼的人就喷火烧他，直到把整条街都变成火海。突然，他看见在地铁上扇自己耳光的女孩，于是火焰毫不留情地包围了她，对方哭着跪下来，苦苦哀求他放过自己，并答应让他为所欲为。姜轶洋得意地大笑着，朝少女扑了过去……

第二天醒来后，姜轶洋看到自己的直播间如同炸了锅一样热闹，满屏都是鲜花和礼物，留言都是这样的：

精彩！

太刺激了！

人家也好想做这种梦哦……

主播真是太有想象力了,传授一下秘诀呗!

……

姜轶洋兴奋地去看自己的打赏收入,现金加鲜花和礼物的总价值一共是一百五十六元,虽然不多,但这是他做梦境直播以来获得的第一笔收入,是零的突破啊!他激动地在床上打了两个滚,然后又去看论坛,果然看到有人推荐他昨夜的梦境视频,他赶紧留下自己直播间的地址,然后灵机一动,又主动把视频转发到更多论坛。很快,他直播间的来访人数直线上升,到下个周末的时候,已经突破了一万。

三

尝到甜头后,姜轶洋决定不折不扣地去实践攻略帖里的第一条,让自己的生活变得多姿多彩。

现实的冒险为他的直播增加了刺激的作料,同时也改变了他。如今他再被人扇耳光骂"色狼"也不会觉得脸红,而且整个人就像个动不动就爆炸的火药桶,跟同事吵架,跟路人吵架,跟送外卖的吵架,最后甚至跟老板吵架,结果立马被炒了鱿鱼。但他并不在意,因为他的粉丝人数已经超过十万,一晚上的直播收入就有好几千甚至上万,还通过帮商家打广告赚了更多的钱,他早就想辞掉原先那份毫无前途的工作,专心搞直播了。

为了维持粉丝的忠诚度,他必须不断提供新鲜又刺激的内容,有一段时间他的梦境没什么新意,结果关注他的人数"唰唰"地往下掉,每天醒来后看到减少的数字都令他心惊肉跳。为了维持粉丝的数量,他白天的时间都花在看各种各样的视频上,并大量搜索攻略帖,想找到提高梦境质量的方法。

《用催眠来定制你的梦境》这篇文章就在这时进入了他的视线。

为了满足大量像姜轶洋这样的梦境直播者的刚性需求,"梦境催眠师"这一职业应运而生,号称可以定制梦境,把你所需要的各种内容用催眠的方式输入大脑,让它们进入潜意识,从而更好地在梦境中呈现出来。

催眠师中有的是懂催眠的医生,但也有许多是糊弄人的骗子。姜轶洋经过反复比较，找了个口碑最好、评价最高的催眠师。当然收费也是最高的，千元一次的催眠费用让不少人望而却步，但对姜轶洋来说不算什么，一次成功的直播就可以获得比这多好几倍的收入。于是他在催眠师的网上诊所付了定金，又预约了催眠时间，就在他直播开始前的一个小时。

晚上十点，催眠师如约出现在网上诊所里，两人通过网络视频进行交流，催眠师向他展示了自己搜集的数万种梦境素材，分为不同的类别，就跟电影分类一样，什么恐怖、战争、科幻、奇幻、动作、情感、情色、喜剧，等等。每种分类下面又有成千上万种素材，每种素材还精心撰写了内容简介。这些视频素材都是催眠师及其助手从网上的各种直播间里搜索下载的热门视频，以及各类影视剧的片段剪辑，当然都是最吸引眼球的部分。

催眠师让姜轶洋从众多视频中选择一种，想选几种也可以，但价格也会成倍增长。

"即使把这些视频以催眠的方式输入你的大脑，但受你自身意识的影响，最后呈现在梦境中的内容也不会跟原视频完全一样，因此不会被系统判定为抄袭。"

催眠师还打了个比方，就像做饭一样，相同的食材在不同厨师手中，用不同的调料和烹饪手法制作出来，最后呈现出的菜色是截然不同的，就像水煮鱼和糖醋鱼一样不同。直播者的潜意识对素材的影响也与此类似，所以即使有直播者选用了同样的素材，但最后直播出来的内容也是大不相同的。

催眠师的话打消了姜轶洋的顾虑，他选了一个看上去最刺激的视频，然后在催眠师的指示下躺在床上，戴上梦境头罩后，又往耳朵里塞上与电脑相连的耳机，催眠师魔魅般的声音霎时传入他的耳朵，将他拽进一个迷幻的旋涡里……

意识似乎一层一层地荡漾起来，有什么试图侵入，本能地抗拒，被诱惑着放松，然后接纳、融合……

他的意识开始涣散，眼皮渐渐耷拉下来，就在入睡的一瞬间，"梦境头罩"自动触开了预先设定的直播间，于是他的梦境开始向十万粉丝同步直播——

四

自从采用催眠的方式后,姜轶洋再也不用担心自己的梦境不够吸引人了。贵,果然是有道理的。因为有源源不断的新鲜素材,他的梦境精彩纷呈,赢得了大批粉丝的追捧,打赏收入以前所未有的速度增长。而那位催眠师也在赚了不少钱以后,成立了一家公司,招募了不少人手,通过团队运作,他们搜集到的素材越来越多,推销的力度越来越大,范围越来越广,吸引了更多直播者成为他们的客户。直播和催眠俨然形成了产业链,创造了一个又一个财富神话。

作为最先尝试催眠的人之一,姜轶洋抢占了先机,不过短短一年多的时间,就让自己的粉丝数量突破了百万,使自己成为直播平台上蹿红速度最快的主播之一。

然而副作用也在逐渐显现。

他变得越来越暴力。大量进入他潜意识的暴力视频重塑了他的性格,让他变得冲动、易怒。以前那个胆小懦弱的宅男似乎已经被催眠彻底扼杀了,就像蛇蜕皮一样从他身上剥离出去,只剩下被偷梁换柱般改造过的暴力骨骼。

在前女友那儿,他第一次意识到自己的变化。

用梦境直播赚来的钱,他买了房和车,过上了成功人士的生活,并特意邀请前女友来参观自己位于某高档小区的豪宅,那个见钱眼开的势利女人果然提出了复合的请求。

他心里冷笑着,把她拽上了床。

"恶魔,你这个恶魔!"

深夜,满身伤痕的前女友哭着跑出了他家,从此再也没敢跟他联系。

姜轶洋像尊铁塔般立在洗手间的镜台前,看着里面那个完全陌生的男人,他的眼中有种令人心惊的凶残,脸上的肌肉也呈现出一种野蛮横生的态势。

"恶魔?"他龇开牙齿,露出一个可怕的冷笑,"我喜欢这个名字!"

他索性把自己直播间的名字改成"恶魔的王国",把签名改成了"人挡杀人,佛挡杀佛"。在梦境中,他俨然成了横扫一切、无法无天的大魔头。而他的肆无忌惮,对那些平日里谨小慎微、备受压抑的人产生了强烈的吸引力,他的梦境成为他们打破规则、反抗权威、表达对现实不满的宣泄口,甚至对他有了一种病态的崇拜。在粉丝狂热的追捧下,姜轶洋就像吹大的气球一样膨胀起来,就连走路都快横着走了。

然而他唯我独尊的美梦,却被一条狗给破坏了。

他似乎天生跟狗有仇,在以前租住的那个破小区里,他就被狗追咬过,这次搬到了高档小区,又被一条恶狗给盯上了。

它是底楼一户人家养的宠物犬,一身白毛,体型不大,叫声却极响亮。主人在楼梯间给它安了个窝,平日用铁链子拴着,无论谁经过楼下,都能听见它惊天动地的狂吠声。楼道里整天弥漫着狗身上特有的腥臭气息,弄得这个单元楼的住户怨声载道,尽管找物管投诉了多次,但这家的主人是个六十多岁的老太婆,独自一人居住在这里,把这狗当命根子一般。谁要敢动她的心尖肉,她就撒泼打滚,摆出一副拼命的架势,后来连警察都惊动了,可谁都拿这老太婆没辙。于是这狗就继续大摇大摆地霸占着楼梯间,每天被老太牵在小区里散步,见人就扑,吓哭过好几个小孩,就连成年人见了它都得绕道走,俨然成了小区一霸。

这日,姜轶洋不巧在楼道里跟恶狗狭路相逢,老太却不见踪影。狗脖子上还拖着条铁链子,估计是挣脱了铁链跑出来的。这狗不改恶霸本色,冲姜轶洋狂吠不已。若是过去,他早吓得落荒而逃,但现在他是"人挡杀人,佛挡杀佛"的魔头,哪儿容得下一条狗挡自己的道,二话不说一脚踢过去,那狗被踢了个正着,越发疯了一般,扑上来又叫又咬。姜轶洋又狠命给了它一脚,后者惨叫着被踢飞出去,摔下来打了个滚,四只脚立起来又倒下去,看样子伤得不轻。

见方才耀武扬威的恶犬现在只能倒在地上哀鸣,姜轶洋心里顿时涌起一阵报复的快感,趁四下无人,他又冲小狗的脑袋狠狠踩下去,一脚又一脚,直到把它的脑袋踩得变形,口里流出鲜血,身体终于一动不动,才得意扬扬地吹着口哨回家。

他有个预感,今晚的梦境直播一定会很精彩。

果然,这晚梦境的主题就是——虐狗。在梦里,他无情地折磨一条小狗:用火烧它的尾巴,对着它惨叫的样子哈哈大笑;用绳子勒它的脖子,把它勒得奄奄一息;用铁钉戳它的肚子,把它戳得血迹斑斑;最后用穿皮靴的脚活活踩死了它……

这个视频激起了轩然大波,遭到一群爱狗人士义愤填膺的讨伐。然而有争议才有话题,有话题才有人气,他的视频在唾骂声中被转发了无数次,最后还上了热搜榜,而他直播间的人气也跟着水涨船高。

第二天,姜轶洋正兴高采烈地查看打赏收入,并跟联系自己的商家谈广告分成时,房门被人敲响了,开门一看,竟是恶狗的主人找上门来了。

"你杀了我的小白!"老太婆双眼通红,一副恨不得将他生吞活剥的样子。

"小白?"姜轶洋假装糊涂地望着对方。

"我的宠物犬小白,它被你活活踩死了!"

"你凭什么认为是我干的?"

"我去保安室调了楼道的监控录像,就是你这个疯子干的!那么可爱的狗狗竟然被你活活踩死,你简直是个丧心病狂的变态!"说到最后,她几乎是歇斯底里地尖叫起来。

隔壁邻居打开房门,探出头来看。

姜轶洋感到头疼,再让这老太婆嚷下去,整幢楼的人都会知道他是变态,他可不想活在人们异样的眼光中。

"有什么事儿先进来再说吧!"他忍着气把门拉开。

老太气呼呼地走进来,姜轶洋赶紧"砰"地一声关上房门。

"对不起,我不是故意的,是你家的狗冲上来想咬我,我才……"

"你胡说!我看了监控,小白只是冲你叫了几声,它从来不会乱咬人,是你先踢它的,最后还残忍地把它踩死了……"

老太边说边捶胸顿足地号哭,摆出一副绝不善罢甘休的架势。姜轶洋一阵心烦,勉强压着火气问:"你想怎么样?"

"我要你赔偿我一万块钱。"

"一万?"姜轶洋差点没跳起来,"你想敲诈我,没门儿!"

这死老太婆绝对是想钱想疯了,就她那条不起眼的杂种狗,撑破天了也就值几百块,竟然想敲诈一万,真把他当傻子吗?

"小白打出生就一直陪着我,非常通人性,就跟我儿子似的,叫你赔一万还便宜你了。不给钱也可以,你来给我儿子抵命!"

看着对方仇恨的目光,姜轶洋只觉得格外可笑,看来这老太婆也是孤独怕了,竟然把狗当儿子。他懒得跟这疯婆子计较,不屑地挑了挑眉,

梦境直播　11

说:"要不我买条跟它一模一样的狗赔给你?"

"一模一样?"老太嘶声叫道,"怎么可能一模一样!我跟小白在一起七年了,整整七年,那份感情是用钱能买到的吗?你以为我稀罕你那点臭钱?你把这七年赔给我,把小白赔给我!"

"死老太婆,你不要太过分!"

姜轶洋忍无可忍地骂了一句,这下可捅了马蜂窝了,老太顿时又哭又闹:"我过分?你踩死了我的宝贝儿子还说我过分?你这个没人性的冷血动物,刽子手,杀人狂!"

"只是一条狗而已!我踩死了又怎样?你再无理取闹,别怪我不客气!"

"你不客气?好,好……"老太气得浑身发抖,豁出去不要命地喊,"来啊,有种你连我一块儿踩死!反正小白死了我也不想活了!你把我杀了,就等着挨枪子儿吧,像你这种浑蛋就活该被枪毙!有娘生没娘养的混账王八蛋……"她越骂越难听,越骂越恶毒,简直让人难以想象,一个人的嘴里怎么会冒出那么多肮脏可怕的词儿。

这些辱骂就像一根"滋滋"燃烧的导火线,终于引爆了埋在姜轶洋心底的炸药,他暴怒地挥手给了老太一拳,把她整张脸都打歪了。后者惊叫着摔倒在沙发上,鲜血从嘴角流了出来。

"杀人啦……"老太捂着脸杀猪般地惨叫起来。

姜轶洋急红了眼,顺手抓起沙发上一堆脏衣服,把它们死死按在老太脸上,她两条枯瘦的腿绝望地乱蹬着,让他想起那个被吞入怪物口中的少女。这一幕竟令他莫名地兴奋起来,他脸上露出狰狞的笑,两只手越发用力,死死压住老太的面部……

如果这里有面镜子,他一定会惊讶地发现,自己此刻的表情简直跟那蟒身人头的怪物一模一样!

渐渐地,老太停止了挣扎。姜轶洋喘着气移开衣服,对方的脸已经变成了青灰色。他试了试鼻息,确定她已经断气。

他茫然呆坐了一会儿,竟然没有丝毫紧张和恐惧,这一幕似乎早已在梦境中经历过多次,那一个接一个充斥着血腥和暴力的夜晚,就像一个巨大的熔炉,慢慢将他人性中善的一面炼化掉,只剩下黑暗的恶,以及无所畏惧的兽性。

而在他早已扭曲的心理看来，这正是自己从懦弱走向强悍的开始。

只坐了片刻，他就开始准备善后事宜。看过那么多凶杀电影，对于该如何处理一具尸体，他早就胸有成竹了。他知道至少有上百种选择，不过他还是选择了对自己而言最方便的一种。

他先去超市买了一个最大号的行李袋，把老太的尸体装进去，等到晚上没人的时候，偷偷扛着行李袋下楼，把它塞进了汽车的后备厢。然后他驾车来到河边，捡了好几块大石头，把行李袋塞得满满的。最后他开车驶上了大桥，在桥中间停下车，把沉重的行李袋拖出来，往桥下一抛——黑夜中传来一声"扑通"的轻响，就像老人绝望的呻吟。一切罪恶都被夜色掩盖，他得意地扬起嘴角，不慌不忙地把车开回了家。

这天晚上，姜轶洋破天荒没有进行梦境直播，因为担心自己杀人的过程出现在梦境中，这跟杀狗是两回事，他可不想惹来什么麻烦。

那老太一人独居，老伴早就死了，有个女儿远在国外。据说老太曾在国外跟女儿生活过一段时间，后来不知为什么事闹翻了脸，两人断绝了母女关系。现在老太独自一人住在国内，她性格孤僻，很少跟亲戚来往，也没什么朋友。唯一陪伴她的只有一条狗，而她也因为这条狗跟小区的人交恶，没人愿意搭理她，她一向独来独往，如今突然消失了，也没有任何人关心过问。

几天后，姜轶洋恢复了梦境直播，这次杀人的经历似乎彻底释放了他心里的恶魔，他的梦境变得越来越怪异，越来越可怕，也吸引了越来越多的人。他的粉丝终于突破了千万，而他也一举成为直播平台最炙手可热的主播之一。

五

某天，姜轶洋收到直播平台的短信，说他们准备利用最新的梦境交互技术，搞一个面向全网的大直播。作为最红的主播之一，姜轶洋荣获平台的邀请，将跟另外三名主播一起经历一场梦境的历险。预计这场直播会有数亿人观看，除了打赏收入以外，他们还将获得可观的广告收入分成。听到平台报出的巨额奖金，姜轶洋立马心动了，在还没完全弄明白这到底是一场什么样的直播之前，就一口答应了下来。

三个月后，直播终于开始了。

这是平台为了宣传推广梦境交互技术而策划的一场直播。

有了梦境交互技术，不同直播者可以把自己的梦境跟别人的连通起来，可以随时进入别人的梦境，也让别人进入自己的梦境。就像打游戏一样，由以前的单机游戏变成了网络游戏。每个人的梦境都是一个游戏空间，而不同梦境的交错、重叠、融合，将会使这个空间变得更加复杂多变。直播者也不再是一个人表演独角戏，可以跟进入梦境的其他直播者互动，共同演绎出更加丰富多彩的内容。

可以预见，有了这一技术，未来的梦境直播必将更精彩、更有趣，吸引更多观众，获得更高收益，这也是直播平台不遗余力推广它的重要原因。

他们花了整整三个月的时间，通过各种媒体地毯式轰炸宣传即将到来的全新的梦境直播，并使之成为一个举国讨论的热门话题，就连国外的社交平台上，也有不少人在期待这场面向全球的精彩直播。

而四名直播者的资料更是被宣传得广为人知，连带也给他们的直播间带来了爆涨的人气。

除了姜轶洋以外，另外三名直播者分别是：

罗梓绮，二十六岁，公司职员。

李承骏，十九岁，在校大学生。

胡大为，三十八岁，出租车司机。

巧合的是，他们竟然是姜轶洋当初看到的排行榜上前三位的梦境直播者。如今他们和姜轶洋一样，已经成为万众瞩目的网络红人，收入甚至超过了一线明星。

为了确保这场直播的成功，直播平台特地和国内做娱乐节目最知名的某电视台合作。在电视台的直播大厅里，共有一千名热心观众获邀亲临现场观看直播。这些观众都是直播平台的会员，而平台挑选现场观众的唯一标准，就是他们打赏的数目。当这一标准公布后，直播平台的打赏金额顿时成倍疯长，许多人为了能到现场看自己的偶像而不惜一掷千金。这场直播还没开始，平台便通过打赏抽成赚得盆满钵满，并通过挑选现场观众的活动，为即将到来的直播狠添了一把火！

经过前期的大肆炒作，这场直播终于在万众期待下拉开了帷幕。

直播大厅被布置得宛如梦境：背景是深蓝色缀满无数星子的夜空，一些小小的类似萤火虫的光点在空中飘浮着；一群穿着黑色纱衣的梦之精灵跳起了迷人的舞蹈；几个滑稽的小丑上台，模仿人们在睡梦中的各种姿态和动作，惹得现场观众开怀大笑……

暖场表演结束后，四名主角终于登场了，掌声和尖叫声顿时热烈得像刮起了一阵龙卷风。

主持人别出心裁地穿着睡衣上场，使出浑身解数来逗乐观众，调动全场气氛，时不时抖几个包袱，卖弄一下自己的幽默和学识，将四位直播者征战平台的光辉业绩大大吹捧了一番，当然更不忘推介梦境交互技术。经过他的三寸不烂之舌加上夸张的动作、激扬的情绪，一番天花乱坠的描述后，所有人都知道了这一技术不仅代表着最新的科技成果，而且将对娱乐业造成颠覆性的影响，甚至会改变人类未来的生活方式。

声势造足以后，终于到了人们翘首以盼的高潮——梦境直播。

全场的灯光突然熄灭，从顶空飘下更多"萤火虫"，它们发出的深蓝色的光成为大厅唯一的照明光源，整个场景迷离而梦幻。

伴随着强劲的音乐声，舞台的地板突然滑开，四个银色的"蛋"从四个方向冉冉升上舞台。"蛋壳"裂开后，露出里面的银色金属床。四位直播者戴上"梦境头罩"，分别躺在四张床上，准备开始他们奇妙的梦境之旅。

为了防止太过紧张而无法入睡，四位直播者事先都服下了大剂量的安眠药。要让别人随时观看自己的梦境，还要保证梦境能让大多数人满意，对每个人来说都是件颇有压力的事，所以失眠已经成为很多直播者最头痛的问题。特别是拥有大量粉丝的直播者，如果不能每天按时直播，粉丝掷出的臭鸡蛋和排山倒海的唾骂声几乎能让屏幕炸掉！而在这个人人都有众多选择的时代，只要有一丁点让粉丝不满意的地方，都可能被后者无情地抛弃。所以风光无限的直播神话背后，却是直播者每天如履薄冰，不得不靠安眠药入睡的残酷现实。

为了保证睡眠质量，姜轶洋特意加大了安眠药的剂量，因为他知道自己一旦中途醒来，就铁定无法再入睡，他可不想像个傻子似的在全球观众面前出糗！

直播者在床上躺好后，床的四周升起了金属栏杆，防止他们在梦中从床上跌落下来。然后银蛋合上大半，只在顶端留下一道透气的缝隙。

　　大厅里的光点一个接一个地熄灭，当这些"萤火虫"消失一半后，音乐也变得舒缓起来，是每个直播者都很熟悉的钢琴曲《梦之声》，由德国著名作曲家肖恩创作，据说它优美的旋律能让人彻底放松，更好地入睡。自从梦境直播火遍全球后，为直播者量身谱写的安眠曲不断涌现，这首《梦之声》就是其中最受欢迎、流传最广的一支曲子。

　　在《梦之声》的柔美旋律中，四位直播者先后进入了梦乡。每一位入睡之后，他所在的银蛋就会变成黑色，而他的梦境也同时出现在舞台中央的大屏幕上，并通过网络向全球观众实况转播。

六

　　当姜轶洋发现自己置身于一片黑色森林中时，他迷迷糊糊地意识到自己已经在梦境中了。他做梦时偶尔会意识到自己在做梦，只是这种自我意识通常十分模糊，也无法控制梦境的走向。

　　现在他甚至不知道这片森林是自己的梦境还是他人的梦境，整个人处于一种茫然混沌的状态，直到前方传来一声可怕的狼嗥："嗷——"

　　周围的树叶似乎都害怕地颤抖起来，姜轶洋连忙躲在一片灌木丛后，紧张地朝外看去——

　　几头体形比雄狮还大的恶狼，正团团围住一位少女，似乎打算分享一顿美餐。它们发绿的眼睛好像夜晚的磷火，森然可怖。少女恐惧的啜泣声则似悲惨的雨滴，把这片丛林变得湿漉漉的，如同经历了一场噩运的冲洗。

　　姜轶洋认出被饿狼包围的少女正是四个直播者之一的罗梓绮，她似乎毫无反抗之力，只是抱着脑袋、蜷缩着身子不停地哭泣。

　　这时，其中一头狼似乎察觉到了什么，突然转向姜轶洋这个方向，眼中深绿的凶光竟化作有形的利箭，"嗖"的一声朝姜轶洋飞射过来，后者吓得赶紧趴在地上，才躲过这一支眼箭。

　　然而还没等他喘过气来，那头恶狼便张开满是獠牙的嘴，凶狠地嚎叫着，朝他直扑过来——

　　姜轶洋吓得立马拔腿狂奔，另外几头狼也紧随其后，把他当成了新的猎物。他想像以往一样在梦境中召唤出火龙或神兽,但这个梦境似乎不由他控制,除了狼狈逃命外,别无他法。

姜轶洋跑得快要断气了,几只狼却越追越近,就在他几乎绝望的时候,前面赫然出现了一座黑色的小木屋。它隐藏在森林深处,周围密布的树木和荆棘把它完美地掩盖起来,就像埋葬着一个不为人知的秘密。

姜轶洋不顾一切地冲到木屋前,却发现那该死的门竟然上了锁!

他拼命撞门,用尽了吃奶的力气,门却纹丝不动。他又抱起一块大石头,用力朝锁砸去,砸了几下后,锁终于断了。

这时群狼已经赶到了身后,他的肩上陡然传来一股寒意,是尖利的狼爪!它抓破他的衣服,深入了血肉。梦中的他感觉不到疼痛,却有一种冰冷入骨的恐惧。他惊惧地回头,看到一对绿幽幽的眼睛,一排白森森的利齿正闪烁着骇人的寒芒。

就在狼牙咬上颈动脉的一刹那,姜轶洋用最快的速度挥出拳头,击中了恶狼的腹部。他在生死关头爆发出的能量相当惊人,恶狼竟然被打飞出去,当它再度扑来时,姜轶洋已经冲进屋里,关上门,身体死死抵在门板上。

还没来得及松口气,姜轶洋的眼睛又蓦然瞪大。

这儿哪是什么森林小木屋,分明就是城市里一户普通住宅。

眼前是一个贴着粉红色墙纸的房间,一个十三四岁、扎马尾辫的小女孩正趴在书桌上认真地写作业,橙黄色的阳光从玻璃窗上透进来,似乎带着橘子糖一般的甜香。

这个平静、安详、美好的世界,突然被一声尖锐的门铃给惊扰了。阳光在窗台上晃了晃,被吓得缩了回去。房间里的光线骤然暗下来,像有一片无声的黑水逐一漫过了地板、墙壁、家具……

姜轶洋震惊地看着眼前的变化。小女孩的身体也被黑暗吞没,她却毫无察觉,依然蹦蹦跳跳地跑去开门。

一个四十多岁的男人站在门外,他的面容让姜轶洋有种莫名的熟悉感。

"陈叔叔?"

"你爸在家吗?"

"我爸出去打麻将了。"

"你妈呢？"

"跟爸爸吵了一架就跑出去了……呜呜呜……"小女孩抹起了眼泪。

"别哭，别哭！怎么回事儿，这是？"

"我妈说爸爸整天赌钱，不顾家，跟他大吵了一架。爸爸打了妈妈，还打了我，呜呜呜……"

"让我看看！脸都打红了，这老罗也真是，自家孩子下这么重的手。别哭了，瞧叔叔给你带什么好吃的了？"

"呀，生日蛋糕！"

"今天不是你生日吗？叔叔特地给你买的。"

"谢谢陈叔叔！"

"让叔叔进去，咱俩一起吹蜡烛，切蛋糕，给你过一个难忘的生日。"

小女孩高高兴兴地让中年男人进了屋。

房间里突然弥漫起一种可怕的气氛：木板在不明原因地震动，几个玻璃杯毫无预兆地炸开，墙壁上渗出了鲜红的液体，作业本突然飞到半空中解体，零碎的纸张像雪花一样在屋内乱舞……

姜轶洋仿佛置身于一部恐怖片的现场，心脏不受控制地激跳不已。

更诡异的是，小女孩跟那个中年男人似乎根本没察觉到周围有什么异常，依然若无其事地谈笑着，在生日蛋糕上插蜡烛，点火，许愿，吹蜡烛，切蛋糕……

小女孩津津有味地吃着蛋糕，脸上露出了久违的笑容。

"蛋糕好吃吗？"被她叫作"陈叔叔"的那个男人问。

"好吃！"小女孩仰起沾着奶油的可爱的小脸，甜甜一笑。

"瞧你脸上，沾了这么多奶油。"男人也在笑，眼里却射出绿幽幽的光，就像恶狼的眼睛。

姜轶洋心里一紧，突然想起当初看到的视频，那个吞下少女的人头蟒身的怪物的脸，可不正跟眼前这个"陈叔叔"一模一样？

男人突然伸手抹去女孩脸上雪白的奶油，然后把手指放进嘴里陶醉地吮吸着，似乎在回味那甜美的滋味。

姜轶洋惊恐地看到，男人的脸突然变了，长出了又黑又密的毛，嘴不断朝外突起，尖利的獠牙从嘴里支出，瞬间变成了一张恶狼的脸。伴随着一阵骨节"咯吱"作响的声音，他的背部也在不断膨胀，越胀越大，终于有什么撑破了衣服,从背上冒出来,"唰"的一下展开,竟是一对巨大的魔翼。

姜轶洋吓得跌倒在地,而那狼头怪物扇动着魔翅朝小女孩扑去,房间里顿时响起了女孩撕心裂肺的哭叫声……

房间更剧烈地摇动起来,仿佛正经历着一场可怕的地震,墙纸大片大片地剥落,石灰簌簌地往下掉,衣柜倒下,桌子碎裂,地板翻转……

眼看一大块天花板朝自己当头砸下,姜轶洋吓得就地一滚,滚到角落里,堪堪躲过了掉下的石块。

就在这时,门突然打开了,一位少女走了进来。

是罗梓绮!

在她进门的一刹那,震动突然消失了,一切仿佛凝固般静止。

一道幽蓝的光照着这位美丽的少女,她就像一个突然闯进噩梦的迷路者,穿着一袭白裙,长发及腰,神情凄迷,清瘦的身体显得衣裙空荡荡的,仿若一缕游魂般荡了进来。

房间就像海啸过后的现场,怪物不见了,只剩下受伤的小女孩。她紧紧抱着自己的身体,蜷缩成很小很小的一团,就像一只垂死的小猫,发出断断续续的啜泣声。

看见小女孩的一刹那,罗梓绮脸上划过震惊、愤怒、痛苦、憎厌、嫌恶等诸多复杂的表情,就连她的黑发也无风自扬,在空中凌乱地飞舞,就像一朵爆炸的黑色蘑菇云。

她突然发疯似的冲上去,一把将小女孩从地上拽起来,使劲摇晃着,冲那张泪痕斑驳的小脸大吼:"你为什么要开门?为什么要吃那该死的蛋糕?为什么不拿刀宰了那个浑蛋?"

愤怒将她清秀的脸庞扭曲成骇人的模样,而小女孩只是耷拉着脑袋,像个破碎的布娃娃一样在她手里歪来倒去。

"你完了!彻底完了!"罗梓绮死命捶打着女孩,泪流满面地哭骂,"你已经不干净了,既肮脏又下贱,还有什么脸活在世上?不如死了算了!你去死啊,去死啊,为什么还不去死?"

小女孩麻木地任凭少女拳打脚踢,没有丝毫反抗。罗梓绮终于打累了,停了手,这时女孩才慢慢仰起头,那张虽然稚嫩却酷似少女的脸上,突然露出一个凄惨又诡异的笑:"我……不就是你吗?"

少女惊恐地望着那张跟自己一模一样的脸，吓得连连后退，小女孩尖利的声音却紧追着她不放："既然这么肮脏、下贱，为什么还要活在世上？为什么还不去死？你早该死了、死了、死了……"

诡异的童音接连不断地响起，就像一滴一滴淌着毒汁的诅咒。罗梓绮拼命摇着头，捂住耳朵，突然间爆发出一声凄厉的尖叫，就像平地刮起了一阵猛烈的飓风，整个屋子飞速旋转起来，霎时变成了一个巨大的搅拌机，把屋顶、墙壁、地板、家具……所有的一切，全都卷进去，搅得粉碎！

姜轶洋和小女孩、罗梓绮一样，都位于风暴中心，无数碎片在他们周围狂飞，不时撞上身体，没有疼痛的感觉，却有一种深入骨髓的恐惧，真实得可怕！

房子很快被席卷一空，飓风终于消失了。

姜轶洋睁开紧闭的双眼，发现他们所在的地方只剩下一望无际的旷野。天空是黑色的，脚下的草也是黑色的，黑色的野外只有一群黑色的狼，它们绿幽幽的眼睛活像地狱的鬼火，正朝他们紧逼过来……

小女孩吓得紧紧抱住罗梓绮，拼命想要把自己隐藏起来。姜轶洋惊讶地看到，女孩的身体竟然渐渐陷入罗梓绮体内，越陷越深，就像融进了一团固体奶油中。最后她整个人都消失在罗梓绮身上，而后者似乎变成了那个胆怯的小女孩，把身体紧紧蜷缩成一团，像沉没在黑色草原上的一只可怜而无助的羔羊，除了等待噩运的降临，再也无路可逃！

群狼眨眼间便扑到了跟前，它们都长着跟"陈叔叔"一样的脸，这张脸上布满了狰狞的兽性。姜轶洋终于明白，小女孩就是童年的罗梓绮，这段可怕的往事被她锁在记忆的最深处，却被他误打误撞地释放出来。

眼看他们就要葬身狼腹，这时不知打哪儿射来一道激光束，就像锋利无比的切割机，绕着群狼转了一圈，顿时血肉四溅，那些先前还强悍无比的恶狼被激光像切肉一般轻而易举地粉碎。

"咚、咚、咚——"一阵沉重无比的脚步声将大地都震得颤抖起来。

姜轶洋和罗梓绮抬头望去，只见前方走来一个巨人，确切地说，是一个全副武装的铁甲战士。它的身体足有百米高，全身包裹着厚厚的铁甲，手里拿着硕大的激光枪，就像一个无敌的人形机器。

七

伴随着铁甲巨人的出现,周围的一切都在急剧变化:一座城市拔地而起,旷野变成了被无数摩天大楼分割的街道;群狼不见了,代之以惊慌奔逃的人群,他们就像一群可怜的蚂蚁,被巨人的脚掌毫不留情地碾压;一座座高楼就像面粉做的积木,被巨人肆意踢倒、踩碎,倒下的大楼又压死了更多人。

这简直是灾难片中的场景,而姜轶洋和罗梓绮也成了两只惊慌失措的蚂蚁,只能和其他"蚂蚁"一起奔跑逃命。

然而巨人的视线已经锁定了他俩,两道激光束从背后射来。"快趴下!"姜轶洋扯着罗梓绮趴倒在满是瓦砾的地上,激光射中了前方一幢残存的大楼,倒塌的楼体扬起了遮天蔽日的粉尘,两人被掩埋在一堆崩塌的钢筋和砖石之下。

巨人依然机械地前进,继续它的毁灭之旅,用脚掌踩碎一切,用激光杀死一切。

它是一个没有任何感情的机器,它存在的目的只有一个——毁灭!

当巨人走到方才那幢倒塌的大楼废墟上时,砖石堆突然"哗"的一声炸开,从里面蹿出两条人影。

是姜轶洋和罗梓绮。他们不是对方梦境的产物,只是两个闯入的外来者,所以对方不能随心所欲地"消灭"他们。然而身处梦境的两人并不知道这一点,他们只是本能地逃命,绝不想再被倒塌的大楼埋葬一次,那种恐惧的滋味一点也不好受!

"到巨人身上去!"姜轶洋说。如果只是逃跑,他们永远也逃不过激光束的扫射,还不如跳到巨人身上,或许能不被发现而躲过一劫。

趁巨人刚刚提起的脚掌又落到地上时,两人迅速跳上它的脚背,然而他们还没站稳就差点摔下来。铁甲很滑,巨人又在一刻不停地行走,它的脚颠簸得就像风暴中的小船,若不是两人用手指死死扣住铁甲的缝隙,只怕早就被甩下来了。

"爬到……巨人……头顶上去!"姜轶洋喘着气费力地说。和巨人的脚背相比,它的头顶无疑要平稳许多。

"不……我不行……"罗梓绮仰头看着那一百多米的高度,害怕地直摇头。

"不行就只有等死！"姜轶洋没好气地说。

他们别无选择。要么摔下去被巨人踩死，或被激光射死，要么拼死爬到巨人头顶，或许还有一线生机。

姜轶洋率先往上爬，罗梓绮也只好咬着牙跟在后面。巨人这身钢铁盔甲滑不溜手，但它是由一块块钢板拼接而成的，组合的地方有细小的缝隙，两人用手指抠着缝隙艰难地往上爬，从巨人的小腿一点一点爬到了腹部，再爬到胸膛……

罗梓绮累得手酸脚软，忍不住往下一看，下面就像一个深渊，近百米的高度令她一阵头晕目眩，腿肚子也不停地打颤。

"不……不行，我真的爬不动了。"她带着哭腔对姜轶洋说。

"那你干脆跳下去摔死，省得拖累我！"姜轶洋冷酷地回答。

这时，巨人似乎察觉到了什么，它突然停下脚步，低头朝自己胸口看去。

"天哪，它不是机器，它能听见我们说话！"罗梓绮惊恐万状地说。

"闭嘴！"姜轶洋十分恼怒，这个没脑子的蠢女人，存心想引起巨人的注意吗？

他把身体紧贴在铁甲上，连大气都不敢喘一口。然而晚了，巨人已经看见了他们。它张开两个手指，拎起他俩朝空中一甩，就像甩掉两只讨厌的爬虫。

两人尖叫着从高空落下，罗梓绮紧紧闭上眼睛，害怕得差点晕过去。然而身体落下的地方，不是硬邦邦的地面，而是软绵绵的座垫。她惊疑地睁开眼，发现自己竟然落进了一辆敞篷跑车里，姜轶洋正在她旁边惊魂未定地喘着气。

"你们怎么进来的？"驾驶员转过头来问。

后座上的两人惊讶地发现，驾驶员竟然是另一个梦境直播者——出租车司机胡大为。

"开快点，巨人追上来了。"罗梓绮朝后看了看，焦急地说。

姜轶洋也从汽车后视镜里看到，巨人正大步流星地朝他们追来，手里的激光枪已经举起，正朝他们瞄准。

"快跑 S 形，否则我们会被击中的！"姜轶洋焦急地说。

胡大为猛一打方向盘，跑车立刻在路上左弯右拐，激光束次次都落了空。然而这样一来，跑车速度减慢了不少，很快就被巨人追上，它巨大的脚掌高高抬起，朝跑车用力踩下来——

"啊！"罗梓绮吓得抱头尖叫。

胡大为情急之下，用力一拉制动杆，跑车突然腾空而起，惊险万分地擦着巨人的脚底边缘飞起，然后从车厢两侧伸出一对羽翼，钢铁的身体瞬间变得柔软……

这辆跑车竟在刹那间变成了一只巨大的鹏鸟，而胡大为手中的制动杆变成一把锋利的铁锥，他不停地拿锥子刺在大鹏身上，喝令："快，飞快点！向左转，不，不是这边，叫你向左转，绕过那幢房子，听见没有，你这只笨鸟！"

大鹏身上被铁锥扎得鲜血淋漓，不时发出悲痛的哀鸣。罗梓绮看不下去了，冲胡大为说："你怎么能这么残忍，它也是有生命的呀！"

"少废话，信不信我一脚把你踢下去？"胡大为冲她一瞪眼，懦弱的罗梓绮吓得往后一缩，不敢再多话。

虽然飞到空中，但巨人的激光束如影随形地紧追不舍，在对方密集的攻击下，大鹏飞得险象环生。

"飞到巨人头顶上去！"姜轶洋说，"这样它就看不见我们了。"

胡大为又使劲扎了大鹏一锥子："快，飞到那家伙头上！"

大鹏奋力拍打着翅膀，载着三个人飞向铁甲巨人。激光束在空中划出一道道交错的蓝线，像织就了一张恐怖的光网。突然，这张光网擦过大鹏的翅膀，它顿时哀鸣一声，身体像断了线的风筝般坠落下去——

"就差一点了，你给老子振作起来，快飞过去，快！"胡大为发疯似的锤打着大鹏，疼痛激发出大鹏最后一点力气，它拼命扇动受伤的翅膀，朝巨人的头顶滑翔而去！

终于，他们重重跌落在巨人头上。这是一块足有篮球场般大小的地方，三人被降落时的冲击力从大鹏背上甩出去，虽然有些小擦伤，但并无大碍。

大鹏却伤得不轻，它伏在地上，舔舐着身上的伤口，发出哀哀的悲鸣。

"你这只笨鸟，竟敢害老子摔一跤！"胡大为刚缓过劲来，就冲大鹏又打又骂。

梦境直播

"它救了我们的命,你别再打它了!"这下连姜轶洋也看不过去了。

"我的老婆,我想打就打,想骂就骂,你管得着吗?"胡大为瞪着眼睛说。

"你老婆?"

姜轶洋震惊地看到,大鹏身上的羽毛正在消失,尖喙也缩了回去,翅膀收缩不见,身体渐渐有了女性的曲线,头上长出了浓密的黑发……

眨眼的工夫,大鹏变成了一个三十多岁的女人。她的身上依然血迹斑斑,满是被铁锥和激光伤过的痕迹,实在惨不忍睹!

"你怎么能这样对待自己的妻子!"罗梓绮震惊之余,终于忍无可忍地嚷了起来。

"这是我家的事儿,你少管闲事!"

"你这是家暴!"

"小丫头片子,再啰唆,连你一块儿揍!"胡大为冲她挥了挥拳头。

罗梓绮敢怒不敢言地瞪着他,然后又转头问女人:"这人是个浑蛋,你为什么不跟他离婚?"

女人眼中突然涌出豆大的泪珠,凄然哭诉道:"只要我一提离婚,他就往死里打我。我也报过警,但警察一走,他就打得更厉害。我从家里逃出去好几次,但无论躲到哪儿,他都能想办法找到我,然后变本加厉地打我。他还拿我们的孩子威胁我,说要是我再报警或逃跑,就先掐死孩子,再跟我同归于尽!"

女人哭得浑身都在颤抖,似乎积蓄多年的痛苦都在这一刻决堤而出。

胡大为恼羞成怒,狠很扇了女人一耳光,破口大骂道:"臭娘们,吃我的喝我的,还敢动不动就往外跑,你就是个欠揍的贱货!"

"如果不是为了照顾两个孩子,我怎么会辞职当了一名家庭妇女?"女人捂着脸痛哭,满腹的委屈都化作止不住的泪雨,"我整天从早忙到晚,照顾孩子,还要伺候你,你却从来没给过好脸色。心情不好就拿我撒气,赚了钱就玩女人,甚至连孩子的生活费都不给……"

"住口!"胡大为暴跳如雷,"臭娘们,看我不打死你!"他像疯了一样往死里打自己的老婆,拳脚如暴风雨般落到女人身上,后者被打倒在地,口鼻流出鲜血,他依然不肯罢手,边打边骂,满脸的横肉嚣张得几乎要撑破皮肤,"贱货,别再痴心妄想了,这辈子你就是死也要死在我家里！"

"住手！住手！"罗梓绮突然高声尖叫起来，满头的黑发也随之狂肆飞舞，衬着她怒火燃烧的面容，先前那只懦弱的小白兔瞬间化身为地狱的魔女。

姜轶洋暗叫不好，他早在小木屋中见识过罗梓绮发怒时的威力，正打算拔腿开溜，然而已经晚了，伴随着少女的尖啸声，平地乍然刮起一阵龙卷风，把几人都卷入了风中。姜轶洋被转得头昏眼花，不停地呕吐。龙卷风的速度越来越快，威力也越来越大，就像一个高速旋转的钻头，赫然钻穿了巨人的头顶，四人尖叫着坠入了巨人的脑袋，那是一个漆黑不见底的深渊……

八

"叮铃铃……"

一阵铃声惊醒了姜轶洋，他发现自己竟然站在一所学校的走廊上。罗梓绮和胡大为站在他旁边，一脸茫然，似乎还没回过神来，而胡大为的妻子不知去向。

一间间教室的门打开，学生像潮水般涌出了教室，在走廊上、操场上你追我赶，嬉戏玩耍。

"风在吼，马在跳，瞎子在看报，聋子听报告，瘸子一蹦三丈高，小儿麻痹满街跑……"有人在用《黄河颂》的调子唱一首骂人的儿歌。伴随着一阵哄笑声，姜轶洋看到远处走来一个瘦小的男孩，他的右腿比左腿短，脚板外翻，拄着拐杖蹒跚地走着，显得十分吃力。一群孩子跟在他身后，拍着手又唱又笑，儿歌很快变成了多人大合唱，还有人怪声怪气地喊着"瘸子""残废"……

"那不是李承骏吗？"罗梓绮惊讶地说。

的确，小男孩看上去就是童年的李承骏。在众人的嘲笑声中，他紧紧咬着下唇，一副快要哭出来的样子。突然，有人从背后偷偷把拐杖一扯，李承骏的身体顿时失去平衡，一个趔趄摔倒在地。他愤怒地回过头，却只看见一群笑得前俯后仰的孩子，根本不知道方才推他的是谁。泪水在眼眶里打转，他咬着牙爬起来，一瘸一拐地走进了厕所。

另外几个男孩相视诡异一笑，跟了进去。不一会儿里面就传来了打闹声，夹杂着李承骏带着哭腔的声音："你们也太欺负人了！"

"就欺负你了,怎么样？死瘸子！哈哈哈……"另外几个男孩大笑起来，伴随着推推搡搡的声音，还有李承骏的哭声。他突然大叫一声，拐着脚跟跄地跑出来，姜轶洋看见他身上沾染了黄色的尿液。另一个男孩也追出来，手里提着废纸篓，大笑着把它扣在了李承骏头上。肮脏的厕纸糊了后者一头一身，他的脸憋得通红，突然握紧拳头，愤怒地大吼一声："你们太欺负人了！"

声音刚落，他手中的拐杖突然变成一把冲锋枪，他毫不犹豫地端起枪，朝欺侮自己的人疯狂扫射。"嗒嗒嗒嗒——"密集的子弹击中了一个又一个孩子，有的倒在血泊里，有的尖叫着逃跑，学校顿时一片混乱。

李承骏杀红了眼，健步如飞地追赶自己的同学，再也看不出半点残疾的样子。姜轶洋等三人赶紧躲进一间办公室，把门反锁，才躲过了这场杀戮。枪声不断传来，可以想象外面血流成河的场景，这所学校瞬间变成了屠杀现场、人间地狱！

等到外面的动静小了，三人才小心翼翼地打开门，然后大吃一惊。眼前哪是什么学校，分明是先前他们被铁甲巨人追杀的那座城市。前方便是刚才还被人欺侮的李承骏，他端着枪，踩着尸体和鲜血一步一步朝前走，每走一步身体就长高一米，越长越高，越长越壮，很快变成了高达百米的巨人，身上覆盖着厚厚的铁甲，手中普通的机关枪也变成了威力惊人的激光枪。

屠杀完整所学校后，他又开始屠戮整座城市！

兜了一大圈后，姜轶洋等三人又鬼使神差地回到了先前被巨人追杀的梦境中。为了逃命，他们不得不使出了各自的绝活：姜轶洋突然变成一条喷火的巨龙，胡大为骑着大鹏飞上天空，巨蟒和狼群也出现了……

直播厅内，看到大屏幕上热闹的场景，主持人不失时机地向观众解说："他们的梦境已经融合在一起，真是太精彩了！我们成功了，梦境交互技术成功了！"

现场掌声雷动，仍在梦境中的几人却陷入一场混战，苦不堪言！

火龙口中不断喷出熊熊火焰，铁甲巨人很快被大片火海包围，盔甲变得通红，就像燃烧的岩浆。巨人被彻底激怒了，突然伸出巨掌，抓住火龙的尾巴，把它提起来在空中抡了好几圈，然后用力扔出去，火龙重重撞上远处一幢摩天大楼，倒塌的楼体又正好砸在它身上……

"啊——"姜轶洋惨叫着惊醒过来，然后发现自己回到了直播厅里。

他是第一个从梦境中醒来的人。现场所有观众都在冲他热烈欢呼，一波接一波的声浪就像一个大大的气泡，将他托举上了云霄。姜轶洋整个人都轻飘飘的，在一种近乎虚幻的喜悦中享受着属于自己的胜利时刻，并且清楚地意识到，目前正有数亿双眼睛注视着自己，这一刻，他已经红遍全球！

"真是一场超乎想象的精彩直播！"主持人兴奋地递过话筒，"请问你觉得这一次的梦境跟以往有什么不同？"

姜轶洋知道他提问的目的，于是借机把梦境交互技术大大夸奖了一番，正说得滔滔不绝时，直播厅里突然响起一声怒骂："你这个刽子手，杀人狂！"

好熟悉的声音！

姜轶洋浑身一抖，转头望去——

是她！那个被他掐死后抛尸河中的老太婆。

她浑身上下正淌着水，头上还挂着两根水草，就像一个刚刚从河底爬出来的老妖婆。

"你……你是谁？我不认识你！"

姜轶洋恐惧得心脏都在缩紧，但他知道这是直播现场，自己绝对不能表现出半点异常。

主持人敏锐地嗅到了猛料的气息，顿时像猴子一样兴奋地跳过去，迫不及待地问："这位大妈，请问你为什么说台上的直播者是刽子手、杀人狂？"

"她是个疯子，别听她胡说八道！"姜轶洋情急之下大声喊道。

"我没疯！他才是变态杀人狂！"

老太婆身上淌下的水已经在脚边汇成了小溪，她用可怕的眼神狠狠地盯着姜轶洋，一字一顿地说："他不仅踩死了我的宠物狗，还把我给……"

"住口！"姜轶洋惊恐地大喊一声，就像平地起了个炸雷，直播大厅瞬间轰然垮塌……

梦境直播　　27

九

"啊——"

姜轶洋惨叫着惊醒过来,入目的是正在徐徐打开的银"蛋",银床上的栏杆正在回缩,耳边是潮水般热烈的掌声,明亮的灯光照得他一阵眼花,他情不自禁地伸手挡了挡,心下是一片茫然的惶恐。

"欢迎醒来,我们的直播英雄!"

主持人夸张的声音被话筒放大了数倍,他热情而做作地给了姜轶洋一个大大的拥抱,然后说:"请告诉数亿观众,你醒来后的第一个念头是什么?"

姜轶洋用力掐了自己的手臂一下,顿时痛得龇牙咧嘴。

"我要先确定一下自己是不是真的醒来了。"他对着话筒说。

现场响起了一片笑声,方才大家都已经在大屏幕上看到了他梦见自己醒来的那一幕。

"我能好奇地问一下,方才在梦中骂你是刽子手、杀人狂的那位大妈是谁吗?"这位主持人和梦中那个一样好奇且执拗,像只嗅觉灵敏的狼狗,以挖掘劲爆话题为毕生最大追求。

"你会认识自己噩梦中的所有人吗?"姜轶洋冷冷地怼了回去。

主持人尴尬地笑了笑,又对全场观众说:"现在还有两位直播者没有醒来,让我们继续欣赏他们精彩的梦境直播!"

他朝舞台中央的大屏幕一指,所有人的视线都被吸引过去。姜轶洋也成为观众之一,和比他先醒来的罗梓绮一起,观看剩下的两个直播者在梦境中的大战。

由主角变成观众的感觉很奇异,跳出梦境来看先前那场自己曾经参与过的激烈战斗,里面的每一个场景都有种如临其境、感同身受的真实感。

只见在铁甲巨人凶猛的火力下,胡大为的处境已经岌岌可危。他拼命拿铁锥猛刺着胯下的大鹏,催促对方快点逃命。

"飞快点,你这只笨鸟!如果我有什么事,你这辈子都别想再见到你儿子!"

听到这恶毒的威胁,大鹏伸长脖子悲凄地长鸣一声,突然转过头怨恨地盯着胡大为。

"你那是什么眼神？想造反吗？"胡大为恼怒地说着，突然把铁锥用力刺进了大鹏眼中。

现场观众顿时发出一片惊呼，有人尖叫起来："太残忍了！快停止直播，快，把他们都叫醒！"

"对，对，把他们叫醒！"现场的附和声越来越高，还有人在愤怒地抗议，"我已经受够了这场血腥的直播，快点结束它吧！"

主持人正在满头大汗地安抚观众，这时屏幕上变故陡生，被刺瞎一只眼睛的大鹏突然掉转头，发疯似的拍打着翅膀，扇起一阵飓风，以无与伦比的速度，笔直地冲向铁甲巨人！

"你疯了！快转过来，快……"胡大为惊慌失措的声音被一记猛烈的撞击声打断！

"轰——"铁甲巨人倒下了。

李承骏醒了过来。

大屏幕变成了一片漆黑，直播厅中三个银蛋都恢复了原来的颜色，唯有胡大为那个依然是黑色。

现场突然安静下来，主持人似乎也察觉到了不对劲，冲工作人员大喊道："快把银蛋打开！"

银蛋打开后，胡大为依然静静地躺在床上，没有半点醒来的迹象。节目负责人立刻宣布中断直播，急救人员也冲进了直播厅，对胡大为进行紧急抢救，然而一切都是徒劳，他已经猝死在睡梦中。

事后，网上针对这次直播事件展开了一场声势浩大的讨论，各路专家学者纷纷发表意见，有人给出了这样的解释：人类具有强烈的自我保护意识，即使在梦境中，也会下意识地隐藏一些不欲为人所知的东西，然而梦境交互技术使得他人有机会突破个人的保护屏障，从而窥见到隐藏在对方潜意识中的秘密。

经过调查和尸检发现，胡大为患有心脏病，在睡梦中突发急性大面积心肌梗死。人们自然把他的死跟梦境直播联系起来，不少人认为他罪有应得，甚至有人认为，胡大为在潜意识里就觉得为自己的暴行付出代价，否则也不会梦见妻子跟自己同归于尽。

众说纷纭，这次猝死事件也引起了管理部门的高度警觉，开始对梦境直播进行大力整顿。梦境交互技术被禁止使用，并且因为梦境的不可控性，所以被禁止直播，只能录成视频，通过审核后才能上传到互联网。于是含有不良内容的视频都被过滤掉了，网上流传的关于梦境攻略的热帖也变成了这样一些内容：《如何做一个可以通过审核的梦》《避免梦境出现不良内容的七条准则》《向低俗说"不"，小编为你梳理十大最吸引人的梦境元素》……

以上皆为后话。

再回到全网直播那一晚。这场盛大的直播因为死了人而草草收场，姜轶洋起初有些沮丧，不过转念一想，这个事件肯定能成为热门话题，给自己带来更多人气，于是又精神大振，开始在心里飞快地计算着将来能捞到多少好处。

这时他并不知道，今晚还有个更大的"惊喜"在等着他。走出直播大厅后，迎接他的不是疯狂的粉丝，而是两位警察。

"你们小区的保安恰好也在看这场梦境直播，并且看到了很久没有露面的一位住户。对方曾到保安室调看过监控录像，说你踩死了她的宠物狗，要找你理论。如今这位失踪的住户在你的梦境中出现，并指控你是'杀人狂'，而你却说不认识对方。保安察觉不对便报了警，现在请你跟我们回警局接受调查，在那里你将接受最先进的'神经审讯'，让'读脑仪'找出你隐藏在大脑中的所有秘密！"

"这种审讯跟梦境直播很相似，对吧？"其中一个警察略带讥讽地盯着姜轶洋，"都是让别人知道你的思想。如今这个时代，要想隐藏秘密越来越难了！"

"在另一个直播者罗梓绮梦境中出现过的那位'陈叔叔'，现在正坐在我们的审讯室里，相信'读脑仪'已经从他的大脑里找出了当年犯罪的记忆。"

两位警察的话就像尖锐的钉子，钉入了姜轶洋的脑袋。他脸色惨白，缓缓转头望向身后：一大群崇拜者正在远处冲他挥手尖叫、欢呼，高喊着他的名字，还有人拿着纸笔，拼命想要突破几十位保安组成的防线，冲上来找他签名。

这原本是他人生中最辉煌的一天，他却不得不坐上警车，奔向命定的结局，无路可逃！

水妖

一

我终于考进了那所著名的音乐学院，踏进校门的第一天，我的心脏就有了异样的波动。

我敢肯定自己从未到过这里，但眼前的一草一木，都能在我心中引发某种熟悉的悸动。就像一个突然堕入迷障的人，我茫然地、身不由己地在校园里走着，双腿仿佛有了自我意识一般，自动转向了右侧的小径。

两旁浓荫密布，阳光被挡在了外面。阵阵潮湿的凉意，像暗绿色的浓雾包裹着我，从叶尖上滴落的露珠，悄无声息地钻进脖颈，在那温暖的地方刺起一片鸡皮疙瘩。

毛孔防御性地收缩，让我忍不住打了个寒战。

心中的悸动更加明显。

我正犹豫着要不要继续往前走时，一阵悠扬的钢琴声突然从绿荫深处飘来，就像穿透绿雾蜿蜒游来的一条小蛇，在我心尖上猝不及防地咬了一口。

心脏蓦地狂跳起来，完全不受意志的控制，仿佛脱离了我的胸腔，在琴声中扑腾乱跳，激起无数冰冷而惊惧的水花。

被那颗失控的心脏猛拽着，我像牵线木偶一般朝琴声走去，就像被钓线钩着的鱼，银丝那端连着我的宿命，无法挣脱，也无力抗拒。

心脏停在了窗外，就像被突然抽干了血液，不再激动地乱蹦，却开始紧张地收缩。

一个男人弹琴的侧影映入我的眼帘。

在被绿叶过滤后而显得柔和清澈的天光里，他挺直的身影仿佛带着贵族似的高傲，修长的手指在琴键上行云流水般游动。

视线接触到他的一刹那，我能感觉到几股矛盾的情绪，像绳索一样猛力撕扯着那颗不安分的心脏：兴奋、恐惧、憎厌、怨恨、痛苦……它在尖叫着哭泣，然后"啪"地一下炸开了！

我捂着胸口呻吟起来，弯下腰，从胸口那儿突然传来的疼痛令我紧紧蹙起了眉头。

已经好久不曾出现这种痛得令人窒息的感觉了，今天到底是怎么回事？

我没有察觉到琴房里的音乐已经戛然而止。

"你怎么了？"

头顶上响起的男声惊了我一大跳，我猛地抬头，正对上一双深邃的眼睛。

刹那间，电光石火一般，我的整个心神像被吸入了旋转的急流，一些支离破碎的画面在我周围飞速掠过，仿佛无数冰冷的雨点打了下来……

绿荫、琴房、弹琴的男孩，还有——一位穿蓝色背心裙的少女。

男孩专注地弹着琴，仿佛进入了浑然忘我的境地。

女孩则含情脉脉地看着他，眼里写满了崇拜。

他们的样子明明那么陌生，却又有种莫名的熟悉，仿佛很久以前，我就曾像现在这样朝窗内窥视着……

心脏再次痛得我抑制不住地呻吟，然后眼前一黑，晕了过去。

二

我在学校的医务室里醒来，看到的却是冯凯那张生气的俊脸。

"不是说过我会去接你吗？你怎么一个人跑来报到了？打电话也不接，如果不是用手机定位，我还找不到你。真是，我一不在跟前就出事，以后别再一个人到处乱跑了，知不知道我有多担心……"

他连珠炮似的倒了一大堆话，我胸口又痛，心里更烦，忍不住说："好了，好了，我又不是小孩，刚才只是意外。我不是你的囚犯，别整天跟着我，很烦的，知不知道？"

说出这番话后，我自己都吓了一跳，怎么会用这么尖刻的语气跟对方说话，这还是以前那个温柔有礼的我吗？

奇怪的是，冯凯虽然愣了一下，却并没有生气，反而脸上笑出了一朵花,连声说:"是,我的小公主,你说什么就是什么,只要你开心就好!"

我诧异地望着他,他的神情很奇异,仿佛有些开怀,又有些伤感。我有种很奇怪的感觉,他似乎在透过我看另一个人。

"对了,你到底为什么会晕倒?"冯凯问。

"我也不知道为什么,听见一阵琴声,心就跳得厉害,然后不知不觉走到琴房,看见弹琴的人后,就突然晕倒了。"

"弹琴的人?是谁?"

"我也不知道。从来没见过他,但又似乎对他很熟悉。"

冯凯神情严肃起来,问校医:"刚才是谁送她来这儿的?"

"是余教授。他说这个学生突然在琴房外晕倒了。"

"余知原……"

这三个字从冯凯齿缝里慢慢挤了出来,他以一种奇怪的目光看着我,就像隔着一层布满水雾的玻璃,后面掩藏着许多我看不清、无法理解又琢磨不透的东西。

我被他复杂的目光搅得浑身不自在,忍不住问:"余知原是谁?"

"你很快就会知道。"

冯凯总是上扬的嘴角不知何时挂上了一丝冰冷的嘲笑,这样的他令我觉得陌生。

在医务室休息了一会儿,我的心脏恢复了平静,校医检查没大碍后,就同意我离开了。

到了女生宿舍楼下,我从冯凯手中接过行李,朝四楼宿舍走去。

刚走几步,就听冯凯在身后喊:"雨琪,晚上别到处乱跑,注意安全!"

"知道了,我又不是小孩子。"

我头也没回地摆摆手,加快脚步,总算摆脱了冯凯这条烦人的"尾巴"。

走进403宿舍,发现我是第一个到的。我的床位在靠窗的下铺,推窗就能看到一棵枝繁叶茂的黄桷树,楼下是通往食堂的小道,远处还能看到操场一角。校园里处处绿树成荫,提着行李来报到的学生络绎不绝,人人脸上洋溢着青春的朝气,显出一副意气风发的模样。

看到这一派生机勃勃的景象,我的心情也明媚起来,一边哼着歌,

水妖

一边取出被褥开始铺床。

宿舍门被推开了，一个女生在一位中年女人的陪同下走进了宿舍，两人脸色都很难看。

我正想跟她们打个招呼，就听那女生嘟嘴叫嚷起来："我不要住这间宿舍，妈，你一定要想办法帮我换个宿舍！"

"你以为宿舍是想换就能换的？我们又没熟人，哪那么容易换。"中年女人皱着眉头说。

"我不管。反正我一定要换宿舍！"

"请问……"我忍不住打断那个女生，"你为什么要换宿舍？"

"你不知道吗？"女生大惊小怪地看着我，"这间宿舍以前死过人，住在这里我一定会做噩梦！"

"你怎么知道死过人？"

"是一位要好的学姐告诉我的。那件事当时闹得很大，整个学校都轰动了，网上都能查到。对了——"女生突然拔高嗓子，指着我的床位一脸惊恐地说，"那个死人生前睡的，就是你这张床！"

我的心脏蓦地停摆了一下，然后又急促地跳动起来。

或许我发白的脸色引起了中年女人的注意，她赶紧说："梅梅，别胡言乱语，吓着同学。"

"我哪有胡言乱语？"女生不服气地翻了个白眼，"都是千真万确的事。我专门问过学姐，不信你去打听打听。"

我心里一阵发紧，忍不住又问："死的是谁？"

"听说是上上届的学姐，非常优秀的一个女生，不知怎么就莫名其妙地跳楼死了。"

跳楼死了？

我眼前突然一黑，一种猛烈的坠落感瞬间占据了我的感官，耳边似乎有呼啸的风声，死亡的阴影像黑色的丝带紧紧缠住我的脖子，我呼吸困难，捂着狂跳不已的胸口，张大了嘴想要发出无声的尖叫……

"你怎么了？"女生被我的异状吓坏了，赶紧和她母亲一起扶住我差点跌倒的身体。

我靠在她们臂弯急促地喘着气，然后又被移到床上，静静躺了一会儿，我才感觉好了一些，对一脸担忧的两人挤出笑容："我心脏不太好，刚才没吓到你们吧?"

"没有,没有,你没事就好!"中年女人连声说着,又忍不住埋怨她女儿,"都说了叫你别说那些话,瞧把你同学吓成什么样儿了?"

女生低着头嘟囔道:"人家还不是想让你想办法给换个宿舍。"

"好啦好啦,妈真是怕了你!我这就找学校领导反映一下,看能不能给你换个宿舍,行了吧?"中年女人被她这个宝贝女儿缠怕了,只好无奈地妥协。

"谢谢妈妈!"女生喜笑颜开地在她妈脸上响亮地亲了一下,连蹦带跳地挽着女人的胳膊出去了。

她俩一走,似乎也把热闹的空气带走了,室内一下子冷清下来。明明是盛夏,我却感到一种莫名的凉意。

曾经有个女生也躺在这张床上,但她现在已经死了。

我模模糊糊地想着女生刚才的话,先前那种奇怪的坠落感已经消失了,心脏平静下来,沉稳地跳动着,没有恐惧,反倒有种不明所以的踏实感。

柔软的被褥传来熟悉的温度,我不知不觉睡了过去,睡得甜美而安详。

三

迎新的彩旗四处飘扬,整个校园人声鼎沸,就像一片热闹的海洋。

女孩从钢琴系的学长手中接过《迎新手册》,看了看入学流程介绍,便朝办理入学手续的地点走去。

进校门就是一条林荫大道,黄桷树繁密的枝叶从道路两旁延伸到中间,像两排仪仗队在空中热情地拥抱出一片绿色穹顶,为莘莘学子挡住了炎炎烈日。

一位男生独自站在黄桷树下,身姿修长如竹,白衬衫、蓝裤子,普通的衣料也掩盖不了他清逸的风骨。他脚下放着行李箱,双手插在裤袋里,眼睛漫不经心地看着远方。成群结队的学生和他们的家人来来往往,就像一幅流动的背景,而他的静凸显在喧闹的环境中,有种遗世独立的优雅,似乎他站立的地方就是青山绿水,而他则是从古诗韵词中幻化而出的人物。

"陌上人如玉,公子世无双"这两句诗突然浮上心头,女孩脸上微微一热,却也隐隐觉得,生平所见之人,当以这个男孩最具古典气质,最当得起"公子无双"四个字。

一位烫着大波浪鬈发的少女飞跑过来,就像一只闯入画中的云雀,打破了青山绿水的静。

"知原,我已经找到了办理入学手续的地点,快跟我来!"

她气喘吁吁地说着,一手拽着男孩,一手自然而然地拖起他脚下的行李箱,快步朝前走去。

男孩乖乖地跟着她,就像一个被挟持的人偶。

因为要去的是同一个地方,所以女孩一直走在那两人身后,好奇地观察着,揣测他俩是什么关系。

姐弟?外貌上没有任何相似之处。从两人举止的亲密程度来看,应该是一对情侣吧。

女孩心中突然有种莫名的失落,更加仔细打量那两人,觉得他们看上去似乎并不怎么般配。

少女穿着吊带背心、热裤,化着浓妆,一头鬈发令她看上去更加成熟。虽然长得还算漂亮,但也只能称为俗艳,跟气质脱俗的男孩在一起显得格格不入。

女孩觉得有些遗憾,那个看上去像不食人间烟火的男生,怎么会找这样一个一看就是在红尘中打了无数滚的俗气女友呢?

她不远不近地跟着那一对,不知不觉就到了大礼堂。这里是学校举行集会的地方,现在临时充当办理入学手续的地点,还开了空调,让新生们免去了烈日暴晒之苦。

礼堂里人很多,每个点都排起了长龙。在办理校园一卡通的地方,那对情侣恰巧排在女孩前面。鬈发少女一直兴奋地说个不停,提醒男孩注意这个,注意那个。男孩依然是一副漫不经心的样子,间或应答一下。

少女热情洋溢的声音不时飘进后排女孩耳中。

"我已经在学校外面租好了房子,明天就去打工,你只管安心学习,不用操心学费生活费的问题。"

"不用,我打算勤工俭学,找个家教什么的,可以养活自己。"男孩说道。他的声音也很好听,就像凯文·科恩的钢琴曲《绿色花园》,有种如水般清澈明净的美。

"不行,那会耽误你练琴。你不是一直想在国际大赛上获奖吗?如果不能全力以赴,怎么实现你的梦想?"

少女絮絮地叨念着,男孩沉默了。

长龙慢慢朝前移动,知了的叫声从礼堂外的黄桷树上传来,聒噪得令人心烦。

鬈发少女饶有兴趣地东张西望,满目都是外形出众的俊男美女,她不禁皱起了眉头,突然用力扯了男孩一把,压低声音说:"你们学校美女这么多,你可不准变心,否则我跟你没完!"

声音虽小,但这句话还是清晰地落入后排女孩的耳中,她忍不住扑哧一下笑出了声。

鬈发少女突然转过头,眼神如寒钉一般朝她狠狠刺来——

四

"咣当——"

我被门与墙的撞击声惊醒了,睁眼一看,先前那个闹着换宿舍的女生冲进了屋,一屁股坐在凳子上,嘤嘤地哭个不停。

她母亲则在一旁唉声叹气地劝慰:"学校不同意我也没办法。你想想看,如果谁一不满意就去换宿舍,学校的安排岂不乱了套?何况现在别的宿舍都排满了,也没有多余的床位给你。梅梅,你讲点道理好不好?"

"我不听!我不听!"

女生捂着耳朵一个劲儿地跺脚,终于把她妈惹恼了。

"入学手续都已经办好了,剩下的事儿你自己解决,妈还要回去上班,有什么事打电话。"撂下这句话,她妈真的不管不顾地走了。

女生惊愕得忘了继续哭泣,或许因为她妈走了,不知道哭给谁看,所以倒止了泪,闷坐在一边。

我觉得应该说点什么来打破这难堪的沉默,于是笑道:"住这间宿舍也没什么不好,你瞧,视野开阔,阳光充足,环境还不错。"

"可是这里死过人。"

水妖

"那个女生又不是死在这间房里。刚才我在她床上睡了一觉,也没觉得有什么异常。"

"你睡了一觉?"女生精神一振,凑过来神神道道地问我,"你有没有做噩梦,梦见女鬼啊冤魂什么的?"

女鬼?冤魂?

我不禁哑然失笑,细细回想梦中情景,印象最深的就是那对情侣,清雅如竹的男生,以及那个跟他并不怎么般配的少女。

突然觉得男生的样貌有些熟悉,很像一个人。

到底是谁呢?

我正蹙眉苦思,手机铃声却在这时响了起来。

是干妈打来的电话。

"雨琪,到学校了吗……晚上到干妈家来吃饭,我做了你最喜欢的糖醋鱼……"

"好的,谢谢干妈!"

我礼貌地回应着。干妈吴佩芸是这所音乐学院的教授,也是过去几年教我钢琴的老师,我报考这里还是她给的建议,于情于理我都应该去她家拜访一下。

接完电话,宿舍里其他两个女生也先后到了,大家说说笑笑地聊了一阵,感觉挺投缘,于是按年龄排了顺序,彼此以姐妹相称。周南茜是大姐,然后依次是郑露薇、王亚梅和我。

王亚梅闹着换宿舍的事被大家取笑了一番,都说她太迷信,倒把她说得不好意思起来,也不再提什么女鬼冤魂了。四个女生一起动手,把房间打扫得干干净净,又贴上自己喜欢的海报,摆上家里带来的小玩偶、小饰品,周南茜还像变戏法似的掏出两个绿色盆栽,笑道:"在校门口买的,怎么样,不错吧?"

一番装扮下来,403宿舍顿时焕然一新,颇有几分少女闺房的情调。

傍晚,郑露薇提议大家一起去校外的餐馆吃饭,我因为答应了干妈,只好推托了。三个女生离开后,我正要动身,又接到冯凯的电话,说要请我吃饭,庆祝我第一天入学。

当得知我要去干妈家时,他兴奋地说:"我也去!好久没去吴阿姨家,还挺想念她做的糖醋鱼。"

我无奈地挂断了电话,为这家伙像牛皮糖一样的黏性,以及堪比城墙的厚脸皮头痛不已。

晚上在干妈家,果然见到了冯凯。那家伙正老实不客气地捧着一块西瓜大啃特啃,干妈则在厨房忙着准备晚餐,我想去帮忙,却被她坚定地推出来:"去陪冯凯聊聊天,晚饭有干妈张罗就行了。"

我只好到客厅坐下。冯凯笑嘻嘻地递给我一块西瓜:"这西瓜挺甜的,来一块!"

我冲他瞪了一眼,接过西瓜,有一搭没一搭地闲聊着。

晚餐开始前干爹温毅轩才回来,他是这所音乐学院的院长,外表儒雅却不苟言笑,说实话我还真有点怕他。

"今天不是有饭局吗,怎么这么早回来?"干妈诧异地问。

"推了。"干爹简短地说了两个字,就在餐桌前坐下。

桌上摆满了丰盛的饭菜,干妈看看我,又看看冯凯,突然有些伤感地说:"咱们一家人好久没这样坐在一起吃过饭了。"

冯凯夹了一块鸡肉给干妈,嬉皮笑脸地说:"吴阿姨,雨琪不是来这儿上学了吗?以后有的是机会一起吃饭。"

"说的也是。"干妈擦去眼角的泪花,对我转颜笑道,"雨琪,我看学校宿舍乱糟糟的,你住着肯定不习惯,要不就住干妈这儿?"

我一愣,想拒绝却又不知该怎么开口。

这时干爹却替我解了围:"还是住宿舍吧。不要搞特殊化,年轻人就应该锻炼一下自己,融入集体,学会怎么跟他人相处。"

"你又来了,当初就是你坚持让紫涵住宿舍,结果……"干妈生气地瞪他一眼,眼眶都红了。

"紫涵那小姐脾气就是你给惯出来的!"干爹皱起眉头不悦地说。

眼看餐桌上就要爆发一场战争,冯凯这个万金油赶紧出来打圆场:"温叔叔,吴阿姨,我看还是先让雨琪住宿舍吧,以后如果住得不习惯再搬过来,怎么样?"

"好吧。"干妈无奈地说,"雨琪,如果住得不开心,或者有谁欺侮你,一定要跟我说,干妈会替你做主。"

"吴阿姨您就放心吧,有我在,谁也欺侮不了雨琪!"冯凯拍着胸口保证。

这顿晚饭，就此确立了冯凯护花使者的地位。

晚上，他送我回宿舍时，恰好被吃完饭回来的三位室友撞见了。冯凯走后，三个先前还维持矜持仪态的女生，完全不顾形象地尖叫起来。

"天哪，好帅！"王亚梅捧着胸口，一脸花痴状。

"是你男朋友吗？"八卦的郑露薇迫不及待地问。

"快说，他还有没有什么兄弟？堂兄、表弟也行，赶紧给我们介绍一个。"周南茜更是毫不知羞地直奔主题。

"各位大小姐！"我清了清嗓子，一脸庄重地说，"请记住，你们都是淑女，淑女！"

我刻意把"淑女"两个字咬得很重，却换来她们的一片嘘声。

"现在不流行淑女了，我们要做新时代的女汉子！"

王亚梅把她那头"清汤挂面"式的披肩长发卷起来堆到头顶，拿根夹子一夹，顿时有了几分杀马特的风格，再把衬衫打个结推高，露出一段雪白的小蛮腰。

她打开手机，一段劲爆的英文歌曲在宿舍里响起。她随着节奏扭动起来，一边跳一边冲其他两个女生招手："Come on，baby！"

两个女生加入了她的热舞行列，又跳又唱，扭腰甩胯，花样百出。

"你们可是音乐学院的女生，要不要这么辣眼睛啊！"我捂着眼睛扑倒在床上。

三个女生却不肯放过我，轮番上前对我狂轰滥炸。

"快说，你们是怎么认识的？"

"感情进展到哪一步了？"

"牵过手吗？Kiss过吗？嘿嘿嘿……"

三个女汉子的拷问功夫我实在招架不住，只好老实交代了认识冯凯的经过，以及自己对他的真实感觉。

"……我们就是这样认识的。他救过我的命，也一直很照顾我，就像大哥哥一样，让我觉得很温暖，很有安全感。有时他给我的感觉既亲切又熟悉，就像认识了很多年的朋友。但也仅限于此，或许……他并不是我喜欢的类型吧。"

"那你到底喜欢什么类型？"三位室友异口同声地问。

"我喜欢的是……"

梦里见过的男生突然浮现在脑海中,心脏顿时像受到电击一般怦然跳动起来,仿佛被一种神秘的力量操控着,我情不自禁地说:"他要有清澈的眼神、干净的气质,就像古诗里所写的那种翩翩如玉的公子……"

"喊,你是不是言情小说看多了?现在哪里还能找到这种人?"

三个女生对我的幻想嗤之以鼻,又不忘提醒我:"冯凯已经很不错了,你可千万别错过,否则以后肯定会后悔!"

"好啦,好啦,我要睡觉了!"

我把被子往头上一蒙,总算暂时躲开了三个女生的聒噪。

五

这堂选修课一定很受欢迎,教室里座无虚席,连过道上都挤满了人。

"请问,这儿有人吗?"

一个清澈的嗓音突然在耳边响起,女孩的心猛然一跳,一抬眼,就看到了他!

开学两个多月了,这还是他第一次跟她说话。不仅仅是对她,其他同学他也不怎么搭理,总是独来独往,学习、吃饭、练琴、睡觉……

他的世界似乎只有钢琴,再也容不下别的。

同学们背后都叫他"怪人",而教过他的教授却无不对他赞不绝口,认为他是难得一遇的天才学生。

他的才华和特立独行的气质,就像磁石一样吸引着女孩,但她矜持地不敢靠近一步。

今天,他却主动跟她说话,问:"这儿有人吗?"

女孩看着旁边的空位,桌上放着自己的书本,那是室友托她帮忙占的位置。

然而此刻她的脑袋已乱成了一团糨糊,理智尚未出来主持大局,情感就已驱使她冲动地说道:"没……没人……"

她手忙脚乱地把书拿过来,感觉到男孩在自己身边坐下,仿佛带来一阵灼热的风,令她脸颊绯红,心如鹿撞。

老师开始上课了,教室里响起他抑扬顿挫的声音。迟来的室友看到没帮她占位,不满地嘟着嘴,到过道上跟别的同学挤在了一起。

这一切女孩全无所觉，似乎那个男孩坐下后，就把她带入了一个与世隔绝的空间，用他无所不在的气息笼罩着她，在他和她之外的地方设下了一道不可逾越的结界。

在只有他们两人的世界里，女孩忍不住偷偷看他，第一次在这样近的距离看他。

他的皮肤白皙得令人惊叹，只有长年累月把自己关在琴房练琴的人，才会有这样因未被阳光熏染过而白得近乎透明的肌肤。

他的五官精致得宛如工笔绘就：弧线优美的嘴唇，似春水绕过溪流的一弯；俊秀挺拔的鼻梁，像云天之外的孤崖，有一种清冷的高傲。

他专注的模样，像古希腊美少年的雕像；而他的呼吸，则像起伏的乐章……

他拿笔的手，掌心厚实，指尖圆润，因为长久的练习显得比常人更加强健有力。

这是一双专为钢琴家所生的手，它可以灵活地弹奏出暴风疾雨般的曲子，而有时它抚过琴键，却又温柔得像摘下清晨枝头的一朵鲜花……

如果她能变成一个幸福的琴键，被那双手温柔地抚触，不知会是什么样的感觉……

"同学——"

他的声音猝不及防地响起，就在她看他的手看得入迷的时候。

她顿时羞得连耳根都红了。

仿佛深埋在地底的最隐秘的心思，突然被人一铲子挖开，暴露在光天化日之下，令她羞窘得恨不能化作一股轻烟，在他眼前消失得无影无踪。

"什……什么……"她的舌头像打了结，突然间痛恨自己的失态，痛恨被他看到自己这样一副花痴的模样。

"我的笔没墨了，能借你的笔用一下吗？"他彬彬有礼地问。

礼貌意味着疏远，他对待每位同学都是这样，表面客气有礼，实则拒人千里。

"哦……好的……"

她忙不迭地从笔袋里取出备用的笔，正要递给对方，一抬头，却看到他的眼睛。

和她的慌乱相比，他的眼神静得像一潭古水，那水很深，也很虚无，里面没有她的影子，就算看着她，他眼中的焦点也不知落到了神游的哪个地方。

她的窘迫在他面前显得如此可笑，因为他根本就没注意到她方才在干什么，为什么会面红耳赤、手足无措，或者就算注意到了也根本不在乎。

对他而言，她只不过是个连名字都不想知道的普通同学。

她的心蓦然一凉。

六

我知道自己在做梦，因为感觉就像在看一部电影，画面切换很快，方才还是在课堂，眨眼间便到了晚上。

女孩吃过晚饭就去练琴，但因为临近考试，琴房早就被一抢而空。她失望地在琴房外的林荫道上徘徊，一边背琴谱，一边等着琴房空出来后好去捡个漏。

这是一个深秋的傍晚，落叶铺了一地，在她脚下细细地啜泣，就像秋日忧伤悱恻的旋律。

悠扬的琴音从一间琴房流淌出来，似乎也带来了流香的秋色，高天白云，远山红树，沉静而明艳，纯净又丰盈……

她被这动人的乐曲深深吸引了，不由自主地走到琴房外，透过敞开的窗户，她看到了弹琴的男孩。

他修长的手指在琴键上如秋水般轻盈地流动，优雅挺直的身影更有着与秋相似的气质，那是天高云淡的秋清、明净飘逸的秋韵，以及远离尘嚣的秋禅……

一曲终了，她依然沉醉在余音绕梁的秋情中，直到一个声音突兀地响起："《秋日私语》是我最喜欢的钢琴曲，知原，你弹得真是太棒了！"

女孩的身体僵住了，她看到开学第一天见过的那位鬈发少女，穿着蓝色背心裙，从墙角一把凳子上站起来，给了男孩一个十分热情的拥抱。

男孩没有动，甚至连手指都没有从琴键上移开，和平日一样平淡、没有起伏的声音，从女友热情的怀抱中冒了出来。

"你想听的曲子我已经弹过了，能让我继续练习吗？"

"哦，好的……你练习吧……我不打扰你了……"女友尴尬地松开手,退回凳子上,又变成了一个不引人注意的隐身人。

琴音再次响起,这次却迅疾得如同暴风雨。窗外的女孩震惊得屏住了呼吸,竟然是柯萨科夫的《野蜂飞舞》,它可是世界上最快、最难弹的钢琴曲之一,其速度令不少音乐系的学生也望而生畏。

男孩一改先前的沉静,整个人瞬间迸发出澎湃的激情,指尖在琴键上飞快而有力地跃动,激烈的琴音如同野蜂一般狂舞!

然而弹到某个部分时,琴音戛然而止,然后又重新开始,又停止,又开始……

反复几次后,男孩终于懊恼地用力敲了一下琴键,钢琴发出一声宛如爆发的嘶吼。然后他沮丧地把头抵在琴盖上,喃喃地说:"不行,我做不到……明明我觉得已经够快了,但那种感觉……那种感觉却始终找不到……"

看见他痛苦沮丧的样子,女孩的心也揪了起来。她很想告诉男孩,他之所以弹不好,不是技巧不够,而是因为这首激烈的曲子根本就不适合他。

《野蜂飞舞》一曲出自歌剧《萨旦王的故事》,根据俄国文豪普希金的小说改编而成。歌剧讲述了这样一个故事——

萨旦王的王后生下了王子,她的两个嫉妒她的姐姐却给远征在外的萨旦王写信,诬告王后生的是一只怪兽。萨旦王派使者回宫,降旨将王后母子装进木桶投入大海。木桶漂到一个孤岛上,王后母子死里逃生,在岛上相依为命。王子长大后,救了一只被兀鹰袭击的天鹅,天鹅变成了一位美丽的公主。她为了报恩,将王子变成一只野蜂,去寻找他的父王。而萨旦王这时也明白了王后的无辜,派人到各海岛寻找王后和王子,但是织布工和厨娘千方百计阻止萨旦王派人寻找,于是化作野蜂的王子就狠狠地痛蜇他们。

这首曲子用活泼的快板、上下翻滚的音流,生动地描绘了野蜂振翅疾飞,袭击两个坏人的情景。因为弹奏的难度大,所以常被人当作炫技的乐曲。

但它真的不适合男孩,他是一个那样淡泊的人,怎么可能弹出曲中那种攻击别人的仇恨、激烈的感觉呢?

几乎就在男孩痛苦发泄的同时,他的女友从凳子上跳起来,一把将男孩搂进自己怀中，将他沮丧的脑袋安放在自己胸口，像个极具耐心的慈母一样安慰他。

"你弹不好这支曲子，只是因为练习得还不够，教授们不都说你是天才吗？假以时日，什么样的曲子你都能弹得很好。刚才那首《秋日私语》不就弹得很完美吗？"

"别再说什么《秋日私语》了！"男孩咬着牙道，"那是弹给你这种外行取乐的，对我来说，它没有一点难度，没有一点挑战！我必须弹奏难度更高的曲子，必须不断突破自己，必须每天看到自己进步，懂吗？"

"我懂，我懂……"女友不再说话，只是温柔地抚摸着他的脑袋。在这种近乎催眠的抚慰下，男孩终于平静下来。

从窗外看去，屋内的灯光静默而温馨，将二人相拥的身影勾勒成一幅优美的剪画。

一阵冷风袭来，女孩打了个寒战，喉咙突然像针刺般发痒，虽然她拼命想要止住，但依然不受控制地爆出了一声压抑的咳嗽。

在这静谧得只有音乐流淌的夜晚，这声突兀的咳嗽就像一颗打破平静水面的石子儿。屋内两人霎时像受惊的鸟儿一样分开，四只眼睛齐刷刷地朝她看来。

那一刻，女孩觉得自己像被四只冰灯给射穿了魂魄，周身发冷，也动弹不了半分。

七

清晨的音乐铃声唤醒了我，这是开学第一天的早晨。

虽然睡了一晚上，但我醒来后依然觉得疲倦，因为做了太多梦，梦里总有那个男孩，他的模样又在我心里激起了一些熟悉的涟漪，但我怎么也想不起在哪儿见过。

这些梦境如此逼真，让我有种窥视别人生活的怪异感觉，有时甚至觉得自己就是梦中的女孩，她所见到的、经历过的一切，都是我的生活，而她的感受，也仿佛就是我记忆的一部分。

但清醒的时候，我清楚地知道，那只是梦境而已。

为什么会做这些真实得令人惊慌的梦？

我的手不由自主地按在左边胸口上，心脏在我掌下安静地跳动，而我却不安地想，这一切都是它带来的吗？

"还愣着干什么？再不起床就要迟到了！"周南茜冲我大声喊道。

我这才发现三位室友都已经起床洗漱去了，而我还坐在床上发呆，于是也赶紧下床，繁忙的一天终于开始了。

下午有一堂专业课，我和三位室友一起来到钢琴教室。说来也巧，我们四个竟然被安排由同一位老师指导，以后将会每周一次在一起上课。

趁老师还没来，大家兴奋地交谈起来。

"听说教我们专业课的教授很年轻，长得也非常帅。"王亚梅迫不及待地抛出自己打探到的消息。

"是啊，是啊，我也打听过。"周南茜兴奋地接过话头，"他是这所音乐学院留校的学生，天才的钢琴演奏家，拿过好几个国际大奖，才毕业没几年就评上了副教授，前途无量啊！"

"这么年轻，这么英俊，还这么有才华……"王亚梅眼里仿佛冒出了无数颗星星，"当知道我的专业课老师是他时，我兴奋得一夜没睡好。"

"不过，我听一位学姐说，这位余教授对学生的要求非常严格。有次学姐上他的课，一个音弹得让他不满意，他就让她反复弹了半个多小时，上完课后，学姐跑回寝室就大哭了一场。"郑露薇忧心忡忡地说，"我还真担心被他挑刺儿呢。"

"我也听师兄说过，他上了余教授的一门选修课，有同学偷懒逃课，点名时让别人帮忙答'到'，结果被余教授发现了。他说：'我可能不知道你的名字，但我一旦听过你的声音，就不会忘记。'你们说，余教授那双耳朵是不是逆天了？"

"就是，太厉害了！上他的课真是让人既兴奋又紧张啊！"

见三个女生说得如此热闹，我终于忍不住插话："请问你们说的这位教授是——"

"是余知原余教授啊，你不知道吗？"三个女生像看天外来客一般诧异地看着我。

"余知原"三个字落入我耳中，就像一只蝴蝶扇动翅膀，掀起了大洋彼岸的惊涛骇浪。

"余知原……知原……余知原……知原……"

就像突然被人一斧头劈开了脑中的混沌，刹那间我明白了，为什么会觉得梦中的男孩那样熟悉，因为他就是那天我在琴房外晕倒后，送我去校医室的人。

冯凯曾咬牙切齿地说出这个名字："余知原……"

梦中少女曾多次甜腻地叫过他的名字："知原……"

我从未想到，梦里的人物在现实中竟会真的存在，所以从未把那个送我去校医室的人跟梦里见过的男孩联系起来。

现在，我毫无准备地，马上就要见到他了。

我的全身因极度紧张而变得僵硬，因为在梦中，那个女孩每次见到他都是这样紧张，这种感觉仿佛也刻入了我的大脑，形成一种条件反射。

有脚步声响起，缓慢而从容，就像刚刚响起的《卡农》钢琴曲。交谈的声音突然消失了，几个女生一齐看向门口，教室里静得像被抽去一切杂音的真空。

在一种虚幻的、不真实的恍惚中，我看见他走进来。

整个人仿佛石化一般，心脏却跳动得异常激烈，似乎随时都会冲出胸腔，扑向那个如魔咒一般折磨着它的人。

他不再是男孩，已褪去了少年的青涩，多了几分成熟，而独属于他的淡泊气质，不但未曾因岁月消减，反而因为教授的身份，更增添了一分威严。

"开始上课吧。"他淡淡地说，"打开琴谱，挑选一支曲子，轮流上来演奏，让我看看你们的水平如何。陈雨琪，你先来！"

竟然第一个被点到，我浑身一颤，霎时紧张得连呼吸都停止了，手忙脚乱地打开乐谱，翻来翻去，不知道该弹哪首才好。

"陈雨琪同学，能快点吗？"余知原皱起了眉头。

他原本就是个清冷的人，就算微微皱下眉头，也有种让人灵魂打战的感觉。

我的手哆嗦起来，胡乱翻到一曲，赶紧走到钢琴前坐下。

琴谱立在琴架上，我定了定神，这才发现自己随手一翻，竟然翻到的是拉威尔《夜之幽灵》组曲中的《水妖》。

这首曲子可是公认的难弹啊，虽然我曾经弹过多次，却不知道能不能达到让这位超级严苛的教授满意的程度。

我暗暗叫苦,正打算另外翻支曲子,"开始吧!"余知原的声音响起。

我后背一阵发毛,直觉有两只锐利的眼睛盯着我,让我不敢无视他的催促,只好硬着头皮开始弹奏《水妖》。

因为太紧张,才弹一个乐句,我的手就打了滑,发出一声难听的破音。

"对不起,教授!"

我收回手,窘得满脸通红。作为钢琴系的学生,犯这样低级的错误,我已经准备迎接严厉的责骂了。

"别紧张!"余知原的声音却出乎意料的温和。

为了让心情尽快放松下来,我深深吸了口气,闭上眼睛。

整个世界变得一片漆黑,然后,猝不及防地响起一阵热烈的掌声。

眼前灯火辉煌,我惊讶地发现,这里竟是学校的音乐厅。

热烈的掌声是送给前一位演奏者的。他正在风度翩翩地谢幕,一身笔挺的燕尾服令他显得越发俊美,就像一位天生的钢琴王子,优雅而高傲。

女孩正在候场,站在舞台右侧,看着男孩对观众敬完礼后朝这边走来。从经久不息的掌声中可以知道,他方才的表演有多么完美。

然而他的微笑似乎遗落在了舞台上,和女孩擦肩而过时,他的表情已恢复了惯常的淡漠,对她视若无睹,甚至连一个眼神的交流都没有。

女孩的手紧紧攥着晚礼服的下摆,脸色变得苍白。

掌声再度响起,女孩上场了,她走出去时已是满脸微笑,绿如碧水的晚礼服勾勒出她美好的身体曲线,微扬的下颌有一种骄傲的美。

越是受伤,就越是骄傲,被掌声环抱的她美得就像孤独的水中仙子。

层层叠叠的礼服如水般流过琴凳,女孩坐在钢琴前,开始弹奏《水妖》……

我的手指落在琴键上,弹出第一个音符……

"朦胧的睡梦里,我仿佛听见一阵美妙和谐的声音,在我身畔,散播着呢喃低语。忧郁柔和的歌声,忽断忽续。听啊,听啊,是我,水之精灵……"

女孩纤长的右手柔若无骨,在大三和弦及其半音之间不断交替、重复,舒缓而轻柔地起伏着,描绘出水波涟涟的迷人景象,音色清亮,神奇又浪漫。

我的左手弹奏出抒情悠扬的主题旋律,通过细微的半音变化不断移调，明暗相间，恍惚迷离，仿佛在倾诉遥远的情思，在轻声吟唱着内心深处的渴求和爱慕。

左右手相互交织在一起，我和女孩的身影交错、重叠，音乐在微波荡漾的水面起伏跌宕……水妖诱惑着自己所爱的青年，在他耳边喃喃低唱，哀求他接受她的指环，成为她的丈夫，一起去拜访她的宫殿，做众湖之王。

乐声渐渐变得哀怨，水妖被无情地拒绝了，青年说他爱着一位凡间的女子，所以不能接受水妖的爱意。

泪水涌出了眼眶，水妖在幽怨地哭泣，琴声渐强，女孩被嫉恨撕扯着胸膛，激烈的琴音像水妖发出的疯狂大笑，她突然消失在骤雨中，水珠沿着蓝色玻璃窗淙淙而流……

泪水滴落在琴键上，女孩在暴风雨般的掌声中抬起头，一眼看到了站在舞台右侧的他。四目相对的一刹那，她在他眼中看到了惊讶和欣赏。

那是她第一次看见那个人露出冷漠之外的表情，那样生动而炫目，就像一道闪电瞬间击中了她的心房。

"温紫涵！"

我含着泪水抬起头，便看到余知原震惊的面孔。他的冷漠威严仿佛被不知打哪儿钻出的铁锤敲得粉碎，只剩下一脸的震惊，一脸的不可思议。

"你怎么可能跟她弹得一模一样？不，不可能，这根本不可能……"

我的右手下意识地抚上胸口，那儿突然传来的绞痛让我感知到了她的存在。

温紫涵……

八

"余教授生病请假了，所以这堂课由我来代他上。"

听完代课老师的话，几个女生露出一脸失望。下课后，她们凑在一起商量要不要去看望余教授。

"那是必须的！老师生病了，我们做学生的当然应该去关心问候一下。"

"我赞成。听说生病的人都很脆弱，我们去看望余教授，他一感动，说不定以后考试对我们就会手下留情呢。"

"对、对……陈雨琪,你去吗?"

我愣了一下,心里有些忐忑不安。自从第一次上课弹奏了《水妖》后,余知原对我的态度就变得很奇怪,他似乎拼命想要从我的演奏中找出另一个人。他让我弹他指定的曲目:柯萨科夫的《野蜂飞舞》,舒伯特的《流浪者幻想曲》,德彪西的《月光》,勃拉姆斯协奏曲,贝多芬奏鸣曲……

"不,不是这种感觉,重来!"

他一遍又一遍地让我重复,直到我弹出令他满意的琴声为止。

只有我自己知道,每次让他满意的弹奏,都是我跟梦中女孩——温紫涵合体的时候。

当我摒弃杂念、全神贯注之际,她就会悄无声息地出现,占据我的身体,借我的双手弹出超越我能力的绝妙琴音。

而每次弹完后,我都能在余知原脸上看到复杂的神情:震惊、恐惧、激动,甚至痛苦……

我能感觉到他并不想听见这些琴音,但他像个强迫症患者一般,在我身上一遍又一遍压榨出这些令他害怕的声音。

我觉得他简直就是在自我折磨!

而我也厌恶了被当成别人替身的感觉。每周一次的专业课对我来说,变成了一种难以承受的负担,当知道自己的身体会被另一个灵魂占据时,那种害怕自己会消失的惶恐便不时地涌上心头,令我坐卧难安。

现在那个折磨我的人生病了,我到底要不要去看他呢?

"去吧,去吧,我们四个一起去!"

"就是啊,我们都去,如果你一个人不去,恐怕不太好吧!"

听其他女生这样一说,我只好答应下来。

余知原就住在这所音乐学院的教师楼里,我们四个女生凑钱买了水果篮和一束鲜花,然后去了余教授家。

"你们找谁?"

开门的女人有一对厉害的眼睛,她的样貌和梦中的鬈发少女重合在一起。

我的脑袋"嗡"的一下,如电光石火一般,耳边响起"啪"的一声脆响,脸上似乎传来刺痛,我震惊地捂着脸,后退一步。

"这一耳光是警告你，"鬈发少女指着我的鼻子骂道，"别再欺侮我家知原，否则我会要你好看！"

极度屈辱的感觉，令我的心脏突然迸发出一阵剧痛。

我咬着牙吸气，眼前阵阵发黑，隐约听到旁边有人说："师母好，我们是余教授的学生，听说他生病了，所以来看望他。"

我打了个冷战，突然清醒过来，发现自己方才竟然在不知不觉中陷入了噩梦般的幻觉。

眼前这个女人和梦中所见的少女相比，明显苍老了不少，眼角已经有了细小的皱纹，紧抿的嘴角显出深刻的纹路，令这张脸多了一种令人望而生畏的专横。

大概养尊处优的生活过久了，她的身体也像一般中年妇女那样发了福，变得有些臃肿。鬈发也盘成了一个老气的发髻，显得严肃而古板。当年的俗气，因为披着青春的外衣，所以还能让人觉得艳丽，而现在岁月磨去了那份张扬的亮色，便只剩下一种黯淡而平庸的俗。

在我们这群具有艺术气质，又正值青春年华的女生面前，她的平庸便被衬托得越发明显。而她似乎也意识到了这一点，所以嘴角抿得更紧了，没有表现出多少热情的样子，只是把门打开，淡淡地说："进来吧！"

我们鱼贯而入，女人一边接过果篮和鲜花，一边朝里间喊："知原，你的学生来看你了。"

余知原趿拉着拖鞋走了出来，他穿着宽大的家居服，脸色蜡黄，模样憔悴了很多。

他招呼我们在客厅沙发上坐下，略为拘谨地说："其实也没什么大碍，你们用不着这么麻烦地来看我。"

"都得肺炎了，还没什么大碍？"师母不满地瞪了他一眼，又对我们几个说，"你们这位老师哪，弹起琴来连命都不要！感冒了也不好好休息，还每天跑琴房弹八个小时的琴，我说你都是教授了，用着得这么拼命吗？家里又不是没有钢琴，琴房那么冷，还非跑那儿去作践身体……"

"艳玲，你少说几句行吗？也不怕叫人笑话。"余知原皱起了眉头。

师母脸色一下就变了："生病的又不是我，我怕谁笑话？"

"你让我安静一下行不行？"余知原捂着嘴无力地咳嗽起来。

"医生说你要多静养，还是回床上去躺着吧。"师母神色缓和了一些，但说话依然不那么客气。

"不用。学生刚来我就去躺着,像什么话?"余知原摆了摆手,咳喘着说。

师母眼神像两根寒锥子,冷冷地向我们刺来。

大家惊觉地说:"余教授,我们不打扰您休息了,祝您早日康复!"说罢,赶紧站起来告辞。

走出余家,大家你看看我,我看看你,忍不住吐了吐舌头。

"师母好凶啊!"

"余教授天天跟这个母老虎待在一起,真是太可怜了!"

"你们大概不知道吧,咱们这位师母啊,以前可是很出名的。"

"很出名?她也拿过什么国际大奖吗?"

"哈哈,你想多了,这位师母连大学都没上过。"

"那余教授怎么会看上她呀?"

"听说她家跟余教授家是邻居,两人青梅竹马,一块儿长大。余教授父亲死得早,剩下孤儿寡母生活得很艰辛,连继续学钢琴的钱都没有。他母亲本来都想让他放弃学琴了,是师母一家接济他们,听说他读大学的学费都是师母打工赚的。余教授能有今天的成就,师母功不可没。所以我猜他娶师母,大概是为了报恩吧。"

"你说师母很出名是怎么回事儿?"

"听说当年师母为了多赚钱,就跑到酒吧陪酒,跳艳舞,结果被人拍下照片发到我们学校的网站上。发帖的人还指名道姓地说余教授靠女人养活,是吃软饭的。听说余教授当年性格高冷,又很受老师们的青睐,所以不少人都暗中嫉妒他。这帖一出来,余教授被骂得很惨,而这位跳艳舞供他读书的师母也就大大地出名了。"

"我看教授还是有良心的人,最后他不是娶了师母吗?"

"可不是!听说当年院长的女儿也很喜欢他,向他表白被拒绝了,一时想不开还跳了楼。"

"真的?"

"还有这样的事儿?"

"太离奇了,简直比言情剧还曲折。"

这段关于余教授的对话在几个女生的一片惊呼声中结束了,而我却陷入更深的迷茫，胸口那儿传来阵阵激烈的跳动，就像一台抽水泵，把回忆一段一段地压入我的大脑。

九

"温紫涵，你太过分了！艳玲有什么做得不对的地方，我向你道歉！你有什么不满都冲我来，为什么要发那种帖子？为什么？"

怒火撕裂了余知原清俊的面容，他的女友任艳玲站在旁边，一脸阴毒地盯着女孩，若不是顾及她身边站着个冯凯，估计早就冲上去猛扇对方耳光了。

面对余知原的质问，女孩气得指尖都在颤抖，但她咬着牙生生忍住了，身子依然站得挺直，就像一只即使受伤也依然骄傲的天鹅。

她望着余知原，似乎不屑于辩解，只是冷笑道："在你心里，我就是这种人？你连问都没问过我，就认定那条帖子是我发的？"

"除了你还会有谁？你总是处处针对我，处处跟我作对。艳玲只不过帮我抱不平，打了你是她不对，我可以代她向你道歉，或者让你打回来也行。但你为什么要发那些照片？你知不知道她有多伤心，她做这一切都是为了我，因为我她才不惜委屈自己，而你却当众揭她的伤疤，不觉得太过分了吗？"

"是啊，所以，你就是一个吃软饭、没骨气的男人！"冯凯在一旁阴阳怪气地说。

余知原就像被毒针狠狠蜇了一下，脸色霎时变得铁青。

"不准这么说知原！"

任艳玲恼怒地扬起手，却被冯凯一把抓住了手腕，"你敢再撒野，别怪我不客气！"

他手指用力，痛得任艳玲眼泪都快流出来了。

"放开她！"余知原吼道。

"放？"冯凯冷笑道，"她竟敢打紫涵，我没卸她一条胳膊算是客气了。这么不要脸的女人你还护着她干什么？知道她给你戴了多少顶绿帽？也只有你这个傻瓜才把她当个宝！"

"别听他胡说，知原，我从来没有做过对不起你的事。"

"哈哈，好一副为男友忍辱负重的模样！其实你不过就是瞅着他有前途，所以才不惜血本地在他身上投资，想套牢这个金龟婿。余知原，你就心安理得地让自己的女友供养？你还算是个男人吗？我真瞧不起你！"

"够了！"女孩突然喊道，"冯凯，放开她！"

冯凯不情愿地松开手，任艳玲龇牙咧嘴地揉着手腕，她不敢对冯凯怎么样，只把怨毒的目光狠狠刺向女孩。

女孩却连看都没看她一眼，只望着余知原，问："你想怎么样？"

"我要你删掉帖子，并且向艳玲道歉！"

"删帖可以，道歉不行。我从来不会为自己没做过的事道歉。"

"你还敢狡辩！"任艳玲愤恨地嚷道。

"好吧，"冯凯突然说，"你们都误会了，其实是……"

"冯凯！"女孩突然打断他，对余知原说，"要我道歉也不难。下个月的钢琴选拔赛，我们就来赌一局。如果我输给了你，我就删掉帖子，并在贴吧上向你和任艳玲道歉。如果我赢了……"

她的视线转向任艳玲，扬起下颌，一字一顿地说："你就必须离开她！"

"不，我不接受！"余知原脱口说道。

"难道你认为自己会输？"女孩似笑非笑地瞅着他，"难怪大家都说你没骨气，原来你连接受挑战的勇气都没有！"

"知原，跟她赌！你绝不会输的！"

任艳玲毫不示弱地盯着女孩，咬牙切齿地说："我还有个条件，如果你输了，就必须在校园里当众下跪，向我道歉！"

女孩目光一冷，死死地盯着她，空气宛如凝固一般。

"好，一言为定！"

字从她齿缝里一个一个地挤出来，她毫不退缩地迎着任艳玲挑衅的目光，两人眼神如刀剑一般交锋，溅起四射的火花！

十

我的手指刚弹出第一个音符，就被打断。

"不对，不是这种感觉，重来！就弹开头，直到找到感觉为止。"

在余知原的要求下,我只好一遍又一遍地弹着第一个音符,手指提起又落下,落下又提起,我心烦意乱,完全无法专注,甚至在下意识地抗拒,拒绝再被另一个灵魂占据身体。

下课的时间到了,其他三个女生都离开了钢琴教室,而我因为没有弹出令教授满意的声音,被留下来,反反复复弹了近半个小时。

我越来越烦躁,而余知原站在窗边,双手插在裤袋里,望着外面似乎陷入了沉思,没有丝毫让我停下来的意思。

我终于忍无可忍,停下弹奏,嚯地站进来,大声说:"我不是温紫涵,请你不要再把我当成她了好吗?我实在是受不了了!"

说到最后一句时,我的声音已然哽咽。这段日子所受的精神折磨,各种委屈和担忧一起涌上心头,让我陷入几乎崩溃的边缘。

"你怎么知道温紫涵?你认识她?"余知原转过头,一脸震惊地问。

她就在我的身体里!

我很想吼出这句话,但残存的理智约束了我,我不想被人当作疯子,所以说:"她母亲是我的干妈,也是我的钢琴老师。"

"难怪你的演奏这么像她……"余知原低下头,像松了口气,又像有种莫名的惆怅。

"为什么一定要让我弹得跟她一模一样?为什么你对一个死去的人这么感兴趣?传言说温紫涵很喜欢教授,向你表白却被拒绝了,是真的吗?"

我一口气问出了一连串尖锐的问题,对方是我的老师,这些问题已经大大逾矩了,但我什么都不管了,只觉得自己必须要找到答案,必须弄清楚温紫涵和余知原之间到底是怎么回事,否则我就会不停地做那些奇奇怪怪的梦,时不时地感受到心脏宛如被重击般的剧痛。

"喜欢我?"听到我的问题后,余知原诧异地看了我一眼,然后露出自嘲的笑,"传言错得太离谱!温紫涵她……从未喜欢过我,相反,她还非常讨厌我。"

"讨厌你?"我被这句话猝不及防地呛了一下。

"没错。在我们那一届学生中,温紫涵是一颗耀眼的明星。她的父亲是院长,人又长得美,一直是众星捧月的对象,而她的才华更是出类拔萃。我一直觉得,她就是人们说的那种'比你出身好,比你聪明,还比你

水妖　　55

努力'的人。她从来不需要为生活担忧，可以一头扎进音乐的世界，因为真正的热爱而无休无止地练琴。而我，从来没有喜欢过钢琴，但大家都说我有天赋，而这也是我唯一能改变命运的方式。别人说我性格孤傲，其实我只是自卑，因为我知道自己跟他们中的大部分人都不一样，我没有资格单纯地享受音乐，必须加倍努力才能实现人生的逆袭。温紫涵对我而言，也只是一颗遥远的星星，有时我会嫉妒她有衣食无忧的生活，但更多的时候我知道，自己跟她根本就是两个世界的人，这辈子都不可能有交集。"

余知原望着窗外，眼神因回忆而显得遥远。

"我第一次知道温紫涵讨厌我，是在一次选修课上……"

"同学，我的笔没墨了，能借你的笔用一下吗？"

女孩从笔袋里拿出备用的笔，男孩伸手去接，她却突然把笔放回笔袋里，冷冷地说："对不起，我突然不想借了。"

"那一刻，我倍感屈辱。她不想借笔，可以说自己没有笔，但她故意拿出笔后，又明白地告诉我，她不想借。用这种方式告诉我她有多讨厌我，瞧不起我……"

"不，不是的。"我慌忙说，"她可能只是……只是……"

然而我没办法说清楚女孩那种复杂、纤细、敏感的情绪，她的矜持仿佛也传染给了我，虽然我知道她有多喜欢余知原，却没办法告诉他一个字。

余知原没有在意我说了些什么，他依然沉浸在对往事的回忆中，话匣子一旦打开，就像泄洪般一发不可收拾地说了下去。

"那时我每天都会去琴房练琴，艳玲有空的时候也会来陪我。有一次在琴房，我练习《野蜂飞舞》，怎么也找不到感觉，很是沮丧痛苦，艳玲就像平时一样来安慰我，没想到被温紫涵看见了……"

随着他的讲述，我的脑海就像放电影一样，又浮现出那个秋日的傍晚，压抑的咳嗽声惊动了拥抱的两人，男孩看到站在窗外的女孩，顿时羞得满脸通红，赶紧推开了任艳玲。

然而对方接下来的一句话，却更令他羞惭难当。

"琴房是用来弹琴，而不是谈情的。如果你不想弹琴，就请把它让给需要的人。"

女孩的声音冷得像深秋的水，将男孩的脸冻成一片酡红，他蓦地站起来，手忙脚乱地收拾琴谱。

"你怎么知道我们不是在弹琴？"任艳玲毫不客气地反呛对方，又一把扯住男孩，"知原，别走，你不是说还要练琴吗？"

"不练了！"男孩咬着牙撂下这句话，拂开女友的手，抱着琴谱匆匆朝外走去。

和女孩擦肩时，他低着头，压根没看见对方苍白的脸色。

深秋的梧桐树飘下一地落叶，当他走出这条林荫小道时，隐隐听到身后传来激烈的琴音。

是那首《野蜂飞舞》！

她竟弹得如此出神入化，琴声仿佛一群愤怒而疯狂的野蜂，在男孩心上狠狠地蜇着。

他知道她在挑衅，在告诉他自己可以比他弹得更好，让他看到自己的失败，再用他的失败来狠狠地羞辱他！

那一刻，男孩心里突然涌起一股从未有过的恨意，仿佛蜂针上的毒素也注入了他的心脏……

"你误会了，真的……她从来没有讨厌过你……她只是不善于表达……或者……是装作讨厌你来掩饰她的害羞……"

我语无伦次地说着，笨拙地想让余知原明白女孩的心意。而他只是奇怪地看着我，然后又自嘲地一笑："你又不是她，怎会知道她在想什么？她一直看我不顺眼，或许因为我是唯一可以在琴艺上跟她一较高下的人。所以每次学校的音乐演出，她都不惜利用院长女儿的特权去改动演出顺序，让她的演奏排在我之后，让观众可以更好地对比我们的琴艺……"

或许，她只是想让你退场时能看到她，哪怕只有一眼。

我在心里默默地说着，突然为温紫涵感到深深的悲哀。

"她练琴几乎到了走火入魔的地步，只要我不离开琴房，她就不会离开。她一定要显得比我更努力，千方百计想要压倒我，成为第一。不得不说，她这种偏执的行为，给我造成了很大的精神压力。其实我一直不明白，她为什么要跟我争，她已经拥有了这么多，为什么还要来剥夺我在钢琴上的最后一点尊严。"

"她不是想跟你争什么，她只是……只是想让你注意到她。"

"注意到她？"余知原似乎被我这个天真的说法逗笑了，"她是那么耀眼的一个存在，谁能不注意到她？而我只是卑微得不想引人注意，所以把自己藏在音乐里。我只想平平安安地度过大学生涯，但她为什么就是不放过我，非要来招惹我？仅仅因为艳玲在琴房安慰我，她就跟辅导员打小报告，说我在琴房谈情说爱，让我被辅导员批评训戒，艳玲也被禁止再进入琴房。她一时冲动扇了温紫涵耳光，结果……"

余知原没有说下去，但后面的事情我已经知道了，一时间心里不知是什么滋味。

一场暗恋竟然演变成这个样子，真不知道该怪温紫涵太矜持，还是怪余知原太迟钝。

"我今天不该说这些。"

余知原突然惊觉过来，脸上露出懊恼的神情。大概他自己也没想到，竟会在一个学生面前说这么多堪称隐私的话。

"因为你给我的感觉太像她了，所以才不知不觉说了这么多，希望你能够把它们都忘掉。"

"好的，教授。"

我低声回答，目送余知原离开教室，他的身影有种难言的孤寂。我禁不住想，如果当年他能明白温紫涵的心意，今天又会是怎样一番光景？

我不该想这么多的，因为这样的思考让我的心脏又疼痛起来，是那种酸涩得似要流泪的痛。

而我独自坐在音乐教室里，完全没有察觉到，不知何时自己已经泪流满面。

十一

"冯凯，你是因为温紫涵才和我在一起的吗？"

面对我突如其来的问题，冯凯拿着筷子的手突然僵在半空。

"你……你怎么突然问这个问题？"

"因为我知道你很喜欢温紫涵。现在她不在了，你就把我当成了她的替身，对吗？"

"傻丫头，你就是你，是陈雨琪，不是什么替身，别再胡思乱想了！"

他夹了一块糖醋排骨放进我碗中,笑道,"这排骨味道不错,多吃点。"

然而我无视他转变话题的企图,一直牢牢地盯着他,而他在我的凝视下渐渐变得不自然起来。

"如果不是因为这个,你根本不会理睬我,对吗?"

我把手按在左胸上,直直地盯着他问。

冯凯脸上的笑容彻底冻住了。

"她就住在这里。"我的掌心感触到下面急促的跳动,"温紫涵,我能看到她,听到她,知道她在想什么……"

冯凯一愣,脸上突然划过欣喜的光:"这么说,她的事你都知道了?快告诉我,她是怎么死的。"

"不是坠楼身亡吗?"我奇怪地看着他,"难道你怀疑……"

"我不信她会无缘无故地坠楼,更不相信她会自杀。所以,雨琪,如果你知道了什么,一定要马上告诉我!"

"我知道……她很喜欢余知原。"我故意说道,不出所料地看见冯凯脸上露出受伤的神情。

"我一直不明白,紫涵为什么会看上那个家伙。靠女人供养的软骨头,除了琴弹得好,几乎一无是处!"

"因为他很干净。"

"干净?"

"是的。温紫涵眼里的余知原,是一个纯粹为音乐而生的人。她以为对方和自己一样痴迷音乐,却不知道钢琴只是余知原逃避现实的工具和改变命运的跳板。她看错了人,也爱错了人。"

"没错!"冯凯把筷子往桌上重重一拍,"当初我也苦口婆心地跟紫涵说过,那家伙就是个绣花枕头一包草,但她就是不相信。所以我发了条帖子,想戳穿余知原的真面目……"

"任艳玲陪酒跳艳舞的帖子是你发的?"

"你都知道了?"冯凯惊讶地看了我一眼,"没错,是我发的,谁叫她竟敢打紫涵!那丫头受了委屈还不告诉我,后来我从其他同学那儿听说了,差点儿没气炸了肺。从小到大,我可没让紫涵受过半点委屈,谁敢欺负她,我就跟谁拼命!她要是个男的,我早把她打趴下了。不过我从来不打女人,所以就拍了几张照片警告她,顺便也让紫涵看清楚余知原到底是个什么样的人。"

"你怎么知道紫涵喜欢他？"我好奇地问。按照我对紫涵的了解，她是一个那样矜持又骄傲的女孩，怎么可能告诉冯凯自己在暗恋某个男孩呢？

"这个……"冯凯脸上突然露出一点可疑的红，说话也吞吞吐吐起来。

"到底怎么知道的，快说！"我冲他一瞪眼。

在我严厉目光的压迫下，他只好坦白："好吧，我说，其实……我是偷看了她的日记。"

"日记？温紫涵写过日记？"

"是的。有一次我陪她逛街，她试衣服的时候让我帮她拿着包。后来包里的手机响了，她叫我把手机拿给她。我拿手机时，无意中看到一本日记。我知道偷看别人的日记是不对的，但是我……我太想知道她到底在想什么了。虽然我们两家是世交，我俩从小一起长大，她早就知道我喜欢她，却从来没有告诉过我她的真实想法，对我也总是忽冷忽热、若即若离的。所以我就趁她在试衣间换衣服的时候，偷偷翻了一下她的日记，结果……"

冯凯眼神黯沉，似乎又想起当年深受打击的一幕。

"那本日记在哪儿？我也想看看。"

"紫涵去世后，吴阿姨把她的遗物都放在她的卧室里，这本日记应该也在那儿。"

吃过晚饭，我迫不及待地拉着冯凯去了干妈家。

看见我们登门，干妈显得很高兴，但当我提出想看温紫涵的日记时，她犹豫了。

"日记是紫涵的隐私，她可能不愿意被别人看到。"

"冯凯告诉我，他怀疑紫涵的死另有隐情。而我最近也常常出现一些与紫涵有关的幻觉，我想如果能看到日记，了解更多之后，或许就能知道紫涵的真正死因。"

"让她看吧！"干爹在一旁突然说道。

干妈还想说什么，却被他一个眼神止住了。她无奈地叹了口气，去卧室找出了温紫涵的日记。

"无论你想起什么，一定要马上告诉我！"干爹把日记本递给我时，郑重地叮嘱道。

他严肃的眼神中有沉甸甸的期待,还有某种我看不透的复杂的东西。

我顿时觉得肩上多了副无形的重担,因为和温紫涵之间那种特殊的联系,我成了解开她死亡之谜的关键人物。

我能找到真相吗?

为什么与紫涵有关的很多事我都能——想起,却迟迟想不起她临死前发生的事?

难道这其中隐藏着什么她不愿回想的可怕秘密?

一种隐隐的不安在我心底盘绕,我心事重重地冲干爹点了点头,抱着日记本去了书房。

十二

静谧的夜晚,我在一盏台灯下,看温紫涵的日记。

难怪干妈不愿给我看,因为紫涵把自己对余知原那些复杂而隐秘的情感毫无保留地倾诉在日记中了。

"当我拿出笔正要递给他时,却突然改变了主意。我恨自己竟然变得如此卑微,让对方牵动了我所有的情绪,而我在他眼中却毫无存在感。不行,我必须让他知道,我不是一个可以随便忽视的人!所以,我收回了笔,告诉他不想借给他。看到他诧异又受伤的眼神,我既快意又难过。很高兴他终于注意到我了,很高兴我也可以令他受伤。但是,他一定会认为我是个刁蛮无礼的人。想到这儿,我的情绪又低落下来……"

"回到寝室,又被室友埋怨,说我没帮她占位,见色忘友。我吓了一跳,难道我的心思这么容易被人看出来?不行,我以后一定要更加小心地掩饰,如果被人知道我暗恋余知原,那我还不如死了算了……"

"看见余知原和他的女友抱在一起,我难受得快要死掉!但我的自尊撑住了我,我绝不能在他面前流露出一丝一毫的脆弱。于是我套上冷漠的盔甲,故意说了伤害他的话,看见他羞愤地离去,我的心里也像掀起了一场风暴。我开始弹奏《野蜂飞舞》,这首曲子正应该由我这样的人来弹,因为嫉妒令我疯狂,我就像渴望报复的野蜂,狠狠地刺伤他,也刺痛了自己……"

"晚上，我失魂落魄地回寝室，路上遇见了辅导员。她曾是我爸的学生，对我也很是关心照顾。见我神色不对，就问我怎么了。我搪塞不过去，只好随口说有同学在琴房谈情说爱，让我们这些想练琴的人反而没有琴房可用。没想到她非要我说出那人的名字，还说会找他谈话，让他以后不要再让女朋友进入琴房。听了这话，我心里一动，竟鬼使神差地说出了他的名字。或许潜意识里，我只是想通过辅导员发泄一下自己的嫉妒。然而回到寝室后，我却开始憎恶自己，什么时候竟变成了一个爱打小报告的人！我爸一直教育我，不要背后说人是非，然而现在，我成了自己最讨厌的那种人。都怪余知原，我恨他，是他让我变得不像自己了！"

"任艳玲约我在公园见面。她的样子很沮丧，说她不知道和我打赌的这个比赛对余知原会那么重要。比赛的获胜者将代表学校去参加一个重要的国际比赛，这是余知原一直渴望的机会。任艳玲认为我是院长的女儿，为了赢一定会不择手段。她不愿意知原失去这么难得的机会，所以请求我取消赌局，也不要我道歉了，甚至说愿意让我还她一耳光，只要我能够把这个机会让给知原……"

灯光仿佛水纹一样波动起来，日记上的字渐渐变得模糊，像掉进水里的墨汁一样分解、融化，然后又慢慢凝聚在一起，变成一幕清晰真实的场景——

是校园那片偏僻的小树林，两个女孩站在一起，正激烈地争执着什么。

"不要用你龌龊的心思来揣度我！我会堂堂正正地比赛，堂堂正正地赢他，绝不会耍弄什么卑鄙无耻的手段！"

温紫涵美丽的面容因为受到羞辱而变得通红，布满了愤怒。

"别说得好听！"任艳玲讥讽地说，"台下的评委哪个不是你爸的同事和下属，那些看着你长大，让你叫着叔叔阿姨的人，他们打分怎么会不偏向你！"

"你觉得余知原输定了，是吗？"

"他和你不一样。你知道他走到今天吃了多少苦吗？你可以轻轻松松就拥有一切，这个机会对你来说微不足道，对他却真的很重要。求求你，退出比赛吧！只要你答应，让我做什么都行！"

"是余知原让你来求我的？"

"不是，我是瞒着他来的。因为我实在不忍心看他发疯似的练琴，把自己逼得快要晕倒。我真不明白你为什么要这样对他。"

任艳玲停了一下，狡黠的目光在对方脸上逡巡，然后缓缓地，以一种暧昧的语气说道："其实……你是喜欢他的，对吗？"

"你胡说！"温紫涵的脸红得像要烧起来，"我……我哪有喜欢他？"

"你看他的眼神瞒不了人。我们是同性，我知道一个女人会以怎样的眼神看自己爱慕的人。你打这个赌，也是为了让我离开他，是不是？好，我答应你，只要你把比赛的机会让给余知原，我就离开他。"

温紫涵又羞又怒地看着任艳玲："你是笃定余知原知道你为他所做的牺牲后，就更不会离开你了，是吗？你以为自己为他所做的一切，是一种很伟大的牺牲吗？其实，你是在用你的恩惠逼他不得不爱你，你这种爱会令他窒息！他对你到底是爱还是感激，恐怕连他自己都不清楚。如果我是你，我绝不会爱得这么卑微，我会让他以我为荣，会和他一样出色，成为能够和他并肩而立的人，而不是躲在他背后见不得人的可怜虫！"

"你凭什么可以高高在上地说出这番话？"任艳玲终于愤怒地爆发，"你不过是仗着自己有个好爸爸，你能理解我们在贫困中挣扎的心酸和无奈吗？我和知原才是同类，你们根本不可能有共同语言，你不会理解他，他也不会理解你，这辈子你们注定是两个世界的人！"

"如果我说绝不退出比赛呢？你凭什么阻止我？"

"就凭这个！"任艳玲突然从口袋里掏出一把水果刀，寒光照亮她眼中的疯狂，"我伤了你这双手，看你还拿什么和知原争！"

水果刀朝温紫涵狠狠刺来，她惊慌地闪避。

在这危急的时刻，冯凯突然出现了。他用力抓住任艳玲的手，两人在扭打中，刀子一不小心在任艳玲脸上划出了一道口子。

她摸到脸上的鲜血，顿时失控地尖叫起来。

"快滚！"冯凯阴狠地说，"如果你再敢伤害紫涵，我不敢保证还会做出什么可怕的事！"

任艳玲怨毒地看了他俩一眼，捂着脸狼狈地离开了。

"紫涵，你没事吧？"

冯凯将啜泣的女孩搂入怀中，拍着她的后背柔声安慰，又心有余悸地说:"那个任艳玲简直是个疯子！以后你一定要离她远点儿，千万别再单独跟她见面了。要不是方才我给你打电话，知道你跟任艳玲要在这儿见面，觉得不放心就马上赶了过来，还不知道会出什么事。要是来晚了一步……"

他想到可能的后果，禁不住阵阵后怕。

温紫涵在他怀中惊魂未定地颤抖着。

等她情绪渐渐平复后，冯凯便问："任艳玲为什么来找你？"

"她想让我放弃后天的比赛，把机会让给余知原。"

"简直岂有此理！"冯凯怒不可遏地说，"余知原太卑鄙了，竟然想用这种办法取胜。"

"不。"女孩慌忙说，"余知原并不知道。"

"你还替他说话！他们两个根本就是一丘之貉！"冯凯恨铁不成钢地咬咬牙，又不放心地问，"你没答应她吧？"

"没有。"女孩子闷声闷气地说，"其实我是想……"

她突然住了口。

夜幕下的小树林在一瞬间碎裂，化作漫天的黑色碎片，像零乱飞舞的黑鸦，融化在淡黄的月光中。

我又从幻觉回到了现实。

眼前依然是一盏台灯，淡黄的灯光笼罩着日记本上秀丽的字体。

"我没有答应任艳玲的要求，虽然我已经决定把这个机会让给余知原，但我不想让他以为是任艳玲为他争取的机会。我要在钢琴大赛上打败他，然后再告诉他，自己准备放弃国际比赛，把这个机会让给他。他一定很惊讶，然后会感激我，我已经迫不及待想看到他脸上的表情了……"

日记到这儿就结束了。

我不知道后来发生了什么事，竟会让温紫涵坠楼身亡。想到她日记里的字字句句，一时心里感慨万千，还有种难以言喻的凄楚。

"紫涵，如果你在我的身体里，请告诉我那天到底发生了什么事！"

我闭上眼睛，虽然集中了全部注意力，却始终没有再出现任何幻觉。

仔细想想，每次幻觉的出现，似乎都是因为有了某个触发点：熟悉的人，熟悉的环境……或者是毫无防备的梦中。

"想起什么了吗？"干爹的声音突然在我身后响起。

"暂时还没有。"

我黯然摇头，合上日记本，对他说："能把这本日记借给我吗？或许它对找出真相有帮助。"

"拿去吧。"干爹点头同意了，迟疑了一下，又叮嘱我，"你自己也要多加小心，我不想紫涵的悲剧再次发生。在我和你干妈心里，你就像我们的另一个女儿，所以你一定不能再出事。如果遇到危险，记得马上打电话给我！"

第一次听干爹说这么多话，我心里顿时暖暖的，同时鼻端也酸酸的。

这一刻，我不再去纠结他们是不是因为温紫涵才对我爱屋及乌，因为我能感觉到他们对我的疼爱和呵护是真挚的，这让我觉得自己真是一个太幸运的人。

而最该感谢的是温紫涵，是她赐予了我新生，并给了我一段以前从未想象过的人生。

现在，她又在冥冥之中指引我，让我预感到自己即将跨进真相之门。

紫涵，如果你真是枉死的，就让我来替你讨还公道吧！

"全都看完了？"干妈不知什么时候也走了进来。

我点了点头。

她的目光扫过我手中的日记本，叹息道："紫涵这孩子从小就是这样的性子，越喜欢什么就越表现得冷淡疏远。她小时候，我们住在大院里，隔壁是她沈阿姨家。她家孩子沈浩常来我们家玩，每次紫涵都对沈浩表现得爱理不理，还经常跟他吵架，被我批评了很多次。那时她跟冯凯倒挺合得来，冯凯还经常帮她欺负沈浩，把人家孩子弄哭了好几回。我们一直都以为她讨厌沈浩。后来沈阿姨一家移民到国外，我们没有告诉紫涵，有一天她突然问我，沈浩哥哥怎么很久都没来玩了？我说沈浩一家搬到国外去了，再也不会回来了。她当时就'哇'的一声大哭起来，我吓了一跳，压根儿没想到她的反应会那么大。过了很长一段时间，她才渐渐淡忘了这件事。然而她这个性子，从小到大一直没有改变过。"

"这孩子就是太敏感，自尊心太强，也不知道像谁。"干爹在一旁插话道。

"像谁？"干妈瞪了他一眼，"我看就是你的翻版！你那心思整天就跟藏在地洞里一样，让人猜来猜去，费老大劲儿都不知道你在想些什么。"

"好啦好啦,别当着孩子的面说这些。"干爹急忙打断她的话,对我说,"冯凯还在外面等你呢,让他送你回去,比较安全。"顿了顿,他突然又加上一句没头没脑的话,"冯凯这孩子不错。"

我的脸唰的一下红了,轻轻"嗯"了一声,抱着日记本走了出去。

冯凯果然还在客厅等我。

送我回去的路上,他问我:"看了紫涵的日记,你对她的死因有头绪了吗?"

"暂时还没有。"我叹了口气,又问,"为什么校园里会有这样的流言,说紫涵是因为向余知原告白后被拒绝才羞愤自杀的?"

"全是无稽之谈!"冯凯气愤地说,"紫涵是那么心高气傲的一个人,怎么可能主动跟余知原告白?"

"我也觉得不可能。但为什么会有这样的传言呢?以紫涵的个性,应该不会让任何人知道她暗恋余知原的事吧。"

"还不都是任艳玲胡说八道。紫涵坠楼身亡后,警察曾来学校调查过,但现场没有监控,也没有目击证人,很难断定是自杀还是他杀。警察根据现场没有挣扎打斗的痕迹这一点,倾向于判定是自杀。我们把紫涵的日记提交给警方,特别提到紫涵跟余知原、任艳玲两人的矛盾冲突,希望他们能查查其中的疑点。而任艳玲在接受警方问询时,竟然说紫涵去找过余知原,向他告白,想把参加国际大赛的机会让给他,以此作为让他抛弃任艳玲,当她男朋友的条件,没想到却被余知原拒绝了。任艳玲还说自己知道后,就骂紫涵不要脸,勾引人家男朋友,她大概觉得没脸见人,一时想不开就跳了楼。"

"原来如此。"我轻轻点了点头,"对不了解紫涵的人来说,这确实是一个合情合理的解释。但我们都知道,她绝对做不出主动告白这种事,所以我同意你的看法,紫涵的死一定另有隐情!"

不知不觉来到了宿舍楼下,正要告别时,我突然一时冲动说:"如果当初紫涵选择的是你,或许悲剧就不会发生了。"

"我也这样想过。"冯凯苦笑道,"但后来我想明白了,就算时间倒流,一切重来一次,紫涵还是会喜欢余知原。因为他俩才是同类,都是出类拔萃的音乐天才,所以会不由自主地被对方吸引。而我呢,虽然跟他们是同学,但论才华,却被他们甩出了八条街,也难怪紫涵看不上我。现在也一样,人家是扬名世界的著名演奏家,而我只是个开琴行的商人……"

他自嘲地摇摇头,打住了话头:"你早点休息吧,我走了。"

望着他落寞的身影消失在漆黑的夜幕中,我的心情也变得沉重。虽然他现在的事业很成功,但心里依然藏着技不如人的隐痛。我曾听干妈说过,当年他为了追紫涵,曾苦练琴艺多年,然而毕竟天赋不高,最终也未能有所突破。

"天才是百分之九十九的汗水,加上百分之一的灵感。"

这是世人皆知的名言,然而又有多少人知道,在它后面还有一句:"但那百分之一的灵感是最重要的,甚至比那百分之九十九的汗水都要重要。"

其实,把灵感换成天赋又何尝不成立?

没有天赋,就算付出再多汗水和努力,或许能让自己变得优秀,却永远无法登上大师的殿堂。

有时真相就是这样残酷。

心高气傲的温紫涵,她的眼睛只看到比自己更强的人,却忽视了一个一直在背后默默关心她的人。

"紫涵,如果现在让你重新选择,你会选谁?"我的右手按上胸口,轻声问道。

心脏那儿突然传来一阵异样的悸动,就像一声抑制不住的呜咽……

十三

一间琴房传出《水妖》熟悉的旋律,吸引我不由自主地朝那儿走去。

推开虚掩的房门,我毫不意外地看到了他,余知原。

琴声戛然而止,他抬起头,微微发红的眼圈带着尚未散去的伤感。

面对我猝不及防的出现,他似乎有些被人撞破的狼狈,沉着脸问我:"你来干什么?"

"我有件事,本想去教授家里拜访,但师母告诉我您在琴房练琴,所以我就找到这儿来了。"

"什么事?"

"我觉得您应该看看这个。"我把温紫涵的日记递给余知原。

他疑惑地接过去,翻看起来,很快就神色大变。

我站在一旁,看着他冷漠的面具一点一点破裂,呼吸渐渐变得急促,指尖微微颤抖……

终于,他看完最后一行字,抬起头,布满血丝的眼睛死死地盯着我,才一开口,声音竟已沙哑。

"这是温紫涵的日记?"

"是的。"

"为什么要给我看?"

"因为我不想她死后还被教授误会。我想,应该让您知道她的真实想法。"

"知道了又如何?"余知原低下头,失神地自语,"她已经不在了。"

"或许教授知道她的真实死因,我认为您应该说出来,才不枉她对您付出的一片真情。"

"你是说……"

"温紫涵到底是怎么死的,我想教授应该比谁都清楚。"

我冷静地望着他,趁对方看了日记心神大乱之际,乘胜追击,说不定就能击溃他的心防,从他嘴里套出真相来。

"想知道温紫涵的死因吗?你应该来问我!"一个冰冷的声音突然在门口响起。

我惊得一回头,就看见任艳玲一脸愠怒地站在门口。

"师……师母好!"我尴尬地打了声招呼。

"你来做什么?"余知原不悦地问。

"有女学生上门找你,我当然要跟来看个究竟。"任艳玲阴阳怪气地说着,完全无视余知原黑沉的面孔。

"你要点颜面好不好!"余知原恼怒地说。能让一向淡泊的他说出这样重的话,可见他确实被气得不轻。

"颜面?"任艳玲冷笑道,"是你先不要颜面,那大家索性都撕破了脸,今天就来说个明白。你以为我不知道你整天跑琴房来干什么?你就是怕我知道你心里还想着那死丫头!我来琴房听过几次,你翻来覆去弹的都是那丫头喜欢的曲子。有好几次参加你们学校的音乐会,我都见过那丫头在台上弹奏时,你看她那种异样的眼神。其实你早就变心了,对不对？"

"你胡说些什么？"余知原恼羞成怒地吼道，"当着学生的面，你少说几句行不行？"

"你敢做，难道我不敢说？你以为我不知道你那些心思？如果不是觉得自己配不上人家，你早就不管不顾地去追了。枉费了我这么多年忍辱负重地为你付出，你还有没有半点良心？其实你心里一直瞧不起我是不是？人家比我长得美，琴又弹得好，还有个当院长的爸爸，我看你做梦都想攀上这个高枝儿……"

"啪！"一声脆响，把歇斯底里的任艳玲打哑火了。

她震惊地捂着脸，嘴唇哆嗦着，沉默了两秒钟，突然爆出一声尖锐的哭叫——

"你竟然打我？"

"这一巴掌，早在五年前就该打了！"

余知原颤抖着手把日记递到她跟前："那次比赛之前，你去找过温紫涵对不对？你想让她放弃比赛，被她拒绝后，竟然想弄伤她的手，好让她参加不了比赛，对不对？"

任艳玲惊疑地接过日记本，看见里面所写的事实后，脸唰的一下白了。

"这……这都是编造的，假的，全是假的！"

"你以为一个人会在日记里编造谎言吗？这本日记她从来没想过会给任何人看，她有必要编造谎言吗？"

"不是的……知原，你听我说……"

"还记得那天你跑来找我，都说了些什么吗？你说温紫涵找人教训你，还拿刀在你脸上划了条口子，让我去为你讨还公道。你还说，温紫涵故意这么做，就是为了扰乱我的心神，让我输掉第二天的比赛。是不是？你是不是这样说过？"

余知原直勾勾地看着她，在对方逼人的目光下，任艳玲越发惊慌失措起来，情急之下竟编不出一个可以搪塞过去的理由。

"所以，日记中写的都是真的。艳玲，以前我并不了解你，所以才信了你的谎言。但现在我已经知道了，你是一个多么狠毒的人！"

"是，我狠毒，我狠毒也是被逼的！我为什么要去找温紫涵？我是为了谁？你这个没良心的，我冒着坐牢的危险为你扫清障碍，你不感动就罢了，竟然还说我狠毒？"

"你做这一切真的都是为了我？你把自己塑造成圣母的角色，让我只能依靠你，仰仗你，离不开你，只能跪在你脚下，等着你所施的恩惠。你用所谓的恩情打造了一个牢笼，把我关在里面，窒息到死也出不去！"

"你说什么？牢笼？我的牺牲对你而言就是牢笼？为了你，我放弃了上大学，早早就去打工，甚至陪酒，跳艳舞，被人戳着脊梁骨骂。这一切我都忍下来了，因为有你。我做这一切都是为了你！"

"我没有要你为我牺牲！你的牺牲对我而言是一种难以负担的压力。你把这牺牲当绳索套在了我的脖子上，让我不得不听从你所有的安排，甚至……娶你，即使我从未爱过你！"

情急之下吼出心里话后，余知原颓然坐回琴凳上，整个人就像瞬间枯败的老树，充满绝望的沮丧。

而任艳玲更是如遭雷击，仿佛支撑她一身气势的骨头突然散了架，浑身都在抑制不住地颤抖。

"好，好……你今天终于说了实话……原来你从来没有爱过我……"

她指着余知原，悲愤地问："为什么你以前不告诉我这些，让我早点死心，早点离开，也好过在你这没心没肺的人身边耗费大好青春！"

余知原黯然道："因为那时的我，不懂得爱和感激有什么分别，而我也习惯了你的存在，并且大部分心思都放在钢琴上，顾不上去想别的。"

"也就是说，如果不是温紫涵的出现，你和我还是能平静地度过一生，是不是？"

余知原低头不语，似是默认了。

"那她现在已经死了。知原，我们不要再为一个死人争执，伤了彼此之间的感情。"

任艳玲上前一步，张开双手，想像往常一样抱住他，做出和解的姿态。

然而余知原起身避开了，他径自走到窗边，望着渐起的暮色，留给对方一个冰冷的背影。

窗外，夕阳已收回对大地的最后一丝眷恋，沉没在遥远的西方。黑色天幕慢慢落下，遮盖了一切，红花绿树、场馆大楼，明朗的校园风物霎时变成了一个个黑色的剪影，在瑟瑟的夜风中沉默。

不知过了多久，他痛苦的声音终于响起，深深切切，搅动了夜色——

"我没办法忘记……我忘不了温紫涵是怎么死的……五年来,我没有一刻得到安宁……我总是梦见她……她在怨恨地质问我……问我为什么不敢说出真相……"

"真相到底是什么？教授，请你说出来吧！"一直冷眼旁观的我，终于忍不住插话。

"想知道真相吗？"任艳玲突然转头盯着我，脸上的肉扭曲着，挤出一个难看到极点的笑，"让我来告诉你！"

她转身朝外走去，边走边说："这儿人来人往的，说话不方便。跟我去天台，我会把事情经过详详细细地告诉你。"

我正要跟上她，身后突然传来余知原惊惧的叫声："艳玲，你想干什么？"

"干什么？"任艳玲突然停下脚步，回头讥诮地看了他一眼，"我要告诉她真相，到现场说不是最合适不过吗？"

她一把抓住我的手，手指冰冷，让我忍不住打了个寒战，还没反应过来，就被她拉扯着，一路走到顶层的天台。

十四

夜晚，天台上的风冷得彻骨。

"五年前,温紫涵就是从这儿跳下去的。"任艳玲把我拽到天台边沿，示意我朝下看。

我刚一探头，顿时觉得一阵头晕目眩。

与冷风同时穿脑而过的，还有一个女孩的声音——

"要我重复一百遍吗？我没有叫人去教训任艳玲,难道你就只相信她的话，而不相信我？"

我心下一激灵，眼前突然出现了女孩的身影。

温紫涵！

她竟爬上了只有一米宽的天台边沿，风吹得她的衣裙"哗哗"作响，而她长长的青丝在风中零乱飞舞，凄美得就像一朵即将飘零的花。

她望着前方一脸震惊的余知原，露出惨淡的笑。

"如果我从这里跳下去，你是不是就会相信我？"

"别开玩笑了！"余知原脸上终于现出惊慌的神情，连声说，"你快下来，快点！"

女孩突然俏皮一笑，故意转过身，张开双臂，像一只想要投向夜空的飞鸟。

"如果你相信我，就抱我下来！"她任性地说。

或许在她心里，此刻自己就像泰坦尼克号上站在船头迎风展臂的女主角，身后会有一双有力的手臂抱住她……然后将她抱下高台，告诉她，自己错怪了她。

她静静地站在高处，就像一只立在悬崖上的孤鹤，紧张而又期待，等着命运的罗盘停下来。

她用自己的生命下了一注，赌余知原不会让她有事，赌对方对她也有好感。

这是属于女性的直觉，无理可循，却又准确之极。

余知原僵立片刻，终于朝前迈出一步——

女孩嘴角微微上扬，露出了微笑。

然而下一秒，我耳边响起一声凄厉的惨叫，仿佛有一股大力从背后推来，眨眼间已失去女孩的踪影，然后是一种恐怖的坠落感，濒死的绝望和痛苦瞬间充斥了我的大脑……

救护车尖锐的声音打破了夜的沉寂，跟着响起一片零乱的人声。

"医生，她怎么样了？"一个熟悉的声音突然钻进耳中。

是冯凯！

"对不起，我们已经尽力了。她伤势太重，无法救回，你们去看她最后一眼吧。"

"紫涵……紫涵……"

撕心裂肺的哭声，是干妈！

"紫涵，你还能听到爸爸说话吗？你放心，爸爸相信你不会无缘无故跳楼，我一定要找到那个伤害你的凶手，为你讨还公道！"

压抑着悲痛的声音，是干爹！

"她的心脏没有受损，真是一个奇迹！不知道你们是否愿意将她的心脏移植给别人，让她的生命以另一种方式延续下去。"

"心脏移植？"

"温叔叔，紫涵曾跟我说，她看过一篇报道，有人移植了别人的心脏后，竟然变得很像那个人，还具备了以前没有的才能。她还说，如果自己死了，就把心脏移植给别人，那不是又可以活过来了吗？所以，我想紫涵一定很愿意移植心脏，而这也是我们唯一的希望，说不定奇迹真的会出现呢？"

伴随着冯凯哽咽的声音，我的心脏一阵剧痛，就像突然被人从胸腔中生生挖了出来。

我痛得呻吟一声，抱着脑袋急促地喘着气。

"怎么，不舒服了是吗？你要不要站上去，体验一下温紫涵跳下去之前的感受？"

一个邪恶得像女巫一样的声音在我耳边响起，然后，我感觉到一双手正把我朝外使劲推去——

我突然惊醒，本能地拼命挣扎起来。

"去死吧！"

伴随着恶毒的咒骂声，我看见任艳玲疯狂而扭曲的面容，恐惧突然涨满了我的胸膛，那颗心激烈地跳动着，像在尖叫，在怒吼……

"够了，艳玲，你还想发疯到什么时候？"

余知原不知何时也冲上了天台，用力一把将任艳玲推开，而我则惊魂未定地躲到他身后。

任艳玲大笑起来，她此刻的样子，真的就像一个丧失了理智的疯婆子。

"发疯？对，我是发疯了！当我偷偷跟踪你们，看到你走过去想要抱住她的那一刻，我就已经发疯了！"

"你说过，如果没有她，我们就能平平静静地度过一生，是不是？"

"所以她应该消失，彻底地从这个世界上消失！"

她的疯话里带着隐秘的信息，在我脑中蓦地擦出火花。电光石火的一刹那，我突然明白了一切。

"原来是你！"我尖声叫道，"是你把温紫涵推下楼去的，对不对？因为你嫉妒她，怕她抢走余知原！"

"是我又如何？"任艳玲像朵有毒的罂粟，笑得格外狰狞，"我只想跟知原好好过日子,那丫头偏要来横插一脚,所以她必须死!"

"你太狠毒,太可怕了!"我望着她,不寒而栗。

十五

深夜,站在天台边沿的女孩,像一只立在悬崖上的孤鹤,背影纤瘦、单薄,楚楚可怜!

余知原情不自禁上前一步,正要伸手去抱她。

一个人影突然从暗处冲出来,像一阵挟着怒气的旋风,在他还没反应过来之前,已用力一把将温紫涵推了下去——

女孩的惨叫声像一万伏高压电击,将余知原击倒在地,浑身的骨头瞬间被恐惧化成了水。

他瘫软地颤抖着,脸色惨白,像见鬼似的望着杀人凶手。

"你,你,你……"他嘴唇哆嗦得太厉害,竟说不出一个完整的句子。

和他相比,凶手却冷静得多,脸上甚至带着他熟悉的笑容。

每次她安慰他,为他打气的时候,总是这样微笑着。

"我是在帮你,知原!"

她俯下身子看着他,声音绵软甜蜜,像包裹着毒药的糖:"只要除掉她,明天的比赛你就能稳操胜券了!"

"不——"他终于找回自己的声音,惊恐而又愤怒地质问对方,"你怎么能这么狠毒?为了一场比赛,你竟然……竟然杀人?"

"我杀人还不都是为了你!如果你输掉了这场比赛,就会失去人生中最重要的一次机会。还有一年你就要毕业了,而你还缺少一个能证明自己实力的重要奖项。难道你想让这么多年的努力付诸东流,再回到那个贫穷的小镇,或者在某个小城市当一名碌碌无为的钢琴教师?"

"可是……你杀了人!这是要偿命的,你知不知道?"

"谁说我杀了人?和她一起来天台的人,是你!如果警方调查的话,你说谁是最大的嫌疑人?我能找到人证,证明今晚我都在陪他喝酒,而你呢?你能找到证据证明自己没有出现在现场吗?"

"你想让我背黑锅?"余知原难以置信地瞪着她,"你……你简直……"

"不，知原，我从来没想过要害你。"

她紧紧抱住对方，将他的头安放在自己胸口，柔声诱哄道："今晚的事，只要你我不说，绝对不会有第三个人知道。她是自己跳楼身亡的，就算有人怀疑也找不到证据。我会告诉警察，你今晚一直跟我在一起，我将会是你最忠实的、永不背叛的证人！"

被她一番连哄带吓，余知原早已六神无主，脑袋里乱成了一锅粥，完全失去了思考的能力。

夜，黑得就像一双罪恶的手，扼住了人的脖子，只听见惊恐的喘息。

"咱们快走吧，别被人发现了！"

她用力拖起浑身瘫软的余知原，硬拽着他，跌跌撞撞地离开了天台。

十六

"知原，你也觉得我很可怕吗？"

任艳玲望着余知原，突然露出一副脆弱的样子。

"艳玲，你去自首吧。"余知原别开脸，似乎不愿看她。

"自首？哈哈哈……"任艳玲突然疯笑起来，"我宁愿死，也不会自首！"

她爬上天台边沿，站在当年温紫涵所站的地方，挑衅地望着余知原。

"知原，你想逼死我，是吗？"

"不是，艳玲，你快下来，有什么话好好说！"余知原跺了跺脚，咬牙道，"为什么你们一个个的都要这样逼我？"

"我就不下来，除非你答应我，再也不提温紫涵的事。"

余知原呆立了片刻，终于痛苦地说："不，我做不到……这五年来，我的良心没有一刻平静过。"他用力揪着胸口，像一个挣扎在深渊中的人，脸上写满了无助的绝望。

"你以为这五年我就过得开心吗？"任艳玲嘶声道，"看你整天像死人一样板着个脸，你知道我心里有多憋闷吗？我们以前在一起是那样快乐，结果都被温紫涵给破坏了！是她毁了我们的生活，她就该死！我从来没有后悔过，就算再回到五年前那个晚上，我还是会做同样的事！"

她斩钉截铁地说着，不曾为自己的罪行感到丝毫忏悔。即使在这黑色的夜里,她的恶毒也像更浓黑的墨汁,肆无忌惮地流淌。

想到无辜惨死的温紫涵,我的心就像被银针狠狠扎着,而怒火沿着针尖迸发出来!

我故作惊恐,望着她身后黑暗的虚空,突然惊声尖叫起来:"紫涵!是温紫涵!她就在你身后!"

任艳玲吓得猛一回头,不料身子突然失去平衡,摇晃了两下竟然栽了下去。

幸好她眼疾手快地抓住了天台边沿,大半个身子悬在外面,惊慌失措地叫道:"知原,快救我!"

余知原急忙跑过去,用力抓住她的胳膊,把她往上拽。但她的身体已经变得肥胖,体重不轻,清瘦的余知原一时没能拉动她。

而我当然不会去帮她。

原本只是想吓吓她,没想到竟然有这么出乎意料的结果。

或许这正是上天对她的惩罚!

余知原仍然没有放弃,他两只手死死抓住任艳玲,涨得满脸通红,使出吃奶的力气往上拉着她。

但她沉重的身子依然拉不动。

两人就这样僵持着,远远望去像悬在死亡边缘的两只蚂蚱。很明显地看出,他们的力气正在耗尽,余知原抓住她胳膊的手开始颤抖,似乎不堪重负,而她的身子也在一点一点地往下滑。

我终于看不下去了,正打算上前帮忙,就听见任艳玲突然问:"知原,你真的要我去自首吗?"

余知原愣了一下,但还是沉痛地点了点头,汗水滴落在她脸上,他一边咬牙拽着她,一边气喘吁吁地说:"别……说话了……先上来……再说……"

任艳玲惨白的脸上突然露出一个诡异的笑容。

"知原,我不想留下你一个人,咱俩一起死吧!"

她脚尖在外墙上用力一蹬,身子顺势往上一挣,竟然抱住了余知原的脖子,用全身的力量坠着他,将对方生生扯了出去,两人搂抱纠缠着,一起摔下了高楼。

这一切发生得太快太突然,等我扑到天台边沿时,已经失去了两人的踪影……

十七

毕业汇报演出的音乐会上，我弹奏了一曲《水妖》。

在如雷的掌声中，我望着坐在台下第一排中间的那个人，我的老师余知原。

坠楼的那一刻，任艳玲一直死死抱着他，无意中用自己肥胖的身体当了肉垫，缓冲了落地时的撞击力，才令他侥幸生还，但也受了重伤。后来他身体一直不太好，饱受病痛的折磨，模样也苍老憔悴了许多。

一想到那个女人连死都不愿放开他，我就觉得不寒而栗。

这样的爱实在太偏执，太可怕了！

我曾经以为，温紫涵就像水妖，爱上了一个不爱自己的人。然而现在我才知道，真正的水妖是任艳玲，她的爱既疯狂又绝望，因为她爱的人从来没有真正爱过她。

"余知原就像她圈养的金丝雀，不能飞，也飞不走。"这是冯凯后来告诉我的一句话。

温紫涵意外身亡后，他曾委托私人侦探调查过余知原和任艳玲，虽然没找到什么有用的线索，却也无意中知道了他们相处的一些细节。

据说任艳玲在平常生活中对余知原照顾得无微不至，但是一切必须由她说了算，一切都得由她安排，就像一部精准的机器，不允许出现任何意外，也不允许有任何违背她意愿的事。

有朋友去他们家做客。大热的天，余知原想吃片冰镇西瓜都不被允许，硬是给他端了杯热气腾腾的绿茶。余知原脸上刚露出不悦，就被她一个"这是为你好"的眼神杀得片甲不留，像一只刚探出头的金丝雀乖乖把头缩回了笼子。

他看书的时候，她会走过来说，看久了对眼睛不好，该出去散散步了。于是她会搀着他的胳膊，在校园里四处展示他们的恩爱。而他则像被爱绑架的囚犯，被她一路扶着慢慢走，就像是年事已高的老人。走一会儿她便说，别累着了，坐下歇歇吧！

……

从冯凯讲述的一个又一个生活细节中，我慢慢拼凑出他们的相处模式。

由始至终，任艳玲都在用她的牺牲、她的付出胁迫他，不动声色地，无所不在地，慢慢收紧她的网，一点一点地侵入他的生活，他的空间，他的一切，甚至他的灵魂。

她用她偏执的爱做了一个精致的牢笼，用她的"贤惠"在那笼上涂上亮闪闪的金漆。

在不知情的外人眼里，他的家是一个令人羡慕的安乐窝。然而只有余知原自己知道，这个家有时压抑得让他难以呼吸，他宁愿长时间待在学校琴房练琴，甚至不止一次想过要逃离。

然而他终究未能逃脱！

演出结束后，我看见余知原在一位女人的搀扶下慢慢离开了音乐厅。

那是他的现任妻子，在医院治病时认识的一位护士。

她的容貌气质都无法跟任艳玲比，唯一的相似之处就是极其勤快能干，把余知原照顾得无微不至。

他们新婚后不久，我和冯凯曾经去拜访他们，发现自任艳玲去世后变得凌乱不堪的家，重新恢复到以前井井有条、一尘不染的状态。

"老余，别喝咖啡，对胃不好！"女人当着客人的面，不由分说地夺下杯子，另外倒了杯牛奶递给余知原。

后者脸上掠过一丝尴尬的笑。

大家都在私下说，这位新娶的妻子和当年的任艳玲一样厉害，把老余管得服服帖帖。

或许一个人当惯了金丝雀，就会渐渐开始依赖笼子，最后失去飞翔的能力。

任艳玲死了，他依然住在金丝笼里，只是换了位主人。

十八

我也有自己的烦恼。

"你到底喜欢的是我，还是温紫涵的这颗心脏？"我噘着小嘴问冯凯。

"这……"

有了前几次的教训之后，这家伙再也不敢回答我的问题。

因为他如果回答喜欢我，那颗心脏就会很生气，然后把暴怒冲动的血液压向我的大脑，迫使我去教训这个可恶的家伙，狠狠揪他的耳朵，这是温紫涵最喜欢的方式。

但如果他回答喜欢温紫涵，我就会很生气地敲他的脑袋，这是我最喜欢的惩罚人的方式。

"你们两个我都喜欢！"

有次他忍耐不住地大吼道。这下更捅了马蜂窝了，我双手并用，一手揪耳朵，一手敲脑袋。

哪个女人愿意跟别人分享恋人的爱？

这家伙蠢得不明白这样的道理，所以活该被双重惩罚！

这样几次以后，冯凯终于学乖了。每次我问这个问题，他总是顾左右而言他："这个……对了，今晚有一场音乐会，国际钢琴大师的独奏，我买了票，咱俩一起去看吧！"

于是我就被成功转移了注意力。

生活就在酸甜苦辣的调味剂中继续着，有时我会觉得，自己在享用原本属于温紫涵的人生，她的音乐天赋、男友、父母的宠爱。

这一切，都是那次心脏移植带来的。

然而我发现自己错了。

当我越来越频繁地回忆起与温紫涵有关的一切，包括一些生活小细节，甚至不为人知的小秘密时，我终于忍不住产生了怀疑。

做过心脏移植手术的人那么多，我却从来没听说过，移植心脏能把别人的记忆一起移植过来。

我查阅过很多资料，也咨询过不少医生，像我这种情况根本不可能出现。

那么，发生在我身上的事，到底该怎么解释呢？

有次在温家吃饭时，我忍不住把自己的疑惑当众说了出来。

饭桌上瞬间沉默了。

干妈不安地看着干爹，而他则看着冯凯。

后者僵硬了两秒，终于说："温叔叔，吴阿姨，我觉得应该把真相告诉雨琪了。"

"真相？"

我刚吞下一口白灼虾，瞬间就被这沉重的两个字噎得喉咙一紧。

干爹神情严肃地放下筷子，对我说："其实，移植给你的，不仅是紫涵的心脏，还有她的记忆。"

时间回到五年前，在决定两个女孩命运的生死关头，温毅轩拨通了一位好友的电话。

"还记得上次你跟我提过记忆移植的事吗？"

"是的。毅轩，你知不知道，最近我的实验又取得了重大突破，我们刚刚把……"

"死者的记忆也可以移植吗？"

"据我推测是可以的。人脑就像一台计算机，即使主机当掉，但我们用特殊手段，依然能从里面提取到所存储的信息。"

"我女儿刚刚去世，她的心脏将被移植到另一位女孩身上。我想知道她死亡的真正原因，所以请你帮帮我！"

"可是我们尚未在人体上做过实验……"

"求求你，我已经没有别的选择。"温毅轩的声音已经哽咽。

话筒那方沉默了片刻，才又问："对方同意吗？"

"我答应心脏移植的条件是要同时进行记忆移植，那女孩原本也活不了多久，她父母已经同意了。"

"那好吧，我试试。但我不能保证结果一定会如你所愿，毕竟我们才刚在活人的记忆移植上取得突破，对死者进行记忆移植，这还是第一次。"

"万事都有第一次。作为一位走投无路的父亲，我愿意冒这个险！"

"也就是说，我在移植心脏的同时，也被移植了记忆？"我惊讶地瞪圆了眼睛，"为什么你们一直没告诉我？"

"因为记忆移植之后，你从来没想起过任何与紫涵有关的事，所以我们都以为记忆移植失败了。为了不影响你的康复，不给你增加额外的心理负担，就没有告诉你这件事。"

"只有一次，你说梦见自己穿着绿色晚礼服，在一个很大的音乐厅里弹奏钢琴。据你父母说，你已经学过几年钢琴，但弹得一般，并且对学琴一直很抵触。但这之后，你就对钢琴产生了浓厚的兴趣。这让我们又看到了一线希望，于是你干妈开始教你弹琴。当你考上这所音乐学院之后，我也安排你住在紫涵曾经住过的宿舍，希望能让你想起点什么。对不起，雨琪，我知道不该利用你，如果你生气的话，干爹向你郑重道歉！"

"我没有生气。"我急忙说，"我的生命都是紫涵给的，我很感激你们。帮她讨回公道也是我一直想做的事。"

"雨琪，你真是个善良的孩子。希望紫涵的记忆不会对你造成困扰。"

"困扰？"

我偷偷瞟了一眼冯凯，看见对方一脸尴尬的笑，不觉掩唇偷笑。

最困扰的，恐怕另有其人吧。

"对了，干爹，"我突然想起什么，又问，"你明明怀疑余知原跟紫涵的死有关，为什么还要让他留校呢？"

"因为我不想让他躲到我找不到的地方，所以才要把他放在自己眼皮底下，等着看他们一点一点露出马脚。"

干爹的城府好深！我暗中咂舌。

"你干爹这个人哪，就是这样，什么事都闷在心里。当初我还埋怨过他，余知原把咱们女儿害得这么惨，为什么还要给他参加国际比赛的机会，为什么还要让他留校。没想到他打的是这个主意。"干妈叹了口气，"看余知原现在的样子，我倒觉得有点不忍心，谁也没想到会是这样的结果。"

"谁叫他当初帮着任艳玲隐瞒真相！"冯凯气呼呼地说，"如果不是雨琪移植了紫涵的记忆，紫涵不是就会一直枉死了？"

"这件事以后不要再提了。"干爹说着，又问我，"你移植了紫涵的记忆，该不会也对余……有什么想法吧？"

"这——"我瞟了一眼冯凯，看见他一脸紧张的样子，不由得心中暗笑。

就让你再多紧张一下吧！

我灵机一动，故作苦恼地说："虽然偶尔我会觉得，自己的身体好像被紫涵的意识占据了，一度还害怕自己会消失。不过现在知道是记忆移植的缘故，反而放心了。紫涵的记忆确实对余知原有好感，但记忆也是会改变的，经过这么多事后，我们都知道，紫涵喜欢的那个余知原只存在于她的想象中，而真实的余知原并不是她所想的那样。更何况，还有我自己的意识……"

我故意停顿了一下,冯凯果然忍不住问:"你自己的意识是怎样的?"

"我自己的意识嘛……"我的脸突然有点发烫,低头拨着碗中的饭粒,声如蚊蚋地说,"我不会喜欢余知原,因为……我已经有喜欢的人了。"

此话一出,我能明显感觉到干爹干妈松了口气,冯凯则露出一脸傻呵呵的笑。

晚餐在一片其乐融融的气氛中结束了。

冯凯送我回宿舍,今晚的月光特别美,照得天地生辉,那种银白的光芒就像梵音一样圣洁。

明天的毕业典礼结束后,我就要离开这里,前往汉诺威音乐学院继续深造。一时间离情别绪压得人心里沉甸甸的,我们两人都有些沉默。

进了校门后,冯凯没有直接送我去宿舍,而是说:"去操场上走走吧,我有话要对你说。"

我们来到操场,在一棵黄桷树下,他突然掏出一只小巧玲珑的首饰盒,打开后,里面是一枚光芒四射的钻戒。

"雨琪,嫁给我好吗?"

月光照得他的眼睛熠熠闪亮,里面有我熟悉的真诚和不熟悉的忐忑。

我微微一笑,突然伸出手,揪住冯凯的耳朵,以一种跟自己截然不同的刁蛮语气说道:"你这个家伙,竟敢爱上别人!"

"紫……紫涵……"冯凯震惊地望着我。

"我回来了,你不高兴吗?"我继续刁蛮地问。

"没……没有……"冯凯赶紧说道,我没有忽略他脸上一闪而过的惊慌,"雨琪说过,你偶尔会占据她的身体。"

"这次不是偶尔,而是永远!"

"什么意思?"

"意思就是说,我回来了,咱俩可以永远在一起了!"

"那……雨琪呢?"

"她当然就消失了。"

"什么?"冯凯一副如遭雷击的样子。

我心中暗笑,语气却更加强硬:"老实承认吧,你现在爱的人到底是我,还是陈雨琪?"

冯凯沉默半晌,终于说:"紫涵,对不起,我只想知道,有什么办法能让雨琪回来?"

"有。"我俏皮一笑。

"什么办法?"他惊喜地问。

我闭上眼睛,甜甜一笑:"用一个爱的吻来交换。"

十九

三年后,我学成回国,与冯凯举行了隆重的婚礼。

考虑再三,我还是在请柬上写下了"余知原"三个字。

过往恩怨都已随风而逝,如今他只是以老师的身份来参加学生的婚礼。

他是坐着轮椅来的。

听说这几年他饱受病痛的折磨,身体每况愈下,已经到了需要用轮椅代步的程度。

数年不见,他仿佛老了几十岁,不再是儒雅潇洒的男人,而是一个两鬓微霜、举止迟缓的半百老人。

我的鼻端微微有些发酸,扯了冯凯一起去给他敬酒。

"听说你要开个人钢琴演奏会了?"余知原问我。

"是的。"我谦恭地回答,"到时候一定请老师光临指教!"

"不错,不错……"

他微微点头,似乎很欣慰的样子,但我从他的眼神深处看到了不易察觉的惆怅。

我知道他如今已经不能再弹钢琴了。

失去了存在的意义和价值,大概就是他如此迅速地衰老的原因吧。

敬了一圈酒回来后,我妈好奇地问我:"坐在轮椅上的那个人是谁?"

"是音乐学院教我专业课的老师,余知原。"

"余知原?"我妈像突然想起什么,说,"你读大学那会儿,有位老师打电话到我们家来问过你的情况,他说自己姓余,说不定就是这位老师。"

"他问什么?"

"他说你的钢琴弹得跟音乐学院一个死去的名叫温紫涵的学生一模

一样,担心在你身上发生了什么不好的事,所以找我们问问原因。我一听他说温紫涵,就想起了记忆移植的事,于是赶紧告诉了他,省得他瞎猜,万一真以为你被鬼魂附身什么的,对你的影响也不好。"

"妈,这么重要的事你怎么没早告诉我?"

"这件事很重要吗?"我妈没想到我的反应这么激烈,诧异地看着我,"你老师让我们不要告诉你他打过电话的事,说弄清原因他就放心了,不想让你知道他曾经对你有过一些不好的揣测。再加上那时候我们还没告诉你记忆移植的事,所以就没跟你提过这个电话。"

听完这番话,我皱眉,陷入了沉思。

余知原竟然早就知道了记忆移植的事,为什么他从来没有提起过?为什么他装作对一切毫不知情?他应该知道,移植了温紫涵记忆的我,迟早会想起那个晚上的事……

我的心"咯噔"一下,像突然触碰到什么危险的东西,却又无法分辨那到底是什么。

这时,一群人又围上来敬酒,说一些祝福打趣的话。几杯酒下肚后,我的脑袋便有些昏沉,再也顾不上去思索这件蹊跷的事。

累了一天,回到新房,我几乎是一沾枕便睡熟了过去。

黑夜无边无际,像浓雾包围着我,令我惶然不知所措。

突然,一道月光从天而降,照亮了我所在的地方。

我顿时吓出一身冷汗,自己竟站在天台边沿。

身后有急促的脚步声"蹬蹬蹬"地响起,我惊惧地回头,目光扫过身后的男孩,他脸上怪异的神情就像一道可怕的闪电瞬间击中了我。

伴随着这道闪电而来的,是一声惊雷般的怒吼:"温紫涵,去死吧!"

一股大力从背后袭来,我惊叫着跌下高楼,黑暗像旋转的激流,霎时淹没了我……

"雨琪,雨琪……"

有人把我从噩梦中摇醒,我满头大汗地睁开双眼,看到的是冯凯担忧的面容。

"你怎么了?"

"做了个噩梦……"

我抚着激跳不已的胸口,努力让自己平静下来,仔细回想梦中情形——

"我想,是紫涵的记忆进入了我的梦中,让我看到了她临死前所看到的一幕……"

心脏那儿突然传来一阵久违的疼痛,我不得不咬牙忍耐,冷汗从脊背大颗大颗地冒了出来。

"那真是噩梦般的一幕……难怪紫涵会把它压抑在记忆最深处,再也不愿想起。"

"到底是什么?你看到的到底是什么?"冯凯惊疑地问。

我苦涩地叹了口气:"紫涵的死,或许并不像我们想的那么简单。"

二十

傍晚,我来到学校的柳苑附近,据说每天这个时候,余知原的现任妻子周洁都会推着他在这儿散步。

果然在一棵柳树下看到了他们,我深深吸了口气,满脸笑容地迎上去,跟他们打了个招呼。

周洁诧异地问:"雨琪,你怎么来了?不是说要跟冯凯去欧洲度蜜月吗?"

"明天的飞机,我是特地来跟老师辞行的。"我微笑着回答。

"难得你有这份心意。说实话,现在还记得老余的人真没几个了……"

或许是看多了人情冷暖,我专程来辞行的这一举动竟令周洁感动起来,连眼眶都有些红了。

余知原尴尬地咳嗽了两声,说:"你刚办完婚礼,还有一大堆事儿要忙,何必专程跑这一趟。"

"没什么。"我依然微笑着,"昨晚突然想起了一些往事,觉得应该来跟老师聊一聊。"

"你老师也经常提起你,说你是他最得意的学生。听说你现在发展得不错,我们都为你高兴呢!"周洁热情地说。

我努力维持着快要僵硬的笑容:"师母,我想带老师在校园里四处逛逛,您不会介意吧?"

"不会!不会!"周洁爽直地摆了摆手,说,"家里还有点事儿,我先回去了。散完步后，麻烦你把老余送回来就行。"

她放心地把轮椅交给我，果然就回家去了。

我推着轮椅，在校园里慢慢走着。我们都没有说话，一一走过那些熟悉的景致，车轮辗过石板路的声音，就像一部老式默片在"沙沙"作响。

恍惚间，好像时光倒流，又回到了从前。

穿过一条林荫小道，我停下脚步。寂静的空气中，有琴声脉脉流淌，不知是哪位勤奋的学子在琴房里刻苦地练琴。

"记得我入校的第一天就在这儿晕倒了，还是老师送我去的校医室。"

"已经是很久以前的事了……"余知原的声音沙哑得就像一位饱经沧桑的老人。

"老师知道我为什么会晕倒吗？"我突然问。

余知原沉默了片刻，方说："不知道。"

"因为我移植了温紫涵的心脏，它听到老师的琴声后，竟然痛苦得快要炸裂了。"

轮椅上的人没有说话，呼吸却变得沉重起来。

我一边推着他往前走，一边说："其实我一直有个疑问，紫涵那么喜欢老师，为什么看到老师后，竟会这么痛苦，甚至还有……恐惧……"

"你到底想说什么？"余知原终于忍不住打断了我。

"老师也知道我移植了紫涵的记忆吧。昨晚我碰巧想起了一些事，所以想找个地方跟老师好好聊聊。"

我推着他进入大楼，乘电梯来到顶层的天台。

月光冷冷地照在天台上，空寂得像铺了一地残雪。

看到这个熟悉的地方，余知原的脸色突然变了。

"老师想不想知道昨晚我想起了什么？或者说，藏在紫涵记忆深处的到底是什么？"

我轻声问道，轻得就像怕惊跑了月光，露出下面丑陋的秘密。

余知原依然固执地沉默着，身体僵硬得像一块石头。

"当温紫涵听到身后的脚步声，惊讶地转过头时，她最后看到的是你脸上怪异的表情。那是一种得偿所愿的满足。与此同时，响起的是任艳玲的咒骂：'去死吧！'

"当紫涵被推下楼的一刹那，你脸上得意的微笑成为铭刻在她记忆深

86　梦境直播

处最恐怖的符号,是她至死也不愿相信的事实。所以她把它埋葬在自己的潜意识里,我虽然移植了她的记忆,却迟迟未能记起她临终前的最后一瞥。

"直到婚礼那天,我从我妈那儿得知你曾经打听过我的事,知道我移植了紫涵的记忆。你知道我迟早会想起那天晚上的事,所以刻意诱导我,甚至在任艳玲面前做戏,让我们都以为你其实也暗中喜欢紫涵,从而更不会怀疑你会对紫涵有什么杀心。任艳玲成为被你利用后无情抛弃的一颗棋子。我想,当初也是你故意向任艳玲透露那场比赛对你有多重要吧,你知道她为了你什么都愿意干,甚至会不择手段,而这正是你想要的结果。"

月光笼罩着天台,把这里变成了一个巨大而空寂的舞台。

一阵略嫌零乱的琴声在舞台上响起,一男一女的身影渐次浮现。

男孩狠狠捶了一下钢琴,霍地站起来,像困兽一样来回走动,痛苦而沮丧地说:"不,我赢不了,根本就赢不了!"

"为什么?"一旁的少女不解地问,"你不是弹得最好吗?老师们不是都夸你是音乐天才吗?"

"天才不是只有一个!"男孩近乎咆哮地吼道,"她也是!我们的琴艺本就在伯仲之间,而她的父亲是院长,就算她想跟我公平竞争,但有了这个赌局之后,她一定会为了赢我而不择手段!"

"算了,别想那么多了。她要赢就让她赢好了,反正我是不会离开你的,到时候气气她也好。"

"你知不知道这场比赛对我有多重要?如果我能胜出,就能代表学校去参加国际比赛,这是我崭露头角、改变命运的绝好机会。但是这个赌局,这个赌局把一切都破坏了!"

他懊恼地用力一拳捶在琴盖上,脸上是被欲望扭曲的狰狞,哪里还有半点平日云淡风清的模样。

少女呆若木鸡地站了半晌,突然从身后抱住他,毅然决然地说:"你放心,我一定会帮你赢下这场比赛!"

男孩静静地站立着,在少女看不到的地方,他嘴角微微一扬,挂上了一丝得意的笑。

那样冰冷可怕的笑容,和温紫涵临死前看到的一模一样。

"当紫涵约你去天台谈话时,你明知道任艳玲就跟在后面,却假装不知。当紫涵让你抱她下来时,你故意照做,果然激起了任艳玲的妒火。当她冲出来推紫涵时,你明明有机会拉住她,但是你没有!

"所以,你其实是在一步步诱导任艳玲,让她主动帮你除掉温紫涵这块绊脚石。后来她差点摔下天台时,你去拉她,却怎么也拉不动。起初我以为是她太胖的缘故,现在才明白,你根本就不想把她拉上来,只是因为我在一旁看着,所以才不得不做做样子,对吧?在你心里,一定恨不得她就这样摔死了,既可以当你的替罪羊,又能让你摆脱她的控制。然而你千算万算,偏偏没算到,紫涵临死前,你脸上的表情已经让她看到了你的杀心。你更没有算到,任艳玲竟然会把你扯下去陪她一起死!所以有句老话说得好:害人终害己。我说得没错吧,老师?"

在我的注视下,轮椅上的人仿佛泥胎木塑一般沉默。

"温紫涵、任艳玲……"我幽幽地叹息,"她们何尝不是可怜的水妖?爱上的人从来没有真正爱过她们。或许你曾经欣赏过温紫涵,依赖过任艳玲,但你最爱的,永远只有你自己!"

我轻轻哼起了《水妖》的旋律,温紫涵和任艳玲仿佛就在这旋律中起舞,从哀婉幽怨到绝望疯狂……

我看到他胸口起伏得越来越厉害,最后突然爆发——

"住口!"余知原使劲拍打着轮椅扶手,暴怒地吼道,"住口!住口!住口!"

我终于住了口。

清冷的月光就像冰冷的雨丝,在水妖消失的一刹那,将痛苦灌满了整个天地。

我的声音也和月光一样冰冷。

"现在我很想知道,当你看到温紫涵的日记,知道她原本打算把比赛的机会让给你时,心里是怎样一种感受,是不是很后悔?"

"后悔?后悔有什么用?像她那种有公主病的千金大小姐,就喜欢玩这种可笑的爱情游戏,摆出一副居高临下施恩于人的姿态,以为像我这样的穷小子就该感激涕零地跪下来高呼'公主万岁',然后一脸奴才相地接受她的施舍?"

余知原冷笑着,月光下的面孔冷酷得像一副坚硬的面具。

"从小我妈就告诉我,没有无缘无故的施舍,你接受了什么,就必须付出更多。我爸去世后,隔壁任叔叔一家经常接济我们,但我不止一次看到,他把我妈压倒在床上。是的,我一直是靠着别人的施舍才走到今天。但是多亏了温紫涵那条帖子,让我知道自己就是一个吃软饭、没骨气的男人!小时候靠我妈被人糟蹋换钱,长大了靠女人陪酒赚钱。看到那么多人骂我,我终于清醒了,于是狠狠发誓,再也不要接受任何人的施舍!我想要的一切,都要自己去争去抢,哪怕杀人放火,我都在所不惜!"

"原来你就是这样变成魔鬼的!"我叹息一声,说,"其实,发那条帖子的人不是温紫涵,而是冯凯。"

"现在说这些还有用吗?"余知原咬牙切齿地说,"我就是一个魔鬼,有时连我自己都憎恨自己。你带我来这儿,如果是要清算我的罪行,那就动手吧!"

"动手?你以为我会把你推下去,给她们报仇吗?"我低下头,在他耳边轻声说,"不,我要你活着,好好活着。像这样终生坐在轮椅上,对你而言,不是件比死更痛苦的事吗?"

他已经瘦得跟皮包骨一样,就连额角青筋的跳动都看得真真切切。

这一刹那,我清楚地知道,温紫涵记忆中的余知原已经彻底死去了。眼前这个坐在轮椅上的,不过是具苟延残喘的躯壳罢了。

我慢慢推着他,离开了天台。

轮椅一路碾过地面,发出空洞的声音,空洞得和他脸上的神情一样。

这声音将如附骨之疽般跟随着他,在无数个漫长的日子里,一声又一声,一声又一声,接连不断,空洞而令人绝望地响起……

夏魈

一

　　这是西北一处渺无人烟的沙漠。考古队正在进行紧张的挖掘。自从可以穿透地表的卫星探测仪问世，全世界众多深埋在地下的古迹都被一一发现，并拍摄出清晰图片，给考古工作提供了极大便利。

　　从照片上看，沙漠中这处古迹是一座占地颇广的地下古城。房屋、街道、水井……一些建筑依然保持完好，但不知何故被掩埋在了地下。

　　随着地表的沙土被大型吸沙器吸走，这座地下古城的面貌逐渐呈现在众人面前。

　　它甚至比照片上看起来更宏伟，但里面看不到人的遗骸，仿佛一夕之间，整座古城的人都莫名地消失了。

　　考古队沿着古城中轴线行走，到了最中心的位置，眼前突然出现了一座石碑，碑上浮刻着一种奇怪的生物，外形酷似虫子，有黑色的甲壳，却长着许多纤长的触须。

　　众人从未见过如此怪异的生物，不觉都好奇地盯着看。这石碑的雕刻工艺委实精湛到了极点，将那虫子刻得纤毫毕露、活灵活现，一根根细长的触须似乎能随风轻舞。

　　"它在动！"一个考古队员突然惊叫起来。

　　众人吓了一大跳，纷纷说："你眼花了吧！"

　　"刚才这根触须明明在这边，但我一眨眼，它就到了那边。"那个队员用抖得像抽风似的手指着其中一根触须，惊恐万状地说。

　　大家倒抽一口凉气，都觉得匪夷所思。不过盯着那虫子看久一点，确实会产生某种错觉，似乎那些虫子在石头上蠕动起来，再加上那个队员言之凿凿的话，顿时让人觉得毛骨悚然。

　　"只不过是错觉，别再自己吓唬自己了！"李杰板着脸说。他是考古队的队长。这次是他拉到大笔资金赞助，又通过某个神秘人物拿到了政府的批文，才能来这儿挖掘古城。从考古队配备的各种先进仪器来看，那个背后资助他的人应该具有极其雄厚的实力。

突然，另一个队员手持的便携式探测仪发出了"嗡嗡"的声音，大伙儿凑过去一看，探测仪屏幕上显示出奇异的轮廓。

"好像是座地宫。"考古队中颇有经验的专家说道。他是某著名大学考古专业的教授，博士生导师任伯达，这次是作为特邀顾问加入这个考古团队的。随行的还有他的弟子许建明，他是第一次参加这种考古活动，因此一直表现出兴味盎然的样子。

"里面似乎有人。"许建明仔细看了屏幕后，惊讶地说。

其他人也都看见了，那座疑似地宫的建筑里，竟密密摆满了类似人体的东西。

是人体，而不是骸骨。

众人面面相觑，都不约而同打心底生出一股寒意。

这座地宫深埋在地下，活人根本无法存活，只能是死尸。然而从对岩石的放射性测试来看，这座古城至少有一千年历史。千年未腐的干尸他们不是没见过，但同时出现这么多具未腐的尸体，还是让人觉得莫名的诡异。

"或许这是古城的坟墓。当时的人用了某种先进的防腐手段，才令尸体千年未腐。这可是重大考古发现啊！"任教授突然兴奋地说。

大家这才反应过来，没错，如果能了解这种防腐手段，那么对现代科学而言，绝对具有重大意义！

于是众人精神为之一振，立刻投入到对地宫的发掘中，用了整整三天时间，地宫的大门终于被打开了。

经年积累的浊气冲了出来。等这股气息消散完，里面注入新鲜空气后，大家才手持探照灯，小心翼翼地沿着一条石阶进入了地宫。

一踏进这里，诡异的感觉又像黑色的雾气，弥漫在每个人心头。这个地宫的内部比想象中简陋得多，不像是精心建造，倒像匆忙挖成的，条石都砌得十分潦草。在探照灯照不到的黑暗深处，隐约传来窸窸窣窣的声音，似乎有什么东西正从沉睡中醒来。

其中一个仪器突然发出了"嘟嘟"的声音，提示这地宫中有生命存在。

夏魈

黑暗中响起众人惊恐的声音。一座被深埋千年的地宫，里面竟然还有活物，这种异乎寻常的现象在人群中激起巨大的不安，就像海啸掀起的狂潮一样冲击着每个人的心防。

"墙上有壁画！"许建明突然叫道。

因为来不及细看，他便拿起摄像机，将墙上的壁画一一拍摄下来，准备回去以后仔细研究。

壁画的线条十分简陋，只能大致看出每一幅画都有人物，它们连缀起来，仿佛在讲述一个故事。

画上出现最多的是一个女人的形象。被时间侵蚀得斑驳的石壁上，她的面容也变得模糊不清，唯有一头长发引人注目，那夸张扭曲的线条令这些头发看上去像无数黑色的灵蛇，时而拖曳在地，时而飞散在空，充满妖异惊悚的气息。

后面几幅画中突然出现了一种黑色虫子，跟石碑上的一模一样。它们叮在人的脑袋上，像在吸血，被叮的人则抱着头在地上打滚，张开嘴似乎在大声惨叫，一副痛苦万分的样子。

在探照灯交错的光线中，这些壁画散发出幽蓝的磷光，使画上的内容越发显得诡秘，让人心里直发怵。

地宫深处不知打哪儿吹来一阵阴嗖嗖的冷风，吹得人人都打了个寒战。壁画的磷光映得众人脸上一片惨青之色，望去如同鬼魅。

"这地方有些邪门，大家小心点儿！"李队长提醒大家。

其中几个队员把斜挎的背包打开，里面竟然是最新款的激光枪。看这几个人的体型和身手，简直可以媲美特种兵。

许建明心里一惊，意识到这个考古队并不简单。他看向自己的导师，发现后者并没有意外的神情，看来知道考古队的情况，许建明稍稍放下了心。

那几个人端着激光枪在前面开路，其余的人小心翼翼地跟在后面，穿过一条阴森的甬道，终于来到地宫的中心位置。

这是一个空旷的大厅，没有棺椁和陪葬品，只有横七竖八密密摆放的人体。

当看清这些人体时，每个人都不约而同地倒抽了一口凉气。

死者身上的衣服已经腐朽不堪，只剩下一些零星的碎片，身体却完好无损,没有丝毫腐烂的迹象,看上去似乎还很柔软,面容也宛然如生,仿佛只是在地宫中沉睡。

然而仪器不会骗人,这座地宫被掩埋在地下的时间确实已有一千多年。

地底冷得仿佛能滴水成冰,寒意直往每个人毛孔里钻,即使再迟钝的人也能察觉到弥漫在这座地宫里的异常气息。

那些千年不变的人体,绝不是什么防腐技术能达到的效果,而是某种无法解释的怪异现象。

许建明拿着摄像机的手抑制不住地发抖,但为了一探究竟,他还是大着胆子靠近了那些怪异的人体,准备做近距离拍摄。

死者痛苦扭曲的面孔出现在屏幕上,跟壁画中一模一样。

突然,屏幕上出现了一个小黑点。

它在动!

许建明蓦地瞪大眼睛,只见其中一具尸体微张的嘴巴里,似乎有什么黑乎乎的东西在蠕动。

还没看清楚是什么,那东西就突然跳出来,"啪嗒"一下粘在他的眼睛上。

许建明吓得大叫起来,拼命用手去抠,那玩意儿却像铁铸一样粘得死紧,根本抠不下来,而且还在使劲往他脑袋里面钻。

"虫子!是虫子!"旁边有人惊呼道。

只见从尸体的口中、眼中、耳中、鼻中,凡是有孔的地方,都爬出了黑色的虫子。它们在尸体上蠕动,像黑色黏稠的熔浆,更有不少虫子向考古队员身上爬来……

"快离开这儿!"众人吓得魂飞魄散,拖着许建明发疯似的朝地宫外跑去。

身后,越来越多的黑色虫子像潮水一般涌来,浩浩荡荡,如一支势不可当的大军。

"快关上地宫大门!"李队长大喊一声。

众人手忙脚乱地关门,在那片黑潮即将涌出地宫的一刹那,沉重的石门及时合上,紧跟着响起一阵噼里啪啦的撞击声,像有无数响箭射在门上。

夏魃

众人无不变色。

这时，立在地宫外的石碑突然"啪"的一下爆裂，从里面飞出上百只黑色虫子，气势汹汹地朝考古队员们扑来。

几支激光枪一起开火，那些虫子在空中被激光烧毁，化作一缕青烟，空气中弥漫着焦臭的气味。

这种新式武器果然威力惊人，所有虫子都被消灭掉了。

大家还没来得及松口气，又被许建明的惨状给吓了一大跳。

那只可怕的虫子已经把纤细的触须全都伸进了他的眼球里。有人想把虫子扯下来，刚一碰到它，许建明就惨叫呼痛，如果贸然用力，恐怕他的眼球会马上爆裂。

众人急得团团转，却又束手无策，眼睁睁看着虫子一点一点钻进了他的脑袋。

当虫子从眼球上消失的一刹那，许建明的视力恢复了，眼睛和脑袋也完好如初，没有任何伤口。

如果不是亲眼所见，没人敢相信，他的脑袋里已经钻进了一只可怕的虫子。

"快送医院！"任教授大叫道。

大家急忙把许建明抬上队里的吉普车，火速送到最近的医院。

X光拍出的片子令所有人大吃一惊。

他的脑袋里确实有异物，但不是虫子。

"从阴影上看，倒像根发丝。"医生拿着片子颠来倒去看了半晌，也没给出一个确切的结论。

那只虫子到哪儿去了？

二

许建明住院观察了一个星期，动用了各种先进的医疗设备，都没在他体内发现任何虫子的踪迹。

因为开颅手术风险极大，加上身体并无不适，所以医生建议暂时不要取出发丝，先观察一段时间再说。

一周后，体检一切正常，许建明出院了。令他懊恼的是，摄像机里的存储卡不见了。他跟李队长说了这事儿，对方问遍了队里每一个人，却无人知道那张存储卡的下落。

"明天我们要重启地宫。"李队长告诉许建明。

后者惊了一跳："你们不怕那些黑虫……"

"这次准备了最先进的金属防护服，把身体全都包裹在里面，那些虫子想叮都没处下口。"李队长得意地笑了两声，又问许建明，"你要跟我们一起去吗？"

许建明虽然心有余悸，但考虑再三，还是同意了。因为他也很想知道，那只钻进自己脑袋的虫子，到底是一种什么样的生物。

第二天，考古队又站在了被关闭的地宫外面。人人都穿着带有护目镜的密不透风的防护服，为首几人手持激光枪，严阵以待。

许建明和任教授站在队伍最后面。许建明心里忐忑不安，偷眼看看教授，后者脸上却是按捺不住的兴奋，眼睛死死盯着地宫，仿佛那是一个充满引力的巨大黑洞，吸走了他的全部心神。

这时正是烈日高照，白花花的日光晒得许建明一阵头晕，加上金属防护服的重量不轻，压得人有些喘不过气来。

恍惚中，眼前似乎飘过一片黑云，令日光也瞬间暗了一暗。

许建明的瞳孔蓦然放大，冷汗顿时湿透了衬衣。

方才飘过的那片黑云，似乎是——女子的乌发？

然而只是一瞬间的事，转眼一切又恢复如常。

阳光依然强烈，弥漫在空气里像灼热的灰尘。许建明把眼睛紧紧闭了闭，再睁开朝四周看了又看，却再也没看到任何异样。周围的人神情也都没有变化，似乎没人看到那片黑云。

难道刚才是被烈日晒昏了头产生的幻觉？

"开宫——"

李队长拖长调子的声音像一记响鞭，把许建明从恍惚的状态中猛地抽醒过来。他呼吸骤然一紧，不由自主地屏息凝神，和其他人一样将双目牢牢盯在那扇正在打开的地宫大门上。

站在前排的几名队员不约而同地握紧了手中的激光枪。

大门缓缓开启，每一下移动都像钢丝一样扯着每个人的神经，让它绷得越来越紧……

终于，地宫之门完全敞开，所有人的心不约而同地重重落下，喘气的声音霎时粗重起来。

就和心中的疑惑一样沉重。

因为，里面竟然空荡荡的，看不到黑虫，也没有一只虫子飞出来。这种全神戒备却一脚踏空的感觉，令众人有些不知所措。

"进宫！"李队长一挥手，大伙儿又像先前一样从宫门鱼贯而入。

地宫的样子跟他们上次来时一样，只是少了那些奇特的人体和黑虫。它们是怎样从大门紧闭的地宫中消失的？

这不是变魔术，而是他们完全无法理解的诡异事件。

最沮丧的是任教授，他与一次足以震惊世界的重大发现擦身而过，这样的打击令他变得有些歇斯底里。

"那些不腐的尸体，还有虫子，都到哪儿去了？"他冲李队长大吼道，"你一定要找到它们，不惜一切代价，一定要找到！"

望着失态的教授，许建明震惊之余，心里也隐隐升起一阵不安。

三

考古队在古城发掘了一个多月，找到不少千年前的器物，收获不可谓不丰。然而任教授的脸色越来越难看，因为他所关心的东西踪迹全无，连一点线索都没有留下。

这个酷热的盛夏，终于在任教授的咆哮声中结束了。

新学期开始后，许建明告别考古队，重返学校完成学业。随着有规律的学校生活的开始，古城中遇到的怪事就像一场不愿回想的噩梦，被封闭在了记忆深处。

这天晚上，他和女友李媛一起去图书馆自习。许建明认真看一本考古专业书，李媛则忙着赶写一篇论文，两人很有默契地做着各自的事情，偶尔抬头看看彼此，心里便有种踏实而温暖的感觉。

对这座南方城市来说，九月的天气依然有些炎热，但是突如其来的，不知打哪儿钻出一股冷风，刮得人全身直起鸡皮疙瘩。

他俩不约而同地朝图书馆门口望去，那儿仿佛有一个强大的磁场，将他们的视线吸引了过去。

一位穿黑色连衣裙的女孩悄无声息地站在门外阴影处，纤瘦的身体仿佛融化在黑夜里，脸孔却白得如同月光。她的五官立体，很像西域人，一头极短的黑发贴着脸颊，令她看上去有种时下流行的中性美。

在看见那个女孩儿的一刹那，许建明的脑袋突然传来一阵剧痛，他捧着头呻吟一声，痛得趴在了桌上。

"你怎么了？"李媛察觉到他的异样，担心地问。

许建明还没来得及回答，图书馆的吊灯突然"滋滋"地闪烁起来，像风中摇晃的烛火，垂死挣扎了几下就骤然熄灭了。

"怎么停电了？"周围传来一片诧异的叫声。

灯光熄灭的一刹那，许建明的头痛突然消失了，和它的出现一样莫名其妙。

"咱们走吧！"他顾不上多想，拉着李媛的手就朝门口走去。一片漆黑中，学生们争先恐后地往外挤，像大海中随着水流奋力游动的鱼群，两人被冲散了。

"建明……"黑暗中传来李媛焦急的声音。

"我在这儿。"许建明循声挤过，一把抓住李媛的手。她的手带着凉意，像浸在深井中，他忍不住打了个寒战。

李媛默默地跟在他旁边。

两人走出图书馆，拥挤的人流散开了，月光如青雾般倾照下来，原本清幽的校园景色突然在月光中碎裂、融化、消散，取而代之的是一片荒凉的古城风光。

一阵沙漠地带干燥的冷风吹来，刮得脸上像起了皱。与此同时，许建明惊诧地发现，与自己牵手的竟然不是李媛，而是方才在图书馆门口看到的那个女孩。

一种莫名的熟悉感像一把极快的刀子划过心脏，掠起一阵酸涩的疼痛。

"建明！"有人突然推了他一把。

许建明蓦然惊醒，入目的是明亮的灯光，还有李媛关切的神情。"你怎么了？"她抽出纸巾，为他擦去额头的冷汗。

"没什么。"许建明讷讷地回答，这才发现自己竟然趴在图书馆的桌子上睡着了，还做了一个奇怪的梦。

"我看你精神不太好,咱们出去走走吧!"李媛提议道。

于是两人收拾好东西走出图书馆,沿一条林荫小道前行不久,就到了湖边。

这片湖被学生们戏称为"情人湖",湖边遍植垂柳,一到晚上,成双成对的情侣就喜欢到这里来散步、谈情。但是今晚,奇怪得看不到那些成双成对的影子,仿佛偌大的湖边就只剩下他们两人。

"媛媛,我怎么觉得这里怪怪的?"

"怪?哪里怪了?"李媛轻笑道。

"你没发现这里没别人吗?"

"这难道不好吗?不会有人来打扰我们……"

李媛的声音怪怪的,许建明心中一跳,脸上有些发烫,同时又觉得有点儿奇怪,说话这么大胆,不像李媛的作风啊!

"咱们坐下歇歇吧!"李媛又说。

两人在湖边的长椅上坐下。湖面泛着粼粼的波光,像许多细小的碎钻一闪一闪,看久了便有些眩晕。就在神情恍惚的一刹那,湖面突然坍塌,湖光消失了,一座蛮荒的古城拔地而起,高高矗立在眼前,迎面吹来的风不再挟带着潮湿的水汽,而是干燥的沙子。

怎么回事?

许建明惊恐地望着李媛,后者不知何时变成了穿黑裙的短发女孩,她的眼睛像两个富有魔力的黑洞,深深吸住他的灵魂:"好好看看这里,难道你都忘记了吗?"

许建明环顾四周,发现自己不知何时已经置身于古城之内。他惊惧地走在城中的石板路上,视线一一掠过房屋、水井、磨坊……

这座古城的格局竟如此熟悉。

仿佛一道闪电劈开混沌的意识,他突然明白过来,这不就是考古时发现的那座废墟吗?

在它荒废之前,一定就是眼前这个样子。

一阵喧闹声从水井那边传来。许建明扭头看去,井边的大槐树下,一群孩子正在疯打嬉闹。其中有个男孩很是威风,他个子比同龄人高出一大截,身体也比他们强壮,自然就成了孩子王。他驱使这群小孩玩官兵捉强盗的游戏,谁不服从他的命令,他就拿手中的竹棍狠狠打谁。

他骑在一个瘦弱的小男孩身上，把对方当成马，让他驮着自己冲锋陷阵。正玩得热闹，远处突然出现了一个小女孩，瘦瘦小小的，提着一个跟她身体不相称的大水桶，吃力地朝井边走来。

"妖怪来了！"孩子王首先看见了小女孩，兴奋地大叫一声，"下面我们玩打妖怪的游戏！"

一群孩子轰然答应，争先恐后地朝女孩冲去，泥巴、石块如雨点般砸在女孩身上。

女孩没哭，也没躲，神情麻木地看着这群小屁孩，任身上糊满了污泥，任石块把自己砸得满脸是血。

"驾！"孩子王大喝一声，挥着竹棍，急不可耐地想要加入战斗。

然而胯下的"马"却一动不动。

"造反了，你！"他怒不可遏地骂道，竹棍狠狠地抽在瘦男孩身上。后者突然用力一掀，把孩子王甩到地上，撒腿跑到小女孩身边，张开双臂护住她，冲其他孩子大喊道："别打了！别再欺负她了！"

"打死他！"孩子王从地上一跃而起，暴跳如雷地冲过去，竹棍带着凌厉的风声，劈头盖脸地抽在瘦男孩身上。其他孩子也纷纷朝他扔石头、吐口水，一块鹅卵石重重砸在他头上，顿时将他砸晕了过去。

那群孩子一哄而散。女孩呆呆地站着，就这么一小会儿，许建明惊讶地发现，她身上流血的伤口正在不断收缩……就像阳光下融化的积雪，像被春风吹落的红色花瓣，狰狞的伤口、淋漓的鲜血，最后都奇迹般地消失了。

女孩从怀中掏出一块布帕，浸了井水，敷在男孩青肿的额头上。

男孩苏醒过来，看到毫发无伤的女孩，十分震惊。

"你……你真的是妖怪？"他结结巴巴地问。

"如果我是妖怪，你害怕吗？"

男孩认真想了一下，挺着胸脯回答："不怕。你就算是妖怪也是好妖怪，因为你从来没害过人。"

听了这话，女孩灿然一笑，刹那间，就像有一朵芬芳甜蜜的花，悄然绽放在她美丽的小脸上。

许建明突然发现，小女孩的容貌竟和黑裙少女有几分相似，小小年纪就可以看出是个美人胚子。只是她有一头长长的秀发，编成粗大的黑色发辫盘在头顶，就像一条盘曲的灵蛇。

"你到底是谁？为什么让我来这儿？为什么要让我看这些？"许建明扭头望着身边的黑裙少女，惊疑地问出了一连串问题。

少女幽幽叹息一声，正要说什么，突然一阵地动山摇，古城瞬间如海浪般剧烈波动起来，很快又散作无数星光，消失在黑暗的虚空……

四

许建明大叫一声醒来，发现自己仍然坐在湖边。李媛摇着他的胳膊，一脸担忧地问："你怎么了？方才你又睡着了，做噩梦了吗？"

许建明惊惶地望着她，已分不清是梦境还是现实，眼前这人是李媛，还是梦中的少女。

"对不起，我有点不舒服，先回去了。"他匆匆跟李媛告别，逃也似的回到了寝室。

第二天，他接到考古队李队长的电话，说要见他一面，是关于他脑中异物的，据说找到了解决办法。

许建明顿时喜出望外，他觉得昨晚遇到的怪事很可能跟钻入脑中的黑虫有关，说不定就是那个不明物体让自己产生了那些莫名其妙的幻觉。

他赶到校门口，李队长的车已经停在外面。刚上车，突然有人用力勒住他的脖子，一块手帕紧紧捂在他的口鼻之上，浓浓的乙醇味儿很快让他陷入了昏迷。

在一片黑暗的混沌中，不知打哪儿吹来的风，携着他悠悠荡荡地，飘过山岗，掠过城郭，落在一望无际的荒野……

他突然意识到这是在古城郊外，远处城墙的轮廓在青雾中若隐若现。

他又看见了当年那个小女孩儿，现在她已经长成了十几岁的少女，容貌秀丽，曼妙多姿，但那长长的拖在地上的乌发，却给人一种鬼魅的感觉，随着她的走动，黑色的发丝像灵蛇一样蜿蜒游过草丛。

是她？

许建明惊讶地发现，她的模样竟跟黑裙少女一模一样，唯一不同的就是多了一头长得出奇的黑发。

一只不知死活的癞蛤蟆在草地上蹦来蹦去，眼看就要碰到少女光洁如玉的裸足，一束发丝"咻溜"一下滑过去，缠住了癞蛤蟆的身子，把它远远抛进了旁边的水塘里。蛤蟆被摔得七荤八素，慌慌张张地溜走了。

"你怕吗？"少女故作凶恶样，问旁边的少年。

"不怕。虽然他们都说你是杀人不眨眼的妖怪，但我知道你心地善良，连只癞蛤蟆都舍不得伤害。"

那位少年身姿挺拔，但只能看到背影，看不见他的模样。

少年的话令少女脸上微微一红，旷原的风吹起她的发丝，凌空飞舞，像一朵盛开的墨莲。

"为什么你要留这么长的头发？"少年好奇地问。

"母亲说，这些头发能保护我。"少女轻抚发丝，它们在她手下宛如有生命一般轻轻波动着。

那画面极美丽又诡异，许建明惊诧莫名，就在这时，一股妖风突然平地而起，卷起少女的黑发，像铺天盖地的乌鸦朝他疾扑而来——

许建明吓得一激灵，终于从梦境中苏醒，然后发现自己正躺在手术台上，旁边是拿着冰冷手术刀的医生。

"你们要干什么？"他惊怒地问。

"别紧张，我们只是要取出你脑中的发丝。"

"这里并不是医院，你们是什么人？到底想干什么？"

许建明费力地扭动脑袋，看了看四周，直觉告诉他，自己所在的地方是一间很僻静的密室。

"你脑中有我们赞助人想要的东西，所以只好委屈你做一次开颅手术。"有人在一旁阴阴地笑道，正是李队长。

"赞助人？"许建明脑中火花一闪，突然明白过来，"有人指使你们去挖掘那座古城，就是为了我脑中的东西？"

"你果然聪明！只可惜，聪明的人一般都活不了太久！"

李队长使了个眼色，旁边就有人拿一只臭烘烘的袜子堵住了许建明的嘴巴。

他惊恐地瞪大眼睛，看着冰冷的手术刀朝自己头上切来，拼命想要挣扎，被绑得结结实实的手脚却动弹不了半分，嘴里的惨叫也变成了模糊不清的呜咽。

我命休矣！许建明绝望地闭上了眼睛。

夏魃

就在这时，脑袋里面突然传来一阵剧痛，像有什么活物要破颅而出。

"虫子，是那只黑色的虫子！"

耳边传来李队长的惊叫声，从对方惊恐的瞳孔中，许建明看到一只长满触须的虫子正从自己鼻孔里慢慢钻出来。

"捉住它！"房间里突然响起一个威严的声音。

那声音有几分耳熟，许建明还没来得及细想，就看见李队长抓起手术钳想要去夹那只虫子，后者灵活一跳，躲过手术钳，又高高弹起，像一道黑色闪电，直射李队长脑门，倏地钻进去，隐没不见。

"它钻进了我的脑袋！"李队长抱着头，惊恐万状地叫着。

"抓住他，开颅，移灯，取虫。"先前那个威严的声音又不带一丝感情地响起。

几个黑衣人一拥而上，抓住李队长，把他死死按倒在另一张手术台上。在后者凄厉的惨叫声中，手术刀毫不留情地切开了他的大脑。一盏紫色的灯移到他的脑袋上，灯光似乎让黑虫失去了行动能力，它趴在那儿一动不动，被手术钳夹出，装进一个特制的玻璃瓶里。

李队长躺在手术台上，红白的脑浆流了一地，已经没了气息。

"把这两人处理掉！"威严的声音命令道。

李队长被人拖出去了。看着奉命处理自己的人拿着刀子走过来，许建明全身都恐惧地缩紧了。

就在这时，窗户突然"哗"的一下被撞开，黑裙少女从窗外跳进来，用力一拳把黑衣人打倒在地。

另外几个黑衣人一拥而上，但这少女身法形同鬼魅，快如闪电，拳脚也力道惊人，没几下便让他们躺倒成一片。

先前下命令的人也被打晕在地，少女从他手里取出装虫子的玻璃瓶，放入自己怀中。

"任教授？"看清那人模样时，许建明惊诧地叫了起来。

屋内突然警铃大作，原来有人趁乱按响了警报器。

"快走！"少女给许建明松了绑，扯着他便往外跑。

"等一下！"许建明一个箭步冲到李队长身边，掰开他紧握的拳头。

方才那伙人抓住李队长时，他看见对方把手伸进裤袋，摸出了一样什么东西。

临死前还紧紧攥在手里，这东西一定很重要！

果不其然，在李队长掌心，他发现了那张不翼而飞的存储卡。

许建明把存储卡塞进口袋，跟女孩冲出了房间。然而他们刚跑到门外，走廊上的警铃便响了起来。

刺耳的尖啸声中，一群黑衣人飞快地朝他们奔来。

"抓住他们！别让他们逃了！"

许建明跟着女孩朝另一个方向跑去。

风声在耳边呼啸，感觉竟如此熟悉。刹那间，周围的景物快速流动，急剧变化着，就像一部突然串台的影片，许建明发现自己竟然身处旷野，身边是长发如蛇的少女，身后一群穿着奇怪服饰的人正在拼命追赶他们。

他震惊地发现，这次自己不再是旁观者，而成了故事的主角。

"那些人为什么要追我们？"他惊疑地问。

"他们想处死我，但我又不想伤害他们，所以只有逃啦！"少女俏皮一笑，这时他们已经跑到了一处断崖边。

"妖女，看你往哪儿逃！"

身后的人气喘吁吁地追上来，在他们前面站住，为首一个青年大喊道："你害死了城主，还妄图毁灭苍龙城，今天我们一定要灭了你这妖孽，为城主报仇！"

那张面孔有几分熟悉，许建明突然想起，他就是当年井边那个"孩子王"。

"他说的都是真的？你真的害死了城主？"

面对许建明的质疑，少女气恼地瞪了他一眼："你不相信我吗？让你看看真相！"

她素手一挥，眼前的空气突然波动起来，无数气流向中心汇聚，很快就在前面形成一片高速旋转的旋涡，旋涡突然静止不动，"噌"的一声，变成一大块透明的镜片，里面渐渐浮现出人物影像。

"城主，是城主！"当镜中出现一位老者时，有人惊讶地大叫起来。

老者须发皆白，愁锁眉间，对身前一位少女说："你感应到苍龙城会有一场大劫，如何才能化解这场劫难？"

少女摇头道："我的力量无法化解劫难，只能⋯⋯"

"城主，你千万别听这妖女妖言惑众！前两天地动山摇，一定是她使

夏魁　103

的妖法，想要毁掉苍龙城。术士早就说过，这妖女是不祥之人，她若在，城必毁。我们应该把她抓起来献祭给山神，才能平息山神之怒。"

"阿古，住嘴！"老者皱起眉头，"你找的那帮术士折腾了好几天，也没能平息山神之怒，依我看，他们才是一伙混吃混喝的骗子。"

"那是因为有这个妖女在……"

"夏魈毕竟是我们看着长大的，我相信她，只有她有法力，能找到拯救苍龙城的办法。"

"城主，你可千万别被这妖女蛊惑，只有她死了，苍龙城才能保全！"

阿古说着，突然拔刀劈向少女，少女一闪身，那刀便落了空。

"阿古，住手！"城主喝道。

阿古却充耳不闻，继续劈杀少女，少女不想与他纠缠，纵身跃出窗外，消失在黑夜中。

城主怒气冲冲地斥责阿古，而阿古不服气地顶撞，最后城主暴怒地吼道："你如此冥顽不灵，不仅迷信江湖术士，还一再煽动众人，处处针对夏魈，阻碍她拯救苍龙城的大计，我一定要将你逐出城去，否则苍龙城就会毁在你手里！"

"你要驱逐我？"阿古瞪着血红的眼睛，狰狞一笑。突然之间，雪亮的刀刃就像跃起的毒蛇，倏地钻进了城主的胸膛。

"你活得太久了，这个城主的位置早就该给我，只有我才能拯救苍龙城！"阿古直视着对方难以置信的眼睛，咬牙切齿地说。

"你这个……畜牲，一定会……遭报应的！"城主悲愤地瞠视着他，然后颓然倒在地上。

阿古嘴角勾起一丝得意的笑，不慌不忙地拭净刀上的血，冲窗外大喊道："快来人啊，妖女杀了城主！妖女杀了城主！"

镜像消失了，众人惊疑地议论起来："原来城主是阿古杀死的。"

"她在撒谎！这些都是她施展的幻术，是妖女编造出来的，大家千万别上当！术士说过，如果放走了妖女，苍龙城就会毁灭，我们每个人都要死！快，快去抓住她！"阿古声嘶力竭地吼道。

"跟我一起往下跳，你怕吗？"少女突然问许建明。

许建明转身望着悬崖，下面的深渊就像巨兽的口，有恐高症的他顿觉一阵眩晕。

"不，不……"他惊恐地摇头。

"闭上眼睛！"少女凶巴巴地命令，然后拉着他往下一跃——

许建明情不自禁地大叫起来，胸膛涨满惊恐的气息，当双脚踏上坚实的地面时，眼前一切都如幻象般消失了。

他发现自己站在草坪上，旁边是他刚刚逃出的房屋，他们从二楼跳下，把追赶的人甩在了身后。

黑裙少女开车送他回学校。

"你到底是谁？为什么我总是在梦境和幻觉中看到你？"一路上许建明再三追问，对方却只是沉默。

到了学校，少女打开车门，许建明迟疑地下了车，耳边突然飘来幽幽的一句话："我是谁，你的心会告诉你。你会想起来的！"

五

回到寝室，许建明迫不及待地取出存储卡，插入电脑，在地宫拍摄的照片一幅幅地呈现在屏幕上。

第一幅图就相当诡异。画上的醒目位置是一阵黑色龙卷风，风涡之上隐隐显露出一张充满兽性的狰狞的男性人脸，而一名村妇打扮的女子，像一片脆弱的树叶，被卷入龙卷风，在黑色的旋涡中徒劳地挣扎、呼救，画面令人毛骨悚然。旁边是条小河，河边遗留着竹篮和几件衣物，看来那女人是在河边洗衣时被卷入旋风的。

第二幅图画的是城中的情景。先前的村妇抱着婴儿低头走在路上，周围的人都对她侧目而视，眼神鄙夷，但更多的是恐惧。

看到第三幅图时，许建明蓦然一震，画上那个长发诡异的小女孩，不正是梦中所见之人吗？

在第四幅图中，一位少女把刀刺进了老者的胸膛，似乎画的正是城主被杀之事。

他突然想起方才在幻觉中所见的景象，少女似乎在告诉他城主被杀的真相，而她是被人诬陷的。

到底孰真孰假？他一时也难以分辨，于是继续看第五幅图。

这幅图上画的是一座神庙，少女正在熟睡，而旁边一位少年偷偷剪

夏魈

下了她的长发。

许建明心中猛地一跳,虽然画面简陋,少年的面容模糊不清,但他还是直觉地感到那人绝不是阿古,能够令少女毫不设防并剪下长发的人,会是谁?

一种前所未有的惶恐突然攫住了他,心底隐隐有个人影浮现出来,但他不敢相信,也不愿相信。

"你的心会告诉你。你会想起来的!"

少女的声音似乎又在耳边幽幽响起,他的脑袋轰的一下,仿佛有一堆尘封多年的石块猛然炸开,将他的灵魂炸出了躯体。与此同时,电脑屏幕突然白光大炽,散发出无比强大的引力,将他一下子吸了进去,附在那画中人物的身上。

少年活了过来,他看了看手中的剪刀和长发,然后惊惧地转头,视线穿透神庙外的黑夜,似乎看见另一个惊恐的自己,正在电脑屏幕之外注视着画上的他。

眼前火光跃动,少女突然苏醒,看到被剪下的长发,顿时又惊又怒:"你为什么要这么做?"

这时,庙门突然被人一脚踢开,一群人手持火把冲了进来,为首之人正是阿古。

"我娘呢?"少年问。

许建明吓了一跳,他虽然附在这个身体上,但身体里仿佛还有另一个灵魂,自己则像个旁观者,看着这个身体不受控制地说话和行动。

"你老娘我已经放了,正在你家破屋等你回去呢!"阿古阴阳怪气地说,"这儿没你的事儿了,走吧!"

少年却没有动。"我要带她一起走!你说过只要她没了长发,失去妖术,就把她当普通人看待,不会再为难她。"

阿古嗤笑道:"妖女就是妖女,就算没了妖术,她依然是个祸根。术士说了,只有拿她祭天,才能平息山神之怒。"

"你竟然骗我!"少年喉间爆出一声怒吼,拦在少女跟前,厉声说,"我不准任何人伤害她!"

"就凭你?"阿古狂笑道,"大伙儿一起上,先解决了这小子,再把那妖女绑了,火祭!"

众人争先恐后地冲上来，少女冷眼看着他们，素手一挥，地上的发丝便飞速旋转起来，越来越快，越来越快……

所有人都被这异象惊呆了，不由自主地停下脚步，眼前只看见一片黑影。突然，这片黑影暴散开来，竟化作一大群黑色虫子，铺天盖地般朝他们扑来——

一阵疾如骤雨的噼啪声响过后，神庙里响起一片鬼哭狼嚎之声。那虫子只要一叮上人，就往身体里钻，杀也杀不死，扯又扯不掉，痛得他们在地上直打滚。

阿古见势不妙，早已脚底抹油逃出庙外，跟他来的那群人却没那样幸运，在地上翻滚一阵后，渐渐不动了，一个个都僵死过去。

"他们都死了吗？"少年惊恐地问。

"没有，他们只是暂时进入了休眠。"

"对不起！"少年痛悔地捶着自己的脑袋，"我真是头不折不扣的大蠢猪，竟然相信了阿古那个浑蛋说的话。"

"你太善良，也太天真了！"少女叹息道，"阿古怎会放过我？为了掩盖他杀死城主的罪行，他会千方百计置我于死地。苍龙城很快就要毁灭了，咱们还是赶快离开这里吧！"

两人快步朝庙外走去，刚跨出门槛，身侧突然传来一阵劲风，少年下意识地把夏魃推开，用后背挡住了暗中袭来的利器。

"去死吧！"耳边传来阿古阴狠的咒骂。

"阿明——"少女哭着扑过来，看见那穿透胸膛的致命一刀，不觉悲痛万分。

"下一个就轮到你了，妖女！"

阿古猖狂大笑着，抽出滴血的刀，正要朝少女当头砍去，少女却突然振臂长啸，衣袂飞扬，狂肆如魔，啸声像龙卷风一样猛烈凌厉，带着无尽的痛苦和愤怒，令人心魂俱裂！

阿古只觉衣袂飘摇欲碎，耳膜剧痛难当，正惊惧间，突然"哗啦啦"一阵乱响，一大群黑压压的虫子争先恐后地从庙里飞拥而出，宛如遮天蔽日的黑鸦，直扑到他身上。阿古瞬间便没了人形，被黑虫密密麻麻地裹了好几层，就像一截焦黑的木桩，直挺挺地立了片刻，便硬邦邦地倒在地上。

夏魃

这时，更多村民赶到了神庙，他们站在远处，畏畏缩缩地不敢上前，为首几个接触到少女犀利的目光，更害怕得连退几步。

大地突然震动起来，像一头即将苏醒的巨兽，神庙被震得灰石瓦砾簌簌地直往下掉。

"妖术，妖术……"众人惊恐地望着少女，就像看着一个可怕的妖怪。

少女冷冷地扫视众人，手指苍天，高声宣告："我，夏魁，当众发誓，三日之后，必将毁灭苍龙城。是时天昏地暗，万物俱灭。尔等蝼蚁之辈，若想活命，即刻离开此城，否则必将粉身碎骨，死无葬身之地！"

仿佛为了印证少女的誓言，苍龙城的祭祀之地，被视为最高神灵代表的神庙，突然"轰"的一声倒塌了。

随着倒塌之声的响起，村民们的心理防线终于彻底崩溃，不知是谁先发出一声喊叫，众人霎时惊慌失措地逃得一个不剩。

"阿明，阿明……"少女扑到少年身边，泪水止不住地涌出，像一串串晶莹的珍珠，落在对方毫无血色的脸上。

许建明能真切地感觉到对方脸上滑落的滚烫的泪水，以及撕心裂肺的巨大悲痛。

"真希望……来生……我们还能在一起……"

他听见从自己口中发出的微弱的声音，凝视着对方被绝望击溃的苍白容颜，一种生离死别的伤感突然从内心深处涌出，刹那间，他似乎真的变成了那位垂死的少年，从肉体到灵魂，跟他合二为一。

"我答应你，"少女泣不成声地说，"来生我们一定会在一起！"

少年含笑而逝。

与此同时，许建明感觉到自己轻飘飘地浮了起来，像一片云，飘入无尽的夜空……

他突然一激灵，瞬间又恢复了神智，然后发现自己正坐在电脑前，看着上面显示的壁画：古老的神庙外，少女抱着死去的少年，瘦弱的身体仿佛被巨大的悲伤压垮了。

许建明静静地呆坐着，心里百感交集，整个人似乎都迷失在了那个疑真疑幻的世界里。

突然，电脑屏幕闪了一下，黑了。

宿舍里的灯也灭了。

怎么这个时候停电？

正惊疑间，外面蓦然响起了敲门声。

六

"咚、咚、咚——"

现在正是周末，宿舍里只有许建明一人，在一片漆黑的寂静中突然听到这样的声音，竟有几分毛骨悚然。

"谁？"他警觉地问。

"我是李媛。"外面传来女友的声音。

许建明吊起的心放了下来，打开手机上的电筒，借着微弱的光去开门。

门开了，女友沉默地站在外面，电筒光照得她的脸格外惨白，且面无表情，看上去形如僵尸。

他吓了一大跳："媛媛，你怎么了？"

一个诡异的笑毫无预兆地在李媛嘴角绽开，她突然扬起一直插在口袋里的手，刀尖的寒光在指间闪耀！

许建明难以置信地望着她，极度的震惊令他大脑一片空白，竟忘了躲避。

刀子伴随着劲风，朝他胸口捅来。

"小心！"有人一把推开了他。

许建明回过神来时，发现那把刀已刺入黑裙少女的腹部。

李媛闪电般拔出刀，又疯狂地朝许建明刺去。后者闪身躲过，抓住李媛手腕，用力一扭，刀掉在了地上。

"你怎么了？"看着失去理智的女友，许建明又是惊讶又是痛心。

"她的意识被人控制了。"少女忍痛说道。

这时许建明才发现，李媛头上戴着一顶奇怪的帽子。方才在黑暗中看不真切，现在仔细一看，帽子质地坚硬，似乎是金属制成的。

"这是意识控制器，快把帽子取下来！"

李媛用力推开他，转身朝外跑去。许建明急忙追上去，终于在校门口追上了她，但对方就像发疯的小兽一般拼命挣扎，他费了很大劲儿才把帽子从她头上扯下来。

帽子取下后，李媛瘫倒在地，像突然断线的木偶。许建明正要去扶她，一辆汽车突然气势汹汹地朝这边冲来，在他们跟前刹住，几个黑衣人跳下车，把许建明打翻在地，又将李媛拽上车，绝尘而去。

许建明忍痛站起来，正要去追汽车，手机铃声突然响了。接通后，话筒里传来一个熟悉的声音："你的女友在我手里，想要她活命的话，就拿黑虫来换！"

"任教授！"许建明又惊又怒，"你到底想干什么？别伤害媛媛，那只虫子不在我这儿。"

"那你就想办法拿到它！"任教授的声音阴狠得像变了个人，"你的一切行动都被我监控了，别想报警或玩什么花样，否则——就等着给李媛收尸吧！"

"喂，喂……"听到电话里传来的忙音，许建明急得直跺脚，却无计可施，看来只有去找那神秘少女想办法了。

回到寝室，里面已经有了灯光。许建明看见少女盘膝坐在床上，除了脸色还有点苍白外，似乎已没什么大碍了。

"你的伤……"许建明惊诧地看着她的腹部，他曾亲眼看见刀刺进那里，还流了好多血，然而现在不仅鲜血止住了，连伤口都几乎看不见了。

"我有自愈能力，难道你忘了吗？"

"你就是苍龙城那个小女孩？"许建明突然想起在水井边看到的一幕。

"没错。"

"苍龙城已经被深埋了一千多年，你却千年不死，难道你真的是……是妖……"许建明喉咙一阵阵发紧，就像被什么死死夹住了，再也吐不出后面的话。

屋内的灯光突然闪烁起来，就像一只落入陷阱的飞蛾在拼命拍打着翅膀。

七

"如果我是妖，你害怕吗？"少女突然问。

她静静地望着他，目光清亮澄净，如浸透了月光的水面，而他的身影就倒映其中，晃出一圈又一圈细小无声的涟漪。

许建明突然失去了呼吸，刹那间，所有恐惧都像浮在水面的清雾一般消散了。

"不怕。"他听到自己的声音，轻柔得如在梦中，仿佛怕惊吓了一只立在花间的蜻蜓，"你就算是妖怪我也不怕，因为我知道，你永远不会伤害我。"

少女羽睫一颤，眼中似流出千言万语，末了却轻轻一叹："其实我倒宁愿自己是妖，可以随心所欲，颠覆生死，不用看到所爱的人死在面前，却无能为力。"

"神庙壁画上画的都是真的？你就是那个长发少女，叫……夏魃。而那个少年，那个少年……"许建明神情恍惚地说着，这几日在幻觉中见到的一切，似乎正在串起一个越来越清晰的认知，就像坚硬的胡桃壳终于裂开了一条缝，让他隐隐窥见到里面的真相。

然而接下来他才知道，真相远比他所想的更离奇。

"是的，我就是夏魃。"少女的声音在室内如水般流动，宛如叹息，"我不是妖怪，但也不是普通人。我的父亲来自——未来。"

"未来？"许建明的的确确被震惊到了，"这么说，你父亲所在的时代已经可以穿越时空了？"

"没错。我父亲驾驶的时空飞船在一次穿越航行中误入了苍龙城所在的时空……"

在夏魃的讲述中，许建明终于知道了当年发生在苍龙城中的事。

时空飞船降落时形成的巨大能量旋涡将正在河边洗衣的夏魃母亲卷了进去，后者受了重伤，在夏魃父亲治疗她的那段日子里，两人暗生情愫，结为夫妻，并生下了女儿。

父亲肩负使命，不久之后，不得不重返未来。母亲带着女儿回到苍龙城，受尽了歧视和攻击。人们都说她母亲是被山鬼掠去，才生下了孩子，所以叫那女孩"夏魃"，还说她有妖术。其实她只是遗传了父亲的基因，具备了未来人的一些能力，例如更强大的力量、更敏捷的反应，以及超强的自愈能力……而她父亲临走前给她留下的一样防身武器，更被人们当作她是妖怪的证据。

"什么武器？"许建明好奇地问。

"就是你见过的黑虫。它其实是在外星球发现的一种生物，一生只繁殖一次，其余时间都在长眠，进入一种假死状态，生命机能接近于零，这样就能存活数千年。一旦遭遇危险，黑虫就会瞬间醒来，对来犯者发起攻击，把毒素注入敌人身体，将对方也变成跟它们一样的假死生物。"

"原来地宫中那些千年不腐的人体，都是被这些虫子注入毒素所致。"

"没错。黑虫被未来人制成了生物武器，静止时可缩为纤毫大小，跟发丝无异，而一旦被发动，就能群化为黑虫，朝敌人发起攻击。父亲不希望我用未来武器大开杀戒，所以就给了我这种只会让人假死的虫子。"

"为什么我脑袋里钻进了一只黑虫，却没有变成假死人？"

"因为我阻止了它。这种生物武器的使用者可以用意念控制那些黑虫。你们刚一进入地宫，里面长眠的虫子便被惊醒，它们的感应也同时传递给了我，而我则用意念阻止了它们释放毒素的行动。"

"地宫中那些人……"

"我已经把他们送回到了过去，就在苍龙城毁灭后不久，我便收回黑虫，让他们苏醒过来，他们会在另一个地方开始新的生活。"

听说地宫里的人无恙，许建明的心顿时踏实了不少，接着便问出一直令自己困惑不解的问题："苍龙城到底是怎样毁灭的？"

他真的不敢相信，这个心地善良，连只蛤蟆都不肯伤害的少女，会做出毁灭苍龙城这样可怕的事。

"苍龙城毁于火山爆发。"少女脸上有悲戚的神色，似乎正沉浸在那段痛苦的回忆中，

"我父亲后来曾再次穿越回来，告诉我们，他在未来世界的古籍上看到，再过几天火山就会爆发，将整座苍龙城埋葬在熔岩之下。那段时间频发地震，就是火山爆发的前兆。父亲想带我和母亲一起回到未来，但我不忍心看众人无辜送命，于是劝说他们离开苍龙城，然而他们在阿古的蛊惑下，不但不相信我的话，还认定是我惹怒了山神，想把我抓去祭天，结果连累阿明为我惨死……"

少女眼中有莹然的泪光，许建明怕勾起她的伤心事，赶紧转移话题问："为什么我能看到苍龙城中的事，有时甚至觉得自己就身在其中？"

"当黑虫在你脑中时，我可以通过与它的感应和意识交流，让你看到

过去的事。黑虫被取出来后,你所看到的,都是我用虚拟时空成像技术为你创建的还原过去的幻境。"

"你为什么要让我看到过去?"

"因为……"少女突然低下头,轻声道,"因为,你就是——'他'。"

"他?"许建明浑身一震,"他是谁?"

"他就是那个为了保护我,被石块砸晕过去的人;那个说不怕我是妖怪,认为我心地善良的人;那个为了保护我,宁愿牺牲自己的人……"

"不,不可能,他已经死了一千多年了!"

许建明蓦然瞪圆了双眼,极度的震惊令他的声音都止不住颤抖起来。

八

一千六百年前,苍龙城。

在神庙废墟旁,少女抱着死去的恋人,整整哭了两天两夜,直哭得肝肠寸断,痛不欲生。仿佛感应到她内心的悲痛,大地持续不断地震动着,像狂暴的野兽,掀翻房屋,撕开地面,从一条条裂缝中冒出白色的气体。

远处那座形同苍龙,被当地人当作神山膜拜的苍龙山,也有烟气不断喷出,就像一条巨龙在暴怒地喘着气。

一群飞鸟惊恐地尖叫着朝这边飞来,又消失在远方。山上的"居民"——无数大大小小的动物,无论走兽还是飞禽,无不惊慌失措地冲下山,像一支浩浩荡荡的迁徙大军,飞快地掠过苍龙城,逃往远方。

这宛如世界末日般的景象令每个人心惊胆战。

"妖女要毁灭苍龙城!"

城中之人无不奔走相告,火速收拾行李,拖儿携女地加入了迁徙大军。

到了第三天,苍龙城中已经空无一人,荒凉得如同鬼域。

一道白光突然划破阴沉的天空,一艘圆形飞行器降落在附近。一个身材高大,穿着奇怪服装的男人走出飞行器,大步流星地赶到夏魈身边,焦急地说:"阿魈,咱们必须马上离开!再不走火山就要爆发了!"

"我哪儿也不去,就在这儿陪着阿明。"夏魈死死抱着少年,流着泪倔强地说。

"傻孩子,他已经死了。"

"他就算死了,我也要跟他在一起!"

"阿魈,别耍小孩子脾气。你娘还在飞船上等你呢,我们一家三口很快就能团聚了。"

"你带我娘回未来吧,不用管我!"

见她如此固执,男人急得直跺脚。突然想起什么,急忙说道:"跟我回未来,我有办法让他复活。"

"真的吗?"少女惊喜地仰起泪痕斑驳的脸,"你有什么办法?"

"未来世界的基因技术可以完美地克隆一个人。从容貌到身材,甚至声音、性格,无不跟他一模一样。"

男人从怀里掏出小刀,割下少年一缕头发,"用这缕头发,就可以克隆出另一个阿明。"

"可是,他却不记得我了。"少女沮丧地说。

"别担心,办法多着呢!你可以在他脑中植入过去的记忆,或者用虚拟时空成像技术让他亲历当年的一切,这样他就可以跟你再续前缘了。"

一番劝说之下,少女终于又燃起了希望。她依依不舍地将阿明葬在神庙旁,带着他的发丝,跟父母回到了未来。

就在他们离开后不久,天空突然变得一片黑暗,滚滚火山灰如同咆哮翻腾的黑龙,直冲云霄,遮天蔽日。灼热的熔岩像无数条金色长龙,从山顶倾泻而下,很快便吞噬了苍龙城,抹除了人类活动的一切痕迹。

听完这个故事,许建明震惊得无以复加,心中百般滋味,难以名状。

半晌,他终于回过神,问:"如果我是你在未来世界克隆出来的,那为什么生活在现在这个时代?"

"因为对你的基因改造意外地失败了。"

原来未来地球的环境跟现在相比,已经有了很大变化。自然界的生存法则就是物竞天择,优胜劣汰。人类和其他生物一样,在不断进化,通过改造自身以适应周围的环境。随着科技的发展,未来人类更运用了基因改造等技术手段来提高自己适应环境的能力。经过一代又一代基因的进化,才有了身体素质更加优良的未来人。然而没有经过基因改造的古人,无法适应未来世界。夏魈的母亲到了未来后,没多久身体就出现了问题,父亲虽然尽了最大努力挽救她的生命,但她依然在几年后去世了。

许建明被克隆出来后,他们发现对他所做的基因改造竟意外失败了。被克隆出来的他和过去一样是个普通人,很难在未来生存下去。为了不再重蹈夏魁母亲的覆辙,只能把他送到两千年前,在人类还未对自己进行改造的时代,交给一户人家收养。

"等一下,我都快被你弄糊涂了。你是说,我是你在两千年后克隆出来的,克隆自一个一千六百年前的古人?"

"是的。"

许建明使劲揉了揉额头,感觉脑袋里乱糟糟的。他这一生受到的震动都没有这个晚上来得多,一个接一个的劲爆信息,就像一场地震再接着一场海啸,将他原以为平常的人生冲击得七零八落、面目全非。

"你放心,虽然你是由他克隆出来的,但你有自己的生活,有自己……所爱的人,我不会强迫你改变什么。"少女的声音透着几分不易察觉的苦涩。

听她提到所爱的人,许建明这才想起方才那个电话,"糟了,任教授抓走了李媛,要我拿黑虫去换。"

"黑虫?他要黑虫干什么?"

"我怀疑他早就知道黑虫的存在。考古队的李队长也听命于他,说不定上次发掘苍龙城的行动就是由他策划并赞助的。当他发现地宫中的黑虫全都不翼而飞时,表现得非常失态。我怀疑他发起那次考古行动就是为了得到地宫里的黑虫。"

"那我们就带着黑虫去见他,看看那个老家伙到底想玩什么花样!"

九

"你们终于来了!"

在上次他们逃出的那幢房子内,两人又见到了任教授。

"媛媛呢?"

"要想见她,先把黑虫给我!"

"我们要先确认李媛是否平安无恙。"夏魁不动声色地说。

任教授打开墙上的视频通话器,李媛出现在视频中。只见她独自坐在一个空房间里,低着头不知在想什么,样子很安静,也没有再戴类似"意识控制器"的玩意儿。

"媛媛!媛媛!"许建明冲视频大喊道。

李媛抬起头来,冲他僵硬地笑了笑,模样憔悴得令人心疼。

"快把人放了!"夏魃把装有黑虫的玻璃瓶递给任教授,后者接过黑虫,如获至宝般看了又看,然后冲对讲机吩咐道:"把人带进来!"

不一会儿,两个黑衣人押着李媛进入房间。

"媛媛,你没事吧?"许建明关心地问。

"我没事。"李媛脸色有些苍白,但还算镇定。

"你们可以走了。"任教授说。

许建明和夏魃对视一眼,两人都没有想到对方会这么爽快地放他们走。但是机不可失,他们来不及多想,还是尽早离开为上。

两人带着李媛朝外走去,刚走到门口,脚下的地板突然消失了,三人足足坠落了十几米,才不偏不倚地掉进一个坚固的囚笼里,笼顶立刻自动合上,再无缝隙。

这一跤摔得着实不轻,若非夏魃适时拉了两人一把,缓解了下坠之力,只怕掉下去不死也得重伤。

夏魃第一个从地上站起来,确认许建明和李媛并无大碍后,方松了口气。然后环视四周,发现这是一个密室。借着昏暗的灯光,她仔细察看笼子,似乎是用某种特殊金属制成的,每两根金属杆之间的缝隙不过两指宽。又试着用力扳了扳金属杆,作为拥有超强力量的未来人,她自信可以扳开任何普通铁杆,然而她使尽全力,金属杆依然纹丝不动。

"哈哈哈——"伴随着一阵猖狂的笑声,一架升降梯停在密室里,任教授走了出来,"这是用最坚硬的合金制成的囚笼,连炮弹都无法轰破它。你就别白费力气了!"

"教授,你要的东西已经给你了,为什么还要把我们关在这儿?"许建明愤怒地问。方才他拿出手机想报警,却一点信号都没有,看来已经被屏蔽了。任教授根本就没打算放他们走。

"因为只有死人才不会泄露黑虫的秘密。"任教授抚摸着手中的玻璃瓶,着迷地看着那只似乎又陷入了长眠的虫子。

"黑虫的秘密?"夏魃一瞬不瞬地盯着他,问,"你又是如何知道黑虫的秘密的？"

"十年前我父亲去世后，我整理他的遗物，无意中在书房看到一本族谱，上面记载了我们家族世代历经的重大事件，其中最离奇的就是苍龙城之变。"

笃定三人已无法从囚笼中逃脱，所以任教授毫无顾忌地讲述了他所知道的一切。

原来当年任家先祖也和众人一起去捉拿夏魈，被黑虫叮咬后，脉搏、气息全无，与死人无异，但面目如生，尸体也多日不腐。他妻子总觉得自己的夫君有朝一日会再次醒来，所以并没有把他和其他人一起葬入地宫，而是带着这位假死人离开了苍龙城。后来这个家族繁衍了一代又一代，而这位先祖的身体却始终完好如生。这件异事渐渐引起了轰动，甚至被写入一些志怪小说。还有人视其先祖为神仙，争相对他顶礼膜拜，烧香请愿，任家借此聚敛了一大笔钱财。后来因田产之争与人结下仇怨，对方向官府告密，说这个数百年不腐的人身是邪妖作祟，蛊惑乡民，扰乱人心，于是官府才下令将其身焚毁。

如果这件异事是在志怪小说上看到，任教授只会付诸一笑，但它记载在任家的族谱上，并且言之凿凿，从细节到人名，再到时间地点，无一不详述在册，这就引起了他的好奇。尤其是其中提到的人体数百年不腐，竟比如今的人体冷冻技术还要先进。如果能揭开其中的奥秘，那么人类岂不就有可能实现长生不老的梦想？

他反复研读族谱，上面提到那些被黑虫叮咬而死的人都被葬入地宫。既然先祖的身体可以数百年不腐，那么这些地宫中的人体很可能也依然保存完好。如果得到这些尸体展开研究，说不定就会揭开人体不腐的秘密。

此后，任教授根据族谱的记载，用了近十年时间寻找苍龙城遗址。然而千年沧海桑田，该城几乎没在地面上留下任何痕迹。直到卫星探测仪问世，他才终于确定了遗址所在地。因为气候的变化，那里如今已成为一片沙漠，而苍龙城就在那片荒凉的沙漠下静静躺了一千多年。

仅凭一己之力无法挖掘古城，于是任教授拿出任家历代积累的财富，赞助了一支考古队。但他万万没有想到的是，地宫中竟然还有黑虫，它们竟然存活了上千年。他立刻敏感地意识到，这些黑虫才是人体不腐的关键,所以千方百计想要取出许建明脑中的黑虫,甚至抓了他的女友来要挟他交出虫子。如今既已得手,当然就要杀人灭口了。

"你真以为这个笼子就能困住我?"

夏魈突然冷冷一笑,从怀里掏出一副手套,慢条斯理地戴上,然后双手握住金属杆,用力朝外一扳——

奇迹发生了,金属杆竟然在她手下慢慢变形。

"不可能,你不可能有这么大的力气!"任教授变了脸色,难以置信地说。

"这副手套可以将我的力气增大数百倍,所以,你根本困不住我。"

随着夏魈说话的声音,金属杆弯曲的弧度不断增大,眼看就要变成可容一人通过的洞口。

任教授脸色变得越来越难看,突然大喝一声:"还不动手!"

话音刚落,一直呆立一旁的李媛突然从怀中掏出一把枪,对准夏魈的后背,扣下了扳机。

"砰——"子弹穿透夏魈身体,击在金属杆上,火花四溅。

一朵血莲在夏魈胸口绽开,她痛得蹙紧眉头,双腿再也无法支撑身体的重量,摇晃了一下,便软软跪倒在地。

"夏魈!"许建明惊呼一声,冲上去扶住她,焦急地问,"你没事吧?"

"这一枪……射中了……心脏……"夏魈凄然一笑,抬头看了看两根金属杆之间还不够宽的缝隙,咬牙道,"扶我起来!"

她依靠许建明的支撑站了起来,双手握住金属杆继续使力。因为击中了心脏,伤口已经无法愈合,再加上过度用力,鲜血流得越发畅快,如溪流般不停地流淌在地上,很快便汇成了一汪触目惊心的血泊。

泪水从许建明眼中夺眶而出,同时流出的还有某种被刻意忽略的情感。他抱住夏魈,紧紧地,仿佛用尽了生命的力量,想要留住一些无可挽回的东西。

"要死,就死在一块儿!"

"不……我要你活下去……好好地……活着……"

夏魈含泪凝视了他最后一眼,然后推开他,继续用力扳动金属杆。

伴随着流淌的鲜血,缝隙在一点一点地扩大……

"还不快杀了她!快!"任教授的咆哮声回荡在密室里。

李媛哆嗦了一下，望着失魂落魄的许建明，眼里突然冒出嫉恨的火花，一咬牙，正要扣下扳机——

"要杀她，就先杀了我！"

许建明突然转过头，死死盯着李媛，整个人都挡在夏魈前面，一副从容赴死的模样。

李媛拿枪的手颤抖起来。

她在对方眼里看到了自己现在的样子，那样的陌生和丑陋。

这时，用完最后一丝力气，望着已经足够大的缝隙，夏魈欣然一笑，身体沿着金属杆软软滑倒在地。

听到身后的动静，许建明急忙转身，刚好抱住倒下的少女。她的微笑如同一朵即将凋谢的绝美的花，绽放在他模糊的视线中。

"夏魈！夏魈……"

他泪流满面地呼唤她，一种从未体验过的痛苦如龙卷风般袭来，挟同两个时空的记忆，那些无法割舍的情缘、纠缠不清的爱与痛化作势不可当的巨瀑，将他心底最柔软的地方冲成一片血海，痛不欲生！

枪，从李媛手中掉了下来。她浑身颤抖着，跪坐在地上。

"你为什么要杀夏魈？为什么？"

面对许建明痛心疾首的质问，李媛神情凄惶，却一言不发。

"你是不是又对她使用了'意识控制器'？"许建明瞪着血红的眼睛，怒问任教授。

"你以为控制人心必须借助仪器吗？"任教授大笑道，"一个嫉妒的女人是最好利用的工具。我只是告诉她，那个女人想抢走她的男友，只要杀死她，我就会放你俩平安离开。于是她就对我言听计从，哈哈哈哈……"

"是真的吗？"许建明惊怒莫名地望着李媛，"你真的因为嫉妒就杀了她？"

"我……"泪水突然从李媛泛红的眼眶里涌了出来，她捂着脸哭泣道，"教授说，他在我身上装了遥控炸弹，如果我不杀了那个女人，就让我跟你一起粉身碎骨。对不起，我不想死，不想……"

"愚蠢的女人！"任教授冷冷说道，"现在你已经没有用了。我再给你们十分钟话别的时间，十分钟后，你们就一起上西天吧！"

"不，教授，你答应过会放我们走。你答应过的……"李媛扑到金属杆前，痛哭流涕地喊道。

"我答应过吗？"任教授讥讽地挑了挑眉，"对不起，我忘了。"

他转身朝升降梯走去，没走几步，就听身后传来一声大喝："站住！"

任教授充耳不闻，继续朝前走。

"再不停下，我就开枪了！"

教授转过身，看着一脸怒气、拿枪对准自己的许建明，笑得越发讽刺："你有什么资格叫我站住？难道没瞧见我身上穿的可是最先进的防弹服！"

许建明的心重重一沉。

他早就觉得任教授穿得很奇怪，一身质地坚硬的衣服把他的身体裹得密不透风，就连头上都戴着防护头盔，原来他早有准备，否则也不会轻易把枪拿给李媛。

就在许建明迟疑的时候，任教授已经走进了升降梯。

升降梯的门缓缓关闭，任教授冲他们得意一笑，说了两个字："再见！"

说时迟那时快，就在门即将合拢的一刹那，许建明扣响了扳机，子弹擦着门缝射进，响起"砰"的一声……

门合拢了。

任教授惊恐地看着地上破碎的玻璃瓶，刚才那颗子弹恰好击碎了瓶子。

瓶内的黑虫跳出来，一下子蹦上防弹盔，在他惊恐的目光中不悦地抖动着长须。

在防弹服和头盔之间，有一道细细的缝隙。

冷汗悄无声息地从脊背上冒了出来。

时间仿佛凝固了一瞬，跟着便响起一声凄厉的惨叫："啊——"

当升降梯的门再次打开，守在外面的黑衣人惊诧地发现，他们的老大已经变成了一具没有脉搏和心跳的"尸体"。

十

深秋的墓园，红叶黄花渐渐凋零，风中带上了浅霜般的凉意。

许建明将一捧白菊放在一位少女的墓前。黑色大理石墓碑上嵌着她的小像，因为找不到她的相片，所以许建明亲手绘制了一幅小像。画上的少女明眸善睐，活泼灵动，然而那微微翘起的嘴角，已经凝固成一个永恒的弧度，那双总是蕴含着千言万语的眼睛，也永远只剩下一种不变的神情。

李媛那一枪击中了心脏，即使夏魃是拥有自愈能力的未来人，也无法从这样严重的创伤中存活。

任教授'死'后，黑衣人群龙无首，将值钱的东西哄抢一空后就逃散了。

许建明从夏魃扳出的缝隙中逃脱出来，报警后，及时赶到的警察拆除了李媛身上的遥控炸弹，然后以故意杀人的罪名逮捕了她。

夏魃被安葬在公墓中，为了避免麻烦，许建明没有说出她未来人的身份。而任教授奇怪的"尸体"引起了警方的注意，最后被放置在科学实验室里供人研究。他大概永远也不会想到，自己竟会以这样的方式来完成对人体不腐的研究。

白菊散发着淡淡的幽香，它属于这个离别的季节。

叶子与大树离别，花儿与枝叶离别，处处红衰翠减，万物皆因离别而萧索、憔悴。

在这萧瑟的秋光中，许建明久久伫立在少女墓前，不忍——离别！

有沉重的脚步声从背后传来，在他身旁停下。

许建明转过头，看到一位高大魁梧的中年人，眉目间跟少女有几分神似。

"我是夏魃的父亲，来带她回家。"

只这一句话，许建明便明白了对方的来意。

"我一直在等你。"他脸上终于有了喜色，从口袋里取出一只小小的锦盒。这锦盒他每天带着，从不离身。

打开锦盒，一束秀发还带着残余的暗香，旁边是一枚针尖大小的芯片。

他的眼角不由自主地湿润，低声道："这是夏魃临死前让我转交给您的……她的头发和记忆芯片。"

中年人一声不响地接过锦盒，转身离开。

许建明忍了又忍，终于没忍住，冲对方背影喊道："她重生以后，还会再来找我吗？"

男人脚步一顿，静静站立了片刻，终于说："我会让她忘记与你有关的一切，这样她才不会再受到伤害。"

许建明身体一僵，仿佛瞬间被肃杀的秋风透胸而过，整个人，整个世界，都被无尽凄凉的秋意给淹没了……

十一

夏魁很早就知道自己是克隆人，但她怎么也找不到属于自己的记忆芯片。

在未来世界，人们一出生就会在大脑中植入记忆芯片，所有的记忆都会被实时存储到芯片上。去世后取出芯片，克隆出另一个自己，再植入以前的记忆芯片，原来那个人便彻底复活了。

未来人类就是用这种方式，实现了永生的梦想。

但是，属于以前那个夏魁的记忆芯片却怎么也找不到了。父亲告诉她，上一世的记忆太痛苦，所以他毁掉了芯片，是为了保护自己的女儿不再被过去困扰。

可是，每次当她听到周围的朋友谈论自己的上一世，甚至上几世的经历时，总是格外羡慕。因为她们的经历那样丰富，哪怕是一些不好的事、危险的事，甚至伤心的事，现在回想起来，都变成了有趣的事。

只有她自己，以前的记忆是一片空白。

她总隐约有种感觉，失去的那些记忆对她而言非常重要。

就像被人斩断了生命中不可缺少的部分，她觉得自己整个人都不再完整了。

终于有一天，机器人管家见小姐整日闷闷不乐，忍不住吐露了实情："其实……你父亲并没有毁掉你的记忆芯片。"

"真的吗？"夏魁惊喜地问，"快告诉我，他把芯片藏在哪儿？"

"就在他卧室的保险箱里。"

第二天，夏魁趁父亲不在的时候，用复制的指纹偷偷开启了保险箱。

里面果然有一枚记忆芯片。

可怜的父亲,他终究没忍心毁掉女儿的记忆。

夏魈迫不及待地请机器人家庭医生给自己植入了记忆芯片。

未来世界已经先进到每家都拥有一位机器人医生,它不仅能够看病,而且可以在家中进行手术。机器人医生拥有海量的医学知识,还能随着医学的发展不断升级知识库。同时,它们还个个技术精湛,手术精确度极高,避免了人类医生可能会出现的任何失误。

植入芯片是一个很简单的小手术,只用了不到半小时就完成了。

恢复记忆后的夏魈,变得沉默了许多。

有一天,她突然告诉父亲,她想坐时空飞船去旅行一趟。

"你想去哪儿?"父亲警觉地问。

"这学期期末考试要写的论文,是关于三百年前气候突变对今天的影响。我查阅资料后,发现有些数据不太准确,甚至自相矛盾,所以想利用假期去三百年前的世界实地考察一下。"

"我陪你去吧。你一个人我不放心。"

"爸,我都这么大了!好多同学早就独自进行过时空旅行了。如果被他们知道我不敢独自旅行,一定会笑话我的。"夏魈噘着嘴说。

"过去的世界很危险,并不像你想的那样简单。"

"我知道,所以我早就详细了解过要去的地方,还去时空旅行署做过一次模拟旅行。这是他们发给我的合格证书,证明我具备独自旅行和应付各种突发事件的能力,所以您就放心吧!这次论文关系到我的期末考试成绩,您也不想我把第一名的位置拱手让人吧?"

经不住夏魈再三的软磨硬泡,父亲终于同意了。

趁着国庆十天假期的机会,夏魈登上了时空飞船,并悄悄把要去的时空拨到了两千年前。

"上次去晚了,这次我可不能再迟到。"

她自言自语地说着,嘴角轻轻弯出一个迷人的微笑。

十二

大一新生许建明背着行李走进A大校园,一路上兴奋地东张西望。和所有新生一样,他对陌生的校园充满好奇,心里满满都是对即将开始的新生活的憧憬。

"哎哟！"前面一位拖着行李箱的女孩突然惊叫一声，原来她绑在箱子上的一个口袋掉了下来，袋口没系紧，里面的东西洒落了一地。

许建明同学立刻发扬助人为乐的精神，跑上去麻利地帮她拾起地上的东西，又重新把口袋扎紧绑好。

"谢谢你！"女孩感激地说，"你也是新生吧？我叫李媛，生物系的。你呢？"

许建明没有回答，他刚直起身，整个人就像被点了穴一样僵住了。

在他视线的右前方，一棵枝繁叶茂的大榕树下，站着一位黑裙少女，立体的五官，帅气的短发，令她具有一种很特别的气质。

看见这个女孩，许建明心里陡然涌起一阵熟悉的感觉，仿佛在哪里见过她，同时涌上心头的，还有一种既甜蜜又酸涩，既快乐又痛苦的滋味。

那是历经沧桑的恋人才会品尝到的味道，本不该出现在他这个还有几分懵懂的、感情生活几乎是一张白纸的男生身上。

这种奇异的感觉令他整个人不受控制地朝对方走去，就好像那是一块无法抗拒的磁石。

女孩静静地看着他走过来，没有丝毫意外的表情，仿佛她站在那儿就是在等他，已经等了很久很久。

见那个帮助过自己的男生一声不吭地走了，李媛有些奇怪，但也没有太在意，耸了耸肩，就拖着行李箱继续朝前走去。方才只是一个微不足道的小插曲，她很快就把这个看上去有些呆呆的同学给忘记了，完全没有意识到，那位少女的出现，改变了她的人生轨迹。

"你好，同学！咱们见过吗？"许建明踌躇了一下，终于鼓起勇气问。

少女微微一笑："见过。"

"真的？我就说嘛，你怎么看上去那么熟悉，原来咱俩见过啊！"

许建明惊喜地说着，望见对方亮如星辰的双眸，一种熟悉的甜蜜感觉突然涌上心头，令他的心骤然一跳，然后那张堪称帅气的脸便在她的注视下渐渐泛红了。

他尴尬地低下头，说："为什么我想不起在哪儿见过你呢？"

"那是很久很久以前的事了……"

榕树的叶子在风中"沙沙"轻响，就像少女悠长的叹息。她深深凝视着他，以无比笃定的语气说："你一定会想起来的！"

说完这句话她就走了，留下一头雾水的许建明。

"很久很久以前……我们……真的见过吗？"

阳光从树叶的缝隙中洒下，就像无尽的前尘往事，苍茫而不可捉摸。

带着满腹疑问，许建明完成了新生报到的手续。来到寝室，其他同学还没到，他放下行李，开始整理自己的床铺。

刚铺好床，却发现不知打哪儿冒出一只黑色的虫子，在干净的床单上大摇大摆地爬行。

"讨厌的虫子！"许建明厌恶地用手去拍，黑虫却倏地跳到他身上，又闪电般钻进他的鼻孔，一下子隐没不见。

他吓得冷汗狂飙，赶紧跑到镜子前，扳开鼻孔看了又看，却看不见什么黑虫，也感觉不到半点异样。

难道是自己眼花看错了？

这时，寝室的其他新生也陆续来了，大家说说笑笑，许建明很快就把这件事忘了。

就在这天晚上，A大考古系教授任伯达经历了他人生中最诡异最可怕的一个夜晚。

他和往常一样走进书房，从书架上取下《任氏族谱》。这几年他都在寻找苍龙城，却始终没什么头绪，于是打算再翻翻族谱，看能不能找到有用的线索。

然而翻开书后，他整个人如遭雷击。

里面竟然变成了一片空白！

他发疯似的把书翻了个遍，最后甚至把它拆开了，却依然没有找到一个字。

最后，任伯达颓然坐在地上，旁边是一堆破烂的白纸，就像他那莫名破灭的梦想。

同一天晚上，许建明做了一个很长很长的梦，梦里有水井、神庙，有地宫、墓园，有不腐的人体、奇怪的黑虫，还有那些甜蜜的相聚、痛苦的分离、遗憾的错过、漫长的等待……

当他醒来时，发现枕角凉凉的，已被梦中流出的泪水浸湿。

窗外，一轮明月高悬于空。月光中似乎有一位少女，身姿翩若惊鸿，

夏魈

乌发散若流星。她的眼神充满忧伤和期待，静静地望着他，千言万语仿佛凝成了无数的星光。

"谢谢你又找到了我。"话刚出口，他的声音已然哽咽。

而她在他深情的凝视中，灿然一笑，一如千年前的美好。

真实的幻觉

一

那个我所憎恶的人，倒在了血泊中。

他是我的弟弟。

我丢掉刀子，染血的手无意识地在裤子上擦了擦，大脑一片空白。

这座房子的主人正在英国忙着收购一家公司，他们是我的养父和养母，而我杀死了他们唯一的亲生儿子。

我神情恍惚地走了出去。夜幕下，这处别墅区静得像荒原上的墓地，偶尔的几星灯火也诡异得像染上了死亡之气的磷火。

我脚步虚浮，在夜色中飘出了这座小区，前面不远处就是江边。临江的房子都卖得很贵，据说风水好，但那潮湿的水汽总让我有种生活在阴雨天的感觉，自从搬到这里后，我的心情一直都是阴郁的。

就是在这里，弟弟出生了。

"要好好照顾弟弟哦！"养母微笑着对我说。

我也微笑着答应，一如既往地温顺。但每次跟这个所谓的弟弟独自待在一起时，我都不得不拼命抑制住想要掐死他的冲动。

他是一个掠夺者，一个只会哭闹的小恶魔！他很快就学会了用哭闹作为武器，来夺走那些本属于我的爱和关注。

刚学会走路，他就整天跟在我身后，哥哥长，哥哥短，像根缠死人又无法摆脱的狗尾巴草，烦人得要命！

如果能让他消失就好了！我的脑子里不止一次冒出这样的念头。

但是保姆李姊形影不离地跟着那家伙，我根本就没有机会发泄对他的憎恶。

很多个晚上，我都从噩梦中惊醒。

在梦中，我又变成六岁的小童，我的养父母则一脸冷漠，仿佛变成了陌生人。他们骂我不乖，说不要我了，把我丢在大街上，驾车扬长而去。我追着汽车跑了很远，直到摔倒在地，绝望地看着汽车消失在远方，号啕大哭。

深夜，空无一人的街道上，我孤零零地走着，小小的身体被路灯拉出一条长长的影子，影子战栗着，像寒风中一根无依无靠的枯枝。

一只手突然抓住了我。

我惊惧地抬头，看见一张陌生的男人的脸，嘴角的黑痣随着他狡黠的笑容跳个不停。

"小朋友，我带你去找妈妈！"

"不！"我像嗅到危险的小兽，惊恐地想要挣开他，却被他牢牢拽住。他的手像老虎钳一样有力，手上有浓密的汗毛，还有一块铜钱大小的黑色胎记。

"你永远也逃不掉！"男人依然在笑，眼睛里却射出凶恶的光。

下一秒，我发现自己被关在一间漆黑的屋子里，有人拿竹条使劲抽着我的屁股。

"再不听话就打死你！"一个女人气呼呼的声音。

竹条入肉的感觉痛彻心扉，我总是在这样的疼痛中惊醒过来，像只惊魂未定的仓鼠，在黑夜中颤抖地蜷成一团，再厚的被子也抵挡不了从灵魂深处涌出的寒意。

"哥哥，你怎么了？"

睡在另一张床上的秦浩有时会被我的哭声惊醒，转动着乌溜溜的眼珠好奇地问我。

"不关你的事！"我恶狠狠地回他一句。

自从家里有了他，我做噩梦的次数越来越多了。

"哥哥，你为什么总是闷闷不乐？"秦浩常常这样问我。

活泼开朗的他就像一道明亮的阳光，而我却是阳光背后的黑影，阴郁而沉默。

这一切，只因为他有疼爱他的亲生父母，我却日夜活在被遗弃的恐惧中。但我从来不敢把这种恐惧坦露出来，福利院的生活经历告诉我，一定要假装乖巧才能讨人喜欢，才不会被嫌弃、被丢掉。

在养父母面前，我总是表现得很温顺，绝不会像秦浩那样疯闹，待人接物也总是彬彬有礼。养父母常常夸我，每次秦浩闯了祸，都会遭到这样的训斥："你什么时候才能像你哥哥一样懂事？"

"爸、妈，我总觉得我不是你们亲生的，哥哥才是。"

"爸、妈，你们要经常回来哦，哥哥见到你们才开心，你们不在，他总是闷闷不乐的。"

"爸、妈，哥哥都不陪我玩，呜呜呜……"

每次秦浩说这些话，都叫我心惊肉跳。我害怕养父母看穿我的伪装，洞悉我心底的阴暗，知道我对秦浩的憎恶，并因此而讨厌我，所以我不得不假装对秦浩友善，甚至耐着性子陪他玩耍。

但是被压抑的憎恶就像埋在地下的老根，随着时间越长越粗，不管泥土盖得有多厚，终有一日会像出柙的野兽一样，破土而出。

第一次爆发，是因为被抢去的无人机。

圣诞节那天，养父送给我和秦浩一人一架无人机，那是他从德国给我们带回的圣诞节礼物。对这份礼物我爱不释手，试飞时也是小心翼翼，当我戴上VR眼镜，看到无人机航拍的风景时，感觉自己似乎也变成了飞翔在空中的鸟儿，自由自在，无拘无束。

然而没过几天，秦浩的无人机就因为他自己操作不当被摔坏了，他哭着吵着非要我的无人机，那时候养父正在欧洲谈生意，李婶觉得没必要为这点小事儿让他劳神，于是自作主张把我的无人机拿给了秦浩。

"你是哥哥，应该让着弟弟。"李婶理直气壮地说。

看着她那充满世故、精明和狡黠的眼睛，我知道这句话的潜台词是：你只不过是个来历不明的养子，事事都该让着这家的小少爷。

我阴沉着脸，一言不发，心底的愤懑像蠢蠢欲动的火山。深夜，我趁秦浩熟睡的时候，偷偷弄坏了无人机的引擎。第二天，秦浩兴高采烈地去放无人机，那玩意儿却一头从天上栽下来，摔得粉身碎骨。看见秦浩哇哇大哭的样子，我心里别提多解气了！

从此以后，我就找到了对付秦浩的法子。偷偷弄坏他的玩具，弄脏他的新衣，暗地里欺负他，却在他大哭的时候装模作样地去安慰他，扮演好兄长的角色。每当秦浩扑进我怀里，奶声奶气地说"哥哥，你真好"时，我都会露出一种压抑着憎恶和冷漠的复杂笑容。

但在秦浩看来，这样的笑容就和哥哥一样温暖。

我和秦浩就以这种诡异的模式相处着，随着我们一天天长大，我对他的厌恶有增无减，但我的自控能力越来越好，对秦浩的报复和捉弄从来都不露痕迹。所有人都以为我很疼爱这个弟弟，但没人知道我无数次压抑下来的想要杀死他的冲动足以引爆一整座火山。

这座火山终于在今天晚上爆发，导火索就是秦浩发现了我挪用公司资金的秘密。

这些年来，养父母的事业发展得越来越好，他们一手创办的万鑫集团在全国也小有名气，旗下拥有数家公司，业务涉及众多领域。随着他们渐渐老去，企业接班人的话题便不时被搬上台面。虽然他们总说要对我和弟弟一视同仁，但我知道，那是根本不可能的事。

我是养子，弟弟才是他们的亲生儿子，才是唯一有资格接掌家业的继承人。

而秦浩，那个从小就和我抢夺父母关爱的家伙，怎么可能允许我染指秦家的产业？

我不想再被人扫地出门，沦落到一无所有的悲惨境地，所以凭借副总经理的身份，不动声色地将公司的资金一点一点转移到自己创建的一个空壳公司里。

起初我只想为自己储备创业的资本，将来离开秦家后也能开创一份事业。然而我越来越贪婪，挪用的资金越来越多。终于，秦浩发现账目不对，前来质问我，我们争吵起来，秦浩怒气冲冲地说要告诉养父母，甚至还要报警让我坐牢。

多年的憎恨霎时被引爆，我急红了眼，冲动之下杀死了他。

杀死了养父母唯一的亲生儿子。

我站在江边，对秦浩的憎恨已被死亡的冷风吹散了，而心底的悔恨和愧疚却像这奔流的江水一样汹涌澎湃。

如果没有秦浩……如果他没有发现……如果我不是那么冲动……

但这世上没有"如果"，更没有后悔药，只有铸成大错后不得不咽下的苦果。

不敢想象秦浩的死对养父母会造成多大的打击，而他们昔日对我的好历历在目，就像一幕幕飞速旋转的影像，争先恐后地涌入我的大脑，击溃我最后一道脆弱的防线。

我双眼一闭，跳入湍急的江水中。

就让死亡洗刷我的罪孽，还我最后的安宁吧！

二

我没有如愿以偿地死去，随江水漂了数里之后，被一艘渔船救起。面对船主的询问，我什么都没说，也不知该说什么。知道我是寻死，对方也不敢多问，这世上谁没有几桩不愿为外人道的伤心事。就在这样的沉默中，我随渔船航行了三天三夜，终于在下游一座小城靠了岸。

趁船主不注意，我悄无声息地离去。这是南方一座多雨的城市，没有人认识我，而我也只当以前的自己死了，现在不过是换了个躯壳开始新的生活。

我在建筑工地上找了份打零工的活儿，住在简陋的工棚里。正是寒冬，用废木板潦草搭建的屋子四面漏风，一床破棉絮根本无法御寒。这样的工棚还硬生生塞进了十几个人，我在一屋子的汗臭味儿和此起彼伏的鼾声中辗转难眠，好不容易睡着了，却又总是在深夜冻醒。被子太薄，我连衣服都不敢脱，只能紧紧缩成一团，通过拥抱自己的身体，在冬夜孤独地抵御那无处不在的寒意。

随着寒风直贯脑门的，是一些零星模糊的记忆。

似乎，曾有一双温暖的手会在深夜为我盖被，会在我哭闹的时候温柔地抱着我，轻声给我唱好听的歌谣，直到我再次安静地沉入梦乡。

那时我好像有幸福的家，有疼爱我的父母，但这一切都在五岁那年被彻底颠覆了。

我依稀记得，那天母亲牵着我的手走在大街上，街上张灯结彩，人人脸上洋溢着新年的喜气。母亲在一个小摊前停下来，放开我的手，让我待在一边不要乱跑，然后开始挑选商品。我兴奋地东张西望，没多久就跑到另一个摊上看那琳琅满目的玩具，看了一会儿又被远处的锣鼓声吸引，兴冲冲地跑去看人玩杂耍。看了半天，我突然发现母亲不在了，顿时吓得四处乱跑，边跑边哭着喊"妈妈"。

一个陌生的叔叔牵起了我的手，他的手上有浓密的汗毛，还有一块铜钱大小的黑色胎记，让我觉得有些害怕。但对方给我擦干眼泪，又往我嘴里塞了颗糖,说:"我带你去找妈妈。"

我跟着那个人走了很久,又坐了好几站的车,来到一个陌生的地方。一个陌生的阿姨从叔叔手中接过睡得昏昏沉沉的我。

"妈妈呢?"我睁开蒙眬的睡眼问。

然而没有人理会我,"流浪儿""被遗弃""无家可归"……几个零星的字眼飘入我耳中,像捉摸不定的弹珠,有种我无法理解的玄妙。

我已经完全清醒了,竖起耳朵,听两个大人之间的对话。

"你们的收养赞助费已经涨到六万,给我的酬劳是不是也该涨点了?"送我来的叔叔抱怨道。

女声说:"下次吧。这次送来的孩子瞅着像有病的样子,也不知道会不会有人收养。"

"哪能呢,哭起来声音不知有多大,生龙活虎着呢!"

"太爱哭闹的孩子可不受欢迎。好了好了,这次就这么多,等收到赞助费后再给你涨点儿。"

那个叔叔拿着钱走了,把我丢在这个完全陌生的地方。

一股强烈的恐惧感突然击中了我,我"哇"的一声哭了起来,冲着男子离去的背影拼命喊道:"我要找妈妈!叔叔,你别走,你不是说要带我找妈妈吗?"

我的哭声就像鞭子,抽得那男人跑得更快。与此同时,我屁股上也挨了重重一巴掌:"什么妈妈,你根本就没有妈妈!你是个孤儿,以后这里就是你的家。"

"不,我有妈妈,有妈妈!"

我的哭喊换来的是一顿竹条的狠命抽打,打掉了我的威风,也打掉了我的痴心妄想。

后来我才知道这个地方叫作福利院。

多年以后,我从报纸上看到了一篇揭露福利院黑幕的报道。据说一些儿童福利机构在收养过程中会打着各种旗号收取捐赠费、登记费、公告费、户口迁移费、服务费,等等,收养一个孩子最后要付出几万元甚至更多。多一个孩子,就多一笔收入,这在客观上刺激着福利院想方设法搜寻孩童。有福利院甚至为此下达任务:一个职工一年内抱回三个孩子,即算完成当年的工作任务,工资可以得到全额发放,年终还有奖金。

于是有的福利院职工便开始游说人贩子,不择手段寻找孩子。

而我,就是被人贩子拐卖给福利院的孩子之一。

从此我就被关在这个陌生的地方,没人理会我的哭闹。如果闹得太厉害,便会挨一顿板子,或者罚站,不给吃的。每当我哭着找妈妈时,都会遭到无情的殴打和嘲笑。

"你没有妈妈!你是个孤儿、流浪儿,是被人从街边捡来的!"打我的女人总是这样凶狠地对我说。

谎言重复一千遍之后,就会让人以为是真的。

对一个年仅五岁的孩子来说,要抹去脑中那些并不牢靠的记忆实在太容易了。当周围的人都说我在撒谎,都说我的妈妈是我臆想出来的,都说我是无依无靠的孤儿时,我的记忆便渐渐开始混乱,开始怀疑脑中那些模糊的印象是否真的只是自己的幻觉。

在日复一日的责罚和洗脑下,我终于接受了自己是孤儿的"事实"。过往的记忆像消逝的晨星,从我脑中一一幻灭,我忘了父母的名字和模样,忘了原本居住的地方,而对这个福利院的印象却渐渐清晰起来,清晰得就像用刀刻在我童年的记忆里一样。

常常有一些陌生人来到福利院想要收养孩子,那些健康的孩子总是很抢手,而残疾智障的孩子则乏人问津。

有一天,我突然发现有两个残疾孩子不见了。

"他们被福利院丢掉了。"一个和我关系较好的孩子偷偷告诉我。

"为什么要丢掉他们?"

"说他们不好护理,偷东西吃,打人,吵闹得厉害。我偷听到院长叫人把他们带去外地丢掉。你千万别跟别人说,被院长知道我偷听,又该叫人打我板子了。"

多年以后,在我看到的报道中,这家福利院的黑幕远不止这一桩。他们甚至丧心病狂地切除了两个智障少女的子宫,只因为她们来例假后,洗衣房工作量加大,收拾起来很麻烦,所以就找医院切除了子宫这个据说对智障少女毫无用处的器官。

瞧,现实有时就像一部恐怖片,而我们都是里面拼命奔跑,却永远也逃不出厄运的悲剧主角。

福利院里的每个孩子都希望能早点被人收养,好尽快离开这个可怕

真实的幻觉

的地方，只有我是个例外。

或许潜意识一直在告诉我，那些想收养我的人都不是我的爸爸妈妈，所以对他们我都表现得很抗拒，总是又哭又闹地让他们反感。

"这孩子这么顽劣，恐怕很难养。"每个人都这么说。

我持续不断的反抗和哭闹令福利院的管理者颇为头疼，把我当成急于摆脱的问题儿童，当一户姓陈的人家想要收养小孩却拿不出那么多赞助费时，福利院只象征性地收了五千元，就把我塞给了他们。

陈叔叔和张阿姨没有孩子，他们把我当作天赐的宝贝，对我非常关心和疼爱。而我也渐渐接纳了他们，终于有一天，我腼腆地喊了他们"爸爸""妈妈"，把他俩乐得合不拢嘴。张阿姨更是激动得直抹泪花，把我紧紧搂在怀里，说："孩子，这儿就是你的家，以后我们一家三口在一起，永远也不分开！"

我终于又有了一个温暖的家，然而幸福的日子只过了一年。

一年后，福利院通知陈叔，一家美国人想收养一个健康的孩子，愿意足额交六万元赞助费，但福利院中健康的孩子都已经被挑光了，所以他们想到了我。他们告诉陈叔，因为赞助费没交完，所以他的收养手续不合法，必须把我退回福利院。

得知自己要被送回那个鬼地方，我哭了整整一夜。陈爸爸和张妈妈也一夜未合眼，但他们东拼西凑怎么也拿不出这六万元，于是第二天我就被福利院的人给带了回去。

我用仇恨的目光看着眼前这个金发碧眼的外国女人，她对我来说就像另一个世界的物种，令我害怕又厌恶。我狂飙脏话骂她，院长却说我在表达谢意，还叫人用蹩脚的英语翻译给她听。我急得大吵大闹，女人疑惑地看着我，估计看出我愤怒的模样跟感谢实在不搭调。院长不觉抹了把汗，干笑着说："他太激动了。他喜欢你，所以……嗯，那个……激动，很激动……"

我气得肺都快炸了，院长赶紧叫人把我带出去，生怕搞砸了他的生意。

最后，他们以六万元的价格将我卖给了那个外国女人。

她带我飘洋过海到了一个陌生的国家，我对那儿的环境各种不适应。听不懂周围人说的话，看不懂书上的字，打开电视，也根本不知道放的什么。我就像突然变成了聋子和哑巴,既孤独又害怕,又因害怕而变得越发暴躁。外国女人千方百计想要把我培养成绅士,而我却顽劣得像个野人,总是跟她捣蛋,和她作对,整天嚷着要离开这里,回去找我的陈爸爸和张妈妈。

终于有一天,外国女人看到泼满颜料的房间、被拧坏的水龙头,还有那只剃光了毛、耷拉着耳朵缩在墙角发抖的宠物狗,再也忍受不了我的恶作剧,叽里呱啦地冲我大嚷了一通后,把我带到机场,让我独自坐飞机回国。

刚下飞机,我就被带回了福利院,等待我的又是一顿毒打。我用绝食来抗议,整整三天没吃饭,饿得奄奄一息。

院长大概担心出事,终于来看我。

"你们卖小孩,比人贩子还可恨!"我的声音有气无力,只能用愤怒的目光瞪着他。

"你懂什么?"院长给了我一巴掌,骂道,"福利院养这么多孩子,哪处不要钱?吃饭、生病,还有残疾智障的,请护理员难道不需要开工资?没钱你喝西北风去?没吃的你能有力气冲我大吼大叫?如果不是到了福利院,你早被人打断双腿,挖掉眼睛,弄到街上乞讨去了,还能在这儿可着劲儿地跟我折腾?"

从我虚弱的视线中,只看见一张不停翕动的嘴巴,随唾沫一起飞溅而出的那堆话,就像拍在我头上的巴掌,让我的脑袋阵阵发蒙,痛感却犀利得彻骨。

正是在这样的疼痛中,我终于有了一个隐约的认识:钱很重要!

没钱就吃不起饭,生不起病,只能任人折磨,活得连狗都不如。

"把我卖掉吧,记得找个有钱的人家。"我恹恹地说着,眼角是干的,泪水早就流尽了。

正是从这一刻起,我选择了不再反抗,而是和命运同流合污。

然后我遇到了现在的养父母。

"第一次看见你的时候,你瘦得像根竹竿,一双眼睛却大得可怜,神情倔强得很,就像找不到妈妈的小狼仔。那时我就在想,这个孩子到底经历了什么,才会有这样早熟得近乎沧桑的眼神。我突然就想好好疼爱你,给你一个温暖的家,让你的脸上露出跟其他孩子一样天真快乐的笑容……"

养母常常说起她第一次见到我的情景，陶醉在自己伟大的母爱光辉中。

我却厌恶听她提到任何与福利院有关的事，一个字也不想听到。

那是困扰我多年的噩梦，我所有不安和恐惧的根源。

即使逃出了福利院，我也永远逃不出那个被遗弃的噩梦！

三

这天傍晚，我终于砌完砖，拖着疲累的身体，和其他工友一起回到简陋的工棚。

晚饭摆在一张漆都快掉光了的木桌上，除了没多少油水的回锅肉，就只有几道小菜，一碗白菜汤。

一张昨天的旧报纸垫在桌上，我端起饭碗时，赫然看到"万鑫集团"四个大字，顿时心里一震，忙不迭地把压在上面的凉拌萝卜丝和白菜汤拨到一边，然后便看到万鑫集团来本市投资修建五星级酒店的新闻。与此同时，"秦浩"两个字也像飞弹一样射入我眼中。新闻中说，他正是这个项目的负责人。

我像被人捅了一刀似的全身发冷。

耳边响起工友的抱怨声，还有人把萝卜丝和白菜汤又放回了原处，但这一切我都毫无所觉，脑中只翻来覆去响着两个字：秦浩、秦浩、秦浩……

秦浩没有死？

不可能！

我丢下饭碗，冲进最近的一家网吧。

鼠标点开一个又一个网页，我的眼睛快速浏览着。

养父母是颇有名气的企业家，在很多商业活动的新闻中都能看到他们的身影，然而没有一则报道是关于那起凶杀案的。

我觉得难以置信。著名企业家的独子惨死应该是一个爆炸性的大新闻，而杀人疑凶是这家的养子，那些热衷于家族阴谋论的八卦媒体一定能从中嗅到猛料的气息，他们怎么会放过这么大一块肥肉？

难道养父母想办法封锁了消息？

梦境直播

我继续不死心地在网上搜寻，突然，目光在一则报道上凝住了。这是市领导视察万鑫集团旗下某工业园区的新闻报道，还配有现场图片，负责接待并陪同领导一起参观的人，赫然是我那已经死去的弟弟秦浩。

新闻的日期，正是我杀死秦浩的第二天。

冷汗悄然从脊背冒了出来，我深深吸一口气，强迫自己冷静下来，仔细回想当时的情景：秦浩躺在血泊中，喉咙被割断，鲜血流了一地，没有呼吸，连身体都冷了。

这种情况下，他怎么可能还活着？

我疯狂地在网上搜寻，搜出了更多最近的报道，在这些商业活动的图片中，我又多次看到了秦浩的身影。

秦浩到底有没有死？

这个疑问像将死的鸣蝉在我脑中拼命嘶叫，我冒着被发现的危险，利用自己以前拥有的特殊权限，登录公司内部网站，从只有几个高层能浏览的信息栏中，调出秦浩的工作记录，结果令我毛骨悚然。

就在我杀死他的那个晚上，他竟然还去参加了一个商务酒会，和一家游戏公司的老总初步达成了合作意向，准备共同开发一款网络游戏。他端着酒杯和该公司老总谈笑风生的样子还被拍成照片，做成公司的内部新闻，公开挂在公司网站上。

我无论如何都无法相信，就算秦浩侥幸未死，但他受了那么重的伤，怎么可能毫发无损地去参加酒会？

难道我杀死的那个人不是我弟弟？

不，没有人比我更了解他，因为我恨了他这么多年。他说话的神情、细微的小动作，甚至身上有几颗痣我都记得清清楚楚，绝不可能认错人！

那么现在公开出现的人，难道是一个冒牌货？

我反反复复查看每一张有秦浩出现的新闻照片，没有看出一点破绽，就连那个人端酒杯时小指微微翘起，笑起来喜欢一边嘴角上扬的样子，都跟秦浩一模一样。

整件事突然显得扑朔迷离，离奇得令人恐惧！

我的心像被鱼钩钩上，被巨大的不安撕扯着。在困惑和焦虑中熬过了三天，我终于下定决心回去一趟，想要弄清楚到底是怎么回事。

真实的幻觉　　137

四

　　我一身农民工打扮回到原来的城市，却不敢贸然去秦家，如果秦浩真的死了，那我岂不是自投罗网？

　　这段日子我刻意没有刮脸，已经长了一脸胡茬，显得苍老了不少。再买顶帽子往脑袋上一扣，配上我那套土得掉渣的民工衣服，没有人再认得出我就是以前那个风度翩翩的秦家大少爷。

　　秦家所在的别墅区守卫森严，我根本混不进去，于是又侵入公司内部网站，查到秦浩最近几天的行程安排。

　　今天晚上，秦浩要去会见大通公司的张总，见面地点在国际金融大厦二十六楼的皇鼎会所。这个地方我曾经去过，知道秦浩的车必然会停在负一层的停车场里。我从消防通道进入停车场，掐着时间点儿守在负一层入口处。距离会面时间还有十分钟的时候，果然看见秦浩的座驾驶进了停车场。

　　我借着一排排汽车的掩护迅速接近目标，藏在一辆商务车后面，偷偷朝秦浩所在的方向张望。

　　车门打开，一个穿着考究的西装，精明干练的年轻男子下了车，身后跟着他的助理，还有一个保镖。

　　我死死盯着那名男子，如果只看照片我还不能完全确定那个人是秦浩，那么现在看到了真人，从五官到身材，再到他走路的姿势、犀利的眼神，竟没有一处不跟我那"死"去的弟弟一模一样。

　　我的脑袋嗡嗡作响，像被机器搅成了一团糨糊，躺在血泊中的秦浩和眼前这个身材挺拔、迈着大长腿从容朝前走去的秦浩混淆在了一起，竟分不清哪个是真实，哪个是虚幻。

　　三人朝电梯走去，我情不自禁地跟在后面，只想再走近一点，看得更清楚一点。

　　突然，走在最后的保镖朝我这边看了一眼，我吓得一激灵，赶紧闪身躲在一根柱子后面。

　　"出来！你是谁？鬼鬼祟祟地跟着我们干什么？"保镖厉声喝问。

　　我拔腿就跑，却被对方几个箭步赶上，他一个飞腿把我踢翻在地，然后半跪下来，一腿死死压着我，再用力把我的双手扭到了身后。

"快说，你到底是什么人？"他腾出一只手，掐住我的脖子。

我完全动弹不得，视线中映出一只长满浓密汗毛的手，手上那块铜钱大小的胎记如此眼熟，几乎瞬间令我惊恐地挣扎起来。

就像落入兽口的人一样拼尽全力地挣扎，然后，我低头狠狠一口咬在那只可怕的手上！

只听见那人痛得惨叫一声，紧跟着我的后脑勺上就挨了重重一击，顿时晕了过去。

五

醒来后，我看到了秦浩。

"哥，你终于醒了！"他一脸如释重负的微笑。

我却恨不得一拳打碎那张虚伪的笑脸。

环顾四周，我又回到了秦家，躺在我房间的床上，低垂的窗帘隔断了阳光，令这里阴暗得像座坟墓。

直到现在我都没弄明白，自己杀死的那个人到底是不是秦浩。就算不是秦浩，但有人死在秦家别墅里，为什么秦浩还能表现得若无其事？

心底的疑惑和郁闷就像压不住的污水汩汩地翻腾着，我阴沉地盯着秦浩，一言不发。

对方被我看得不自在起来，讪笑道："哥，你怎么不说话？"

"你真是秦浩？"

他愣了一下："我当然是秦浩。哥，难道你连我都不认识了？"

我的目光像探照灯一样，将他从头到脚来来回回扫射了好几遍，却没看出任何异样。

世界上绝对没有这么酷似秦浩的人。我神情恍惚地想："难道那晚发生的事，真的只是一场噩梦？"

恍惚中我似乎又看到了躺在血泊中的秦浩，这个噩梦太真实，真实得令我无法忽视。

"十二月六号晚上，我亲眼看到你躺在客厅地板上，已经死了。"我直勾勾地盯着秦浩。

"哥，你在做梦吧，我现在不是好端端地站在这儿吗？"

真实的幻觉　　139

我越发疑心，之所以直截了当地说他死了，是为了试探秦浩的反应，而他没表现出多少意外，仿佛知道我会说这样的话。

眼前这个人一定有问题，虽然他长得跟秦浩一模一样，但他一定是个冒牌货。

"你到底是谁？为什么要冒充秦浩？"

"冒充？"他莫名其妙地看着我，"我就是秦浩，哥哥，你怎么连我都不认识了？"

"不准叫我哥哥！"我大吼一声。

最恨他叫我哥哥，明明我那么讨厌他，恨不得杀死他，为什么他还能若无其事地叫我哥哥？正因为有了他，所以我整天活在惶恐不安中，时时担心哪天被遗弃，再次沦落到以前那种悲惨的境地。

他就是个掠夺者，是个恶魔！

仿佛有个火球在脑中炸开，我的大脑突然混乱起来，一股莫名的冲动使我控制不住地发作。

我用力掐住他的脖子，恶狠狠地瞪着他："你到底是谁？是谁？你这个恶魔！我没有弟弟，你快给我消失，消失……"

秦浩在我手下挣扎，像只孱弱的小鸡。这时，周围突然冒出很多人，有保镖和仆人，他们使劲把我从秦浩身上拽开。

我被压制在床上动弹不得，然后听见秦浩喘着粗气说："快去叫陈医生，快！"

十几分钟后，一名中年男子进入我的房间。他拿着一个小球在我眼前晃动，絮絮地说着什么，就像一个神棍。我很想对他破口大骂，眼皮却不住地打架，仿佛有什么力量要把我拽入黑色的梦乡。

我努力和这股力量抗争着，意识像浮在布满浓雾的河面上一般起起伏伏，浓雾深处隐约飘来几声人语，朦胧而又神秘。

"不是快成功了吗？怎么突然又……"

"有反复是正常的……他的潜意识太强大……"

"需要再植入一段记忆吗？"

"先观察一下，等他情绪稳定后再说。"

……

浓雾铺天盖地而来，我的意识终于潜入河底，在那暗无天日的地方陷入了长久的休眠。

这一觉不知睡了多久，醒来后屋里已经没人了。窗帘依然拉得严严实实，不知道外面是白昼还是黑夜。

我摁下床头的电铃。

房门很快被推开，一个娇俏得像云雀一样的女孩走了进来，一身女佣服包裹在她青春的身体上，饱满得就像熟透的蜜桃。

她叫薛雨桐，秦宅的女佣之一。

"大少爷，你醒了？要喝水吗？肚子饿不饿？"她的声音比平时更轻柔，好像我是脆弱的玻璃人儿，会被她的声音吓碎似的。

薛雨桐对我有好感，我一直都知道。以前心情好的时候也会跟她调调情，逗个乐儿，然而现在我没有了调笑的心情。发现自己被卷入一场扑朔迷离的离奇事件后，我觉得应该把她拉拢过来，成为我的同盟军。

"秦浩呢？"喝完薛雨桐递过来的水后，我问。

"去公司了，说有急事要处理。走之前他还吩咐我们要好好照顾你呢。"

"那个陈医生，是治什么病的？"

"这个……我也不太清楚。"

"雨桐，我需要你的帮助。"我一脸严肃地对她说。

或许我从来没有这样郑重其事地跟她说过什么，后者露出一脸惊吓的神情，连声道："大少爷，有什么事你就尽管说，只要我能做到的，一定会帮你。"

"帮我打听一下，那个陈医生叫什么名字，是干什么的。"

"原来是这个啊！"薛雨桐松了口气，"我还以为是什么了不得的大事呢。你等着，我这就给你打听去。"

"千万别说是我问的！"我怕打草惊蛇，赶紧嘱咐了一句。

等了好半天，薛雨桐才回来，邀功似的说："那个陈医生神神秘秘的，我问了好几个人都不知道他的来历。后来才从司机老王那儿打听到他叫陈志舟，老王去接过他几次，好像这个人挺有名的，开了家私人医院，是什么……哦，'植梦师'来着。"

"陈志舟……植梦师……"我把这两个信息抓取出来，放在心里掂量了几下，然后对薛雨桐露出笑容，"谢谢你，雨桐，你真是帮了我一个大忙！现在再去给我弄点吃的吧，我饿坏了。"

打发了薛雨桐后，我拿出笔记本电脑，迅速在网上搜索与"陈志舟""植梦师"有关的内容，结果发现这个人竟然很有名气。网页上有他的履历，他是留洋博士，曾拿过国际大奖，却拒绝了国外一家著名研究院的高薪聘请，带着自己发明的科学仪器回国开创事业。不少社会名流都找他治过病，据说疗效惊人，陈志舟也声名鹊起，在媒体报道中有了一个"植梦师"的美称。

据说他能借助科学仪器，在人脑中植入一段幻觉，这段幻觉跟记忆混淆在一起，会让对方误以为是一段真实的经历。

网上有那种仪器的图片，名叫"脑神经信号传感器"，是个外形类似头盔的玩意儿。据介绍，这种传感器使用光纤和聚合物制成，有数个电极与人脑连接，另一端则与生物计算机相连。这台仪器可以通过监控大脑中的血液流动模式和脑细胞电子脉冲来扫描人脑中的思想，根据电极反射回来的信息，通过脑功能磁共振成像技术，将人脑中的思想在计算机上转换成图像，从而窥见到这个人的思想，包括他自己可能都没意识到的潜意识中的一些想法。

然后植梦师会在计算机上为病人量身编造一段适合他的幻觉，再用传感器将它转化为神经脉冲信号，输入大脑，让它与病人原有的记忆完美融合在一起。

不得不说这是一个令人惊叹的发明，但它同时也伴随着巨大的争议，主要集中在偷窥他人思想是否合法这一点上。但目前法律关于这一块的规定还是空白，所以并不妨碍陈志舟借助这个仪器混得风生水起，拥有大批追捧者。

据说陈志舟用植入美好幻觉的方式治愈了不少人的心灵创伤。但是，假如他植入的是一段凶杀幻觉呢？

比如，让我以为自己杀死了秦浩，然后因为愧对养父母而自杀，或者亡命天涯，再也不敢回来争夺秦家的产业。

这样，秦浩不就可以不着痕迹地除去我这颗眼中钉了？

我越想越觉得这是唯一的真相，只有这样才能解释我为何如此真实地记得自己杀死了秦浩，而秦浩却依然好端端地活着。

这一切，不过是因为陈志舟在我脑中植入了一段真实的幻觉。

只是人算不如天算，他们万万没想到我会被人救起，会在无意中发现秦浩未死，然后又潜回来调查真相。

接下来，他们一定会再给我植入一段新的幻觉，而这段幻觉说不定就会要了我的命！

我要立刻离开这儿！

当我打开房门时，两个身强力壮的保镖客气而坚决地把我挡了回来。

"二少爷吩咐，您身体未愈，需要好生休养，不能离开这个房间。"

"我又不是囚犯，凭什么把我关起来？"我愤怒地说。

对方充耳不闻，仍然像两尊铁塔一样牢牢把守着房门。

我吼了几嗓子，知道无用后，泄气地退回房间，走到窗边，撩开窗帘朝外一看，不出所料，窗台下面果然也站着一个保镖。

跳窗逃走的路也被堵死了。

怎么办？

我苦苦思索逃离这儿的办法。本想向养父母求助，但他们一直在英国忙公司并购的事，短时间内不会回国。如今秦家主人就只剩下我和秦浩，大概这也正是他选择这个时机对我下手的原因。

而我的手机也被收走了，根本无法跟外界联系。

对了，还可以上网！我看着笔记本电脑，眼睛一亮，借助网络，我也可以发出求援信息。

然而结果是又一记重击！

我的电脑竟然也无法连上网络，看来网络信号已经被屏蔽了。难道是薛雨桐的调查引起了他们的怀疑，所以掐断了我跟外界的一切联系？

"大少爷，请问你晚餐想吃点什么？"

薛雨桐的出现打断了我的沉思。我像抓到一根救命稻草似的，急切地说："雨桐，你能不能帮我打个电话报警，就说我被秦浩囚禁了。"

薛雨桐惊吓地张大了嘴巴："大少爷，你别误会，二少爷他是为了给你治病才这样安排的，他都是为你好，绝对不是囚禁你。"

"病？我有什么病？"我压抑着怒气冷笑道。

"二少爷说，说你这儿……"薛雨桐迟疑地指了指脑袋，"出了点问题。"

一股无名怒火在我心底腾地冒起！

真实的幻觉

对外宣称我脑子有问题，然后顺理成章地请来植梦师，给我植入一段凶杀幻觉，逼我自杀或逃亡。

秦浩，你好阴狠的手段！

我绝不能坐以待毙。如今这秦家上下恐怕都被秦浩收买了，连薛雨桐也指望不上，我只有靠自己了。

我努力平复了情绪，尽量镇定地说："晚餐就来一份牛排、蔬菜沙拉，再加一瓶红酒吧。"

牛排送到后，我趁薛雨桐不备，偷偷藏起一把餐刀，压在枕头底下，然后一口气喝下半瓶红酒。在酒精的作用下，我整个人放松了不少，对接下来要做的事也没有那么害怕和紧张了。

我迷迷糊糊地睡着了，直到深夜，我听见汽车停在秦宅门口的声音，前院的灯亮了，隐约传来几声狗叫。

我已经惊醒过来，但依然躺在床上，闭着眼睛装睡。

过了一会儿，房门外响起谈话声。我知道一定是那两个保镖在向秦浩汇报今天发生的事。

"秦浩！"我大声喊道，"你进来，我有话对你说。"

"哥，什么事儿？"

秦浩走了进来，穿着黑色大衣，头上戴着冬天防寒的貂皮帽。两个保镖紧跟在他身后。

做了亏心事，不敢独自面对我是吧？

我心里冷笑着，脸上却不动声色："我想私下跟你说几句话。"

"这……"秦浩犹豫着。

"这些话只能单独跟你说，因为它涉及万鑫集团的商业机密。"

果然，听我这样一说，秦浩只得让两个保镖待在门外。

大概先前差点被我掐死的事令他心有余悸，所以秦浩走到离我几米外的地方就站住了，紧绷的姿态显示出对我的忌惮和戒备，面上却若无其事地笑道："哥，有什么话就说吧。"

"你站这么远，难道要我大声说话，让门外的人都听见吗？"

秦浩无奈又上前几步，站在床边："现在可以说了吧？"

"当然，"我淡淡一笑，"我要告诉你一个压在我心底二十几年的秘密。"

"秘密"两个字我故意压低声调,显出一副神秘的样子。秦浩果然被我的话吸引了,身子不由自主地前倾:"什么秘密?"

我突然一跃而起,先前藏在被中的手紧握着那把餐刀,用它割断了秦浩的喉咙。

鲜血喷涌而出,他连哼都没哼一声就倒在了地上。

俯下身,我看着秦浩那张布满痛苦的脸,他双眼睁得很大,死死地瞪着我。

我凑近他耳边,轻声说:"这个秘密就是,如果这个世界没有你,我会过得很幸福。"

六

我换上秦浩的衣服,他的胸口已经凉了,心脏也不再跳动。我戴上他的貂皮帽,把帽檐狠狠往下拉了拉,然后低头朝外走去。

我的身材跟秦浩差不多,穿着他的衣服,用帽子遮住了半边脸,再低着头,不凑近了仔细看,还真分不清是谁。我估计那两个保镖也没那么大胆子敢凑到秦浩跟前去。

我沉稳地走出房间,顺手带上了门,然后毫不停留地朝外走去。两个保镖瞥了我一眼,果然没有细看,我冒充秦浩大摇大摆地走出了秦宅。

一出大门,我立刻迈开双腿快速离开了这处别墅区。外面是远离闹市的僻静街道,草木茂密,路灯昏暗。一阵突起的冷风扯动枝叶飒飒作响,四周都是成片晃动的黑影,我的影子则像根伶仃的枯枝,在夜晚的寒风中战栗。

一只大手突然抓住了我。

手上有浓密的汗毛,还有一块铜钱大小的黑色胎记。

我惊惧地大叫起来,却发现自己的声音又尖又细,影子也在急剧萎缩,眨眼之间,就变成了小小的一团。

再一看自己,竟变成了孩童的模样。

"小朋友,我带你去找妈妈!"头顶传来的声音邪恶得就像哄骗小红帽的大灰狼。

"不,我不跟你走,放开我!放开我!"

真实的幻觉　　145

我用尽了吃奶的力气挣扎,却挣不开那只像老虎钳一样有力的手。
"你永远也逃不掉!"
阴狠的话迎头砸来,就像一个熟悉的魔咒。
极度的恐惧令我不知打哪儿生出一股巨力,竟然挣脱了人贩子的手,没命地朝前跑去。
"啪!"一根竹条重重抽在身上,痛得我一个趔趄,摔倒在地。
抬头一看,福利院的阿姨拿着竹条指着我骂:"你是从街上捡来的孤儿,没有家,没有父母,看你还能逃到哪儿去!"
"不,我不是孤儿,我有家,有家!"
我捧着头大哭起来,一些影影绰绰的画面在脑中飞快地回闪——
张灯结彩的街道,一只温暖的手牵着我,"好好待在这儿,别乱跑!"是谁的声音?是谁?
"孩子,以后这儿就是你的家。我和你张阿姨会把你当亲生儿子一样看待。"那个满脸慈爱的男人,又是谁?
男人的微笑突然变得模糊,仿佛笼上了一层雾气,我努力睁大眼睛,想要看清他的模样,却怎么也看不清楚。
这时,雾气又突如其来地散去,男人的脸却变成了一个蓝眼金发的女人,她愤怒地挥舞双臂,冲我叽里呱啦地吼着什么。
我吓得连连后退,却跌进了另一个女人的怀抱。
"我想好好疼爱你,给你一个温暖的家……"女人的声音就像妈妈一样温柔,我被恐惧折磨得脆弱不堪的心瞬间软成了一摊水,紧紧抱住她,哭着喊道:"妈妈!妈妈!"
"我不是你妈妈!"女人冷淡地推开我,怀里不知什么时候多了一个小小的男婴,她低头宠溺地看着那个婴儿,脸上带着梦幻般幸福的微笑,"这才是我的孩子。"
"你说过要疼爱我,给我温暖的家。"我抱着她的胳膊,执拗地不肯松手。
女人慢慢抬起头,脸上温柔的笑容消失了,变得如冰块一般冷漠:"你又不是我的亲生儿子,怎么能一直赖在我家?"
这句话就像一把锋利的弯刀,劈得我鲜血四溅。
我痛得松开了手,几乎连站都站不稳了,摇摇晃晃地后退几步,一转身,却看见一个穿着小西装,模样贵气的男孩,怀里抱着一架无人机,以一种跟他年龄绝不相称的轻蔑眼神看着我:"这架无人机是我的,秦家的一切,都是我的。你只不过是捡回来的野种,休想把它们抢走!"

男孩的话就像往堆积得越来越高的干柴上丢了根火把,轰的一下燃起冲天怒火,烧得我眼睛都红了!

"我偏要抢!"

我猛地扑上去,抢那孩子怀里的无人机,跟他扭打起来,就像一头发疯的小豹子。

"啪!"脸上突然挨了一巴掌,刚抢到手的无人机也被人夺了过去。

一个穿着佣人制服的老女人把无人机还给男孩,然后双眼一瞪,毫不客气地骂我:"也不瞧瞧自个儿的身份,你有什么资格跟小少爷抢玩具?"

男孩冲我扮了个鬼脸,得意扬扬地玩起了无人机。

我攥紧了拳头,却发现自己谁也打不过。所有人都欺负我,没人肯要我,我就像一堆被丢弃的垃圾,可悲又可笑。

心下一片凄惶,茫然四顾,整个世界仿佛都变成了囚笼,我竟无处可去,无路可逃!

一只手又紧紧抓住了我,手上铜钱大的胎记仿佛张着嘴在狞笑。

"我说过,你永远也逃不掉!"

我低下头,狠狠朝那只手咬去,结果换来的是一场如暴风雨般猛烈的殴打。

我被打落了牙齿,打断了鼻骨,鲜血糊了一脸。接着断的是腿骨、胸骨、脊椎,五脏六腑似乎全都破裂了……

我就像一件脆弱的瓷器,一点一点裂开、粉碎,鲜血则像兴奋的蛇群,争先恐后从我口中、鼻中,身体各处游了出来。

我已经完全失去挣扎的力气,像一个千疮百孔的筛子躺在地上,不停地漏着血。而那些在我生命中出现过的男男女女,围成一圈,漠然地看着我挨打,就像看一出跟他们毫不相干的闹剧。

所有的情绪都燃尽了,化为绝望的灰。

我的眼睛空洞而麻木,手指却无意中碰到衣服口袋里一个冰冷尖锐的东西。

是那把餐刀!

它杀死秦浩后，又被我放进了口袋。

一簇火苗在我眼中腾地燃起，就用它来了结自己的性命吧，反正这个世界再没什么可留恋的，多活一秒，就多受一分折磨。

我的手握紧了餐刀，正要把它朝胸口捅去，手腕却突然被擒住。

"哥哥，不要！"

我震惊的瞳孔中，映出那个绝不可能在此刻出现的人。

秦浩！

已经死去的秦浩正用力扳着我的手腕，把刀一点一点移开。

突然想起小时候和他玩扳手腕的游戏，每次他都输，输了就哇哇大哭，被我嘲笑一点也不像个男子汉。

没想到转眼间我们就长大了，而他的力气变得比我还大。

"哥，快点醒过来，别再伤害自己了！"

秦浩额头上渗出的汗珠让我知道他已经用尽了全力。

我惊讶地瞪了他一会儿，突然冷笑道："少来装好人，你不是一直想我死吗？"

"没有！我从来没想过要伤害你，全是你自个儿在胡思乱想！"

"别再花言巧语了，我一个字都不信。"

"不管你信不信，我还是要告诉你。从小爸妈就经常不在家，几乎是我跟哥哥相依为命。还记得以前我总喜欢黏着你吗？因为我怕一个人待着，只有和哥哥在一起，才不会觉得孤独。每次我哭的时候，都是你来安慰我，在我心里，你比爸妈对我都好。就算你不把我当弟弟，但在我心里，你永远是我最喜欢的哥哥！"

秦浩这番貌似掏心窝子的话，说得如此煽情，表情如此真挚，几乎可以去当演员了。更可笑的是，我竟然被他那堆话感动了一秒钟。

也就短短的一秒，先前还在真情诉说的秦浩，转瞬间便换上了一脸得意的笑。

"刚才都是骗你的，愚蠢的哥哥，你还真好骗！"

他大笑着，用力握住我的手，把雪亮的餐刀朝我胸口狠狠刺下——

七

我大叫一声,一跃而起。

头上沉甸甸的,手一摸,竟是个圆滚滚类似头罩的玩意儿。

眼前有两个人一脸惊吓地望着我。

秦浩和陈志舟。

我瞬间明白过来,陈志舟一定又在我脑中植入了一段幻觉,想让我自杀。

瞧,我手中还握着餐刀,刚才差点就把它刺入自己的胸膛。

怒火熊熊燃烧,秦浩,你欺人太甚!

你既一心要置我于死地,那我也绝不对你手下留情!

餐刀狠狠挥出,以迅雷不及掩耳之势刺进秦浩的胸口……

他痛呼一声,难以置信地瞪着我,似乎没想到我会突然出手。

"来人!快来人!"

陈志舟惊恐的叫声刚一响起,门外就冲进一群人,我又被制服了,餐刀也被夺走。

但这一切我都不在乎,只看着秦浩。

鲜血正从他胸口源源不断地涌出。

看他脸色苍白、痛苦呻吟的样子,我心里却意外地并不觉得痛快,反倒有种说不出的惆怅。

秦浩被送往医院抢救,警察也很快赶到了现场。

我被关在一间独立的牢房里,有人来看我,是陈志舟。

"你弟弟死了。"说完这句话,他又加重了语气,"这次是真的被你杀死了。"

我心里一颤,仿佛一个人鼓足了劲儿打出一拳,却意外打在了空气上。

明明那么恨秦浩,为什么听见他死了,我心里却有种难言的沮丧?

"其实,你并不像自己以为的那样恨你弟弟,你只是担心被排挤,害怕被遗弃,我说得对吧?"

"少自以为是地分析我!"我冷冷地看着他,对方那种专业医生的姿态令我很不舒服,仿佛自己成了被他放在实验台上用显微镜观察的生物组织。

"我是这个世界上最了解你的人。"陈志舟用一种不容置疑的语气说，"因为我用脑神经传感器扫描过你脑中的思想。童年时期被人贩子拐卖到福利院的经历，成为你一生摆脱不了的噩梦。当秦浩出生后，你怕自己再次被遗弃，所以十分讨厌这个弟弟。后来又怕养父母把家业都传给秦浩，让你一无所有，所以你开始挪用公司的资金。当秦浩发现账目不对开始调查时，你既恐惧又焦虑，在巨大的心理压力下出现了幻觉，幻想秦浩发现了你挪用资金的事，而你则在激烈的争执中杀死了秦浩。

"这段日子，其实你一直没有离开过秦家，而是把自己囚禁在幻觉中，周围的人根本无法跟你沟通。你一方面憎恨秦浩，一方面又觉得愧对养父母，在这样的心理煎熬下，你的意识进一步崩溃，甚至出现了自杀和自残的举动。

"幸运的是，你有一个好弟弟。虽然你从来没把他当弟弟看，但他心里始终有你这个哥哥。他来找我，求我想办法把你从幻觉中拯救出来。

"然而当我用仪器扫描你的思想后，发现你对弟弟的好全是伪装，在你心里其实恨不得让他死。即便是这样，你弟弟依然求我救你。你真该庆幸自己有这样一个好弟弟，可你亲手杀死了他。我想你余生都会活在愧疚和悔恨中，这是对你最好的惩罚！"

"这个故事编得不错！"我嘲弄地拍了拍手，冷笑道，"你跟秦浩根本就是一伙的，你们在我脑中植入凶杀幻觉，想逼我自杀，神不知鬼不觉地除掉我。"

"既然要逼你自杀，为什么你会被人救起？为什么你会看到秦浩还活着的信息？"

我一时噎住，仔细一想，自己竟然真的忽略了这个显而易见的事实。

陈志舟继续说："我和你弟弟商量后，决定为你编制一段幻觉，在你想要寻死时安排你被人救起，同时在你的潜意识里植入秦浩依然活着的信息，并诱导你一步步发现真相。我们以为，当你发现秦浩未死时，就可以从负罪的深渊中解脱出来，然后再慢慢治疗你的心理创伤，你就能恢复如常了。

"只是我们没有想到，你的潜意识如此强大，竟擅自篡改了我输入的幻觉。原本的设定是保镖发现了你，把你带到秦浩身边，让你知道他并没有死。然而你在幻觉中加入一只可怕的手,那只手属于当年拐卖你的人贩子,想必给你留下过极其强烈而可怕的印象,所以当它出现以后,你的潜意识不再被我们诱导,而是开始激烈地反抗。为了避免过激反应导致的意识崩溃,我当机立断中止了信号输入,选择将你唤醒。醒来后的你看上去似乎已经走出幻觉,可以跟他人交流了。于是我猜想你已经得到足够的暗示,知道秦浩还活着。

"然而事情并没有朝我希望的那样发展。你知道了秦浩未死,却误以为原先的凶杀幻觉是他请我在你脑中植入的,甚至以为你的弟弟要杀害你。然后你陷入了第二段幻觉,在这段幻觉中,你用藏起来的餐刀杀死秦浩,逃离了秦宅。

"你幻想自己遭到人贩子的殴打,而事实上是你在疯狂地自残。当时情况十分危急,我们不得不制服你,然后又对你输入了一段新的幻觉。这段幻觉是秦浩从人贩子手中救下你,然后告诉你他有多看重你这位哥哥,希望能打开你的心结。

"但关键时候,你的潜意识竟然又擅自改变了幻觉,将秦浩救你变成了他想杀你。当我在屏幕上看到你所幻想的秦浩举着餐刀刺向你胸口时,不得不马上关闭了仪器。这时你突然醒过来,不由分说地杀死了你的弟弟。"

"不,我不相信!你说的我一个字都不信!"

我用力咬着牙,想要抑制嘴唇的颤抖,然而就连我自己也听出声音有多么不稳定,就像残弦的尾音惶然地颤着。

"你不信?那么你来看看这几段视频。"

陈志舟打开带来的笔记本电脑,让我看存在里面的视频。

"因为我的治疗方式比较特殊,很多人也不了解脑神经传感器,所以一直都有不少质疑我的声音。为了避免发生医疗纠纷,和每个来访者的交谈,以及整个治疗过程,我都会录像保存,作为发生纠纷时的证据。"

第一段视频,是秦浩和陈志舟第一次见面时的谈话。

"陈医生,请你救救我哥哥,他现在已经神智不清,整天叨念着说杀死了我,然后动不动就要自杀。谁跟他说话都没用,他好像把自己封闭在幻觉里,怎么也走不出来。"

第二段视频,是仪器将我的思想在屏幕上转化为图像后,秦浩一脸震惊的样子。陈志舟皱着眉头问他:"你哥哥其实一直都在恨你,所以他才在幻觉中做出了平时不敢做的事。他想杀你,你还要救他吗?"

秦浩脸上浮出痛苦之色,沉默了片刻,毅然说道:"要救!恨我是他的事,对我而言,他却是我绝不能放弃的人。"

第三段视频,我静静躺在病床上,头上套着球形仪器。陈志舟将编好的幻觉输入我的大脑,然后和秦浩一起紧张地盯着电脑屏幕。突然,陈志舟失声叫道:"不好,这里怎么多了一只手?他改动了我编的幻觉……老天,我还是第一次遇到这样的事!"

病床上的我突然翻滚起来,好像承受着莫大的痛苦,连带整个仪器都开始剧烈晃动。

"必须马上中止幻觉输入,否则他会崩溃的。"陈志舟手忙脚乱地关闭了仪器,而我也慢慢平静下来,似乎陷入了昏睡。

第四段视频,我紧闭双眼,嘴里发出像野兽一样无意识的吼叫,双手用力朝自己脸上、身上乱捶乱打,打出一脸鼻血,捶得胸膛"咚咚"作响,仿佛身体不是自个儿的,那疯狂自残的架势看得人心惊肉跳。

"快阻止他!"秦浩急忙喊道。

几个保镖一拥而上,把我死死按在床上,用绳子绑住了手脚。

"陈医生,快,再给他输入一段幻觉,一定要把他唤醒!"

在秦浩的催促下,陈志舟飞快编写了幻觉,用脑神经传感器将它输入我的大脑。

然后,他和秦浩死死盯着电脑屏幕,看仪器扫描出来的我脑中的思想。

刚开始一切正常,秦浩救下我,说了一段令我动容的话。本来我应该幡然醒悟,就算无动于衷,至少也脱离了人贩子的魔爪,不会再在现实中做出自残的举动。

然而事情并未按照预先设定的那样发展。

当陈志舟在屏幕上看到本是去救我的秦浩却突然像变了个人似的冲我得意大笑时,顿时脸色大变,叫道:"糟了!"

"怎么回事?"秦浩也察觉到不对。

"他的潜意识又改动了幻觉,现在我们输入的幻觉不再具有治疗作用,反倒有可能变成他的催命符!"陈志舟额头渗出了冷汗。

就在这时，我被绑住的手不知怎么挣脱出来，从枕头下掏出了一把餐刀。

当我举起餐刀，朝自己胸口刺下时，陈志舟眼疾手快地关闭了仪器。

我突然惊醒过来，然后毫无预兆地举刀刺向了秦浩……

"假的，这些视频一定是合成的，全是假的！"

我扯着嗓子叫道，攥紧了拳头，似要使出全部力气去巩固被视频动摇的信心。

但就连拳头，也在不受控制地颤抖。

我的信心正在崩溃，就像被一声巨喝震出了一场无法挽回的雪崩。

"这些视频是真是假，你心里很清楚。本来我没必要告诉你这些，但我真的为秦浩不值，更不想他死后还被你误解。"

我已经听不见陈志舟在说些什么，只垂头喃喃自语："假的，都是假的……"浑然不觉泪水已流了满面。

"你是我第一个治疗失败的病人。对一向自负的我来说，要承认失败很困难，但正是你让我意识到人的潜意识具有多么强大的力量，它甚至可以打败最先进的科学仪器。现在能拯救你的，只有你自己，我已无能为力。"

陈志舟的叹息声还弥漫在牢房中，但当我抬起头时，他已经不在了。

"秦浩、弟弟，秦浩、弟弟……"

恍惚中又看到阳光熙暖、花木明艳的院子里，一个圆滚滚、胖乎乎，长得像年画上的童子一样喜气的小男孩，眼里包着泪，扯着我的衣角死也不松手，"哥哥，哥哥，不要不理我呀！我们一起玩吧，一起玩吧……"

我把头抵在墙壁上，使劲磨着、碾着，磨出了血也不觉得痛，反倒有种异样的快意。

"你在干什么？"

有人冲进牢房拉住了我。他穿着警察的制服，嘴里不停地说着话，我却一个字也听不见，只是瞪大眼睛，死死盯着他的手。

那只手上有茂密的汗毛，还有一块铜钱大小的胎记！

"你……你是……他……"我的瞳孔因为极度恐惧而不受控制地放大。

"谁？"仿佛有人在问。

真实的幻觉

"人贩子！那个拐卖我的人贩子……"我的嘴唇痛苦地哆嗦着，脑袋里像有一锅铁水在沸腾，"不，不可能！这一定是幻觉，是秦浩在我脑中植入的幻觉！"

我闭上眼睛，绝望地跟幻觉战斗，然而那只手就像毒藤一样死死缠着我，是永生也无法摆脱的梦魇。

"不——"我号叫一声，捧着脑袋在地上打滚，然后惊恐地发现，自己的身体缩小了，变回了五岁孩童的模样。

那只手又伸过来，手上的胎记黑得刺眼。

"来，我带你去找妈妈！"

"不，不要——"我惊恐地抓住那只手，用力咬下去。

周围一片混乱，有人在叫：

"他咬人……"

"快把他控制住……"

"这个人疯了……"

"太危险……"

"先绑起来……"

"找医生瞧瞧……"

那片沸腾的人声就像一锅滚粥不停地冒着泡，然后离我越来越远，我终于失去了知觉。

八

醒来后，我发现自己被关在一个陌生的地方，房门是特制的，用尽蛮力也冲不出去。窗户上还加了铁条，就跟监狱似的，跳窗而逃也成了奢望。

我只能从铁条的缝隙中窥视外界的动静，有一天竟意外看到了一个熟悉的人影。

是秦浩！

他正站在花坛边，跟一个穿白大褂的男人交谈。

难道他没有死？

我被这个意外惊得浑身一震，又使劲揉了揉眼睛，再看出去时，秦浩已经不在那儿了。

方才我所看到的秦浩,到底是真实的,还是只是一个幻觉?

我感觉自己仿佛走进了一个迷宫,怎么也转不出来。为这件事苦恼了很久,直到有一天,我脑中突然闪过一道亮光——

"我所经历的一切,一定都是秦浩在我脑中植入的幻觉,他想将我永远囚禁在幻觉中,永远走不出去。不,我绝不能让他得逞!我一定要出去!"我在房间里咆哮着。

然而我想尽办法也出不去。

时间久了,我也慢慢习惯了这里的生活。每天可以从窗户看到外面的天空,还有一座美丽的花园。阳光好的天气,花园里散步的人会多一些,有的愣愣地望着天空,让阳光洒在他专注得近乎呆滞的脸上,仿佛在研究每一朵云的形状;有的则坐在椅子上长时间一动不动,像个陷入深沉冥想的哲学家。

就和我一样。

我每天都在分析阳光的颜色,思考先有阳光再有花草,还是先有花草再有阳光这样重大的哲学问题,并且乐此不疲。

我的冥想有时也会被外来的人打断。瞧,一个女人牵着孩子出现在花园里,他们走到其中一个人身边,陪他坐了很久,偶尔跟他说说话,对方却不怎么搭理他们。男孩儿无聊地东张西望,看见了站在窗台边的我,乌溜溜的眼睛盯着我看了好一会儿。

我突然有种冲动,从屋里翻出一张废纸,折了架纸飞机,对准男孩所在的方向,把它从两根铁条之间扔了出去——

飞机在蓝天下划出完美的轨迹,像只翩然的白鸽,稳稳着陆在草坪上。

男孩儿欢呼一声,捡起纸飞机,飞来飞去地玩个不停。他快活的模样感染得我的嘴角也不由自主地上扬。眼前这一幕似曾相识,好像曾经也有个男孩儿……不,是两个……也在一个同样美丽的院子里,玩……玩……玩无人机……

当"无人机"这三个字突然从我脑中蹦出来时,我的头顿时一阵剧痛,这痛就像龙卷风一样猛烈,霎时把脑中那模糊的画面吹得无影无踪。

我大口大口地喘着气,伴随着疼痛的渐渐消失,我的心情又恢复了原有的平静。

医生说我不能回忆往事，所以用某种古怪的仪器锁住了我的记忆。这个仪器据说是一个叫陈志舟的医学怪人发明的，而我则成了他的第一个试验品。

闲来无事时我曾经研究过这种仪器，陈志舟说的那些古里古怪的术语我一个也听不懂，只知道他在我大脑负责记忆的区域加了一把锁，每当我要回忆起什么时，就会触动这把锁，然后它便释放出某种射线，刺激我的神经，令我感到剧烈的头痛，通过这样的惩罚来阻止大脑回忆往事的企图。

有时我挺好奇，不知道我的往事有多可怕，才要像对付洪水猛兽一样把它关起来。

起初我的头痛发作得很频繁，但慢慢地，我回忆的次数越来越少，心情也越来越平静。

我觉得自己就像孙悟空，那把锁就是戴在我头上的紧箍咒，纵使桀骜不驯如孙猴子，最后不也降伏在紧箍咒下？更何况我这样的凡人。

为了不受惩罚，我开始自觉避免回忆往事，这渐渐演变成了一种条件反射，每当往事刚一冒头，我就会警觉地按灭它，就像按灭一簇刚刚燃起的火苗。

这其实很简单，不是吗？

我已经很久没有头痛了。陈志舟说，等我学会完全控制记忆后，就可以从这里出去。

然而今天却出了这样的意外。

我暗暗自责，更提醒自己要小心，千万别再把怪兽放出来。

我的视线又落在那个小男孩身上，只见他自得其乐地玩了一会儿，终于被他母亲叫住了。

女人站起身，最后看了坐着的男人一眼，后者目视前方，依然在旁若无人地"冥想"。女人低头抹了抹眼泪，牵着孩子离开了。

男孩手里拿着纸飞机，走出一段路后，忍不住又回头看我。

我朝他笑了笑，他愣了一下，也咧嘴冲我甜甜一笑，然后蹦蹦跳跳地跟他母亲走远了。

我目送着他们离去，视线一直紧紧黏在母亲牵着孩子的手上。

阳光仿佛变成流水,流回很久很久以前,那时的我……似乎也是……一个小小的孩童,拉着母亲的手,脸上带着全然的纯真,毫不设防地面对这个世界。

剧痛再次席卷而来,我咬着牙蹲下身,把身子蜷缩得很小很小,嘴里无意识地哼着歌,是母亲哄我入睡时常唱的歌谣。

那曲调曾经在漫长的时间那端死去,如今又从记忆深处苏醒。

这苏醒伴随着剧烈的头痛,以一种摧枯拉朽般的力量在我脑中横冲直撞。

痛!太痛了!痛得要命!

我本来该立刻按灭那突如其来的回忆,但是,竟然舍不得。

紧跟着冒出的是一个美得像梦一样的画面:母亲牵着小小的我,走在洒满阳光的热闹繁华的大街上。

那双手紧紧地,紧紧地牵着我,一直一直走下去,永远也不会放开!

那是疼痛也无法摧毁的美好。

我痛得几乎咬碎了牙,却以可怕的毅力,固执地、牢牢地抓紧那个画面,就好像它是我所有生命的支柱。

越来越剧烈的疼痛,越来越紧绷的对抗……

终于,蓝天下似乎响起"啪"的一声脆响。

锁断开了。

一只纸飞机悠然飞在天上,就像一只自由自在的白鸽……

异鼠

异鼠

一

今晚，是姚雪留在寝室的最后一夜。明天，她就要收拾铺盖，离开这所著名的高校。

半夜，何倩从梦中惊醒，突然看见床前戳着一个黑黢黢的人影，顿时惊恐地尖叫起来。

"啪"的一声，对面铺上的李素华打开了灯，冰冷的白炽灯光照得寝室一片雪亮，与此同时，上铺的廖艺雯也撩开蚊帐探出头来。

"姚雪，你怎么了？"李素华惊疑地问。

站在何倩床边的正是姚雪，她仿佛失了魂一般，两眼直勾勾地盯着何倩，脸上露出怪异的微笑。

"姚雪……"李素华又试探地叫了一声，对方却充耳不闻，只是在嘴里反复嘟囔着叫人听不懂的话。

过了好一会儿，何倩才听清楚她说的是："我会回来找你，我会回来找你的……"

一股冷气从脚后跟直冒上来，何倩咬了咬牙，梗着脖子说："姚雪，半夜三更你发什么疯？"

姚雪冷冷一笑，嘴角咧开的弧度简直像道惊悚的伤口，幽黑的眼睛透着一股子森冷，犹如不见天日的井水一样冰凉。

何倩情不自禁打了个寒战，嗓子眼儿阵阵发紧，她艰涩地扯动嘴唇，正想再挤出点什么话来，姚雪却转身离开了。宽大的睡衣罩在她瘦骨嶙峋的身体上，轻飘飘、空荡荡的，仿佛里面什么也没有，没有骨架，没有血肉，只有一股子冤气，撑出了一个游魂般的人形。

何倩屏住了呼吸，眼瞅着姚雪像幽灵一样荡回床上，用被子蒙着头，发出"呜呜"的声音，像在怪笑，又像是哭泣。

灯光熄灭了，黑暗像密软的蛛丝缠上了每个人的心头。

夜，更深、更浓，某种诡异的气氛如青色的雾在寝室里悄无声息地弥漫。

一片黑压压的死寂中，突然响起几下"吱吱"的声音，虽然轻微，但被寂静的夜放大了无数倍，顿时变得如锯齿般尖锐，一下一下拉割着紧绷的神经。

"该死的畜牲！"何倩烦躁地咒骂一声，身子蜷缩成了一团，伸出两根食指堵住了耳洞，似乎这样就能堵住恐怖之源。

但那阴魂不散的声音依然在她脑子里盘旋，"吱吱吱吱""咔嚓咔嚓"，就像永恒不灭的梦魇，毫不间断地响着、响着……

被这瘆人的声音反复折磨着，何倩一夜辗转无眠，直到天明时分方才蒙眬睡去，隐隐约约听到房门打开的声音，如同梦中恍惚的一声轻响。

有冷风吹进来，她情不自禁地蜷起脚趾，迷迷糊糊中似乎听见谁发出了一声恐怖的尖叫——

"啊，老鼠！"

她打了个激灵，突然睁开眼睛，便看见一个手拿眉笔的女孩，正火烧屁股似的从凳子上弹出老远，桌上的化妆镜被她惊慌乱舞的手臂带到了地上，"啪"的一声摔得粉碎。

101寝室的窗户敞开着，一株老槐树浓密的树冠将窗子遮住了大半，即使在盛夏，这个老旧宿舍楼最底层的房间也像防空洞一样阴暗潮湿，充满凉意。

一只雪白的大老鼠不知什么时候从窗外钻了进来，正在靠窗的桌子上大摇大摆地踱着步，听见尖叫声，它"呼啦"一下钻进一堆书本里，只露出一条长长的尾巴。

"快，快把这只该死的老鼠弄走！"

那个吓得花容失色，正跳着脚歇斯底里大叫的女孩，不正是自己吗？

何倩惊讶地发现，自己那因惊恐而扭曲的面容竟如此丑陋，平时竭力维持的高贵的淑女形象，就像摔落的镜子一样，在一只老鼠面前碎成了一地雪亮的玻璃碴子。

"真胆小，一只老鼠也能把你吓成这样？"

廖艺雯不屑地嗤笑一声，撩开蚊帐从上铺下来，抽出一张餐巾纸，一脸嫌恶地包住老鼠的尾巴，用力把它拽出来，老鼠两只前爪在桌面交替挠着，拼命挣扎，却还是被她拎了起来，身子悬在半空，惊慌而无助地"吱吱"叫着。

"快把这恶心的东西丢掉！丢进厕所，或者拿开水烫死！"

何倩尖锐的叫声格外刺耳，像雪亮的银针胡乱戳着小白鼠的身体，让它发出更加绝望的叫声。

廖艺雯提着老鼠朝门口走去，恰好碰见从图书馆回来的姚雪和李素华。

"好可爱的小白鼠！"姚雪惊喜地叫道，"给我瞧瞧！"

她从廖艺雯手里接过老鼠，小心翼翼地捧在掌心，用手指轻轻挠着它身上的白色绒毛。小老鼠舒服地叫了两声，突然直起后肢，将两只前爪合在一起，朝她拱了拱。

"你们瞧，它在跟我打招呼呢！"姚雪惊讶地说，"这只老鼠是经过训练的，肯定是谁养的宠物！"

仿佛为了回应她这句话，小白鼠又朝她作了个揖，讨好地叫了两声。

"谁会养这么恶心的东西？还不快把它弄死丢掉！"何倩又尖叫起来。

小白鼠惊恐地摇着脑袋，在姚雪掌心瑟瑟发抖。

"呀，它好像听得懂咱们说的话！"李素华凑过来好奇地看着。

"它虽然是只老鼠，但也是条小生命，不要伤害它好不好？"姚雪替它求情，又从床底下一个麻布口袋里抓出一把花生，拿了一颗给小老鼠。后者用两只前爪捧着花生，"咔嚓咔嚓"地咬开壳，露出里面圆溜溜裹红衣的花生仁，美美地啃了起来。

"它很喜欢吃我的花生呢！"姚雪高兴地说。

"你那土不拉叽的东西也只有老鼠爱吃！"何倩没好气地白了她一眼。

姚雪的脸色唰的一下变白了。这袋花生是她那乡下的母亲托人带到学校来的，每一颗都精心挑选过，花生壳上还沾着新鲜的泥土，让她想起母亲在田间挥汗如雨、辛勤劳作的身影，每一颗粒大饱满的花生，都是母亲一份沉甸甸的心意。

刚收到这袋花生时，她曾高兴地拿出来跟室友分享，但廖艺雯只是不屑地看了一眼，挑剔地说："我从来不吃没炒过的花生。"何倩更是故意拿出一包进口食品，慢条斯理地撕开写满外文的精美包装袋，掏出被五颜六色的糖纸包裹得像圣诞娃娃似的糖果，给寝室每人发了几颗，然后施舍似的丢了一颗给姚雪，嘲笑道："你这辈子都没吃过这种糖果吧！"

姚雪紧紧攥着花生，脆弱的外壳在她手中抽泣着裂开，而她嘴角颤抖着，却倔强地咬紧牙关，逼退了眼底浮出的水雾。

廖艺雯冷笑一声，爬回上铺重新躺下，往耳朵里塞进了耳塞，重金属音乐霎时铺天盖地般涌入大脑。

李素华担心地看了姚雪一眼，张了张嘴想说什么，又怕得罪何倩，涌到喉间的话打了个转儿，又咽了回去。

寝室陷入了一片寂静，只听见老鼠咀嚼花生的声音，"咯吱""咯吱"，响亮得刺耳！

何倩嫌恶地捂住耳朵，但那声音越来越响、越来越响，渐渐变成有形的钢针，锋利的针尖闪着寒光，"波"的一声刺破了耳膜，穿透了骨头，直向脑髓里钻去……

"啊——"她惊叫着坐起身，浑身冷汗涔涔，像浸在冰水中一般透着凉意。

这次是真的醒了。

天光已经大亮，夜里的怪声早就消失在清晨的鸟鸣中，但头依然阵阵刺痛，不知是否在夜里着了凉，就连额头都有些发烫。

何倩无力地倒回枕头上，又想起昨晚那个梦，她竟然梦到了第一次见到那只怪鼠的情景。

就像噩梦的开端，自从那只老鼠来到寝室后，一切便成了失控的陀螺，不断滑向灾难的边缘——

她把姚雪为小白鼠做的铺有碎布和棉絮的纸箱丢进了垃圾桶，也曾多次讥笑姚雪养了只鼠儿子，甚至还往姚雪的饭盒里偷偷放了几颗老鼠屎……

但每次她欺负姚雪之后，都会发现自己新买的衣服被咬出了几个洞，或者是枕头上莫名其妙地出现了一堆花生壳，有次那只该死的老鼠甚至在半夜钻进她的床帐，朝她耳朵上狠狠咬了一口……

那真是一段噩梦般的日子。不过，这一切很快就要结束了。

她转过头,看到姚雪的床铺已经空无一人,不觉心情为之一畅,连头痛都变得可以忍受了。

今天上午没课,何倩起床梳洗完后,就朝系主任办公室走去。还没走出宿舍楼,就听见校园里传来一片混乱嘈杂的声音,有人惊慌失措地喊着:"死人了!死人了!湖里淹死了一个女生!"走廊上顿时响起一阵纷沓凌乱的脚步声,大家争先恐后地冲出去,拥向湖边。

女生的尸体被打捞上来,湿漉漉的长发紧贴着冰柱一般的身体,肚子涨得老高。

正是姚雪。

她整个人都被浸泡得发白,散发出湖水特有的腥气。何倩只看了一眼,就忍不住肚里一阵翻江倒海,跑到旁边吐了一地的酸水。

死者头上别着一只蝴蝶发卡,是男友肖杰送给她的礼物。身上穿着一件大红色的衣裳,是她乡下的老母亲一针一线缝制出来的,因为第一次穿就被何倩讥笑为土气,所以她再也没有穿过,如今却穿着它走上了黄泉路。

"听说穿红衣自尽的人会变成厉鬼。"有人在小声窃语,带着害怕的颤音。

一只浑身雪白的老鼠突然从人群中钻了出来,在尸体上跳来跳去,焦急地叫着,还伸出粉红的舌头去舔死者冷冰冰的脸蛋。

"哪儿来的老鼠?"

"好像是她养的宠物。"

"真恶心,竟然有人养老鼠当宠物。"

"真是个怪人,她为什么会自尽?"

"听说偷东西被开除了。"

"难怪!可惜,这么年轻就……"

"走开!走开!"学校的保安赶来驱散了围观的人群。没多久警察也来了,尸体检验后被拖走了,湖边只剩下一大摊水渍,一只脱落的鞋子,以及在校园里沸沸扬扬的各种传言……

二

　　101寝室里,何倩和廖艺雯两人泥胎木塑一般呆坐着,面面相觑,半晌无语。

　　"还记得姚雪临死前对你说过什么吗?"廖艺雯突然幽幽地开口。

　　"我会回来找你的,我会回来找你的……"

　　一想起这句带着鬼气的话,何倩顿时变了脸色,仿佛骨头被老鼠的利齿突然啃了一口似的,生出一股森然恐怖的痛意。

　　但她很快便按捺住心神,一扬头,强作镇定道:"人都死了,还能做什么?她活着时被我欺负,死了我更不会怕她!"

　　"你别嘴硬,昨晚你虽然蒙着被子,但牙关打架的声音我还是听得清清楚楚。你若不怕,为什么一晚上都在床上翻来覆去地睡不着觉?"

　　"廖艺雯,咱俩现在是拴在一条绳上的蚂蚱,姚雪就算要回来找我,也绝不会放过你!"何倩咬牙切齿地说。

　　廖艺雯沉默了,一片寂静之中,隐隐有细微如沙砾落下的声音从角落里传来,听得两人脊背阵阵发凉。

　　"什么声音?"何倩冷硬的眼神出现了一丝惊恐的裂纹。

　　声音突然停了,片刻之后,却又变得越发响亮起来,"咔嚓咔嚓",像是啃嚼硬物的声音。

　　"是那只老鼠!"

　　何倩突然反应过来,冲廖艺雯使了个眼色,两人不约而同地起身,何倩挽起袖子,从角落里拽过一把扫帚,恨恨地说:"今儿我非宰了这只该死的老鼠不可!"

　　廖艺雯也抓了一根晾衣竿紧握着,两人蹑手蹑脚地朝声音发出之处走去,"咔嚓咔嚓——"响亮而清脆的声音,正是从姚雪床底下发出的。

　　廖艺雯用晾衣竿掀起床单,露出床下的杂物,其中有个瘪了一大半的麻布口袋,里面装着姚雪的花生,现在已经所剩无几了。

　　廖艺雯嫌恶地用晾衣竿拨开袋口,何倩刚刚扬起扫帚,一道白影就"嗖"的一下蹿了出来,像颗银色的子弹直射向她的面门,尖利的爪子划过白嫩的脸颊,一阵火辣辣的疼痛。

　　何倩尖叫着,疯狂地举起扫帚乱挥乱舞,却碰不到老鼠一根毫毛,而那只怪鼠一击得手后，绝不恋战，转瞬便溜得无影无踪了。

何倩气急败坏地把扫帚一扔，冲到镜子前去看自己的脸。

原本美丽的脸蛋多了两道渗血的划痕，顿时变得狰狞起来，对她这种视容貌如生命的人来说，毁了容简直比杀了她还令她难受。

她发出一声刺耳的尖叫，把镜子狠狠摔在地上，砸得粉碎！

在医务室上了药，包扎好伤口回来后，何倩开始疯狂地在网上购买灭鼠产品：鼠药、鼠夹、捕鼠笼、粘鼠板……几乎各种类型的都买了个遍。

几天后，灭鼠工具陆续送到，何倩在寝室的每一个角落都布下了陷阱，粘鼠板上还放了几颗老鼠最爱吃的花生。然而那只老鼠聪明得可怕，虽然每天晚上都会来造访她们寝室，却每次都能避开各种陷阱。

有一次，何倩竟然看到那只老鼠小心翼翼地从粘鼠板的边缘走过，四肢交替保持着身体平衡，就像走钢丝一样，那种诡异的机灵劲儿，简直匪夷所思！

每天半夜，讨厌的"咔嚓"声便会准时响起，扰得她们无法安睡。因为临近毕业，大家都在找单位实习，李素华便借口要在实习单位加班，搬出了寝室，不再回来。

廖艺雯与何倩跟那只可恶的老鼠展开了多个回合的人鼠大战，几番斗智斗力地较量下来，两人竟然碰不到那畜牲一根毫毛。

一气之下，她俩改变了策略，把窗户用胶带封死了，又在门缝下塞满了报纸，让那只老鼠再也没有缝隙可以钻进来。

如此一来，总算消停了几天。

三

这个周末，班级组织了一次郊游活动。这是毕业前最后一次班级活动，大家都十分珍惜和同学相聚的最后时光，何倩和廖艺雯也参加了。

这次郊游除了爬山以外，还有野外露营。策划活动的几个班委十分热心地租来了帐篷，在山上找了一处适合扎营的地方。大家说说笑笑一起动手，傍晚时分，几十顶五颜六色的帐篷就像巨大的蘑菇在山间盛开了。

大家生起篝火，又搬出烧烤架，取出调料和各种食物，开始准备烧烤晚宴。

大概因为女友惨死的缘故，肖杰一直情绪低落，独自待在一边，沉默地拿竹签穿着肉串。

廖艺雯走到他旁边，主动帮他穿肉串，趁机宽慰道："姚雪的事，大家都很难过，但人死不能复生，将来的日子还很长，相信她在天上也希望能看到你过得幸福。"

肖杰感激地看了她一眼，又垂下头，痛苦而愧疚地说："我永远不会原谅自己，如果不是因为无法接受她偷窃的事，一时冲动跟她提出分手，她或许也不会走上绝路。"

廖艺雯眼前突然浮现出姚雪泡在水中肿胀的身体，心里不觉一颤，赶紧甩了甩脑袋，挥去脑中可怕的记忆，又找了些话来安慰肖杰。

两人渐渐相处得融洽起来，肖杰开始给她讲自己和姚雪在一起的点点滴滴，廖艺雯带着微笑听着，极有耐心的样子，手中的竹签却不知不觉扎得越来越用力，似在发泄某种隐忍的情绪。

"那是什么？"肖杰突然扯了她一下，让她看地上的背包。

廖艺雯一看，顿时吓了一大跳。她的背包里竟有什么东西在耸动，发出窸窸窣窣的动静。

她吓得嘴唇都白了，哆哆嗦嗦地说："有……有鬼……"

肖杰紧张地蹲下身，小心翼翼地拉开背包的拉链，一道白影蓦地从里面蹿出来，跳到他手上，亲热地舔着他的掌心。

"小白，原来是你。"肖杰笑着捧起白鼠，一下一下地抚着它身上细软的绒毛。

"啊哈，可抓住这只老鼠了！"廖艺雯松了口气，又兴奋地说，"快给我！"

肖杰毫不怀疑地把小白鼠递给了她。廖艺雯紧紧抓住白鼠的尾巴，把它悬空倒吊着，朝火堆走去。

篝火烧着枯枝，暴出"噼啪"的声响，晃动的火光染红了廖艺雯的面颊，看上去有种病态的狂热。她眼里闪着兴奋的光，面容扭曲着，高高拎起老鼠，把它的身子慢慢凑近火堆，妖异的火舌争先恐后地想要舔上白鼠的身体，后者不停地扭动着、尖叫着，她享受着它惊恐的叫声和挣扎，心里有种格外解气的畅快感。

"去死吧，该死的老鼠！"她恶狠狠地咒骂了一句，正要松开手，身后却突然响起肖杰惊讶的声音:"你要干什么?"

廖艺雯手一抖,还没反应过来,肖杰已经飞快地从她手中抢过了小白鼠,生气地瞪着她:"你怎么这么残忍?它是姚雪养的宠物,你竟然想把它烧死?"

"对不起……"廖艺雯低下头,装出一副楚楚可怜的模样,"这只老鼠搅得我们寝室不得安宁,我实在无法忍受,才——"

"怎么会?小白很通人性的,从不随便惹事儿。说起来,我和姚雪能在一起,还要感谢它呢!"

"为什么?"廖艺雯诧异地问。

"那是情人节的第二天……"肖杰脸上露出回忆的神情,一只手无意识地抚着小白鼠的脑袋,那柔软的触感就像深埋在心底的往事,软软的,暖暖的……

"姚雪,能把你的笔记借我抄一下吗?"

下课后,肖杰拦住了姚雪。后者的脸蛋突然微微发红,手足无措地从书包里掏出笔记本,递给肖杰。

与此同时,一个小小的脑袋也钻了出来,两只圆溜溜的小眼睛好奇地瞅着他。

"这是你养的宠物?"肖杰问。

"不是,哦,是……是的。"姚雪语无伦次地回答,头埋得更低了,脸上像多了两片火烧云。

"很可爱的小东西!"肖杰饶有兴趣地拍了拍白鼠的小脑袋,对姚雪说,"你的爱好还真特别。"

姚雪尴尬地笑了笑。小白鼠的脑袋突然一下子缩回书包里,很快又爬出来,嘴里叼着一张卡片。

姚雪大惊失色地想要夺下卡片,没想到小白鼠迅速一跳,竟跳到肖杰手上,把那张卡片放在他掌中,得意地冲他叫了两声,似在示意他打开来看看。

"把卡片还给我!"姚雪急得快哭出来了。

然而肖杰已经打开了卡片,一瞥之下,顿时怔在那里。

那是一张肖杰参加足球比赛的照片,不知什么时候偷拍的,被工工整整地贴在卡片上,旁边还有被一支金箭贯穿的两颗红心。

梦境直播

姚雪的脸红得快要滴下水来,一副又羞又窘、无地自容的样子。

"那时,我突然明白了,原来她一直在暗恋我,虽然做了情人节卡片,却没有勇气送给我,若不是小白,我还不知道她的心意。其实我对她也很有好感,这件事之后,我们便渐渐走在了一起……"

肖杰的声音充满一种感伤的怀念,那只小白鼠似乎也察觉到了什么,"吱"地叫了一声,小小的眼睛里竟然多了一点晶莹的水光。

是眼泪!

廖艺雯惊讶地看到,这只老鼠竟然像人类一样流出了眼泪。

它能听懂他们说的话。

它的眼神既哀伤又怨毒。

它看着廖艺雯的样子,令她不由自主地想起了姚雪临死前说的那句话:"我会回来找你的,我会回来找你的……"

她心里骤然发毛,硬生生打了个寒战。

四

夜深了,大家都进入各自的帐篷休息。廖艺雯和何倩同睡一顶双人帐篷,何倩很快就睡着了,廖艺雯却辗转反侧了半天。

外面的篝火早已经熄灭,同学们兴奋的低语声也渐渐消失,只剩下冷风从林间掠过的声音,卷着地上的枯叶脆枝簌簌作响,像女子轻细的脚步声,在帐篷外单调地徘徊着。

夜,静谧得可怕,黑暗从心底一点点地蔓延开来。廖艺雯害怕地缩进睡袋,不知过了多久,才蒙眬睡去。

半夜,她突然惊醒,一睁开眼,便对上了两只圆溜溜的小眼睛。

是那只老鼠,它正伏在她的睡袋上,与她近在咫尺的绿豆眼,在黑暗中幽幽地闪着光。

"啊——"廖艺雯惊恐地尖叫起来,身子刚一动,脚后跟那儿就传来一阵剧痛。

"来人啊!有蛇,有蛇!"惊醒过来的何倩连滚带爬地冲出了帐篷。

几个胆大的男同学赶来打死了盘踞在廖艺雯睡袋里的毒蛇。那只老鼠早已不知去向,而她的帐篷不知何时被咬出一个洞,那条蛇就是从破

异鼠

洞钻进帐篷,又钻进廖艺雯的睡袋,咬伤了她。

她被连夜送到医院,经过一番紧张的抢救,总算脱离了生命危险。

"何倩——"病床上的廖艺雯脸色苍白似鬼,紧紧拽着何倩的手,语无伦次地说,"一定是那只老鼠……是它咬破了帐篷……它恨我们,它要为姚雪报仇……不,不,它就是姚雪……那样的眼神……跟人似的……还会哭……是的,一定是姚雪的魂儿附在它身上了……"

"够了!"何倩不耐烦地打断她的话,"老鼠流泪也不是什么稀罕事,你少在这儿疑神疑鬼!"

"我没有疑神疑鬼!"廖艺雯神情激动地大喊道,"你见过这么聪明的老鼠吗?所有灭鼠工具都拿它没办法!它能听懂我们说的话,还会引来毒蛇报复我们。它的眼神充满仇恨,那是人类的眼神,绝不是一只老鼠的!"

人类的眼神?

何倩打了个哆嗦,眼前突然浮现出两个小黑点,那是一对狡黠的眼睛,它们渐渐膨胀、膨胀,变成庞然大物,变成暗不见底的深渊,吞噬了她的呼吸,让她看见里面翻涌着的最黑暗的回忆……

"咔嗒",一声清脆的响声,她看见了自己,正用偷配的钥匙打开姚雪的柜子,把刚买不久的苹果手机塞了进去。

突然,一道白影蹿上柜子,她定睛一看,竟然是那只该死的老鼠!

它高踞柜子的顶端,在她够不着的地方,一动不动地跟她对视,一对绿豆样的小眼睛像长出了尖锐的钩子,似要钩出她内心深处最隐秘最可怕的念头。

何倩心里一激灵,突然觉得背后冷飕飕的。

一定是自己的错觉,她怎么会在一只蠢笨的老鼠身上看到类似人类的怪异眼神?

她被那对谜一样的小眼睛弄得浑身不自在,干脆抓起一只拖鞋,用力朝对方扔去,只听"吱"的一声,老鼠很快溜得没影了。

不过是一只胆小的蠢物,有什么可怕的?她自嘲地撇了撇嘴。

还没来得及关上柜子,房门突然开了。

她吓了一跳,转头一看,廖艺雯正从外面走进来。

"何倩,你在干什么?"廖艺雯诧异地问。

看见是她,何倩松了口气,一边从容地锁上柜子,一边神秘地说:"想不想让姚雪身败名裂?"

"你想做什么?"

"待会儿让你看场好戏!"

似乎猜到了她要做什么,廖艺雯有些为难地说:"这样做,恐怕不合适吧?"

"你喜欢的肖杰被她抢去了,难道不恨她?"

"你说什么?"廖艺雯震惊地盯着她。

何倩暧昧地笑了笑,当然不会告诉对方自己偷看过她的日记,知道了她一直在暗恋姚雪男友的事。

"只要姚雪身败名裂,肖杰一定不会再喜欢她。到时候,你再找机会安慰肖杰,对方感激之下,一定会对你敞开心扉……"她笑得像只狡猾的狐狸,笃定地抛出了诱饵。

廖艺雯冷冷看了她一眼,没有说话,径直爬上床,戴上耳塞,打开随身听,重金属音乐霎时充斥了大脑。

何倩见她摆出一副置身事外的姿态,知道她默许了自己的行为,心里越发得意。

接下来的事情一如她所料,在她的大肆张扬下,苹果手机失窃的事惊动了整个女生宿舍,学校保卫科也派人来调查,最后在姚雪柜子里发现了"丢失"的手机。

姚雪被开除了,这对她而言无异于灭顶之灾。就在几天前,辅导员才告诉她,她的综合得分最高,是最有希望留校的。

为了让她读大学,家里欠了一屁股债,两个妹妹都早早出门打工,好省下钱来让学习优异的她继续深造。在她身上寄托着全家人的希望,而现在,她却将这份沉甸甸的期望毁于一旦。

当她神情恍惚地找到肖杰时,对方却痛苦地向她提出了分手。

这成了压倒骆驼的最后一根稻草。

五

留校学生的公示栏前人头攒动,大家叽叽喳喳地议论着哪些人成了这次毕业分配的幸运儿。

何倩焦急的目光从一个又一个名字上掠过，把公示栏从头看到尾，又从尾看到头，一连看了好几遍，都没找到自己的名字。

一把无名怒火"腾"的一下蹿到脑门上，她脸色铁青地掏出手机，拨了一串号码，却无人接听。她怒气冲冲地等在系主任居住的小区楼下，把下班回家的他堵在了单元门口。

系主任一见她就变了脸色："你来这儿干什么？"

"姓江的，你竟敢躲我！"何倩气得浑身发抖，"你不是说只要姚雪放弃留校，就可以让我留校吗？结果你竟然骗我！"

江主任皱着眉头，不耐烦地说："我只是说帮你争取，又没说一定能做到。早就告诉过你，这件事不是我一个人说了算。谁叫你平时不努力，综合得分那么低，想推都推不上去。"

"你这个道貌岸然的骗子！想白睡我？告诉你，没门儿！"

何倩从口袋里掏出一张皱巴巴的化验单，咬牙切齿地说："我怀孕了，孩子是你的！"

"你胡说什么？"江主任惊骇地后退一步，"你有那么多男朋友，凭什么说这孩子就是我的？"

何倩气得冲上去跟他厮打，对方一把将她推到地上，"你这疯女人，以后别再来纠缠我！"说完，他"蹬蹬蹬"跑回家，重重关上了防盗门。

"江源，你敢玩弄我，我一定要叫你身败名裂，后悔一辈子！"

何倩失魂落魄地回到寝室，打开电脑，登录了一个最热门的论坛，很快便写好一篇名为《大学教授玩弄女学生致其怀孕又始乱终弃》的帖子，把江源的姓名单位写得清清楚楚，而关于她自己的信息却半点不漏。她想的是，就算动不了江主任，也要把他的名声搞臭了，好出一口恶气！

她又仔细检查了一遍帖子，感觉标题和内容都足够吸引眼球了，才点击了"发送"。

就像一石入水，这篇内容劲爆的帖子很快在论坛上激起了轩然大波，点击和回帖数量直线上升。何倩不停地刷新着页面，看着那些痛骂禽兽教授的回帖，心里别提有多解恨了！

正得意之际，眼前突然掠过一道白影，她愕然抬头，正跟一对闪着幽光的小眼睛对上。

是那只该死的老鼠，它竟然跳到了她的电脑上。

它是怎么进来的？

窗户已经用胶带封住，门下的缝隙也都用报纸堵死了，或许它是趁她开门进屋时偷偷溜进来的。因为受了打击，她回来时一直神情恍惚，没有像以前那样小心戒备，看样子这只老鼠一直在等她，似乎要跟她较量到底。

这次何倩没有尖叫着逃开，或许一个人豁出去之后，就会表现出超乎寻常的勇气。

"就算你是姚雪，我也不怕你！"她对着那双小眼睛阴狠地说着，突然猝不及防地出手，竟然一把抓住了它。

她兴奋得热血沸腾，左手紧紧攥住挣扎不休的小白鼠，右手从桌子抽屉里摸出一个打火机，那是上次她过生日时，蛋糕店赠送用来点蜡烛的。

她"啪啪"两下打燃了打火机，火苗蓦地腾起，映着她阴冷得近乎狰狞的面容。

看见火光，小白鼠的叫声越发凄厉，一条长长的尾巴害怕地拼命摆动着。

何倩得意地咧开嘴，把火苗移向它的尾巴。

"吱"一声惨叫，老鼠尾巴被烧着了，漫开一股糊味。痛极的小白鼠一口咬住了何倩的手指，后者惊呼一声，下意识地扔掉打火机，用空出的右手去对付那只乱咬的老鼠。一阵手忙脚乱之后，手上多了几个齿印，而那只可恶的老鼠也挣脱出来，蹿到柜子顶上，挑衅地盯着她。

不信今天整不死你！

何倩举起长长的扫帚，在狭小的寝室里拼命追打那只小白鼠。

"哎哟！"她突然痛呼一声。原来她的右脚不小心踩到了鼠夹，铁夹倒扣过来，夹得她脚背一阵钻心的疼痛，她抱着脚乱跳，一不小心又踩到了粘鼠板，脚下一滑，身体失去了平衡，直直地朝后倒去，后脑勺恰好磕在铁床的栏杆上，顿时晕了过去。

被怒火冲昏了头的何倩忘了这房间里到处都有自己布下的捕鼠陷阱，更忘了当时她慌乱中丢出的打火机。

那个打火机刚好落到床上，未熄的火苗又点燃了蚊帐，但这时何倩已经陷入昏迷，根本无法逃生了。

异鼠　171

见寝室起火,小白鼠用爪子使劲挠着塞在门缝里的报纸,很快便扒出一团,刚好露出一个能容它穿过的孔隙。

小白鼠飞快地钻出门外,又衔回一些废纸,堵住了先前那个孔洞。

因为这场火灾发生在夜里,窗户和门缝都被封得死死的,没有多少浓烟泄漏出来,所以直到第二天,才有人发现101寝室的异常。

何倩被发现时已经死了,死于一氧化碳中毒。那场火只烧掉两个床铺就熄灭了,但房间里弥漫的大量浓烟没处散发,最终令昏迷中的女生窒息身亡。

警察进入校园展开调查,何倩临死前发的那条帖子被翻了出来,经调查发现,帖子的内容属实,江主任被学校辞退了。

至于何倩的死因,最后得出的结论是自杀。一个被玩弄抛弃后发现身怀有孕的女学生在走投无路之下选择自杀是个合理的解释。至于死者脚上的鼠夹和后脑勺上的磕伤,大概是临死前痛苦挣扎时导致的意外伤害。因为该寝室的窗户是在里面用胶带封死的,房门也是从里反锁的,更排除了他杀的可能。

有个警察对房间里密布的捕鼠工具产生了疑惑,后来从李素华和廖艺雯那里得知寝室有老鼠,并且这些工具都是何倩买的,便对这条线索失去了兴趣。

六

几天后,学校实验大楼的生物实验室,一个圆桌大小的玻璃罩里,十几只小白鼠正活蹦乱跳地跑来跑去。

"根据刚才的测试,这些小白鼠已经具备七岁孩童的智商。"陈锦洋兴奋地说。

"比起一号来,还差得远!"张教授叹了口气。

陈锦洋愧疚地垂下头,他知道教授的意思,若不是他一时疏忽放跑了一号,现在他们的实验一定进展到了一个新的阶段。

给老鼠注射人类大脑的神经胶质细胞,替代老鼠大脑内的类似细胞。实验结果显示,注射人脑细胞的老鼠会变得更聪明。

一号就是这场实验的佼佼者。

"一只具备人类智商的实验鼠跑到外面去,不知会闯出什么祸事来,我最担心的还是这个。"张教授忧心忡忡地说。

"再聪明也不过是只老鼠。放心吧,教授,说不定它早就成了某只野猫的腹中餐。"陈锦洋说。

"别掉以轻心!"张教授瞪了他一眼,"好好看着这些小白鼠,千万别再出现一号那样的事故。"

陈锦洋恭敬地接受了教授的训导。等张教授离开实验大楼后,他又记录了几个数据,写完一天的实验报告,然后小心地锁上门,也跟着离开了。

在他身后,实验室的窗户敞开着,他又犯了粗心的老毛病,忘记了关窗。

深夜,实验大楼漆黑一片。

一个小小的白影爬上二楼的窗沿,从敞开的窗户钻进了空无一人的生物实验室。

它机敏地移动着,沿着桌脚爬上了控制台,用前爪按下上面一个红色按钮,玻璃罩打开了,十几只小白鼠蜂拥而出,兴奋地"吱吱"直叫。

那个白影居高临下地俯瞰着它们,像国王巡视自己的臣民,不时发出威严的叫声。

它的声音很快得到了众鼠的附和,安静的实验室里热闹得像在召开一场盛会。

白影确立了自己的领袖地位,在它的引导下,十几只小白鼠从窗台爬了出去,像一束未知的电光,很快消失在漆黑的夜幕深处……

冷冻杀机

冷冻杀机

一

"我要和你离婚。"

我在心里反复演练着这句话,它就像烧红的烙铁一样翻来滚去,烙得我一颗心里里外外都焦透了。

上腹部传来一阵痉挛的疼痛,提示我这段日子所受的煎熬。蒋艳已经下了最后通牒,如果我再不跟妻子离婚,她就要带着肚子里的孩子闹上我单位,让我身败名裂!

不知从什么时候起,情人就成了一颗定时炸弹,让我的生活变得危机四伏。像我这样出身贫寒的人,不知吃了多少苦才爬到如今的高位,一旦引爆这颗炸弹,我那看似风光无限的人生就会顷刻崩溃。

不,我绝不能失去好不容易打拼来的地位!

那么,只有选择相对善良的妻子,请她放我一条生路。

在人生的重大选择上,弱者总是容易被当作牺牲品。欺软怕硬是人的本性,在感情上也是一样。

妻子朱琴在我一文不名的时候就跟了我,一起走过多年风雨,算是患难与共的发妻。遇见蒋艳之前,妻子一直将我照顾得很好,家务事都被她打理得井井有条,不用我操半点心。但我总觉得乏味,渴望寻找新鲜的刺激,于是在酒吧认识了蒋艳。她和妻子是截然不同的两种人,好吃懒做,爱慕虚荣,但她有艳丽的脸蛋和年轻的身体,让我找回了久违的激情。

更重要的是,我和朱琴结婚多年一直没有孩子,蒋艳却怀上了我的孩子。

虽然理智告诉我,朱琴才是适合做我妻子的那个人,但蒋艳有了孩子做筹码,在她的一再威逼下,我终于决定今天跟妻子摊牌。

我揉了揉上腹部,这段日子一直吃不下、睡不好,连胃都隐隐作痛起来。我强忍着痛走到厨房门口,里面传来"啪啪啪"菜刀撞击案板的声音,妻子正在准备食材炖汤,她总说我工作繁忙,要多喝点儿汤补补身子。

我很少来厨房,望着正在灶台前忙活的妻子的身影,突然觉得她似乎跟平时不一样了。我从不知道她这么会用刀,锋利的菜刀在她手中就跟儿童玩具似的,一只褪了毛的光溜溜、白生生的母鸡躺在案板上,被她挥刀熟练地肢解着。

手持杀器的妻子一扫平日柔弱的模样,紧抿着唇运刀如飞,脸上多了种我从未见过的杀气。

"有事吗?"她偏过头看见我,一边问,一边手起刀落,"啪"的一声,一个光溜溜的鸡头便干净利落地滚到了一旁。

她的眼神也跟刀锋一样锐利,我喉咙一紧,一只手下意识地抚上了脖子,想要说的话刚冒个泡又生生咽了回去。

"没……没什么事……"胃部的疼痛因紧张而越发明显,我脸色发白地说,"只是来看看……有没有什么需要帮忙的。"

"哟,今儿太阳打西边出来啦!"愉悦的笑在妻子脸上蔓延,眼角的皱纹被挤得越发张扬,活像朵风中乱颤的老菊花。

"这儿没你的事儿,忙你的去吧,待会儿我给你炖锅大补的鸡汤。"妻子语气轻快地打发了我,然后又挥舞菜刀,一脸杀气地对付那只倒霉的死鸡去了。

我沮丧地走回客厅,一边骂自己胆小懦弱,一边盘算着到底该怎么跟妻子开口。

这时手机"叮"的一声响了,我打开一看,是蒋艳发来的短信:"如果你再不跟你老婆说离婚的事儿,我就把咱俩的床照发给她!"

这句威胁十足的话就像黄蜂的尾针,刺得我瞳孔猛地收缩了一下。

我用力攥紧手机,胃突然剧烈抽痛起来,痛得我"滋滋"地直吸冷气,捂着肚子躬着腰去药箱里翻出一瓶胃药,连吞了四片,然后才蜷着身子在沙发上躺了下来。

过了一会儿,疼痛被药物渐渐抹平,我感觉好些了,开始冷静地思索眼前这件棘手的事。当务之急自然是安抚好蒋艳的情绪,别让她情急

冷冻杀机   175

之下真做出什么鱼死网破的傻事。

我溜进卫生间,锁上门,偷偷给蒋艳打了个电话,赔着小心说尽好话,终于让她同意暂时不去招惹我的妻子,但条件是今天我必须跟妻子摊牌,让对方同意离婚。

二

一锅热气腾腾的鸡汤摆在面前,我却食不下咽。

"离婚"两个字像块硬邦邦的石头卡在喉咙里,令我坐立不安。妻子并没有察觉到我的异样,和往常一样盛了一大碗鸡汤给我,笑盈盈地说:"这汤里加了香菇、黄芪和党参,很补的,快趁热喝了!"

鸡汤散发的药味令我的胃又难受起来,我勉强抿了一口就搁下碗,强忍着不适说:"老婆,我想……"

"对了,告诉你一件奇事。今天我们医院收了个严重毁容的病人,你知道她是怎么被毁容的吗?"

好不容易鼓起勇气正要吐出那块石头,却被妻子抢了话头,我心里十分懊恼,又怕破坏了谈判的气氛,只好压着怒气说:"不知道。"

"听说她做小三破坏别人家庭,被男人的妻子泼了硫酸。原本挺漂亮的小姑娘,这下一辈子都完了。男人的妻子被抓后,她娘家人还来医院大闹,指着小姑娘骂。那姑娘毁了容貌,还要背负骂名,真是造孽啊!"妻子摇头叹息道,"早知如此,何必当初呢?"

我听得一阵心惊肉跳,忍不住说:"就算做小三,也不至于被泼硫酸吧,那女的下手也太狠了!"

"你还没见过更狠的呢!有人直接往小三身上泼汽油,然后打火机点火。我们医院的救护车赶到时,人都烧成焦炭了。男的早躲得没影了,女的烧死小三后就喝了农药,拉到医院也没抢救过来。我说这些女人也真傻,毁了自己,倒便宜了那些到处拈花惹草的男人,明明他们才是最可恨最该死的!"

妻子咬牙切齿地说完,夹起一块鸡肉往嘴里一丢,鼓着腮帮子用力嚼着。因为那番话的缘故,她此刻的表情在我眼中竟有几分狰狞,刹那间,"啖皮食肉"四个字浮上心头,我禁不住打了个寒战。

"对了，你刚才想说什么？"妻子吞下鸡肉后，突然想起什么似的问我。

"没……没什么。"我慌乱地回答，"只是觉得鸡汤淡了点儿，想加些盐。"

"淡了吗？"妻子喝了一口汤，皱起眉头，"味道刚刚好啊。"然后又严肃地看着我，开始了喋喋不休的说教，"吃东西不能太咸，每天吃盐不能超过六克，我做菜时都计算好的，绝不能过量，否则会伤肾，导致水肿，患上骨质疏松、高血压、心肌梗塞，还会破坏胃黏膜，诱发胃癌……"

"好了，好了，我不加盐，行了吧？"我一脸不耐烦地打断她。

这就是妻子作为医生的职业病，该吃什么，不该吃什么，该吃多少，都像用精密仪器量过一样，还时不时地给我上堂健康课，简直把我当病人一样看待。

"我还不是为了你好。"见我不满又敷衍的样子，妻子叹了口气说，"你经常在外应酬，外面餐馆的厨师一味追求咸鲜，很容易用盐过量，你每次又要喝那么多酒，更伤身体。现在难得在家吃顿饭，我当然要在饮食上把好关。"

妻子摆出温柔贤淑的姿态，倒叫我一时无语，结果原本打算吐出的"石头"，直到晚饭结束都还卡在喉咙里。

洗完碗，整理好厨房后，妻子又跟往常一样坐在电视机前看起了肥皂剧。现在的国产剧总是喜欢演些家长里短的无聊事，我向来是不屑一顾的，但妻子看得津津有味，为了找个合适的时机跟她提离婚的事儿，我不得不耐着性子陪她一起看起了电视。

这部剧演的又是男人出轨那档子破事儿，似乎全天下的男人都是负心汉，女人则一个个都是无辜的受害者。就像这剧中的女人，发现男人有了外遇后，就跟天塌了似的，抓着男人痛哭流涕地说："你不是答应过要永远爱我，一辈子跟我在一起吗？"

我心里冷笑一声，喜新厌旧是人的本性，哪里会有永远的爱？男人随口的承诺也相信，这女人真是愚不可及！

"这男人真不是东西！"妻子突然骂了一句。

我瞥见她一脸的义愤，忍不住说："如果我是那个犯错的男人，你会怎么做？"

冷冻杀机　　177

妻子诧异地望着我，认真想了一下，回答道："我会把你冷冻起来，让你永远陪着我，这样别的女人就再也抢不走你了。"

说这句话的时候，妻子竟然在微笑，那笑容就跟冷气一样寒意四射。我打了个哆嗦，下意识地往沙发里缩了缩。

她提起冷冻，顿时又勾起一段不愉快的回忆。

一年前，妻子所在的科室引进了国外先进的"人体冷冻"技术，可以将一些身患绝症的人冷冻起来，等到将来医学发展到能攻克绝症的时候，再给这些人解冻，让他们重新恢复健康。

以前所谓的冷冻人体，必须等到心跳停止，即血液循环停止，合法宣布死亡后才能开始，其实也就是保存遗体而已。但现在随着该技术的飞速发展，已经可以实现急速降温，冷冻活人。一些绝症病人为了逃避病痛的折磨，往往会选择提前将自己冷冻。

记得妻子跟我提起这个技术时，我嗤之以鼻地说："这纯粹就是糊弄人！冷冻几十年，甚至几百年之后，谁能保证一定能解冻？搞不好那时候连这所医院都不存在了。而且就算能解冻，这么长时间人体能一点损伤都没有？你就算把一台机器冻这么久都要生锈，何况人类的血肉之躯！"

"你不懂科学就不要乱下结论！"妻子生气地说。

"我不懂科学，但是我有脑子，知道基本的常识。这个技术根本就是利用绝症病人求生的欲望来骗钱！"我言辞激烈地反驳，为了强调自己的观点，甚至嚷出这样一句话，"如果我得了绝症，那我宁愿去死，也绝不会上当，绝不会把钱丢给一伙假借医学之名来圈钱的骗子！"

那段时间，媒体刚好曝出了某医院用不成熟的新药过度治疗绝症病人以捞钱的黑幕，一时闹得沸沸扬扬，群情激愤如排山倒海之浪。和很多人一样，我对本应救死扶伤的医生产生了强烈的不信任感，在利益面前，天使都能变成魔鬼，更何况有欲望的凡人。

见自己神圣的职业受到了如此严重的质疑和攻击，妻子气得破天荒跟我大吵了一架，从此再没有在我面前提过"人体冷冻"这四个字。

现在她主动提起冷冻，让我心里禁不住打起了鼓。细思极恐，以妻子科室主任的身份，要神不知鬼不觉地把我冷冻起来，还真不是件难事。只需对外宣称我患有绝症，在检查报告上做点手脚，再用点什么药物让我神智不清，就能随心所欲地摆布我了。

想到这一层，仿佛整个冻库中的冷气都钻进了我的身体，把本打算吐出的"离婚"二字冻得像坚冰一样冷硬，卡在喉咙口，吐不出又咽不下，噎得我难受死了！

就在这时，手机又"叮"的一声响了，我打开短信，入眼的赫然是张我跟蒋艳的床照。

情人在威胁我，若不跟妻子离婚，我们的床照就会发给妻子，甚至我的单位。妻子也在暗示我，如果我敢有异心，她就会用可怕的手段来对付我。

我从来不知道外表温柔的妻子竟会有这样阴狠的一面，看来我和平离婚的打算要落空了。

"谁发的短信？"妻子见我一直愣愣地盯着手机屏幕，忍不住问道。

我惊了一跳，赶紧手忙脚乱地删掉了那张床照，张张嘴巴，正要说点什么，胃突然一阵猛烈的剧痛，然后一股腥热的液体像火山熔浆一样涌出食管，我下意识地捂住嘴，感觉手上黏稠一片。

"你怎么了？"妻子的惊呼声在耳边响起。

我呆呆地看着掌心，一片猩红的血色触目惊心！

三

在医院看急诊，输液，折腾了大半夜，我在胃痛和焦虑的双重折磨下几乎彻夜未眠。

第二天一大早，又被妻子拖着做完一系列复杂的检查，我终于支撑不住，精疲力尽地倒在病床上睡死过去了。

醒来后，已经是傍晚，我突然想起蒋艳的威胁，顿时惊出了一身冷汗。现在早已超过了她划定的最后期限，她该不会真的把床照发给妻子了吧？

我扭动脑袋四处寻找妻子，却没看到她的人影。

隔壁床的病人家属见我醒了，便说："你老婆打饭去了，让我帮忙照看你一会儿，有什么需要你就跟我说。"

我的一只手正挂着输液的吊瓶，只得用另一只手费劲地从口袋里掏出手机。

该死，手机竟然没电了！

我急得满头大汗。

终于，妻子端着饭盒走了进来。我的视线拼命在她脸上扫来扫去，想看出是否有什么异样。

她的神情淡淡的，没有像往常我生病时那样表现出如临大敌的紧张和嘘寒问暖的唠叨，反倒有种古怪的平静。然而这种像把什么都压在石头下的平静令我越发恐慌，以我对妻子的了解，越是面临重大问题，她的表现就越冷静。

难道，她真的知道了我跟蒋艳的事？

想起妻子昨晚说的那番可怕的话，我的心焦虑得就像被烤得卷曲发黑的叶子，几次想开口询问，但一接触到她淡得近乎严肃的神情，想说的话顿时又全都咽了回去。

妻子打开饭盒，里面装着白粥。

"检查结果出来了，是急性胃炎，所以只能喝粥。"

妻子垂着眼睛说完，拿勺子舀了白粥，一点一点地喂我。

我勉强咽了几口，心里到底记挂着蒋艳的事，于是编了个冠冕堂皇的理由："有充电器没有？帮我找个充电器。手机没电了，我怕漏接电话，耽误了重要工作。"

"你不用再操心工作了。"妻子说，"我已经帮你请了病假。现在你就给我安心养病，哪儿都不准去！"

我的心顿时一凉。

妻子的声音一改往日的温柔，多了种我不熟悉的专横。难道……她真的知道了我和蒋艳的事，所以才变得判若两人？

在惶恐和焦虑的双重挤压下，我不由自主地拔高声调，色厉内荏地质问："你有什么资格替我做决定？不就是胃炎吗，输点儿液就好了，需要整天躺在病床上吗？"

妻子望着我，久久没有说话。

她的沉默令我莫名心慌，为了压抑这种心慌，我的神情越发强硬，仿佛自己受了天大的委屈。

"你要记住，我不能失去你，所以我决定做一件很疯狂的事。"

妻子突然冒出的一句话，听得我心惊肉跳。

"什么事？"

她的嘴巴抿得像紧闭的蚌壳，无论我怎么追问，都不肯再吐露半个字。

我既疑惑又惶恐，妻子严肃的表情和不同寻常的语气令我越发确信，她一定收到了蒋艳发的那张该死的床照！

难道，她已经想好怎么对付我了？

"我会把你冷冻起来，让你永远陪着我，这样别的女人就再也抢不走你了。"

妻子的话不经意间又浮上心头，令我瞬间有种窒息的感觉，仿佛被危险的海藻牢牢缠住，即将面临灭顶的灾难……

四

两天后，我终于出院了。

一回到家，我就偷偷给蒋艳打电话，却根本打不通，话筒里不断传来的忙音逼得我都快疯了。几次想出门去找蒋艳，偏偏妻子又寸步不离地跟着我，简直把我当囚犯一样看待。因为心虚，我又不敢撕破脸跟她大吵，简直快憋出内伤了！

我还给单位打了个电话，我的上司王局长倒是很关心我，一个劲儿地问我身体怎么样，又再三嘱咐我要安心养病，保重身体，说我的工作会找别人接手，叫我别再操心单位的事。

我忍不住说自己只是急性胃炎，输了两天液，已经没事儿了，完全可以回去工作。

局长愣了一下，又打着哈哈说，不管怎么样，身体还是最重要的，叫我暂时不要回去上班了。

打完这个电话，我气得心里一阵翻江倒海。眼瞅着王局长再过两个月就要退休了，而我是最有希望接替他的，不仅几项考核指标都比别人优秀，上级部门对我也很满意。但我知道，王局长一直想让另一个跟他关系更好的副局接替他的位置，莫非他想利用我生病的机会架空我，然后顺理成章地提拔另一个人？

不行，我必须马上回去工作，绝不能让这些年的努力经营一夕之间

冷冻杀机　181

付诸东流！

晚上，喝完妻子熬的粥后，我告诉她明天要去上班，却遭到斩钉截铁的反对。

"你简直不可理喻！"我忍无可忍地说，"一个胃炎就让我整天待在家里，我又不是囚犯，难道要我天天躺在床上？躺多久？"

"躺一辈子！"妻子一句冰冷的话霎时把我所有的怒吼都堵了回去。

望着她冰块似的脸，我不寒而栗，半天才从牙缝里挤出一句："你——神经病！"

不知拨动了妻子哪根神经，她突然情绪激动起来，哭叫道："是，我是神经病，我已经疯了！所以你最好乖乖听话，否则我什么事都做得出来！"

她眼睛红得像只可笑的兔子，整个人变得既陌生又可怕。

我瞬间失去了理智，愤怒地扬起巴掌，却突然发现浑身无力，那一巴掌还没甩出去，我自己先瘫倒在地。

"你给我吃了什么？"我惊怒交加地问。

妻子抿着唇，一声不吭地把我扶到床上躺下，仔细盖好被子，又端来一碗汤。

这时她已经平静下来，拿调羹轻轻拨着汤液，袅袅热气中，她的眼神温柔得叫我心惊。

"来，喝下这碗汤，你就不会再烦躁了。"

"不，我不喝！"我惊恐地摇头，手臂胡乱一挥，正好扫在碗上，里面的汤顿时洒了一半，把被单都打湿了。

妻子皱起眉头，把碗搁在一边，拿了两条丝带过来。

"知道我们医院怎么对付不听话的病人吗？"她扬起丝带，眼中有尖锐的光，看我的样子，就像看一个虽然棘手却尽在掌握的病人。

这样的妻子对我来说，实在太陌生！

我拼命想要挣扎，却一点力气也使不出，她轻而易举地制服了我，把我的手脚都牢牢绑了起来。

我绝望地瞪大眼睛，看着妻子关上所有门窗，放下窗帘。这套房子隔音效果极好，我就算喊破喉咙也不会有人听见。

现在，我成了躺在砧板上等着挨宰的活鱼。

我绝望地、语无伦次地叫骂着，妻子却充耳不闻，用专业医生的手法，熟练地撬开我的嘴巴，把剩下的汤都灌进了食管。

胃里暖烘烘的，像聚集了一群毛茸茸的幼鼠。我浑身的汗毛都竖立起来，"你到底给我喝了什么？你这个疯子！"

"这是一碗安魂汤，能让你睡个好觉。"

妻子的声音柔和得就像蓝色催眠曲，落进我耳中，却化作一片黑色的梦魇。

"是……是毒药？你想让我……一觉……不醒？"

我牙齿打着架，几乎听不见自己在说什么，只看见灯光突然摇曳起来，像无数星子一一幻灭，最后只剩下一片漆黑。

我的感官渐渐失去了效用，耳边却传来隐隐约约的声音，朦胧如落索的秋雨。我拼命想要捕捉那游丝般的语音，却只抓到几个断片残句。

"说过……白头偕老……骗子……不准……离开……冷冻……"

冷冻？

我一个激灵，突然惊醒过来。

眼前是一片弥漫的白雾，我呼出的气也变成了白雾，那些雾气直往身体里钻，冷得彻骨。

我打着寒战惊恐地四顾，发现自己竟然躺在某个陌生的冷库里。周围是各种被冷冻起来的肉类，那一具具悬挂在铁钩上的半边猪身，就像一片僵硬的肉林，地上则横七竖八地放着它们冻得硬邦邦的内脏。

腥冷的气息令我忍不住作呕，想要逃离这个可怕的地方，却发现自己被牢牢捆绑着，动弹不了半分。

在我身下，竟然是一个冰冷窄小的手术台。

"啪"，头顶的灯光亮了，明亮的无影灯晃得我一阵眼花。

一张戴着医生专用口罩的脸出现在我头顶，那双熟悉的眼睛使我立刻认出了她——我的妻子。

她戴着橡胶手套的手上拿着锋利的手术刀，刀尖上的寒光直刺入我惊恐万分的眼睛。

"你想干什么？"

"先挖出你的心，再把你冷冻起来。这样，你就永远不会再背叛我了！"妻子冷冷地、不带一丝感情地说道。

冷冻杀机

"救命——"

我声嘶力竭地呼救,声音被恐惧扯得尖锐而破碎。

冰冷的手术刀切开了胸膛,妻子伸手进去,一把将我的心抓了出来……

寒冷的黑水瞬间淹没了我,将我的世界凝固成一口暗无天日的冰棺!

五

我惊恐地大叫一声,猛地睁开眼睛,入目的是一片明晃晃的日光。

我竟一觉睡到大天亮,还做了一个可怕的噩梦。

妻子不知道去了哪儿,房间里空荡荡的。绑在我手脚上的丝带已经被解开,我看着手腕上的勒痕,那里还在隐隐作痛。

我翻身跳下床,穿好衣服就去开房门。

"咔嚓——"门把上传来的胶着的咬力令我心下重重一沉。

妻子竟然将房门反锁了!

我朝窗外看了看,二十六层的高度令我一阵头晕。

怎么办?

我绝不能坐以待毙!

我像困兽一样在房间里来回踱着步。睡了一夜,大脑清醒了不少,面对危机开始自动飞速运转起来,把这几天的种种异常仔细地梳理了一遍,很快就串连出一个真相。

在我昏睡的时候,妻子应该是收到了蒋艳发的床照,先是气得快要发疯,冷静下来后,她决定狠狠地报复我。于是先想办法教训了蒋艳,让对方不敢再跟我联系,然后又伪造了我患绝症的病历,拿到我单位去请了假,让周围的人都以为我活不了多久,从而让她可以顺利实施后面的计划:把我当作绝症病人冷冻起来,以报复我的背叛。

现在,我要做的就是验证自己的猜想是否正确。

我拨通了王局长的电话,假装若无其事地问:"局长,我想问问我老婆帮我请假时是怎么说的?"

"这——"话筒那头的声音有些迟疑。

我心里顿时有了数,索性直截了当地问:"她是不是说我得了绝症?"

"你都知道了?"王局长的声音有些错愕,停了一下,他又赶紧解释道,"小琴怕你知道后受到打击,影响后面的治疗,所以叫我们都瞒着你。"

"我没有得绝症,你们都被她骗了!"我咬着牙说,"我老婆想害我,她……"

"想害你?小琴为什么要害你?你是不是病糊涂了?小琴那么贤惠善良,对你又那么好,咱们单位的人哪个不羡慕你?好端端的怎么说起胡话来了?"

我的话还没说完,就被王局长一番连珠炮似的质问给打断了。

我急得满头大汗,又不敢说出跟蒋艳的丑事,正在这时,外面突然响起房门开锁的声音,我赶紧挂断电话,跳上床,装作依然沉睡的样子。

我现在还是没有力气反抗妻子,所以绝不能让她知道我发现了她的阴谋,否则她说不定会铤而走险,提前做出可怕的事。

我闭着眼睛,竖起耳朵,听见妻子走进来,在我床前停留片刻,又走出卧室,顺便关上了房门。

手机铃声从外面传来,我轻手轻脚地下床,把耳朵贴在门板上,听到妻子正在接听电话。

"决定了……过几天再冷冻吧……现在钱还没凑够……"

我心里蓦地冒出一股寒意,看来我没猜错,妻子果然要冷冻我!现在我的生命只剩下几天了,赶紧报警吧!

我掏出手机,飞快地按了三个数字:"喂,是110吗?我……"

一股大力突然拽走了手机,我抬头一看,妻子正对我怒目而视。

"你在干什么?"

我二话不说,扑上去就想抢回手机,却被她用力推开。妻子拿着手机跑出去,把门一锁,我又成了囚犯。

我对着房门拳打脚踢,没折腾多久就筋疲力尽地瘫倒在地。

胃又开始剧烈疼痛起来,我额头上冒出了豆大的汗珠。幸好药箱就放在卧室里,我翻出医生开的药,服下后才感觉好了一点。

突然,我的视线落在另一瓶药上。

那是妻子的药。

冷冻杀机

她有心脏病,每次发作时都必须立即服药,否则便会有生命危险。

一个念头突然划过脑海,令我全身都抑制不住地颤抖起来。

又是害怕,又是兴奋。

或许,我可以先下手为强……

我的手仿佛有自我意识似的伸了出去,攥住那瓶药,拧开瓶盖,倒出里面的胶囊。我一个一个地扭开胶囊,把里面的药粉全倒在纸巾上。又找了瓶维生素,把它们压成粉末,装进胶囊,胶囊恢复原状后,放回药瓶里。

最后,我把堆满药粉的纸巾捏成团,扔出窗外,再把偷梁换柱过的药瓶放回药箱。

六

几天后,我的噩梦终于成了真。

虽然我死活不肯吃妻子做的东西,但她依然有多种办法能够把食物塞进我胃里。我终于见识到了医生的手段,我这样一个大活人在她手里,也就跟实验室里的小白鼠差不多。

不知道妻子在食物里放了什么,我又一次昏睡过去。

醒来后,已物是人非。

我见到的第一个人,竟然不是妻子,而是另一位穿白大褂的陌生医生。他告诉我,这一觉我已经睡了十年。

面对一脸茫然的我,对方拿出一份协议。

"这是我们和你妻子签订的'人体冷冻'协议。十年前,你被确诊为胃癌晚期,你妻子为了挽救你的生命,决定将你冷冻到人类攻克癌症那一天。她预交了十年的冷冻费用,现在已经到期了,然而她早在十年前就因心脏病突然发作而去世,你的其他亲人无力负担后续的冷冻费用,所以我们不得不提前给你解冻。"

"你说什么,我得了胃癌?"我震惊地瞪着他,"可我妻子告诉我只是得了急性胃炎。"

"这是装在你档案中的十年前的体检报告,以及冷冻后我们每年对你全身进行系统扫描的例行检查报告。报告显示,你体内的癌细胞在冷冻状态下被控制得很好,并没有扩散的迹象。"

对方递给我一沓资料,我迅速翻看着,没错,我确实得了癌症。

原来我竟一直误会了妻子!

霎时间,我心里像打翻了五味瓶,各种滋味绞成一团乱麻,翻腾得厉害,好半天才挤出一句话:"她为什么要瞒着我?"

"这是你妻子写给你的信,她要求在你解冻后把信交给你,或许信里有你想要的答案。"

我接过信,展开,妻子熟悉的笔迹映入眼帘——

老公:

当你看到这封信时,我应该已经不在人世了。因为我如果活着,一定会亲口告诉你一切,而不会让你面对一页冰冷的纸。我身体也有大病,未来命运难测,所以不得不预先写下这封信。我多么希望你醒来后看到的第一个人是我,多么希望看到你得知自己重生后的惊喜。只可惜造化弄人,或许我们真的缘尽于此,即使我努力想要逆转命运,也终究不能与你长相厮守。但是我不后悔,就算时间倒流,我依然会做出同样的选择。

还记得那次你吐血住院吗?检查结果是胃癌晚期,而且癌细胞已经扩散到淋巴结。看到检查报告后,我的世界都快崩塌了。我深知以现在的医疗技术,任何治疗都将徒劳无功,只会增加你的痛苦,让你受到更多折磨。但我又无法接受你即将离开的事实,于是我想到了"人体冷冻"技术,这是目前能挽救你生命的唯一办法。但我想起你对"人体冷冻"的偏见,想起你当初说过如果自己得了绝症,宁愿去死也绝不会选择"人体冷冻"。我知道你是个极其固执的人,只要认准的事十头牛都拉不回,因此我不敢告诉你我的决定,只能瞒着你筹集费用。

你在医院昏睡时,我帮你接听了一个电话,对方说是你的同事。当时我刚看到检查结果,心神大乱之下,竟脱口把你得癌症的事告诉了对方。冷静下来后,我又觉得很后悔,生怕你从别人那里得知自己患了绝症后做出什么傻事。作为一名医生,我已经见过不只一个病人在绝望中从医院的大楼跳下去,所以我不敢冒险,只能想办法把你留在家里。当时你一定很生气吧,你一定奇怪我为什么变得如此不通情理。其实那段日子我就像被架在火上烤,整天焦虑不安,还不得不在你面前演戏,千

冷冻杀机

方百计掩饰内心的痛苦,而最令我难过的是,我竟在你眼中看到了深深的憎恶,甚至仇恨。那一刻,我难受得像要死掉!但是我想到解冻后你就会知道真相,知道我为什么这样做,并最终谅解我甚至感激我,我便又有了将计划进行到底的勇气。

当你看到这封信时,很抱歉我先一步离开了你。你不用太难过,其实我很庆幸你没有看到年老时的我。苏醒后的你一定还和以前一样英俊吧,如果我太老的话,在你面前一定会自卑。很奇怪,直到写这封信的时候,我才想到这一点,有些担心你会不会嫌弃满头白发的我。不过那将是很久以后的事了,现在我可以每天通过电脑屏幕观看躺在液氮罐内的你,你的神态那么安祥,就好像沉睡在一个漫长的美梦中。我可以经常跟你说话,感觉你的存在,就这样一直陪在你身边,对我来说已是一种幸福。

请原谅我违背了你的意愿,并假冒你的名义在"人体冷冻"协议上签字。我知道这是违法行为,也知道你很可能会责怪我,怪我没有事先告诉你,怪我不该铤而走险,但是我真的不能没有你。如果牺牲我自己能够换回你的重生,那么我会毫不犹豫地去做。

因为,我爱你!

深爱你的朱琴

看完信后,我心潮起伏,难以自己。想起那些被倒掉的药粉,我拿信纸的手突然颤抖起来。

"我的妻子是怎么死的?"

"好像是在家里突然发了心脏病。照理说作为一名医生,她应该知道及时服药,但不知为什么,还是猝死了。"

我知道妻子的死一定跟我倒掉的药粉有关,不觉懊悔万分,心里犹如针扎一样难受。

"现在我要对你的身体做一个全面检查。"白大褂医生说。

我躺在最先进的医疗仪器里,让它扫描我的每一个部位,并深入到骨骼、内脏、血管和细胞,分析健康状况,最后得出一个综合的评估报告。

半个小时后,报告出来了,结果很令人满意。被冷冻了十年后,我的身体依然和冷冻前一样完好无损,就好像只在时间的长河里打了个盹儿。

"你们到底是怎么做到的,把我冷冻了十年,还能毫发无损地解冻?"我疑惑地问。

"这个说来就复杂了……"

对方可能觉得对我这样一个门外汉解释专业的医学知识是件很麻烦的事,所以皱了皱眉头,但还是耐心地告诉我:"被冷冻的人体复活的前提是修复因缺氧、防冻保护剂毒性、热应力及不能成功玻璃化的组织的冷冻所造成的损伤,而解决这些问题得益于高级生物工程学、分子纳米技术、纳米医学的飞速发展。简单点儿说,我们先把一些分子大小的装有传感器和微型电脑系统的机器人植入你的体内,然后通过零下两百摄氏度的低温让你处于长期的休眠状态,这些分子机器人会自动在你体内运作,修复细胞损伤,治疗和再生细胞,并且机器人之间以及它们与体外的主控电脑之间会有信息交流。在电脑系统的控制下,这些分子机器人充当了高效修理师,在分子水平恢复健康的细胞结构。所以,你最终能够完好无损地被解冻。"

"原来如此。"我其实听得一头雾水,但还是不懂装懂地点点头,又问,"我的病现在能治好了吗?"

"很遗憾,以目前的医学水平,人类恐怕还要再过十年才能攻克癌症。"对方同情地望着我。

我心里一沉,迫不及待地问:"十年的冷冻费用是多少?"如果能交上这笔钱,我就能把自己冷冻到可以治愈癌症的那一天。

听到白大褂医生嘴里吐出的那个惊人的数字,我的嘴不由自主地张大:"我妻子怎么可能拿得出这么大一笔钱?"

"这是现在的价格,十年前的费用要便宜一半。因为你妻子是本院的医生,所以当年我们也给了很大的优惠。不过据我所知,她也花光了所有积蓄,后来还卖掉了房子。"

房子?我心里一动,连忙打听:"现在房价是多少?"

这次白大褂医生说的数字简直令我心花怒放!十年前我曾给蒋艳买过一套房子,没想到这十年来房价竟像坐火箭一样噌噌地朝上蹿,现在卖掉房子的钱完全能支付我的冷冻费用。

蒋艳那么爱我,多次说过没有我她就活不下去,为了挽救我的生命,她一定不会舍不得一套房子。

冷冻杀机　189

我兴冲冲地离开医院，凭着记忆朝我跟蒋艳共筑的爱巢走去。

七

这座城市的变化真是太大了！

一路上我简直眼花缭乱，就像刚进大观园的刘姥姥，看什么都觉得稀奇，不明白的就向路人打听。

和十年前相比，现在街上的各种建筑物更有个性，有架空的大厦，还有圆柱形、球形、树冠形，以及各种仿生形状的大厦，它们都是用新型材料建造的，表层墙体能吸收太阳能或利用空气运动发电。另外还有一些数十层高的大厦，它们的外墙都是通透的玻璃，每一层竟然都种着植物，就像古巴比伦的空中花园。原来这些大厦不是用来居住的，而是农产品生产基地，可以全年三百六十五天不间断地种植、收割农作物，为城市居民提供新鲜的食品，还能清洁能源和净化废水。

透过街边餐馆和商场的玻璃窗，我看见里面接待顾客的不是服务生，而是机器人，它们的动作竟比人类还要麻利。路上飞驰的一辆辆汽车，驾驶室里空无一人。起初我吓了一跳，后来才知道现在已大量使用无人驾驶的汽车，又快又稳又安全。

这一路上我看到了很多新鲜有趣的事物，感觉现在这个世界比以前好太多了。我一定要努力活下去，好好享受新世界带给我的更便捷、更舒适的生活。

我给蒋艳买的房子现在位于这座城市的老城区，跟周围如雨后春笋般拔地而起的新式建筑相比，显得有些寒碜。不过因为地段不错，所以房价依然坚挺，不少人还特意买这里的房子，等着将来政府拆迁时好大捞一笔。

"你是谁？"房门打开后，一个陌生男人皱着眉头望着我。

"我找蒋艳。你是谁？"

"我是蒋艳的老公，你找她干什么？"男人满怀敌意地盯着我，就像秃鹰盯着一只闯入自己领地的老鼠。

"她结婚了？"我像挨了一闷棍，蒙了一阵后又恼怒地叫起来，"这怎么可能？她说过要一辈子跟我在一起，还有了我的孩子……"

"你说什么？"男人顿时炸了毛，扯开嗓子冲里屋大喊一声："蒋艳，你给老子滚出来！"

"什么事呀？"一个中年女人趿拉着拖鞋"啪嗒啪嗒"地从屋里走出来。

我大吃一惊，眼前这个体态臃肿、面色暗黄的女人，就是我曾深深迷恋过的那个风情万种、妩媚动人的蒋艳吗？

"严刚！"女人却先我一步叫出我的名字，眼里满是震惊，"你怎么一点没变，还是以前那个样子？"

"你是……蒋艳？"我迟疑地问，"咱俩的孩子呢？"

蒋艳目光一缩，躲闪着我的视线，支支吾吾地说："什么孩子？我不懂你在说什么。"

我心里的火"腾"的一下就冒出来了："十年前，你说怀了我的孩子，非要我离婚娶你。那个孩子呢？"

"十年前？蒋艳，你给老子说清楚，小浩是不是你跟他的儿子？"男人怒气冲天地吼道，不由分说地给了蒋艳一耳光，"臭婆娘，竟敢背着我跟别的男人鬼混，给老子戴绿帽子！"

蒋艳脸上顿时冒出五条鲜红的指印，她捂着脸杀猪似的号叫起来，哭得一把鼻涕一把泪："你个没良心的，小浩明明是你的儿子，你相信别人的胡说八道，反而不相信我，老娘不想活了，干脆跳楼死了算了，省得被人冤枉。你还不如拿把刀杀了我！来呀，大家一块儿死……"

她披头散发，跟男人抓抓扯扯，撒泼耍横，越闹越来劲儿。

看着这个泼妇一般的女人，我悔得肠子都青了！当初真是瞎了眼，竟然为这么个货色闹离婚，还害死了我那温柔贤惠的好妻子。

我在这里牵肠割肚地后悔，那边蒋艳跟她老公大打出手，倒把我给晾在了一边。

"爸、妈，你们别吵了，烦不烦啊！"一个男孩的声音突然响起。

我扭头一看，从里屋钻出个十岁左右的小男孩，一脸的不耐烦。蒋艳冲上去抓住他，拽到她男人跟前："你看看小浩这眼睛、这鼻子，哪一处不像你？你竟敢说他不是你儿子，你个没良心的混账王八蛋……"

我在旁边看得清清楚楚，那孩子果真跟男人像一个模子里刻出来似的。

冷冻杀机　191

"这个人为什么说你怀了他的孩子？"男人没好气地说。

"我是骗他的！那时我根本就没怀孕,只是到医院找熟人开了个怀孕的检查报告,想逼他跟妻子离婚。后来知道他得了癌症,我就再也没跟他联系了。"

"你怎么知道我得了癌症？"我诧异地问。

"那天你一直没回话,我打你的手机,是你老婆接的。我谎称是你单位的同事,她信以为真,还告诉我你得了胃癌,需要休养,又叫我不要告诉你得癌症的事,怕你受了打击后情绪不好,影响治疗。起先我还不相信,后来跑到你单位一打听,才知道是真的,只好自认倒霉,再也不去找你了。"

"为什么后来我给你打电话你都不接？"

"知道你得癌症后我就把你拉黑了。你都是快死的人了,难道还要让我去伺候你？听说你老婆为给你治病把房子都卖了,那是她傻,为你这种人,根本不值得！"

我气得全身都在发抖,攥紧了拳头,恨不得一拳打烂那张丑陋的脸！

理智最终约束了冲动,我想起来这儿的目的,恨恨地说:"既然你骗我,那就把房子还给我！"

"还给你？凭什么？"蒋艳头一扬,霎时变得像只好斗的母鸡,"房产证上只有我一个人的名字,跟你有什么关系？你以为老娘是可以白睡的吗？"

粗鄙的话从她嘴里极顺溜地冒出来,令我瞠目结舌。

"蒋艳,你怎么变成这个样子了？"

"我本来就是这个样子！老娘一乡下丫头,在你面前充白领、装淑女有多累,你知道吗？这套房子就是你给的补偿。别他妈的吐出来又想给老娘吞回去,告诉你,没门！"

我双目充血地瞪着这个张牙舞爪的女人,是她断绝了我最后的希望。曾经对她的爱此刻都化为极度的厌恶和憎恨,如滚油一样烫得胸口滋滋作响。

怒火把理智都烧成了灰,我冲动地伸出手,紧紧掐住她的脖子,喝道:"把房子还给我,还给我！"

就在这时,我头上突然挨了一记重拳,就像一声惊锣,疼痛猛地炸开，鼻孔有鲜红的液体涌了出来。

"滚出去！"蒋艳的男人对我拳打脚踢，他人高马大，打得我连还手之力都没有。

被冷冻十年的身体还很虚弱，我像个装满烂谷子的破麻袋一样栽倒在地。房门重重关上，里面继续传来争吵的声音，但我再也没有力气跟他们理论了。

八

在冰冷的地面不知躺了多久，我才恢复了一点力气，摇摇晃晃地站起来，不知该往何处去。

我想起远在乡下的年迈的父母，他们根本无力拿出巨额的冷冻费用。我一个将死之人，何必再去烦扰他们，让他们又经历一场白发人送黑发人的苦痛呢？

而那些穷亲戚，我以前一直对他们避之唯恐不及，如今落魄时才发现，自己竟然举目无亲，只有妻子才是我唯一的依靠。

但我亲手杀死了自己唯一的依靠！

我的心被悔恨噬咬得千疮百孔，整个世界的冷风似乎都灌了进来，那是比冷冻更加透彻心肺的寒冷。

仓皇四顾，世界之大，竟无我的容身之地。

我踉跄地走在街头，比丧家之犬还要落魄。一只流浪狗还能激起人的怜悯，常有好心人拿食物喂它，甚至收养它，而像我这样一身狼狈的人，却人人冷漠以对，甚至避如瘟疫。

万念俱灰之下，我冲上马路——干脆让车撞死我好了，一了百了！

一辆货车呼啸而来，像一头喘着粗气的怪兽。我在这个庞然大物面前闭上了眼睛……

一连串刺耳的急刹声在我周围响起，货车在我身前一米处硬生生刹住，随后灵巧地拐了个弯，绕过我开走了。紧随其后的几辆车也一个接一个紧急刹住，奇迹般地躲过了一场连环车祸。

我这才想起，现在的汽车都是由电脑控制的无人驾驶车，它们一定都安装了先进的避障装置，能自动避开障碍物，当然不可能撞上我了。

看来想自杀都死不了，先前那股冲动发泄之后，我就再也没有勇气自杀了。

思前想后，我又找上了以前的单位。领导早就换了人，没人还记得我当年叱咤风云的往事。现在的单位为了节省人力成本，大量采用自动化办公机器，对机关人员大幅裁减。我和社会脱节十年，原有的知识体系早已落伍，根本没有适合我的工作，最后只打发我当了一名门卫。

其实门卫本来也可以由人工智能担任，但领导说为了解决我的生存问题，所以把这个岗位给了我，就好像给了我天大的恩赐似的。

从以前高高在上的局长候选人沦落为最底层的门卫，我从来没想到自己有一天竟会沦落到这么凄惨的境地。

然而更凄惨的还在后面。

不到一个月，我的胃又开始疼痛起来，我知道癌细胞正在吞噬我的生命，而我除了苦苦忍受，别无他法。

每一天我都在悔恨中度过，在贫困中挣扎，在痛苦中饱受折磨……

一个人，孤苦无依地捱完生命的最后一程。

这是比十年前更悲惨、更痛苦的遭遇。

我那温柔贤惠的妻子，上帝终究是站在你那一边，借助阴差阳错的命运，替你实施了最完美也最致命的报复！

幽灵房间

一

一道闪电像金蛇划过漆黑的夜幕,紧跟着"轰隆隆"一阵巨响,惊雷如巨斧劈下,震得雕花窗户"咯咯"直响,像一个伤寒病人在冷风中上下齿不断地打架。

"妈妈——"凯蒂从梦中惊醒,大声呼唤母亲,然而回答她的只有闪电和炸雷。她的母亲大概正在某场舞会上流连忘返,而保姆和女仆也不知躲到哪儿偷懒去了。

"妈妈!波拉!琼斯……"凯蒂一个一个地喊着她们的名字,直喊得嗓子哑了,依然没有人回答。

在这个暴风雨即将来临的夜晚,她一个人孤零零地坐在铺着酒红色被子的巨大的床上,无助地哭泣着。突然"砰"的一声,窗户被一阵狂风掀开了,冷风呼啸着吹进来,床柱上悬挂的刺有繁复绣花的纱帐顿时鼓了起来,像蝙蝠张开的羽翼,一晃一晃地在墙上投下诡异扭曲的影子……

凯蒂心里充满了恐惧,小小的身子像仓鼠一样紧紧蜷缩成一团。一串震耳欲聋的滚雷接连不断地炸响,透过敞开的窗户,可以看到天幕低垂,乌云像怪兽一样翻腾着,云层中是妖异狂舞的闪电。

突然,厚重的云层像是被什么巨大的力量撕裂,从缝隙中射出一道电光,如利剑一般刺向凯蒂所住的城堡——

一阵地动山摇的震动,凯蒂尖叫起来,惊恐地从床上跳下,赤足跑出房间,沿着铺满地毯的走廊慌不择路地奔跑着,偌大的古堡仿佛只剩下她一个人。

没有灯光,所有房间都紧闭着门,显出无情的冷漠。一切华丽的陈设都变成了晦暗不明的影子,只有她空洞的足音在这座年代久远的古堡中像幽魂一样飘渺地响着。

外面，大雨已经倾盆而下，模糊的雨幕中，古堡的影子时隐时现。这座已有近百年历史的城堡建立在山巅一座危崖的上方，这个与世隔绝、只能让人仰望的险要位置，显示出当年古堡主人高贵且威严的贵族地位。而今，昔日的荣华只余下一些沧桑的影子，雨水哗哗地冲刷着长满苔藓的墙缝，在那布满时光刻痕的石砖上留下新鲜的印迹。

攀缘在古堡肌体上的藤蔓在大雨中发出细碎的呻吟，而凯蒂惊恐的啜泣声则在这荒凉的雨夜飘荡在古堡幽深的腹内，引出一些若隐若现的诡异回声，仿佛某头蛰伏在黑暗深处的怪兽正在梦中呓语，就要慢慢苏醒过来。

一阵惊慌失措的狂奔后，凯蒂突然停下了脚步，她发现走廊尽头一个房间的门缝里竟隐隐透出了灯光，在漆黑的楼道上晕出一条金黄的光带。

这点光明给她幼小而充满恐惧的心里注入了一点温暖，她像看见救星一样跑到门边，用小手使劲拍打着房门，大声喊道："里面有人吗？请开门，我是凯蒂，我很害怕，看在上帝的分上，快开门！"

然而房门没有打开，屋内也没有传出任何声音，仿佛那只是个空无一人的房间。

但是，里面为什么会有灯光？

凯蒂趴下小小的身子，一对惊恐的眼睛慢慢凑近门缝，好奇地往里一看——

她猛地捂住嘴，堵住逼到喉间的惊呼，眼睛却因惊惧而瞪得极大。

里面竟然有一双脚，一双穿着绣花拖鞋的女人的脚，蓝色丝绸睡衣的下摆紧贴着线条优美的小腿，随着她踱步的动作轻轻摆动着。

这屋里藏着一个女人！

凯蒂敢肯定，她绝不是这座古堡里的任何一个人，因为她从未见过这种样式的拖鞋和睡衣。

她又是害怕，又是好奇，忍不住又直起身子，把眼睛凑近锁孔，继续朝里面窥视。

然后，她看清了女人的模样。

棕色的大波浪鬈发，略带忧郁的蓝色深眸，性感的嘴唇，修长而骨感的身体，如同最完美的雕像一般美丽而高傲。

"妈妈！"凯蒂脱口叫道。里面的女人似乎是她的母亲,但她不是参加舞会去了吗？什么时候回来的？又怎么会出现在这里？

女人似乎没有听见凯蒂的喊声，只是焦虑不安地踱着步，不时走到窗口朝外张望一下，脸上现出犹豫挣扎的神情。

凯蒂很快就发现，那穿蓝色丝绸睡衣的女人并不是她的母亲，她比母亲年轻多了，五官虽然和母亲有些相似，但也有不一样的地方，她的嘴唇更丰厚，额头更饱满，眼角也没有母亲那样明显的鱼尾纹。

她到底是谁？为什么会出现在城堡中？

只见那女人走到窗前看了半天，突然像下定决心似的转过身，大步朝门口走来。凯蒂吓了一跳，下意识地后退两步，以为那女人会开门出来，但等了很久都没有动静，房门依然紧闭着。

凯蒂忍不住又走到门边，从锁孔朝里看去，她的心蓦地狂跳起来，急促得就像外面豆大密集的雨点。

那个女人竟然不见了！

就像幽灵一样凭空从房内消失了。

在这个暴风雨之夜的古堡里出现这样诡异的事件，已远远超出了凯蒂幼小心灵所能承受的范围，她的喉咙因紧张而收紧，想要尖叫却恐惧得发不出任何声音，整个人似乎快要晕倒了。

然而她只不过眨了一下眼睛，再看时，那女人又出现在了房间里，手里还多了一卷粗麻绳。

房中有一张青铜雕花大床，女人把麻绳的一头牢牢绑在床腿上，另一头则抛出了窗外，然后她整个人扑到窗边，冒着风雨探头向下看去。

在凯蒂惊异的目光中，麻绳不断颤动着，似乎有人正沿着绳子往上攀援。没多久，一条男人的手臂就搭在了窗沿上，女人犹豫了一下，伸出手，在她的帮助下，一个陌生而英俊的男人很快从窗台上翻了进来。

男人全身都湿透了，衣服上不断滴下的水珠打湿了地板。虽然狼狈，但他脸上仍带着令人无法抗拒的迷人微笑。他张开双臂想要拥抱女人，女人却出乎意料地躲开了，男人毫不气馁地上前一步，用力把女人拉进怀中……

二

"凯蒂!凯蒂!"她被人从地上抱起来,冷得僵硬的身子被揉进了一个温暖的怀抱。

凯蒂迷迷糊糊地睁开眼睛,映入眼帘的是母亲那张焦虑的脸:"你怎么一个人跑到这儿来了?"

凯蒂这才发现,天已经亮了,暴风雨也停了,外面的花园里响起叽叽喳喳的鸟鸣声,伴着清晨露水般的凉意。

不知不觉中,她竟在走廊上睡了一夜。

母亲身上还穿着舞会的盛装,原本描化得十分精致的妆容已经花了,粉底掉落后,眼角的鱼尾纹显得格外明显,晕开的眼线让她显出一种疲倦的老态。她身上还带着红酒残余的味道,显然刚从一场通宵狂欢的舞会上回来。

昨晚的记忆突然涌上大脑,但已经变得有些模糊,仿佛只是一个离奇古怪的梦境。

"妈妈——"凯蒂迟疑地开口,"这个房间里有人吗?"

母亲看见凯蒂所指的那个房间,突然变了脸色,严肃地说:"不是一再告诉过你,不要上四楼来吗?"

凯蒂这才发现,昨夜自己慌不择路地一阵乱跑,竟然跑到了四楼,也就是这座城堡的顶层,而这里是四楼尽头的一个房间。

这个昔日显赫的家族已经没落了,负担不起大量仆人的开支,所以现在城堡里住的人并不多,四楼长期空置着。不知什么原因,母亲一直禁止凯蒂到四楼来,尤其是在晚上。

"对不起!"凯蒂垂下头,小声说道,"昨晚一个人也没有,我太害怕了,不知怎么就跑到了这儿。这个房间里有灯光,我从锁孔看到……看到里面有一个女人……"

"凯蒂,这个房间根本没人!"母亲打断她的话。

"不,我看见了,真的有人,是一男一女,那男的是从窗台上翻进来的。"

"那只是你昨晚做的一个梦!"

凯蒂看见站在母亲身后的女仆,便叫道:"波拉,你身上有钥匙,快把这个房间打开，里面真的有人！"

波拉为难地看着女主人，母亲皱起眉头，说："打开让凯蒂看看吧！"

女仆从身上掏出一大串钥匙，挑出其中一把打开了房门。

凯蒂倒抽一口气，紧紧抓住母亲的衣角，眼睛因惊讶而瞪得极大！

里面果然空无一人。

没有什么男女，甚至连人待过的痕迹都没有。地板上积着厚厚一层灰，不知有多久没打扫过了。

难道真的只是一个梦？凯蒂失望地低下头，耳边听到母亲严厉的声音："昨晚仆人们都到哪儿去了？为什么会放任凯蒂一个人到处乱跑？"

所有仆人都被召集起来，事情很快水落石出。

原来昨天晚上，母亲带着女仆波拉进城去参加一场盛大的舞会，管家便溜进地窖里偷酒喝，喝得酩酊大醉。厨娘请假回家去照顾她生病的女儿，而保姆和男仆则躲在一个房间里偷情，完全忽视了她要照顾的小主人。最不幸的是花匠，他准备在暴雨来临之前把娇嫩的兰草搬进花房，却不幸被一道闪电劈中，死在了花园里。

哀悼了不幸的花匠之后，城堡里所有失职的仆人都受到了严惩。保姆被辞退了，母亲重金聘请了当年曾照顾她的德赛夫人来看护自己的女儿，虽然德塞夫人年纪有些大了，但做事细心周到，对凯蒂照顾得无微不至，后者很快对她产生了亲密的信任感。凯蒂把那天晚上看到的情景告诉了德赛夫人，对方警告她说，在这座百年古堡里隐藏着许多秘密，特别是她所见到的那个房间，以后不要再到那里去，尤其是在雷雨之夜。

"为什么？"凯蒂不解地问。

德赛夫人不肯告诉她原因，凯蒂便一直缠着她追问，最后甚至威胁说，如果不告诉她，她就会再去那个房间，自己查出真相。

德赛夫人无奈之下，只好给她讲了"幽灵房间"的传说。

据说每到雷雨之夜，四楼尽头的那个房间便会出现一些奇怪的人影。仆人们私下都说，那个房间里闹鬼，而鬼魂就是曾经居住在这座古堡的主人们，他们舍不得离开这里，便常常回来造访。

传言愈演愈烈，后来一个仆人无意中目睹了房间里恐怖的鬼影后被吓疯了，凯蒂的祖母便下令封了这个房间，不让任何人住在里面。虽然也会定期派人打扫，但每次必定是两个以上的仆人一起进去，而且选择阳光普照的艳阳天,把房间里所有窗户都打开,以消除里面的鬼气。

听了德塞夫人的讲述,凯蒂既害怕又好奇,忍不住问:"您见过一个长得很像我母亲的女人吗?"

她拿出纸笔沙沙地画了起来。因为母亲请了家庭教师,所以凯蒂很早就接受过绘画训练,没多久,她就用碳笔勾勒出那晚所见到的女人的模样。

德塞夫人只看了一眼便惊讶地叫道:"天哪,这不是艾琳吗?"

"艾琳是谁?"

"是你母亲的妹妹,你的艾琳姨妈。"

"艾琳姨妈?我怎么从没听母亲提起过?"

德塞夫人犹豫了一下,才说:"她在你出生之前就已经去世了,而她的死因一直是家族的禁忌,你的祖母禁止任何人提起她。"

"为什么?"

然而无论凯蒂怎么软磨硬泡,德赛夫人都紧闭嘴巴,不肯再告诉她关于艾琳姨妈的任何情况。

于是凯蒂决定自己打探真相。

一周后,凯蒂生病了,家庭医生克莱尔先生匆匆赶来了城堡。

克莱尔医生是位年近六十的老人,为住在城堡中的罗塞尔家族服务已经有二十多年了,深得母亲的信赖。

经克莱尔医生诊断,凯蒂只是普通的感冒发烧。趁他为自己打针的时候,凯蒂突然问:"克莱尔先生,您知道艾琳姨妈是怎么死的吗?"

"艾琳?她不是殉情……"克莱尔医生突然住了口,警觉地问,"你怎么突然问这个?"

凯蒂偷笑着,现在她知道了艾琳姨妈是殉情而死的,但她为什么会殉情呢?是因为那晚所见的那个男人吗?

这个疑问困扰了凯蒂很久,直到后来一次无意中的发现,才终于为她解开了这个谜团。

那天,凯蒂厌倦了没完没了的练琴,跟母亲请来的钢琴教师闹起了脾气,于是索性躲起来,让大家都找不到她。

这次她打算躲在城堡三楼的藏书室里,这里收藏有历代城堡主人搜集到的各种各样的图书,不亚于一个小型图书馆。母亲不是一个爱看书的人,所以除了偶尔有仆人来打扫外,这里已经很久没人来过了。

凯蒂在一排排书架间寻找可以藏身的地方,突然看到墙角有一个挺大的储物箱,瞧那大小容积,应该能把她装进去。

她欣喜地掀开储物箱的盖子,却失望地垂下了嘴角。箱里装满杂物,仔细一瞧,还都是女人的物品,不知是城堡哪任女主人的旧物被遗忘在这里。

凯蒂好奇地翻看着,里面有一卷粗麻绳,令她觉得莫名的眼熟,却想不起在什么地方见过。然后她又拿起一个羊皮封面的笔记本,打开后,扉页上的空白处竟然有一幅女人的素描像。凯蒂震惊地瞪大眼睛,画像上的女人竟然跟那晚她在"幽灵房间"看到的女人一模一样。

作画之人笔力纯熟,比凯蒂那天随手画出的更为传神。画下是一首炽热的情诗,写着"致我深爱的艾琳",落名是"吉姆"。

"艾琳姨妈!"凯蒂惊喜地叫道。无论那幅熟悉的肖像,还是这首情诗,都证明这个笔记本属于那位已经去世的艾琳。而更令凯蒂兴奋的是,这个本子竟然是艾琳的日记本,从她收到这份礼物的那一天起,她就开始在笔记本上记录她与吉姆的恋情,文笔细腻生动,带着少女浪漫的情怀和美好的憧憬,处处充满恋爱的甜蜜。

从日记里,凯蒂知道了吉姆是镇上一个杂货铺老板的儿子,是艾琳与朋友去山下小镇上参加一次嘉年华活动时认识的。吉姆高大英俊,有一双蔚蓝如海的眼睛,深深吸引了艾琳。而吉姆也对艾琳一见钟情,很快对她展开了热烈的追求,常年生活在城堡中的单纯少女没多久就被杂货铺中长大的圆滑世故的少年俘获了芳心。然而他俩的事很快就被艾琳的母亲,也就是凯蒂的祖母知道了,祖母勃然大怒,杂货铺也敢高攀罗塞尔家族?她极力反对两人交往,艾琳甚至被禁止离开城堡。然而被熊熊爱火焚烧的少女如何能忍受跟恋人分离的痛苦?于是她做出了一个极其大胆的决定:在城堡中偷偷与吉姆幽会。而唯一不会被人发现的地方就是"幽灵房间",因为一到晚上,所有人都会害怕地远离那里,甚至连整个四楼都无人敢涉足。爱情赋予少女异乎寻常的勇气,她认为既然鬼魂只在雷雨之夜降临这个房间,那么其他时候进去便是安全的。于是她从管家那里偷走"幽灵房间"的钥匙,趁众人熟睡后进入房间,垂下事先准备好的绳索,让躲在外面的吉姆攀上四楼与她相会……

看到这里，凯蒂突然想起来了，箱子里那卷粗麻绳不正是那晚她在"幽灵房间"中所看到的女人抛给情人的那根绳索吗？

"凯蒂小姐！"德赛夫人的声音突然在身后响起，凯蒂吓得手一抖，日记本掉进了储物箱里，她慌忙关上箱盖，转过身，正看见德赛夫人从藏书室的门口朝她大步走来。

"你怎么躲到这儿来了？夫人正在大发雷霆呢！"她神情严肃地牵起凯蒂的手，并没有注意到地上的储物箱。

凯蒂暗暗松了口气，低着头十分乖巧地跟德赛夫人走出了藏书室。

三

自打看了艾琳的日记后，凯蒂心里就像揣了只不安分的小兔子，老是忍不住想，后来又发生了什么？她在"幽灵房间"里看到的男女，是艾琳姨妈和她的情人吉姆吗？

好奇心就像沐浴时的肥皂泡一样源源不断地涌出来，即使在母亲大声训斥她的时候，凯蒂也不由自主走了神，她的全部心思都放在了那本没看完的日记上。然而母亲十分生气，罚她弹了一整天的琴，她根本找不到机会去看剩下的日记。

傍晚，外面突然传来隐隐的雷声，凯蒂扑到窗前一看，一团团如墨的乌云正在古堡上空迅速飘荡、凝聚，仿佛一群刚从地狱中放出的恶魔在狞笑着飞舞。越积越厚的云层把天空坠得极低，不断地翻搅涌动着，里面似乎隐藏着某种巨大的神秘之物，令人备感压迫的恐惧。

今夜，暴风雨又要来了！

母亲让仆人关上了所有窗户，不知是因为生气还是紧张，她偏头痛的毛病又犯了，于是吃了药便早早歇下。德赛夫人则把凯蒂带回她自己的房间，像往常一样为她读着睡前故事。

老妇人苍老而疲倦的声音不时被暴烈的雷声打断，凯蒂不停地打着哈欠，很快闭上了眼睛。见她睡着了，德赛夫人便悄悄收拾书本离开了卧室。

房间的灯光一盏接一盏熄灭，城堡内很快陷入了黑暗。闪电像僵直的蛇印在窗户上，狂雷在四周不住地抽打，大雨如瀑布一般落下，仿佛天空被撕裂后遽然崩落，带给人一种末世的恐惧感。

凯蒂突然睁开了眼睛，捂着耳朵祈祷了半天，终于鼓足勇气蹑手蹑脚地下了床，穿着睡衣偷偷溜上四楼，再次来到"幽灵房间"外。

和上次一样，房间的门缝中隐隐透出灯光。

凯蒂的心狂跳着，身体也不停地颤抖，因为寒冷和害怕，也因为兴奋和期待，心里隐隐感到一种打破禁忌的探险带来的刺激感。

她深深吸了口气，慢慢地、慢慢地把眼睛凑近锁孔——

她又看到了那个女人。

她穿着一条样式古怪的红裙，裙摆短得令人咋舌，裸露着细瓷似的胳膊和大腿，正在房间里激情四射地跳舞。

那是一种凯蒂从未见过的舞蹈，肢体像风一样快速地扭动，极富韵律和动感，就像窗外挟着雷电的暴风雨一般激烈，令人目眩神迷地震撼。

女人的表情则交织着愤怒、绝望和悲痛，像被死神捕获的天鹅，在地狱之火中辗转痛苦地挣扎，凄厉无望地哀鸣。

一阵激烈的旋转后，女人伏倒在羊毛地毯上，喘息着抬起头，修长的脖颈弯出优美至极的曲线，神情却是燃烧殆尽后的冰冷，像一只僵死在冰天雪地中的天鹅，以一种绝望凝固的眼神望向前方……

凯蒂吓得不由自主地后退一步，那女人的目光仿佛穿透小小的锁孔，笔直地望进了她的眼睛，令她心里一阵莫名的悸动。

她平息了紊乱的呼吸，再度把眼睛凑向锁孔时，发现一名男子正从旁边的沙发中站起来，向女人走去。

这场无与伦比的舞蹈显然是跳给这个男人看的。因为背对着锁孔，凯蒂看不清他脸上的表情，只看见他扶起女人，似乎还问了句什么话，就见那女人红唇翕动，说了几个字，然后男人伸出的手僵住了，女人脸上则掠过一种奇怪的神情，仿佛是带着讥讽的冷笑。

但凯蒂疑心自己看错了，因为眨眼之间女人便投入男人的怀抱，两条手臂像柔软的兰草缠上男人的脖子，温柔地和对方亲吻。男人也搂紧了她，两人一路纠缠着倒向了房中的大床。

凯蒂脸蛋有些发烫，直觉地意识到接下来的场面不是她应该看的，正犹豫着要不要离开，突然一道惊雷劈下，男人像弹簧似的从床上跳起来，一手捂着胸口难以置信地瞪着女人，嘴里愤怒地吼着什么。

幽灵房间　203

鲜血,正从他赤裸的胸膛上像涓涓细流一般不断地涌出来……

女人从床上站起来,手里拿着一把滴血的尖刀,红唇勾着一抹冷酷的笑,走到男人身边,把刀一下又一下捅进他的身体,直到他倒在地上一动不动。

凯蒂惊惧地张大嘴,骇得四肢都麻木了,然后她看见女人举起鲜红的刀子,微笑着,把它用力插进了自己柔软的胸膛……

一声刺耳的尖叫从凯蒂喉间爆出,极度的恐惧瞬间击溃了她的神智。

她眼前一黑,晕倒在地。

四

万圣节是鬼怪们离开地狱在人间游行的日子,这天街上到处都是穿着恶魔披风、戴着怪物头套、提着南瓜灯的人们。

一位化装成女巫的少女迈着轻盈的步子走进一个房间。

刚进屋就听到一阵大笑,夹杂着某个年轻人不满的抱怨:"我们每个人讲的鬼故事都被你说成是有人在捣鬼,威尔,你太扫兴了,今天可是万圣节!"

屋里有七八个年轻人,都穿着万圣节的服饰。说话的年轻人一副吸血鬼的打扮,脸色惨白,眼圈乌黑,就连牙齿都染成了鲜红,看了直叫人毛骨悚然。

"马丁,我是不是错过了什么?"少女微笑着问。

年轻人转头看见她,立刻欣喜地迎上去,做了个贵族式的花哨而夸张的动作:"欢迎您大驾光临,我的舞蹈皇后!"然后,他又冲另一个人挤了挤眼睛,"威尔,你不是一直说很欣赏凯蒂的舞蹈吗?今天我特意把她请来参加咱们的聚会。"

那个名叫威尔的男子则是一副驱魔人的扮相,面容老成,神情严肃。他看着少女,高挑的身材、深蓝的眼眸,涂成黑色的嘴唇令她看上去拥有女巫一般冷艳、神秘而迷人的气质。

"我看过你的舞蹈,它让我想到了爱和毁灭。很难想象一位如此年轻的小姐会跳出这样绝望的舞蹈。"威尔若有所思地说。

少女淡淡一笑,神情有轻微的恍惚,仿佛陷入了某种回忆之中……

梦境直播

"二十年前，我在城堡的'幽灵房间'目睹了一场死亡之舞，从那以后，这支舞就深深嵌入了我的灵魂。也正是从那时起，我对跳舞有了超乎寻常的热情，后来便报考了舞蹈学院，走上了专业舞蹈演员的道路。"

"'幽灵房间'？"马丁敏感地嗅到了自己感兴趣的信息，立刻兴奋地撺掇道，"凯蒂，你快给大家讲讲！威尔一直不相信世上有什么幽灵，现在你可以好好给他上一课了！"

于是凯蒂便把在"幽灵房间"看到的一切说了出来。

"当时我吓昏了，母亲就在通往四楼的梯道上安装了一扇门，让我再也没办法在雷雨之夜溜到'幽灵房间'去偷窥。后来我找机会看完了艾琳姨妈剩下的日记，才知道吉姆又爱上了别人，于是艾琳姨妈决定跟他同归于尽。那天晚上我看见的应该就是她杀死吉姆后又自杀的情景。我不明白为什么多年前发生的事情会再次让我看到，难道真如传言中所说，每到雷雨之夜，居住在天堂里的城堡旧主们就会沿着雷电劈出的道路回到那个房间吗？"

听完凯蒂的讲述，大家七嘴八舌地议论起来，马丁得意扬扬地问威尔："你怎么解释凯蒂看到的一切？"

威尔思索了片刻，从容回答道："其实，凯蒂看到的很可能只是磁场录下的影像。当雷电到来时，电生磁，声音、影像可以录制在墙上、地面上……如果再发生与当时相同的天气就可能播放出来。"

听了威尔的解释，大家都觉得有道理，凯蒂也半信半疑地说："难道我看到的只是过去的录影？"

"不过，还有另一种可能。"威尔突然又说，"我给大家讲一件发生在我朋友詹姆士身上的故事。他是个天文爱好者，经常用高倍望远镜观察星空。有一次他无意中发现对面那幢楼的一个房间搬来了一个美艳的女人，令他产生了爱慕之心，于是常常用望远镜偷窥对方的一举一动。有一天，他突然看到女人被人杀害了，吓得立刻报了警。然而警察赶到后，却发现那只是一个空房间，根本没人居住。后来他才知道，一年前这个房间里确实发生过一起谋杀案，他在报上查到了死者和凶手的照片，跟他在房间里看到的一模一样。没多久，他在望远镜里又看到另一个女人搬进了那个房间，向房东一打听，对方却告诉他根本没人搬进来，可他仍然经常看到有女人在房间里活动。半年后，一个女人真的住进了那个房间,正是他在半年前就见过的那个女人。"

听完威尔的讲述,大家都震惊得面面相觑,急性子的马丁忍不住问:"这到底是怎么回事?"

"我的朋友推测,或许这一切都是因为——时间。"

"时间?"

"没错。那个房间可能在某种特定条件下形成了时间裂缝,把过去和未来的影像再现了出来。"

"你的意思是说,城堡的'幽灵房间'也存在着这样的时间裂缝?"凯蒂惊讶地问。

威尔没有正面回答,只是说:"真相到底如何,或许我们永远不会知道。我们能够做的,不过是尽可能去寻找最接近真相的答案,然后选择相信最合理的解释。"

凯蒂若有所思地沉默了半晌,然后说:"谢谢你,威尔!你消除了我对'幽灵房间'的恐惧。和虚无的幽灵相比,我更愿意相信那只是磁场或时间玩弄的花招。我想我终于可以不再害怕回到城堡了。"

五

第二年春天,凯蒂接到德赛夫人的电话,说她的母亲身体一直不太好,希望她能回家多陪陪母亲。于是凯蒂跟剧团请了假,准备回阔别多年的城堡住一段时间,陪伴一下年老多病的母亲。

回到城堡后,凯蒂却发现母亲并没有想象中那么病弱,相反,见到她后母亲变得精神奕奕,一个劲儿地劝说她去参加一周后在洛克庄园举行的盛大舞会,据说本地出身名门的未婚男女都会参加。

当知道母亲叫自己回来是去参加一场类似相亲的舞会后,凯蒂顿觉哭笑不得。但在母亲的坚持下,一周以后,被打扮得光彩照人的凯蒂成了舞会上众人瞩目的焦点。

接连不断地被邀请着跳了好几支舞后,凯蒂觉得有些累了,正打算去花园透透气,突然看到门口出现了一阵骚动,在一片此起彼伏的惊叹声中,一位俊美得如同纳西索斯的年轻男子携女伴走了进来。

"那是露易莎,本城首富的女儿,旁边是她的男友戴维。"珍妮芙在凯蒂耳边小声说道。她和凯蒂曾在同一所寄宿学校上学，算是交情不错的朋友，很乐意对好友说一些道听途说的八卦。

"可怜的露易莎，大家都知道戴维跟她在一起只是为了她家的钱。不过或许她知道了也不在乎，你瞧她那得意劲儿，不知有多少无知少女在羡慕她呢。瞧瞧那边那个……哦，是西斯家的贝蒂，她望着戴维都快要哭出来啦！啧啧，又是一个被花花公子揉碎了芳心的女人。你可一定要提防戴维，这个英俊得像魔鬼一样的家伙是有名的少女杀手，据说没有一个女人能抵挡他的魅力。"

"那么你呢？"凯蒂似笑非笑地瞅了她一眼。

珍妮芙尴尬地摇了摇扇子："人家的'猎物'都是舞会上最美丽的少女，我这点姿色还入不了他的眼。不过凯蒂你可要小心，瞧，他看见你了……"珍妮芙低喘着惊呼道，"我敢打赌在他眼中看到了两团突然燃起的火焰！天哪，凯蒂，你会成为他的下一个猎物吗？老天！"她拼命摇着扇子，"我快喘不过气来了。不可否认，那真是个英俊得可怕的家伙！"

的确，凯蒂也不得不承认，那是她所见过的最俊美的男子。

她有些紧张，但他并未如珍妮芙所说的那样上前来邀请她跳舞，她的舞伴换了一个又一个，他的也一样，直到舞会结束，他俩都未曾有机会共舞一曲。

舞会上最美丽的少女和最英俊的男子，就像被众星簇拥的两轮明月，彼此仿佛隔着银河那样遥远的距离，但都有着令对方无法忽视的耀眼光芒。

舞会结束后，凯蒂谢绝了一众护花使者争着送她回家的请求，坐上了家里派来接送她的汽车。虽然家境已经衰落到无法负担一辆豪华汽车和司机的开支，但为了让女儿看上去更符合罗塞尔家族继承人的身份，母亲不惜花高价从车行租来了一辆劳斯莱斯，而为她驾车的也是车行的司机盖伯。

灯火辉煌的洛克庄园渐渐消失在身后，车子向偏僻的地方驶去，快到山脚时，却突然熄火了。

"该死！"盖伯咒骂着跳下车，打开引擎前盖，着急地鼓捣起来。

"怎么了？"凯蒂担心地问。

"出了点故障。"

"什么时候能修好？"

"说不准。也许几个小时，也许一两天。"

听到这样的回答，凯蒂心里一沉，不由自主地裹紧了披在身上的外套。她仍然穿着舞会的盛装，薄薄的丝绸根本无法抵挡夜晚的寒气，而这里十分偏僻，几乎看不到一辆经过的汽车。

她掏出手机，正打算让母亲另派一辆车来接自己，突然身后有两道雪亮的光柱射了过来，然后是一下急刹声，一辆漂亮的跑车停在了她身边。

"凯蒂小姐，需要我帮忙吗？"一个性感迷人的男声，像银色的月光在黑暗中升起。

穿着白色礼服的男子，俊美得如同巡游的夜神。

是戴维！

凯蒂心中一颤，突然想起珍妮芙的警告，正要摇头拒绝，盖伯却抢先说道："这位好心的先生，我们的车坏了，估计一时半会儿也修不好，如果您方便的话，能先送这位小姐回家吗？"

"乐意效劳！"戴维打开车门，露出他独具魅力的微笑，"凯蒂小姐，能赏脸给我一个送你回家的机会吗？"

这种情况下如果再拒绝就显得太失礼了，凯蒂犹豫了一下，终于还是坐进了戴维的汽车。

目送汽车绝尘而去，盖伯把手伸进口袋，摸到一沓钞票，那是某人为了制造一次浪漫的邂逅，特意在舞会结束前塞给他的。看来一切都很顺利，盖伯得意地吹了声口哨，钻进劳斯莱斯，很快发动了车子，一溜烟离开了。

戴维的汽车已经转入上山的道路，正朝着山顶驶去。两侧是苍郁的树林，地上铺满落叶和青苔，车轮辗过的地方似乎已经存在了数百年，让人有种突然从现代社会跌入古老的中世纪的错觉。

车里一片沉默。凯蒂原本担心对方会有什么轻浮的言行，但他比她想象的严肃得多，倒是凯蒂为了打破尴尬的沉默，找了一些话来说，而他也总是彬彬有礼地回答，颇具绅士风度。不知不觉间，因为珍妮芙的嚼舌而对他产生的厌恶感，像山间朝阳升起后的云雾一样消散了。

从侧面看过去，他那宛如古希腊雕像般的五官实在完美得令人嫉妒。黑暗中，她的双颊微微有些发烫。

在远处树林的顶上，已经可以看见城堡大门的尖顶。一直目视前方的戴维突然轻声说："小时候，我曾经无数次眺望过山顶上的古堡，想象着居住在里面的一定是世界上最美丽的公主。直到今天见到了你……"他停下来，转头望着凯蒂，一双黑眸深邃得仿佛能夺走人的呼吸。

凯蒂的心禁不住怦怦直跳，然后便听他说："我这才知道，公主的美丽已远远超出了我的想象！"

她的脸蛋烫得像要燃烧起来，而这时汽车已经停在了城堡大门外。两根久经风雨侵蚀的高大石柱上爬满了茂盛的常春藤，明亮的月光为威严耸立的铁门涂上了一层温柔的银色，铁条弯曲而成的繁复花纹像月色下苏醒的蓓蕾，奇妙地舒展着……

"美丽的凯蒂小姐，我能请你跳支舞吗？"

戴维的声音仿佛在月光下施展出了令人着迷的魔法，被它深深蛊惑着，当他伸出手来时，凯蒂情不自禁地握住他的手，让他将自己牵下车，走到外面的草坪上。

在如银的月光下，他温柔而有力地扶着她的腰身，流畅优美的华尔兹舞步，让雪白的裙子舞出连绵的旋影，每一次翻跹回旋、起伏荡漾，都是一幅华光流离的画。

她感觉自己就像他怀中一尾轻盈的鱼，随他一起在碧海飞跃，在如水的韵律中飘移，在他火热的目光中陶醉、融化……如波叠浪的旋转和摆荡，仿佛承载着明月的辉光，在这遗世独立的山巅、古老的城堡之外，飞扬如歌！

她想，她至死都不会忘记这一支舞，不会忘记今夜戴维带给她的直抵灵魂深处的悸动。

当他亲吻她的时候，她已经失去了思考的能力，脑中只有那迷人的月光，无休无止的旋转，以及他脸上如同掺了毒药一般勾魂摄魄的微笑……

但这支舞终于还是结束了。

当汽车喇叭响起时，看门人跑来打开了大门。汽车驶上了青石铺成的道路，老树的枝丫在天空交织成一道深暗的拱顶，路的尽头矗立着那座神秘的古堡，哥特式的尖顶仿佛要一直插入风起云涌的夜空……

"多么壮观的城堡！"戴维发出了由衷的赞叹。

凯蒂心里不由得升起一股小小的骄傲。汽车停在了古堡外，前来迎

幽灵房间

接她的母亲和德赛夫人却在看到戴维的一刹那露出错愕的神情。戴维似乎也意识到自己并不受欢迎,匆匆打了个招呼就驾车离开了。

"怎么能让戴维送你回来?难道你不知道他是一个臭名昭著的花花公子吗?"母亲生气地说。

"妈妈,戴维并不像你想的那样……"

"你才认识他多久?又对他了解多少?"母亲斩钉截铁地说,"我决不允许你再跟他来往!"

"你没有权利干涉我的生活!"凯蒂愤怒地撂下这句话,哭着跑回了自己的房间。

母亲的头痛病当夜就复发了,德赛夫人满脸忧愁地恳求凯蒂,不要再做任何可能会刺激她母亲的事。

于是,那个在月光下不断旋转的梦,就这样被母亲的固执给埋葬了。

从那以后,凯蒂再也没有见过戴维。

六

春天很快过去了,挟着雷雨的夏天再次降临人间。

又是一个雷雨大作的夜晚,凯蒂驾车从外面回来,远远便看见城堡被雨雾包裹着,天空变成了一个奇怪的漏斗形,旋转涌动的乌云、闪电把城堡和天空连接起来,而这个漏斗的底端正指向四楼尽头那个房间……

凯蒂突然想起威尔说过的话,心里顿时涌起一股强烈的冲动,很想再去看看"幽灵房间",看一切是否真的是磁场或时间变出的魔法。

等城堡的人都睡着后,穿着睡衣的凯蒂偷偷溜进女仆的房间,偷走了钥匙,打开通往四楼的铁门。

二十年后,她终于再次站在了那个神秘房间的外面。

和二十年前一样,她蹲下身,小心翼翼地朝锁孔里看去,却什么也没看见。

没有灯光,更没有女人和男人。

仿佛多年前看到的一切只是一个遥远得并不真实的幻影。

凯蒂犹豫了半天,终于决定进房间去看看。

她把偷来的一大串钥匙一把接一把地插入锁孔,耐心地尝试着,终于"啪嗒"一声,其中一把打开了房锁。

凯蒂的心紧张地狂跳着,手心渗出了冷汗,她慢慢扭动把手,房门一点一点打开……

她已经随时准备拔腿而逃,但是什么也没发生。

里面漆黑一片,就像戏剧落幕后寂寞冷清的舞台。她摸索着打开壁灯,明亮的灯光霎时填满了空阔的房间,里面的陈设跟她二十年前看到的一模一样,仿佛时间在这里停止了流动,并没有给这个房间带来任何变化。

但是记忆却模糊了,她已经记不清吉姆的模样,只知道他是一个高大英俊的男子,而艾琳姨妈……

凯蒂走到房中的穿衣镜前,静静地看着自己。前几天她又看过艾琳姨妈的日记,然后无比惊讶地发现,扉页上那位少女的画像竟如此酷似自己,难怪当她刚回到城堡时,德赛夫人会神情恍惚地看着她,嘴里喃喃说着:"像,真像……"

她一定在说自己很像艾琳姨妈吧。

凯蒂叹了口气,她忘不了在这个房间目睹的那一幕惨剧,可怜的艾琳姨妈因为情人的背叛而变得疯狂,但愿这样可怕的事不会降临到自己身上。

正在感慨之际,一阵手机铃声突然响了起来,她从睡衣口袋里掏出手机,性感迷人的声音从另一端传了过来——

"凯蒂,我想你!"

"戴维?"凯蒂压低声音惊呼道。

"我就在城堡外面,站在雷雨里给你打这个电话。"

凯蒂震惊地扑到窗边朝外看去,戴维果然站在下面,一手拿着手机,一手撑着伞。他一定是翻墙进来的,只有这样的雷雨之夜,看门人才会放松警惕,让他趁机溜了进来。

"凯蒂,我想再见你一面!"戴维哀求着,像一个落难的王子,等待公主的拯救。

"可是露易莎……"

"我们已经分手了。自从那晚与你共舞后,我才明白自己真正爱的是谁。凯蒂,这段日子我一直饱受思念的折磨,如果不能再见到你,我一定会疯掉的！"

凯蒂的心像被什么揪得紧紧的，酸痛中隐隐夹着喜悦的甜，几乎冲动地想要答应他，但珍妮芙的警告和母亲的斥责又同时浮上了心头，令她犹豫不决。

她挂断了电话，在房间里焦躁地踱着步，不时走到窗边，看着那个在大雨中默然矗立的身影。如果见不到她，他或许会这样站上一整夜。

突然一道闪电划过，炸雷轰隆隆地砸下来，花园中一棵大树"咔嚓"一声被劈断了枝丫。凯蒂吓出了一身冷汗，突然想起当年那个被雷劈死的花匠，顿时紧张得一颗心都快从嗓子眼里蹦出来了。

太危险了！不能再让戴维站在外面。她终于下定决心，冲进三楼的藏书室，打开装满艾琳遗物的箱子，取出姨妈当年用过的那卷麻绳，又跑回了先前的房间。

只有在"幽灵房间"，无论发生什么事，都不会被母亲和城堡里的人察觉。

这一点，她和艾琳姨妈一样确信无疑。

长长的绳索垂下去，戴维丢掉雨伞，沿着绳子爬上来。在她的帮助下，他终于成功地从窗外翻进了房间。

他浑身都淌着水，但脸上的微笑依然像毒药一样致命。

她的心跳得像亟欲脱逃的小鹿。

"凯蒂！"他热情地张开双臂想要拥抱她，她却羞涩地躲开了。虽然一时冲动放他进来，但她还没有完全准备好要接受他，毕竟他们只见过一面，这样的进展是不是太快了点儿？

他愣了一下，然后便以不容逃脱的气势，将她用力拥入了怀中……

外面，被撕裂的天空正在号啕大哭，泪如雨注，滂沱不休……

七

这一夜之后，便是无数个幽会的夜晚。

凯蒂想办法收买了看门人，让他在夜里偷偷放戴维进来。而"幽灵房间"中再也没有出现过幻影，成了他俩相会的绝佳之地。

正当凯蒂沉醉在甜蜜的爱情中时，母亲却忧心忡忡地告诉她，打算把城堡卖掉。

"为什么?"凯蒂吃惊地问。

"维持这个城堡的开支实在太大,我们已经无力承担。"

凯蒂心中涌起一阵难言的凄凉,她舍不得这里,但也知道母亲做出这个决定有多么艰难,一定经历过比她更痛苦的挣扎。

罗塞尔家族在这座城堡里生活了近百年,历经多次修缮,城堡依然维持着往昔的威严。它已经成为这个家族的象征,以及昔日荣耀的见证,更承载了数不清的往事和回忆,每一件器物都有一个令人难忘的故事。

但母亲已经债务缠身,如果不卖掉城堡,她们就只能宣布破产。

接下来的日子,母亲每天约见不同的买家,并开始寻找新的住所。

凯蒂的情绪越来越低落,晚上和戴维见面时,对方也察觉到她的不对劲儿,便问:"怎么了?"

凯蒂红着眼圈把城堡就要被卖掉的事告诉了他。戴维沉着脸半天没说话,然后突然问:"这么说,你母亲就要破产了?"

凯蒂点点头,敏感地察觉到戴维的语气有些异样。

"卖掉城堡的钱也许刚够还她欠下的巨额债务吧!"戴维的声音有种令人不快的尖刻,他烦躁地踱了几步,终于忍不住失望而愤怒地说,"她为什么不好好管理她的财产?难道她从未想过应该为你,为她的独生女儿留下点什么吗?"

"不准你这么说我的母亲!"凯蒂生气地打断对方的话,"她已经尽力了。"

戴维盯着她,竭力让声音显得平静:"对不起,凯蒂,我不该说那样的话,只是这个消息实在太……太突然了!"

凯蒂从他眼中看到了心烦意乱,一颗心顿时沉了下去。

两人对坐无言,没多久戴维就告辞离开了,甚至连一个临别的吻都没给她。望着他匆匆消失在黑暗中的身影,凯蒂突然觉得一股凉意直透心底。

一个月后,古堡终于卖出去了。签完协议后,对方才告诉她们,嫌城堡太老旧,打算把它拆掉,在原来的地皮上重新盖一座现代化的庄园。

对凯蒂和母亲而言,这无疑是一个沉重的打击。再过几天,她们就要从城堡中搬走,而属于罗塞尔家族的一切也很快就要从这个世界上消

幽灵房间

失了。

就在凯蒂最痛苦的时候,她在当地的报纸上看到了戴维和露易莎订婚的消息。

整个世界仿佛坍塌了,凯蒂用颤抖的手拨通了戴维的电话。

"喂,是凯蒂吗?"手机那边传来熟悉的嗓音,和平时并无两样。

该死!他凭什么还能这样若无其事地跟她说话?当所有人都知道他已经订婚的时候,他竟然还能装作一切都没有发生过。

还有他的声音,她以前为什么会觉得那种玩世不恭的嗓音性感迷人?那分明就是花花公子的轻浮和不负责任!

她愤怒得就像一座即将爆发的火山,却用连自己都觉得诧异的平静声音说道:"我看到了你订婚的消息。"

"对不起,凯蒂,我知道你一时很难接受,可是我……"

"你说过爱的人是我。"

"是的。"

"但是你要娶露易莎。"

"听我说,凯蒂!如果咱俩结了婚,也许很快就会相互厌倦,然后整天争吵。像现在这样不好吗?咱们的每一次会面都是那样惊险刺激,彼此都能迸发出最大的热情。偶尔相会,而不是整日相对,能让咱们的爱情存活得更久。"

"你的意思是,和露易莎结婚,和我偷情,一旦你不爱我了,就可以毫无牵挂地分手,是吗?"

凯蒂很佩服自己还能如此冷静地说话,或许她可以成为一个出色的演员。

"凯蒂,我们都应该遵从自己的灵魂,对吗?如果我们不再相爱,那么硬在一起岂不是让彼此痛苦。不过你放心,我现在还爱着你,依然渴望和你在一起……"

凯蒂紧紧攥着手机,咬着牙说:"让我考虑一下,好吗?"

说完,她猛地掐断了电话,举起床边的花瓶,狠狠砸在地上。碎片水花飞溅,一束娇艳的玫瑰霎时被摔得瓣残叶落。

她扑倒在床上,把头埋进枕头,发出如绝望的小兽一般破碎而模糊的呜咽,整个人都在止不住地颤抖。

不知过了多久，她终于痛快地发泄完了，擦干眼泪，又平静地拿起手机。

"戴维，我答应你。"

"凯蒂宝贝，我知道你一定会想通的，我爱你！"手机里传出戴维欣喜若狂的声音，那得意的腔调令凯蒂恶心得差点呕吐出来。

但她依然平静地微笑，平静地说："今晚，我在城堡等你。"

结束了通话，她慢慢起身，打开衣柜，在一大堆华服中一眼相中了一条红色舞裙。这是她在购置舞服时无意中发现的，跟她在"幽灵房间"看到的艾琳姨妈穿的那条裙子一模一样，她一时冲动便买了下来。现在看到这条舞裙，那个暴风雨之夜所目睹的一切突然间又涌上了心头。

艾琳姨妈，我终于知道你为什么要那样做了。

比死亡更痛苦的，是背叛。

她面无表情地换上红裙，站在穿衣镜前端详着自己：修长的身体，冰冷的眼神，就像一只染上了鲜血的高傲的天鹅。

风从窗外吹进来，窗帘不断地掀起飞扬着，从敞开的窗户望出去，天边乌云层层叠叠，像大团大团的黑棉絮堵在天空，令人喘不过气的压抑，仿佛在渴望着来自雷电的撕裂和毁灭！

今晚注定又是一个雷雨天气。

这样的天气，很适合她接下来要跳的那支舞，那支会令他终身难忘的舞！

八

"戴维订婚了。"母亲放下报纸，不无欣喜地对坐在一旁织毛衣的德赛夫人说道。

德赛夫人吃了一惊，放下毛衣，担心地说："凯蒂小姐她……"

"还好，当初她听从我的劝告，和戴维断绝了来往，否则现在恐怕会受到很大的打击。"母亲叹了口气，又说，"我一直担心凯蒂，她长得越来越像她的艾琳姨妈。不仅是外貌，连个性都如出一辙，同样的盲目、冲动、热情，做事不顾一切。当年艾琳得知吉姆背叛了她，就把对方骗到城堡外的悬崖边，先拿石头击昏了吉姆，再抱着他一起跳了崖。为了维护罗塞尔家族的声誉,我们想办法压下了这件事,对外只宣称是殉情。外人不知道的是,疯狂就像病毒一样潜伏在我们这个家族的基因里。尤其是女人,她们总是容易为爱疯狂,无法忍受男人的背叛,一旦怒火烧毁了理智,就会做出可怕的事来。艾琳是这样,就连我也差点儿……"

"夫人……"德赛夫人惊讶地望着她。

母亲黯然一笑,说:"当初我知道查理在外面有了别的女人时,也曾一度恨不得杀了他,然后自杀。是凯蒂的哭声阻止了我,我看到在摇篮中哭泣的女儿,想到她将来会失去父母,成为可怜的孤儿,就觉得一颗心都要碎了。是对女儿的爱让我恢复了理智,选择了离婚。所以我要保护凯蒂,让她不再受男人的欺骗,以免在疯狂的支配下做出毁灭自己的举动。"

"夫人,您是对的!"德赛夫人说,"戴维既贪财又花心,凯蒂小姐和他在一起根本不会幸福。幸好小姐还没有爱上戴维,虽然曾经被他迷惑过……"

深夜,暴雨终于在雷电交加中急惶惶地落下,那瓢泼的劲头似要打碎所有碰到的物体,整个古堡都在暴虐的雷雨中害怕地战栗着。

"幽灵房间"里,身着红裙的凯蒂正跳着一支无与伦比的舞蹈,闪电为她聚光,雷雨为她伴奏,飞旋的红裙就像地狱中喷出的怒焰,激烈得如同那肆虐世间、想要摧毁一切的风暴!

最后,她精疲力尽地伏倒在地毯上,绝望而空洞的眼神凝视着前方,仿佛望见了多年前早已预知的命运。

她并不知道,在那紧闭的房门之外,有一双眼睛,一双来自二十年前的小女孩的眼睛,正好奇地注视着这一切。

戴维从沙发中站起,带着惊艳和迷醉的表情朝她走来,一边俯身扶起她,一边问:"这是什么舞?"

"死亡之舞。"她冷笑着回答,嘴角带着不易察觉的讥讽,眼睛不由自主地瞟向一侧的大床。

在柔软的鹅羽枕头下,藏着一把锋利的刀子。

很快,她就要与这个她深深爱过、恨过的男人,共跳一支令他永生难忘的舞——

死亡之舞!

心殇

一

"孩子，妈妈对不起你！"

我哭着把婴儿僵硬的小身子放进纸箱，用透明胶带牢牢缠了几圈，然后抱着纸箱去了郊外的树林。

深夜的树林静得可怕，我的啜泣声在那片死寂中显得格外清晰，就像某种脆亮而诡异的怪声。

一股阴寒的死亡之气在周围弥漫，我心里阵阵发紧，不敢再发出任何声音，匆匆挖了个坑，把纸箱埋了进去。

填好土坑后，我最后看了一眼那块连坟堆都没有的空地，抹干眼角已变得冰凉的泪水，转身快步往回走去。

刚走几步，身后突然响起一阵尖亮的婴儿啼哭声，仿佛从最黑暗的地狱深处传来，惊得月光都为之一颤！

我惧然回头，只见先前埋纸箱的地方正袅袅升起一阵青色的雾气，凝而不化。

婴儿的哭声越发响亮，雾中渐渐凝聚成一个小小的人形：大得近乎畸形的脑袋，青白的脸上嵌着一对出奇诡异的大眼睛，全是黑色的瞳孔，没有眼白。

那对诡异的眼睛死死盯着我，身子则在青雾中摇摇摆摆，姿态活像个提线木偶，似乎要蹒跚地向我走来……

"妈妈！"怪婴的嘴里清晰地吐出这两个字。

我的心脏如同被铁锤猛砸了一下。青色的雾气瞬间涌来，将我淹没，周围的一切都消失了，只剩下一双双黑如炼狱的眼睛，在青雾中一张一合地眨动，异口同声地喊着："妈妈、妈妈、妈妈……"

我尖叫一声，猝然从梦中惊醒，浑身冷汗，心口突突乱跳着。

睡在病床上的儿子被我梦中的叫声所扰，不安地动了一下，又转身沉沉睡去。

我爱怜地摸了摸他苍白的小脸，想起梦中的情景，心里涌起阵阵难言的苦涩。

也许这是上天对我的惩罚，因为我没有善待第一个孩子，所以才让小杰也……

这时，房门打开，骆言走了进来。看见他一脸沉重的表情，我的心也瞬间凉透了。

"医生说，小杰的淋巴细胞毒交叉配合试验结果是阳性，移植他人的心脏很可能导致超急性排斥反应。"

"那该怎么办？"我急得又开始落泪。

儿子患有严重的先天性心脏病，医生说必须做心脏移植手术，否则活不了多久。然而检查的结果却给了我们沉重一击：小杰的体质不适合接受外源心脏的移植。

"或许我们可以试试自体移植。"

在我无比绝望之际，丈夫骆言的一句话又让我看到了一线曙光。

"用小杰自己的干细胞来生成一个心脏，然后将它移植到小杰体内，这样就不会出现排斥反应。"

"真的可行吗？你能做到吗？"我又惊又喜地问骆言。虽然知道他是再生医学领域的专家，但我不敢相信他真的能够培育出人的心脏。

"我在动物身上做过试验，已经取得了一些突破性的成果。但是……"骆言避开我热切的目光，声音因犹豫而显得低沉，"实验还不够成熟，还有一些未知的、我无法控制的风险……"

"但这是挽救小杰生命的唯一办法，对不对？"

"是的，这是唯一的办法。"骆言似乎下定了决心，"不管结果怎样，我都要冒险一试！"

二

这天以后，我们就像落入深井的人发现了唯一的出路，虽然不知道它会通向哪儿，前方是否有未卜的凶险，依然满怀希望，带着前所未有的热切期盼冲向了它。

我毅然辞职,在家照顾病弱的儿子。骆言则一头扎进实验室,没日没夜地工作,要为我们的儿子培育出一颗正常、健康的心脏。

虽然我对他的研究工作一窍不通,但也隐约意识到,实验一旦成功,必将成为人类医学史上的一座里程碑,从此器官移植将不再缺乏供体,并能将排斥反应降到最低,结果一定会大大延长人类的寿命。

我为骆言感到骄傲,同时又忐忑不安地想:他真的会成功吗?

骆言已经很久没回家了,偶尔会打电话告诉我实验的进展。他的声音疲惫中难掩欣喜,实验出乎意料地顺利,那颗心脏已经成形,并在按计划不断生长着。

小杰的病情越来越严重,只能整日躺在床上,稍一活动便呼吸困难、面孔青紫,有时还会突然昏厥。空荡荡的房间里,只有他急促的喘息声像风箱一样回荡,仿佛一把锋利的刀子在我心上来来回回地拉过来、割过去……

我在难以言喻的痛苦和惊惶中度日如年,如同被泡在乌黑的中药罐里慢慢煎熬着,每一个毛孔都是苦涩的滋味。而那个关于怪婴的噩梦也时不时地造访我,让我恐惧不安,整个人迅速消瘦下去。偶尔照镜子,我几乎认不出那个脸色蜡黄、眼窝深陷、憔悴不堪的女人就是自己。

这天晚上,再次从噩梦中惊醒后,我觉得必须去看看那颗心脏。只有看到它,我心里才会踏实,才不会整天担惊受怕、噩梦连连。

骆言一向不喜欢我去打扰他的工作,所以我煲了一罐汤,提着汤朝他的研究室走去。

我们住在这家著名科研单位的家属区里,步行至现代化的实验大楼只要十分钟。看门的冯大爷认得我,热情招呼道:"小舒,来看你家骆教授?"

我不好意思地笑了笑,说:"煲了点汤,给他补补身子,这段时间他工作挺辛苦的。"

"有你这样的贤内助,难怪骆教授可以整天扑在工作上。"冯大爷打趣了一句,又问,"最近骆教授在研究什么?怎么每天都泡在这里,还不许任何人进他的实验室,搞得神神秘秘的,打扫卫生的张婶都跟我抱怨好几次了。"

心殇

我心里"咯噔"一下,又掩饰地笑道:"他的研究我也不懂。反正有些科学研究也是需要保密的嘛。"

我随口敷衍了几句,终于摆脱了这位喜欢刨根问底的冯大爷。

见到骆言时,我大吃一惊,他似乎比我还憔悴,头发蓬乱,眼里布满了血丝。当我提出想去实验室看看那颗心脏时,被他一口拒绝了。

"现在还不能给你看。"

"为什么?"我不觉拔高了声调,心中疑虑更深。

"研究……嗯,出现了一点小问题……你没必要知道,我会解决的……"他避开我探询的目光,板着脸说,"你不该来打扰我,现在正是最关键的时候,一刻也不能疏忽。"

"可是我不放心……"

"你有什么不放心的!"他烦躁地打断我的话,见我惊愕的样子,又放缓语气,安慰道,"你不用担心,相信我,小杰一定会有一颗健康的心脏!"

看见骆言笃定的神情,我紧张的心情稍稍放松了些。不想再跟他争执,我恢复了平日温婉的模样,把煲好的汤倒在碗里递给他,体贴地说:"快趁热喝了吧,工作再忙也要注意身体。"

趁骆言喝汤的间隙,我走出他的办公室,想去一趟洗手间。

洗手间在楼道的另一侧,中途经过实验室时,里面突然传来几下异样的声响。

我蓦地停住脚步,一想到儿子那颗救命的心脏就在紧闭的房门后面,我的心就禁不住怦怦直跳,几乎无法压抑一探究竟的冲动。

我蹑手蹑脚地凑近实验室,耳朵贴在门板上仔细听了听。里面似乎有种奇怪的声音,"呼哧呼哧",低沉而细碎,像人在打鼾,又像某种古怪的呻吟。

一颗心脏怎么会发出声音?

我的头皮顿时发麻,呼吸也跟着急促起来,张大爷的话突然浮上心头:"不许任何人进实验室……神神秘秘……"

骆言到底在研究什么?为什么不敢让任何人知道?

我的身子在微微颤抖,一只手却仿佛有了自我意识似的,慢慢伸出去握住了门把手,用力一扭,门,竟然悄无声息地打开了……

一股淡淡的腥气飘了出来,我的手心全是冷汗,心狂跳不已。

原本只是试探地扭了一下,没想到门竟然打开了。大概是我来得突然,骆言忙着应付我,没来得及将实验室的门锁上。

里面一片漆黑,什么也看不见。凝神细听,"呼哧呼哧"的声音似乎更响了。

正摸索着想去开墙上的灯,突然听见骆言在叫我,我惊了一跳,慌忙答应着跑出了实验室。

"怎么去这么久?"骆言把空的汤碗递给我,催促道,"我还要忙工作,你也早点回去。孩子一个人在家,总叫人不放心。"

"我请隔壁的王阿姨帮忙照看一会儿,应该没事的。"我犹豫了一下,终于忍不住问,"你的实验……真的没问题吗?"

"能有什么问题?"骆言不悦地瞪我一眼,"你别再胡思乱想。那颗心脏发育得很好,再过一个星期就可以给小杰做移植手术了。"

"真的?"我又惊又喜,方才的疑惑和担忧都被这句话一扫而光了。"你忙吧,我不打扰你了。"我抹去眼角冒出的喜悦的泪花,生怕影响骆言的工作,又记挂着小杰,赶紧收拾好东西匆匆往回赶。

走出实验大楼时已经是深夜,我朝门卫室瞟了一眼,冯大爷已经熬不住困倦打起了盹。

外面冷风阵阵袭来,我裹紧衣裳,快步走着。骆言所在的科研单位曾多次被评为市级园林单位,这里绿树成荫,环境清幽。但一到晚上,那成片的幢幢树影就显出几分阴森,尤其是深夜不见人影的时候,更静得叫人心里直发怵。

一路上只听见我空洞的脚步声,还有风掠过树枝的沙沙声。但我莫名有种奇怪的感觉,似乎有什么东西在背后跟着我,沙沙、沙沙,不仅是风声、脚步声,还有……

我蓦然回头,却只看见昏黄的路灯投下的片片阴影。风吹过我的身体,在那汗湿的地方掠起一片透心的凉意。

说不清那种莫名的惊惧从何而来,我的脚步不自觉地越来越快,越来越快,最后几乎是一溜小跑地回到家,直到看见小杰沉睡中安静的面孔,那颗惊恐不安的心才踏实地落回原处。

心殇

三

"哐当"一声脆响,把我从睡梦中惊醒。我的第一反应是去摸小杰,看到他安然无恙,才松了口气。

一阵细碎的响声又从厨房里传来,我的心顿时高高悬起,难道有小偷?

一想到家里只有我跟小杰两个人,我就禁不住紧张起来,故意大声咳嗽了几下,希望能把小偷吓走。

厨房里果然再没有动静。又等了好一会儿,我才大着胆子下床,打开灯,走到厨房一看,里面一片狼藉。昨晚的剩饭少了一大半,一颗大白菜也被啃得七零八落,还有两个碗掉在地上,摔成了几片。

该死的老鼠!我嘴里咒骂着,却放心了不少。正盘算着要不要把柜子里的粘鼠板翻出来,视线却在接触到大白菜时骤然冻住了。

我记得这颗白菜足有三斤重,现在却被啃得只剩下菜梗和少量残叶。老鼠怎么吃得下这么多白菜?而小偷更不可能对白菜感兴趣。

那么,到底是什么东西闯进了我家?

一股强烈的不安令我的胃抽搐起来。我站在厨房里惊恐地四顾,这时,其中一个橱柜里突然传来异样的声音。

那个橱柜的上面是洗手盆,里面是两根水管,没有再放其他物品,所以还有很大的空间。如果真有什么东西闯进了厨房,那么很可能就躲在这里面。

我抓了把菜刀在手里,胆战心惊地朝橱柜走去。

"谁在里面?出来!"

我知道不会有回答,那小小的橱柜根本装不下正常人类的身体。我说话只是为了给自己壮胆,再不发出点声音,我恐怕真会被恐惧给逼疯。

"呼哧、呼哧……"橱柜里清晰地传出这样的声音,仿佛有什么人在喘气一般。

我一只手紧握着菜刀,另一只手颤抖地伸向橱柜。

"妈妈——"卧室里突然传来小杰惊慌的哭声。他一定是醒来后发现我没在,才害怕地大哭起来。如果任他这样哭下去,很可能会引发心疾。

我顾不上再去一探究竟,赶紧丢下菜刀,朝卧室跑去。

"小杰别怕，妈妈在这儿，妈妈在这儿呢……"我把小杰搂在怀里，柔声安慰着，一下一下轻轻拍着他的后背。

在我温柔的劝哄中，小杰终于慢慢止住了哭声，又沉沉睡去。

我给他盖好被子，听到他在睡梦中依然显得急促的呼吸声，眼泪不知不觉又涌了出来。一晚上的担惊受怕令我的神经几乎处于崩溃的边缘，我只想放声痛哭，又怕惊吓了小杰，只得咬着被子默默地落泪。

等情绪稳定一点后，我又想起厨房里的怪事。现在家里只有我一个成年人，没人能帮我解决问题，为了儿子，我必须逼迫自己勇敢起来！

我鼓足勇气走到厨房，重又把菜刀抓在手里，然后一把拉开了橱柜。

里面竟然空荡荡的，什么也没有。

方才提起的一口气重重落了下去，我心里涌起不知是庆幸还是担忧的复杂情绪。

强打精神把厨房清理了一遍，我擦了擦汗，感觉浑身上下疲惫不堪，正打算去睡觉，手机突然响了。

是骆言打来的。电话里，他的声音失去了一贯的冷静："你去过我的实验室吗？"

"实验室？"我的心蓦然一跳，"怎么了？"

"那颗心脏不见了！"骆言惊慌焦急的声音灌入我耳中，宛如晴天霹雳一般，在我脑中劈出了瞬间的空白。

"你是说，有人偷走了那颗心脏？"好一会儿我才回过神来。

话筒里却沉默了一会儿，然后才听骆言说："不一定是被偷走的，也许是……"

"不是被偷走的，难道它还能自个儿长脚跑了不成？"我气急地说，"赶快报警，一定要尽快找回心脏，小杰的病不能再拖下去了！"

"不能报警！"

"为什么不能报警？"

骆言犹豫了一下，才吞吞吐吐地告诉我："实验出现了一些……我无法控制的情况……如果你想得到一颗完整的心脏挽救小杰的生命，就不能让任何人知道这次实验……"

骆言的话我根本听不懂，但他严厉的声音有着不容商榷的坚决。我顿时泄了气，抓着手机六神无主地说："现在该怎么办？"

心殇

"今晚只有你去过我那儿。你是不是进了实验室？"

"我只进去了一小会儿，什么也没看到就出来了。"话音刚落，我突然想起一件事，顿时惊跳起来，"我离开的时候，好像……好像忘了关门……"

骆言愤怒的咒骂声从话筒那边传来，而我在愧疚、焦虑、惶恐等各种情绪的夹击下，终于崩溃地痛哭起来。

"好了，别哭了！"骆言大声吼道，"你给我看好小杰，哪儿也别去！我再四处找找，它应该不会跑多远，也许过不了多久就能找到。"

电话被匆匆挂断了。我呆愣地看着手机，整个人瞬间被绝望吞没了。

四

我一夜没合眼，身体已经疲累到极点，神经却始终绷得紧紧的，在痛苦不安中辗转反侧，直到天明才有了蒙眬的睡意。

一阵青色的大雾向我涌来，这是我熟悉的情景。我在雾中奔跑，拼命想要摆脱什么，然而几根小臂粗的藤蔓突然"嗖嗖"几下从浓雾中钻出，"呼"地缠住我的双脚。

我跌倒在地，再也动弹不了半分。

怪婴的形体在雾中显现，它手里捧着一颗鲜红硕大的心脏，血管筋络全都清晰可见，仿佛有生命一般在它手中搏动着。

"那是小杰的心脏，快把它给我！"我不知打哪儿生出的勇气，竟然冲怪婴喊了出来。

它高高举起心脏，像高举着一件神圣的祭品，我在它诡异的双眼里看到了疑似兴奋的光芒。

"这是你欠我的，妈妈！"它说着，把心脏放在自己胸口的位置。心脏瞬间隐没不见，而它的胸膛却一鼓一鼓地跳动起来。

"我和小杰只能活一个，只有他死了，我才会复活。"

在我绝望的痛哭声中，怪婴得意地大笑起来，那笑声又似婴儿的啼哭，还夹杂着"呼哧呼哧"的怪响。

我猛然惊醒过来，"呼哧呼哧"的声音真真切切响在耳边。

是从床底下传出来的。

我的意识还处于浑浑噩噩的状态，几乎分不清是现实还是梦境，只是本能地掀起床单，探头朝床下一看——

在清晨第一线曙光中，我看见了一双熟悉的眼睛。

那是小杰的眼睛，却长在一头看不清形状的怪物身上。

"啊！"极度恐惧的尖叫从我喉咙里喷出，脑中那根绷到极致的弦终于"啪"的一声断掉，黑暗像山一样砸过来，我瞬间失去了意识。

"妈妈，妈妈……"不知过了多久，我在小杰的呼唤声中醒了过来。"妈妈，出什么事儿了？"小杰担心地望着我。

"没什么，妈妈刚才做了个噩梦。"

我生怕吓着他，根本不敢说实话。况且我自己也说不清方才到底是做梦，还是真看见了一只可怕的怪物。

床单依然是掀起的，但先前的异声已经消失了。我壮着胆子朝床底下看去，除了灰尘和一只不知什么时候遗落在那里的袜子，哪儿有怪物的影子？

看来果然是个噩梦，我松了口气，紧紧抱住小杰，像抱着一件易碎的珍宝。

"小杰，妈妈一定会治好你，谁也不能把你从我身边夺走！"我喃喃自语着。

五

早饭后，我们雇的钟点工陈婶按时来我家照看小杰，而我则抽空提着篮子出去买菜。

刚下楼就听见一片嘈杂的声音，小区的花园那儿聚集了一大群人，正七嘴八舌地议论着什么。

"真是造孽啊，谁把小孩的尸体埋在了这里……"

我本来没有看热闹的心情，但这突然飘来的一句话让我猛然一惊，赶紧挤进去一看，花园里的泥土不知被什么刨得乱七八糟，隐约露出一具婴儿的骸骨。皮肉都已经烂了，只剩下几根骨头，小小的头骨上嵌着两个黑洞，仿佛带着冤气一般，直勾勾地望着天空，看了真叫人心惊肉跳。

我捂着嘴后退一步，双腿不受控制地哆嗦起来。

"沈大姐，你怎么了？"旁边有人关切地问。

"没……没什么，只是受了点惊吓……"我含含糊糊地回答。

"就是，太吓人了！看样子是刚出生的婴儿，不知道是哪个缺德的把死婴给埋在了这里，真是晦气！"

"也不知是病死的还是被人给……"

"指不定就是被弄死的！我听说有人生了残疾的孩子，不想要就丢进水盆里淹死。还有的年轻女孩不自重，没结婚就有了孩子，孩子生下来就丢掉，或者找个没人的地方埋了……"

一个大妈绘声绘色地说着不知打哪儿听来的奇闻，引得周围一群阿姨啧啧连声："造孽啊，做这种丧尽天良的事，一定会遭报应的！"

"这不是谋杀吗？听说要判刑。把孩子丢了也不行，法律上好像有个什么遗弃罪……"

这边大妈们议论得热火朝天，另一边则有一堆人围着张大爷，听他心有余悸地讲发现这具骸骨的经过。

"今儿一大早，我跟往常一样在花园附近晨练，突然看见有个什么东西在里面乱刨。起先我以为是从外面跑来的野狗，看看体型又不太像。我咳嗽了两声，那东西就嗖的一下钻进树丛不见了，然后我就发现了这个……"

"警察应该快来了，一定要叫他们好好查查，到底是谁做下这种伤天害理的事。现在有些人，真是道德沦丧，连畜牲都不如！"有人义愤填膺地说，趁机又对江河日下的世风发了好一通感慨。

我紧紧攥着菜篮，失魂落魄地朝外走，脑子里翻来覆去只有两个字：报应、报应、报应……

冰冷的手指碰到了手机，我忍不住拨了一串熟悉的号码。

"是芸芸吗？"听到这个熟悉的声音，我的眼泪唰的一下就流出来了。

"妈妈，"我哽咽地说，"我是不是一个很坏很坏的人？"

"芸芸，你怎么了？"妈妈的声音先是惊疑，然后又变得焦急，"到底出了什么事？"

"是不是因为我很坏，所以上天才要惩罚我？"

"你怎么会这么想？从小到大你都是乖巧听话的孩子，是我们全家的骄傲。快别胡思乱想了！是不是小杰又发病了？你一定是太累了才会乱想,要不要我来帮你照看小杰一段时间?"

"不用了,妈妈!"我赶紧擦干眼泪说,"您自己身体也不好,而且还要照料瘫痪的爸爸。放心吧,我会照顾好小杰的……"

安慰了妈妈几句后,我匆匆挂断了电话,生怕再说下去,自己就会崩溃地大哭起来。

如果妈妈知道她引以为傲的女儿曾经未婚先孕,还生下过一个孩子,会不会气得心脏病发作?

不,我永远不会告诉他们,我其实是全家的耻辱。

如果有什么报应,就冲我来吧!

我只能等着噩运的降临,就像一只落入蛛网,再也无力挣扎的可悲的虫子。

六

一整天,我都是神情恍惚的。

手机一直没响过,看来骆言还没有找到那颗救命的心脏。陈婶做好晚饭就离开了,家里又只剩下了我和小杰两个人。我把所有门窗都锁得死死的,并再三检查,直到确认连只苍蝇都飞不进来。

然而,锁得住门窗,却锁不住噩梦。

晚上,我又堕入了恐怖的青雾中,模模糊糊地觉得自己应该找到那颗心脏。

我在雾中跌跌撞撞地走着,焦急地四处寻找。

突然,前方又浮现出怪婴的影子,它的眼睛现在跟小杰一模一样,身形在雾气中慢慢扭曲、变化:四肢变成了兽蹄,身子不断膨胀,变成一头类似野兽的怪物。

我尖叫一声,腿一软,跌倒在地。

"想找回心脏救你的儿子吗?"它怪笑道。

想救小杰的强烈愿望使我忘记了害怕:"请把心脏还给我,求求你!"我跪在它脚下,卑微地、苦苦地哀求着。

"还记得那片小树林吗?你的第一个儿子就躺在那阴暗潮湿的地下。他天天都在哭泣,你为什么不要他?"

"对不起，对不起……"我低着头苍白无力地说着，手死死揪着胸口，心痛得像要撕裂一般。

"那个心脏就在他的身体里，去找他吧……"

在兽婴充满蛊惑的声音中，我茫然地、轻飘飘地朝前走去，不知不觉就来到那片树林。

我看见了当年埋纸箱的地方，旁边那棵小树已经长成了枝繁叶茂的大树。手里不知什么时候多了一把铁铲，我用力挖着土，挖啊挖啊，终于挖出了纸箱。

我撕下缠绕的胶带，打开纸箱，里面却是空的。

空的？

我惊愕万分。突然，一副冰冷的手铐铐在了我的手腕上。我抬头一看，两个警察站在我跟前。

"我们查出，花园里那具骸骨是你遗弃的婴儿。"

"不，不是的！"我哭着说，"我的孩子明明在这里，怎么会……"

"难道它还能长翅膀飞了不成？"其中一个警察冷笑道。

他们押着我来到花园："仔细看看，这是不是你的孩子。"

我定睛一看，哪有什么骸骨，分明是那只人眼兽身的怪婴。

它用那对跟小杰一模一样的眼睛盯着我，冷冷地说："小杰和我，只能活一个，你想救谁？"

在它逼人的目光下，我心慌气短，连连后退，一不小心被什么绊倒在地。

是小杰，他躺在地上，急促的呼吸声像快要散架的风箱。

"妈妈，我就要死了。"他虚弱无力地说。

"不！"我惊恐地大喊道，"快把心脏给我，求求你，救救小杰！"

"你还是要他，不要我！妈妈……"兽婴的叫声跟哭声没有两样，它突然一把撕开自己的胸膛，捧出一颗鲜红滴血的心脏，"拿去吧！"

我刚接过心脏，眼前的兽婴突然变成了小杰的模样，他的胸膛开了个大洞，鲜血正不断涌出来，属于心脏的位置却是黑乎乎的，什么也没有。

"妈妈，你拿走了我的心脏。"小杰哭着说。

我大吃一惊，手中那颗心脏顿时变得像烧着的火炭一样滚烫，我痛得大叫一声，惊醒过来。

七

夜晚的凉风像刀子一样穿透我的身体,我这才发现,自己竟然站在外面的花园里,身上还穿着睡衣。

我怎么会来到这儿?

我惊惧地四顾,黑暗中似乎隐隐传来婴儿的啼哭声。我打了个寒战,突然醒悟过来,难道是我那死去的孩子化身怪婴来惩罚我了吗?

"小杰和我,只能活一个。"梦中的声音突然浮上心头。

"小杰!"我惊呼一声,发疯似的朝家里奔去。

我家的大门敞开着,里面却安静得像坟墓一样。

我冲进卧室,看见小杰好端端地睡在床上,顿时松了口气。然后,我突然察觉到有什么不对。

房间里还有一个声音,"呼哧、呼哧……"

我的心跳瞬间停了一拍,然后又激烈如擂鼓般狂跳起来。

声音,是从床上传来的。

在小杰身边,隐隐有一个隆起的物体,随着呼哧声微微起伏着。

那是个活物。

我从头到脚都变得冷嗖嗖的,像坠入了恐怖的冰窟。我深深吸了口气,摸到墙上电灯的开关,用力一按——

房间霎时大亮。

床上的东西受了惊吓,昂起头来,一只外形像猪的怪物顿时映入我惊恐的眼睛。

它的体型跟幼猪差不多,长着猪的身子,却有一对人的眼睛,蒲扇般的大耳也变成了像人一样的小耳。

那对眼睛我如此熟悉,正是早上看见的,跟小杰一模一样的眼睛。

猪身人眼。

比噩梦更真实,更可怕!

刚醒来的小杰瞥见怪物的模样,又吓得晕了过去。

在我穿透力极强的尖叫声中,怪物"呼哧呼哧"地从床上跳下来,在房间里像没头苍蝇似的打了几个转儿,又朝厨房窜去。

我追到厨房,不见怪物的影子。仔细一听,先前那个橱柜里有熟悉

心殇

的声响。

我狠狠一咬牙，顺手从刀架上抓了一把剔骨的尖刀。这是上次去德国旅游时买的，据说德国刀具质地精良，锋利无比。

我紧紧握住尖刀，深呼吸，一下又一下，不断告诉自己：一定要保护好小杰！一定要保护好小杰！一定要保护好小杰……

在这番强烈的自我暗示下，我终于鼓足勇气，一把拉开橱柜的门，闭着眼睛只管把尖刀朝里用力捅去——

简直无法用言语形容我此刻听到的惨叫声，像人又像动物，凄惨到了极点，也恐怖到了极点！

怪物狂嘶着从橱柜里钻了出来，嘴里含含糊糊地叫着什么。

恐惧已经让我失去了理智，我疯狂地挥刀刺着，一下又一下，一下又一下……

怪物倒在了血泊中，在它的胸口，有什么东西在缓慢起伏着，"扑通、扑通……"

想起梦中的情景，我仿佛被催眠一般举起尖刀，缓缓刺进那个跃动的地方，轻轻一转，一颗心脏便被剜了出来。

我的双眼瞬间惊恐地瞪大。

那竟然是一颗——人的心脏！

不，这一定是个噩梦，可怕的噩梦！

我颤抖的手再也拿不住尖刀，它"当"的一声掉在了地上。

那双跟小杰一模一样的眼睛突然涌出了泪水，怪物嘴里含含糊糊地吐出两个字，然后永远闭上了眼睛。

那颗心脏在我手心里跳动，越来越慢，最后，它也死去了。

我呆呆地坐在地上，浑身冰冷，仿佛仍在噩梦中，从身体到灵魂都被禁锢在里面，动弹不了半分。

手机铃声尖锐地响了起来，是骆言打来的电话。

我用染血的手指按下了接听键："我杀死了一个怪物，长着人的眼睛，还有一颗人的心脏……"

我的声音仿佛从另一个世界飘来，空洞而虚弱，说着连自己也觉得匪夷所思的事，我忍不住痴痴傻笑起来，完全没注意到骆言的反应。

电话被挂断了，骆言一定会马上赶回来，这一夜的噩梦，也快要过去了吧。

八

骆言的样子很奇怪,他带着像要吃人似的愤怒,拼命摇晃着我,嘴里大声咆哮着什么。

我那变得像生锈螺丝一样的大脑,过了好半天才反应过来。

"你是说,当这只猪还是受精卵的时候,你就给它植入了咱们儿子的细胞?"

"没错,目的是让它长出小杰的心脏。但实验的结果超出了我的控制,当它出生以后,我发现不仅是心脏,这头猪别的地方也都有了源于小杰的细胞,眼睛、耳朵,还有它的神经系统,大脑、小脑和脊髓,绝大部分……"

他连珠炮似的说着,而我只是茫然地望着他:"我不懂你的意思。"

"简单地说,那只猪的外壳里面,就是咱们的儿子!"

"儿子?"

这句话的威力,就像在我头上投下了颗原子弹,把我炸得粉身碎骨。刹那间,我突然明白了,怪物临死前嘴里含糊吐出的两个字是什么。

妈妈!

它在叫我——"妈妈"。

"天哪!"我揪着头发,痛苦而绝望地叫道,"难道我又杀死了一个儿子?"

"又?"骆言皱着眉头望着我,"你到底在说什么?"

我却无法回答他的话,只是疯狂地捶着脑袋。某些被刻意遗忘的往事像一群黑色的邪恶的嗡嗡作响的蚊子,在我的脑袋里肆无忌惮地乱飞。

再怎么用力捶打,也赶不走那些可恶的蚊子!

我蓦地疯笑起来,双眼瞪得像要撑裂眼眶一般,在最大的惊恐中,望见了最深的罪孽——

"哇——"一阵响亮的婴儿啼哭声,在寂静的夜晚掀起了层层波澜。

望着这个刚刚降临的小生命,我心里没有初为人母的喜悦,只有无尽的恐慌和无措。

我还是一名在校大学生,如果未婚产子这件事被人知道了,我的世界就会整个崩塌!

我好恨自己,竟然幼稚得相信陌生网友的花言巧语,以为坠入了爱河,谁知对方骗我偷尝禁果后,就消失得无影无踪。

我甚至不知道自己怀孕了。

从小,"性"在家里就是一个禁忌的字眼,严厉的父母从来不准我提起它,而我懵懂得竟不知道身体的变化是因为什么,以为呕吐是吃坏了肚子,发胖就拼命减肥,穿宽松衣服来掩饰难看的体型,直到发现不对去医院检查时,胎儿已经大得无法再做引产手术。

我失魂落魄地给家里打电话,妈妈却没听出我声音的异样,只是跟往常一样问了我的学习情况,然后像想起了什么,顺便告诉了我隔壁赵叔家的丑事。

他家闺女不学好,整天跟一帮社会青年鬼混。前段时间学校体检时,被发现怀孕,给开除了。丑事传千里,赵叔一家成了当地的笑话,天天被人戳脊梁骨,人前人后都抬不起头来。老赵气得狠狠抽了闺女一顿,把对方赶出家门,要跟她断绝关系。

最后,我妈不忘语重心长地告诫我,女孩子一定要洁身自好,千万不要做出让家里蒙羞的事。

打完这个电话,我绝望地想到了死,然而在河边徘徊了许久,却没有勇气跳进去。

我用收腹带把肚子牢牢缠起来,和往常一样上课学习,竭力不让任何人发现异样。临产期快到的时候,我在校外租了房,打算神不知鬼不觉地把孩子生下来,然后送人或丢掉,让失控的生活重新回到正轨。

见红正是深夜,肚子疼得连去医院的力气都没有,而我也不敢去医院,害怕被人发现是在校学生,那是比死更可怕的一件事。

我孤零零一个人躺在简陋的出租屋里,被疼痛折磨得死去活来,却连大声呻吟都不敢。

不知煎熬了多久,孩子终于出生了,瘦瘦小小的,一看就是在母亲体内饱受过折磨。

他的哭声却很响亮,每一声都令我心惊肉跳。

别哭了!别哭了!!别哭了!!!

我惊慌失措地捂住他的嘴，生怕被人听见婴儿的哭声。

前两天我还在楼道里撞见过学校的同学，像我一样在校外租房的人不算少，如果被他们听见我房里传出婴儿的哭声，很快整个学校都会传得沸沸扬扬。

然而那孩子根本不听我的话，只顾拼命蹬腿，还把脑袋扭来扭去，竭尽所能地大哭着。

虽然堵着嘴，哭声仍然断断续续地从我的指缝间传出，每一声都像要命的锣鼓，惊得我魂飞魄散！

我的脑袋一片空白，只有恐惧制造的杂音在嗡嗡作响。这些杂音让我没法正常思考，脑子里只剩下一个念头：千万不能再让他发出任何哭声！

情急之下，我抓过枕头，把它死死堵在孩子嘴上。

这招果然很有效，孩子的哭声立刻变得沉闷、微弱，很快就听不见了，剧烈扭动的身子也渐渐平静下来。

这才是乖孩子！我松了口气，又等了好一会儿，估摸着孩子已经睡着了，才慢慢移开了枕头。

我大吃一惊，孩子这是怎么了？睡着了嘴还张这么大，仿佛永远也合不拢似的。还有他的脸色，为什么这么青白？身子也僵僵的，像根木头一样。

我突然惊慌起来，伸指去探他的鼻息，却感觉不到任何呼吸的迹象。

恐惧像一道闪电劈在脑门上，我拼命摇晃他，用力掐他的屁股，这样的疼痛都没能让他醒过来。

"求求你，哭吧，哭吧，妈妈再也不怕你哭了……"

先前让我害怕的哭声，现在却成了我渴求的生命之光，但它已被死神无情地收割，留给我的只是无尽的痛苦和悔恨！

我死死咬着枕头，心里痛得仿佛五脏六腑都受着凌迟，眼泪已经打湿了半边枕套，但我却连放声大哭的勇气都没有。

黑夜无边无际，仿佛永无尽头。

最后，我的眼泪变得冰凉，心里也只剩下冰凉。就像僵死在极地的人，不知道麻木地坐了多久，直到第一线曙光变成高挂半空的红日，又渐渐变成满天的繁星，仿佛一颗颗冰冷的银钉，被牢牢冻在黑色的冰河里。

涣散的理智终于渐渐聚拢，我从床底下翻出一个装方便面的纸箱，把我那才出生的可怜的孩子放了进去。

"对不起,孩子,妈妈对不起你……"

眼泪汹涌如溃堤的江河,我望着染血的双手,它们在不停地颤抖。但方才就是它们,又用尖刀杀死了另一个孩子。

在我脚边,是一颗已经死去的心脏,它本来可以挽救小杰的生命。

所以,我又害死了第三个孩子。

胸口仿佛有什么东西碎裂了,刹那间,我清楚地听到世界崩塌的声音!

九

最近,我所住的小区又多了两件供大妈们闲聊的话题。

"哎,你听说没有,警察已经查出那个死婴是三单元四十二号刘婶家闺女生的。听说还没结婚就跟人家乱来怀上了,怕被人知道,就偷偷去小诊所打胎,结果胎儿没打掉,生下来就是个死婴。她闺女吓得把婴儿埋在花园里,结果不知道被什么东西给刨了出来。"

"张大爷悄悄跟我说过,他看见那东西长着个孩子脑袋猪身子,吓得要死,还以为自己眼花看错了,起初都不敢说出来,怕大家说他是神经病。"

"说到神经病,骆教授家那位不是被送到精神病院去了吗?"

"我看那女人平时挺好的,又温柔又懂礼,怎么好端端就发了疯?"

"谁知道呢。她发病那天晚上,我儿子下夜班回来,就看见她双眼发直,穿着睡衣一个人木呆呆地往外走,叫她也不应,就跟梦游似的。我儿子知道梦游中的人不能随便叫醒,否则会发生意外,就远远跟着她。见她走到花园那里,好像突然醒了,转身就飞快地往家里跑。我儿子这才松了口气,回家告诉了我这件事。我还打算第二天跟骆教授说一下,让他抽空带小沈去看看医生,没想到她竟然疯了,唉……"

一群大妈唏嘘感叹了半天,没过多久就把这些事忘了。小区里总是不乏新鲜事,就像雨后的蘑菇,会一个接一个地冒出来,给大家提供源源不绝的谈资。而那些已经谈过的旧话题,自然就像地上的积水,很快就会被蒸发得无影无踪。

我当然不知道自己曾有幸成为小区的新闻人物,被放在舌尖传递了好几天,成了闲聊中新鲜有趣的材料之一。

现在,我的世界很清静。

那是一个白色的地方。墙壁是洁白的,被单是洁白的,让我也觉得自己是那么洁白,洁白得就像刚出生的、从未犯过错的婴儿。

这里来来往往的人也穿着白色的衣服,他们却让我觉得讨厌,因为这些人经常会打扰我做手工。自从住到这里后,我就迷上了捏泥人。起初我去花园里挖泥巴,把自己弄得很脏,后来有人给了我几盒橡皮泥,我就没日没夜地捏泥人。

我捏的泥人都是一个样子,它们长着婴儿的脑袋、小猪的身子。明明这么可爱,有人看了却会莫名其妙地尖叫,真是奇怪!

如果有人不小心碰坏了我的泥人,我就会大哭大闹,然后一群穿白衣服的人就把我绑在床上,拿长长的针头扎我,往我手臂上注入冰冷的液体,这样我才会慢慢安静下来。

渐渐地,再没人敢碰我的泥人。现在我住的屋子,床头、桌子上、柜子上,到处都堆满了泥人,它们都长得一模一样。

但我还是不满足,还是没日没夜地捏泥人。

终于,我又捏好了一个。我高兴地瞅着它,突然觉得还少了点什么。

哦,我忘了最后一道工序。

我用长而尖的指甲划开小猪的肚子,把一个早就捏好的,鲜红得像血一样的心脏,郑重地放了进去。

我认真而专注地做着这一切,就像在完成一个庄严神圣的仪式。

重新捏好小猪的肚子后,这个泥人仿佛就活了过来。它会哭,会笑,会跟我撒娇……我会耐心地陪它玩一会儿,然后把它放在其他泥人当中,跟它的兄弟姐妹们在一起。

接着,我又会捏一个新的泥人。

我夜以继日,乐此不疲。

偶尔,我也会停下手中的活儿,抬起头来,目光缓缓扫过满屋子的泥人,心中溢满浓浓的幸福感。

我有这么多孩子,就好像,我从未失去过一样。

谜谷

一

谜谷是西北边陲一处神秘的山谷，地图上根本找不到它的名字，它的周围是一大片原始森林，离它最近的村子也在百里之外，就连很多当地人都没听说过它。

发生在这个山谷的种种诡异而恐怖的事件都被记录在政府的秘密档案里，自从被派去考察的科学家全都神秘失踪后，这个山谷便成为了禁地，再没人敢涉足。

现在郑玄就在看它的档案。

据档案记载，最早发现这个山谷的是三十年前的一队俄国探险家，他们在勘探那片原始森林时，无意中发现了被密林掩盖的山谷入口。其中一部分人进谷去勘察，其余的人驻扎在谷外，然而谷外的人整整等了三天，里面的人一个也没有走出来。进谷的人都带着最先进的勘探设备，应该不至于迷路。谷外的人担心他们出了意外，又派了五个人进去寻找，最后只回来了一个，而这个人已经吓疯了，嘴里不停地叫着："鬼！有鬼，有鬼！"

"为什么让我看这个？"郑玄合上档案，挑了挑眉。他身穿一件紧身的黑色皮夹克，古铜色的脸上透出一种成熟冷峻的气质。那是久经风霜历练才能拥有的气质，不同于某些年轻人的锋芒毕露，他更像一把装在陈旧皮鞘里的精短匕首，一旦出鞘便会准确刺向最致命的部位，一击毙命。

坐在他对面的男子此刻就以欣赏的眼光打量着他："别人告诉我，你是最出色的幽灵猎人，你和你的团队调查了各种灵异事件，无论多么棘手，最后都能找到真相，所以我想委托你进谷去寻找我的父亲。"

"你的父亲？"

"对,档案上有记录,十年前我国一队科学家在谷中神秘失踪,其中一位就是我的父亲。"

"十年过去了,令尊幸存的可能性微乎其微。"郑玄同情地望着他,直言不讳地说。

"我明白。"男子黯然垂下头,握紧了拳头,"虽然父亲很可能已经遇难,但是无论如何,我都要知道真相!"

郑玄掂了掂手中的档案,沉甸甸的一大本,里面记录了各种在谷中失踪或遇难的人,而唯一的存活者只是一个疯子。

"你该知道,从现有的记录来看,走进山谷无疑就是去送死。"他直视对面的男子,锐利的目光令人不自觉地产生一种压迫感。

"这一趟的确要冒很大的风险,但我听说郑先生是个喜欢接受挑战的人,而且——"男子掏出笔来"唰唰唰"地填了一张支票,递给他,"希望我出的价格能令您满意。"

郑玄接过支票,仔细数了数数字后面的零,一丝不易察觉的微笑浮上他的面庞,他将支票放入口袋:"这活儿我接了,不过你得给我一个月的时间。"

"没问题,一切全凭郑先生安排。"

二

"幽灵猎人"是一群受人委托专门调查各种灵异事件的人,而那些所谓的灵异事件,最后被证明百分之九十以上都是以神鬼名义制造的骗局,另外那百分之十也能被赋予某种科学的解释。

然而郑玄依然不敢掉以轻心,毕竟那么多人有去无回,所以他用了整整一个月时间来做充足的准备,然后带着他的团队,拿着委托人所给的地图,踏上了寻访谜谷的路途。

这个团队共有五人,四男一女,唯一的女性就是郑玄的妻子杜梅,一个同样出色的幽灵猎人,她天生有着异于常人的敏锐直觉,正是这种直觉帮助他们多次逃脱了危险。

众人在离森林最近的一个村子休息时,原本打算在当地雇名向导,但村民们一听说他们要去的地方,无不摇头,都说那里是"吃人"的地方,连那片原始森林都没人敢涉足,更别说什么山谷了。

一位花白胡子的老人给他们讲述了在当地流传的种种可怕事件:"三十几年前,有三个死囚越狱后逃进了那片森林,村里有人给警察带路,进去抓捕他们,结果没一个回来,当真是活不见人,死不见尸。过去还有些进山打猎的猎户,也经常失踪。听老一辈说,解放前军阀打仗,有一队被打散的残兵进入森林后,也离奇地消失了。现在咱们村再没人敢进森林,也不知道有什么山谷,瞧你们年纪轻轻的,可千万别去送死啊!"

老人的竭力劝说并没有让郑玄等人打退堂鼓,能成为幽灵猎人的,都是对各种神秘事件有着强烈好奇心的人,也都是酷爱冒险的人,越危险的地方,反倒越令他们兴奋。

他们仔细商议了一晚,第二天就收拾行李离开了村子。刚走到村口,一个年约十一二岁的小姑娘拦住了他们,问:"听说你们要去那片森林,是真的吗?"

"是真的。"杜梅友善地摸了摸小姑娘的头。

"能请你们帮我找一下哥哥吗?"小姑娘仰起小脸恳求道。

"你哥哥?"

"我哥哥养的小狗跑进了森林,他不听我们的,偷偷跑进森林去找,结果再也没有回来,我猜他一定是在森林中迷了路。"小姑娘眼眶有些发红,从衣袋里掏出一张皱巴巴的照片,交给杜梅,"这就是我哥哥,他叫李伟。"

照片上是一个八九岁的小男孩,穿着件蓝色小褂,一对大眼睛就像秋天的葡萄,圆溜溜的,十分有神。

杜梅看看照片上的小男孩,又看看眼前明显有十来岁的小姑娘,不觉怀疑地问:"他是你哥哥?"

"我哥哥是五年前失踪的。"小姑娘垂下头,小手揉着衣角,眼泪"啪嗒啪嗒"地掉到泥地上。

杜梅和郑玄对视一眼,两人都在心里叹了口气,一个这么小的孩子,能在森林里存活五年的概率基本为零。

看着小姑娘伤心的模样,杜梅努力绽开一个明亮的微笑,拍拍她的小脑袋,语气轻快地说:"你放心,我们一定尽力帮你找到哥哥!"

三

告别小姑娘，他们又走了一段山路，然后进入了那片原始森林。林中到处是遮天蔽日的大树，地上是厚厚的不知积了多少层的落叶，刚开始还能看到一些动物的踪迹，听到几声清脆的鸟鸣，然而走到森林深处，动物活动的迹象突然消失了，连鸟鸣声都再也听不见，显得十分诡异。越接近山谷，这种万物俱灭的感觉就越发明显。

还没走到山谷，天就已经黑了。他们搭起帐篷，在森林里住了一晚。这一晚真的是万籁俱寂，连最细微的虫鸣声都没有，只有浓得宛如凝固一般的黑暗。这种诡异的死寂令每个人都心生寒意，一晚上谁都没睡好，但谁也没打退堂鼓。第二天一早，他们又继续上路，按照地图的指示，终于来到山谷入口处。

无数长而粗的藤蔓从高高的山崖上垂下，像一条条诡异的灵蛇遮掩着谷口。右侧一块光秃秃的石壁上，不知被谁凿下了"吃人谷"三个大字，下面还用小字刻上了历年在谷中失踪或遇难的人名，以此告诫后来者，不要冒失地闯进谷去。

因为早就对谜谷有所了解，所以这些告诫并没有吓倒郑玄和他的团队。他们开始有条不紊地卸下装备，在谷外安装好各种仪器，并搭建了一个临时操控台。

一切就绪后，郑玄让邓杰守在操控台旁，而他则和其余三人手执便携式摄像机慢慢进入谷内，摄像机录下的影像会实时传递到操控台的电脑屏幕上，方便邓杰随时掌握入谷者的动向。

虽然山谷入口不大，但里面是一片相当开阔的腹地。谷中没有花木，只有无数千年古藤在漆黑的岩壁上纠结盘旋，仿佛传说中的上古巨人，挥动如椽巨笔在石壁上写下的怪异文字。地面到处是参差的乱石和丛生的荆棘，看不到一株高大的树木。

谷中一片死寂，令人感到极为压抑。刚走了没多久，高悬的日头突然偏西，压着悬崖峭壁的影子沉了下来，很快谷中一片漆黑，竟然已是夜晚。

四人扭开了强力手电筒，雪白的光零乱地穿透黑夜，将前方照得人影幢幢。

"真邪门！"不知是谁低声咕哝了一句。第一次遇到这么诡异的情况，众人心里都不约而同地升起一股寒意。

黑暗中只有四个人或轻或重的呼吸声，察觉不到其他一点动静，仿佛除了他们以外，天地间已没有任何多余的活物。然而杜梅突然停下脚步，困惑地说："为什么我感觉到这个山谷中好像有很多人？"

杜梅的直觉一向十分准确，但众人又确确实实没看到半个人影。"难道……真的有鬼？"一个声音迟疑地在黑暗中响起。

若是往常，这话定会遭到众人的嘲笑，但现在大家都已明显觉察到这里的异常。根据他们的经验，骤然从白天转为黑夜，并非任何人力可以做到，也无法给出任何科学的解释。

"现在天太黑，前方情况不明，咱们不要贸然进去，还是先退出山谷，等天亮以后再进来。"郑玄迅速做出了决断。

众人答应一声，正要往回走，"快看，前面有个小孩！"王琦突然惊讶地大喊一声。四只手电筒立刻对准了前方，在离他们不到五米的地方，果然出现了一个孩子的身影。那孩子不过八九岁的模样，因为手电筒的光太强烈，他不由自主地用手挡了挡眼睛，露出一脸惊恐的表情。

"是李伟！"杜梅一下子认出了那个孩子，正是照片上的失踪男孩李伟。

李伟愣愣地站了一会儿，突然转身往谷内跑去。

"回来，里面危险！"王琦想也没想就朝他冲去。郑玄隐隐察觉到不妙，但没来得及拦住他，王琦已经冲到小男孩身后，正要伸手去抓他，就在这时，王琦突然发出一声惨叫，众目睽睽之下，他的上半身瞬间消失了，仿佛被一把看不见的铡刀拦腰斩断，大量鲜血从他空荡荡的腰部如喷泉一般溅到半空，哗啦啦地洒了一地。

这可怖的一幕把每个人都吓呆了，僵立了几秒，另一个幽灵猎人陈萧突然狂叫一声，就要扑上前去，郑玄眼疾手快地抱住他，喝道："别冲动！前面一定有古怪！"

"那个小孩不见了！"杜梅颤抖的声音在一旁响起。陈萧和郑玄顺着手电筒的光线看去，前方果然已经失去了李伟的踪迹。

"看看录像！"郑玄沉声说道。方才天黑以后，他就把摄像机调成了夜拍模式，这款机器功能十分强大，即使在黑暗中也能拍出清晰的影像。

这时陈萧也冷静下来，悲愤地朝地上一坐，三人围拢来，杜梅就着手电筒的光按下了摄像机的回放键。

各种影像在屏幕上飞快地闪过，李伟突然出现在黑暗中。"倒回去，慢进播放。"郑玄吩咐道。

杜梅照做了，录像回到李伟出现之前，随着慢镜头的推进，屏幕上渐渐现出了李伟的身形。三人的呼吸声顿时急促起来，因为他们都清楚地看到，李伟不是从别的地方跑来的，而是突如其来地、凭空出现在他们跟前。

"真是活见鬼了！"陈萧用力一拳砸在地上，发出沉闷的响声。

一片压人的死寂中，摄像机继续沙沙地播放，黑暗中响起了王琦的叫声，然后是他追赶小男孩的那一幕。

杜梅把播放速度调得更慢，屏幕上几道手电筒的亮光追着王琦和李伟移动，然后便看到李伟突然消失了，和他的出现一样毫无预兆。接着王琦的上半身便没了，他临死前最后那一声撕心裂肺的惨叫深深刺痛了三人的心。

杜梅拿着摄像机的手颤抖起来，她努力忍着眼中的泪水，而陈萧早已把头埋在膝盖间痛哭起来，平日他与王琦关系最好，眼见好友惨死在面前，哪里还忍得住眼泪。

郑玄强忍悲痛飞快地思考，突然察觉到不对："那孩子的样貌为什么还跟五年前一模一样？"

经他一提醒，其余两人顿时也觉得奇怪，杜梅掏出照片，跟屏幕上的男孩仔细对照，果然没有一点变化。

整整五年都没有长大的男孩，实在令人不寒而栗！

"难道……今晚出现的是他的鬼魂？"杜梅喃喃地说，现在连她都要怀疑一切只是幽灵作祟了。

"别这么早下结论。你忘了咱们以前调查过的那些灵异事件？起初不也都很诡异吗，但最后还不是都能找到合理的解释。"

郑玄的话音刚落，眼前突然一亮，三人诧异地抬起头，竟发现片刻之间，黑夜的幕布已经被拉开，阳光又明晃晃地从头顶洒了下来。

"那你怎么解释现在的事？"杜梅微带嘲讽地说。

"王琦，王琦……"陈萧突然指着前方，语不成声地说。

郑玄和杜梅不约而同地朝王琦倒下的地方看去，杜梅惊呼一声，用手捂着嘴，眼睛惊恐地瞪得极大！

那里没有王琦的尸体，只剩下半截残骨。

四

"和谷外的邓杰联系，咱们马上撤出山谷。"郑玄当机立断地下达命令。现在真相已经不再重要，他必须首先保证队员的安全。

陈萧拿起无线对讲机，里面传出的却是一片杂乱的电流滋滋声。"对讲机失灵了！"他焦急地说。

"天，这个地方的磁场竟然如此强大！"杜梅察看了随身携带的感应磁力计后，一脸震惊地说。

磁力计的指针早已超出了最大限度，并且已经完全失灵了。

"别管那么多了，走吧！"

郑玄一挥手，领着大家走出谷外，然后震惊地发现，原本应该守在外面的邓杰竟然不见了。在电脑屏幕前用石头压着一张字条，上面写着："老大，你们进谷没多久，屏幕就变成一片漆黑，什么图像都收不到，对讲机又失灵了，我担心你们的安全，进谷去找你们，邓。"

"糟了！"杜梅脸色大变，"咱们回来的路上都没看到邓杰，他是不是……"

"也许他迷路了？"陈萧拼命往好的方面想。

"别忘了我们一路上都做了记号，邓杰不会看不到那些记号，怎么会迷路呢？除非——"郑玄和杜梅对视一眼，两人的心都收紧了。

"不，你别告诉我他死了，或是失踪了！"陈萧失控地大喊，"他妈的见鬼的山谷，我要跟你拼了！"

他发疯似的就要朝谷内冲去，像把对方当成了一个可以与之搏斗的敌人。说时迟那时快，郑玄用力切掌击在他的后颈上，将他打昏过去。

"你在这儿照看他，我进谷去找邓杰。"郑玄冷静地对杜梅说。

"不，我要跟你一起去。"

"不行！"郑玄严肃地说，"如果咱俩都走了，陈萧醒来后一定又会冲进山谷，你也不想让他白白送死，对吧？"

242　梦境直播

"我也不想让你白白送死！"眼泪在杜梅眼眶里打转，"你明知道这一去很可能……"

"我不能丢下邓杰，只要有一线希望，我就要去找他！"郑玄斩钉截铁地丢下这句话，转身朝谷内走去。

"我会在这里等你，一直一直等你！"望着他的背影，杜梅泪流满面地喊道。

声音如长风回荡在耳边，带着不容置疑的决心。郑玄脚步微微一顿，眼角也不知不觉地濡湿了。他轻轻挥了挥手，没有回头，继续快步走向山谷。

这次踏入谷中和上次的感觉完全不一样，平静的山谷处处透着难言的诡异，可谓步步惊心！

郑玄沿路仔细察看，没多久便发现了邓杰留下的记号，沿着记号走了一段路，前面豁然开朗，竟然是块很大的草坪。郑玄大声呼喊邓杰的名字，却得不到半点回应。

然而前面似乎有种很奇怪的声音，像风轮在"嗡嗡"作响。这时天又黑了下来，在黑暗中听到这样怪异的声音，实在令人胆战心惊。

郑玄扭开强力手电筒，越过草坪，很快又发现了邓杰留下的记号，沿着记号再穿过一大片灌木丛，眼前豁然一亮——

"天哪！"他忍不住惊呼，因为眼前所见太过震撼，差点连手电筒都掉到了地上。

这是一片很大的湖。月光照在湖面上，湖水像被某种神秘的力量牵引着，形成一个巨大的旋涡，旋涡的中心像一个黝黑的地狱入口，缓慢而坚定地朝着那深不可测的湖底螺旋式延伸，那种风轮似的嗡嗡声就是从湖底传出来的。湖中看不到任何生物，只有月光在水面上沉浮，泛起一片斑驳陆离的幽光。

郑玄目瞪口呆地看着，没过多久，天又亮了，湖水慢慢停止了旋转，静静地平躺着，宛如一潭死水。

郑玄犹豫了片刻，终于决定潜下去看看，他直觉地意识到，或许整个谜谷的秘密就藏在这个湖底。

郑玄脱下外衣放在岸边，只在手里拿了把防身的匕首，然后深吸一口气，一个猛子扎进湖中，向水下潜去。

湖水凉得彻骨，里面连片水草也没有，真正是一片死寂。突然，眼前出现了一个黑乎乎的庞然大物，它静静地躺在寸草不生的湖底，周围的荒凉死寂令它显得越发诡异。随着距离越来越近，郑玄也看得越来越清楚，那家伙的外观是奇特的流线型，酷似一个巨大的圆盘，直径有几十米，不知道是什么金属做成的，连一点被水腐蚀的锈迹都没有。

郑玄好奇地围着圆盘游了一圈，发现在它左侧有个类似窗口的东西，他正要凑上去看个究竟，突然从圆盘内部又传来了先前熟悉的"嗡嗡"声。郑玄暗叫不好，立刻用力一蹬，拼命朝湖面游去。

然而已经晚了，随着"嗡嗡"声的出现，湖水又开始旋转起来，速度越来越快，郑玄正处于旋涡中心，立刻被一股巨大的力量猛地拽了下去，湖水从四面八方涌来，像狂涛一样将他淹没。

郑玄眼前一黑，顿时失去了知觉。

五

郑玄苏醒过来后，发现自己浮在湖面上，湖水不知道什么时候又变得平静如镜。他下意识地往湖底一看，顿时大吃一惊，先前躺在湖底的那个庞然大物竟然不见了。

郑玄走南闯北，各种稀奇古怪的事不知见过多少，却从未经历过这样匪夷所思的事。他一边飞快地思索，一边划动四肢游回岸上，发现自己先前脱下的外衣也不见了。与此同时，他看到了更诡异的事，谷中竟然长满了各种参天大树，鸟语花香，与别的山谷一般无二。若不是眼前这个湖，郑玄真要怀疑自己是不是来到了另一个地方。

好在现在是盛夏，天气炎热，光着上身也不觉得冷，就是蚊虫的叮咬令人受不了。耳边蝉鸣一声接一声地聒噪，郑玄突然想起，他们来这里时还是初冬，怎么一下子就变成盛夏了？

还有邓杰，邓杰到哪儿去了？

郑玄在谷中搜寻了一圈，也没看到邓杰的影子，连他先前所留下的记号也全都消失了。无奈之下，郑玄决定先退出山谷，跟其他人会合之后，再从长计议。

郑玄凭着记忆往回走，沿途都十分陌生，茂盛的草木不时阻挡他的去路，花了大半天工夫才找到山谷出口，然而被无数藤蔓杂草遮掩着，几乎看不到谷口，更看不到一点人来过的痕迹。

郑玄费力地从一大堆植物中挤了出来，然后震惊地发现，杜梅和陈萧竟然都不见了，连同他们带来的仪器也全都不翼而飞。

他下意识地往右侧石壁上一看，石壁上竟然长满了青苔，原先刻在上面的字迹全都消失了。

此外，郑玄还发现了一个奇怪的现象：这个山谷的时间恢复了正常。他记得上次进谷没多久，天色就从白昼变为了黑夜，然而现在他在谷中转了这么久，天空依然艳阳高照。

但他的队员们都到哪儿去了呢？

郑玄四处搜寻无果，决定去先前经过的村子看看，说不定他们已经撤回村里了。

和来时"万径人踪灭"的情形不同，回去的路上，郑玄竟然遇到好几拨人，有打猎的，有进山砍柴、采果子的，只是他们谁也不知道有什么山谷，也没见过杜梅和陈萧两人。

看这些人的穿着，像刚从几十年前的老电影里走出来似的，郑玄心中一动，忍不住问一个猎户："今天是什么日子？"

对方诧异地打量着只穿条裤衩的郑玄，回答说："七月二十日。"

"哪一年？"郑玄继续追问。

"1930年。"猎户用古怪的目光看着郑玄，估计是把他当成野人或是疯子了，哪有正常人连自己生活在哪一年都不知道。然而郑玄确确实实震惊了，因为他发现自己竟然穿越到了八十年前！

他强迫自己冷静下来，结合经历的事件仔细思索着，莫非湖底那个东西是台时空穿梭机，它启动时释放的巨大能量撕裂了时空，形成了时空裂缝，从而让自己穿越到了过去？

想到这里，郑玄的心凉了半截，现在那台机器也不见了，自己怎样才能回到原来的世界呢？他想起杜梅的话："我会在这儿等你，一直一直等你！"顿时心如刀绞。

突然，他又想到，既然是八十年前，也许那台机器还未出现，那个山谷也还没被人发现，那么只要自己耐心等待，等机器出现后，说不定还能找到穿越回去的办法。

谜谷　245

于是郑玄在山谷附近盖了座草屋，每日砍柴打猎，拿到山下换些粮食、衣物，在度日如年的煎熬中过了近两年时间。有很多次他听到天空传来机器的轰鸣声，然而每次欣喜若狂地抬头，看到的却总是一架普通的飞机。

渐渐地，他变得越来越沮丧，如果湖底那台机器永远不出现，自己难道永远没有回去的可能？

这天晚上，天空雷电交加，跟着下起了倾盆大雨，郑玄躲在草屋里，看着四处漏雨的屋子，琢磨着天晴以后把屋顶重新修缮一下。正在这时，他突然听到一阵异响，是从天上传来的。

他心里一跳，像有什么预感似的，飞快地冲出草屋，正好看到天空中一个黑点正在不断地下坠，越来越大，越来越清晰，他看清楚了，正是湖底那个圆盘状的庞然大物。它的身体好像被雷电击中，失去了控制，像颗陨石般直接坠入山谷，轰的一声，郑谷感觉脚下的大地都重重震动了一下。

一阵难以言喻的狂喜涌上心头，郑玄兴奋地大吼大叫，让雨水彻底冲走了两年来的郁闷和憋屈。等雨势稍停，他便迫不及待地进屋换了身衣服，插了把砍刀在腰间，就朝山谷走去。

山谷还跟他离开时一样隐秘，目前为止还没有别人发现它。郑玄砍断了一些新长出来的藤蔓，走进山谷。

进谷以后，他就敏感地察觉到了异常，谷里竟隐隐传来了人声。

郑玄下意识地攥紧砍刀，隐在一棵大树后面。没多久，三个神色惊慌的男子突然从前面走过来，都剃着平头，穿着囚服，边走边四下张望。

难道……他们就是传说中在谜谷失踪的三个囚犯？

郑玄瞳孔突然一缩，其中一个男子的手上竟然戴着邓杰的手表。

三名男子越走越近，他们的交谈声也渐渐清晰可闻。

"这是什么鬼地方，怎么每次都不一样？"

"我说这是个鬼谷，叫你们别往里闯，你们非不听，这下可好，不等警察来抓，咱们自个儿先把小命交待在这里了。"

"别吵了，先想办法出谷再说！"

"一下子冒出这么多大树，谁还记得出谷的路，千万别又转回到那个可怕的湖边。"

"那小子跳进湖里,转眼就没影了,连个尸体都看不见,吓死我了!"

"那你还敢把他的表捡来戴?"

"我瞅这表跟咱们平时戴的都不一样,在暗处会发光,不用上发条就会走,你们瞧!"

三人边说边从郑玄藏身的大树旁走过,其中一个炫耀地举起手腕上的表给另外两人看。趁他们不备,郑玄突然跳到他们身后,先用刀背打昏了一名男子,另一个刚要反抗,又被他一刀砍翻在地。只剩下戴手表那人,他见势不对,拔腿就跑,郑玄几步抢上前去,揪住那人衣领,拿刀往他颈上一比,喝问:"这表打哪儿来的?快说!"

男子吓得面如土色,结结巴巴地说:"我是在……在湖边捡……捡到的……"

"表的主人到哪儿去了?"郑玄继续追问。

"他把表放在湖边,就跳进湖里不见了。"

"不见了?"郑玄心里一动,"当时湖水是不是在旋转?"

"是……是的……我从没见过这么古怪的事……"

郑玄眉头紧皱,难道邓杰也跟自己一样,从湖心的时空裂缝里穿越了?

他心里沉思着,手上不觉略松,那男子趁机挣脱出来,没命地朝前跑。郑玄还有些疑问要他解答,哪里肯放他走,于是紧追不舍,眼看抓住了那男子,对方却死命挣扎起来,他们立足的地方恰好是个斜坡,一下子重心不稳,两人顿时沿着斜坡滚了下去。

耳边风声呼啸,眼前突然一片漆黑,像跌入了无底深渊。一股巨力压得全身生痛,连骨骼都在咯吱作响,有那么一瞬间,郑玄几乎疑心自己被压成了粉末。

突然眼前一亮,两人终于滚到了坡底,被摔得头昏眼花,但那股巨力却消失了。郑玄正要爬起身来,突然觉得脑门一凉,似乎顶上了一个冷硬的东西。

他抬头一看,竟然是把黑洞洞的手枪,再往四周一瞧,顿时倒抽一口凉气,在他们周围是一群全副武装的士兵,手里都举着枪,枪口齐齐对准他们两人。

"说,你们是不是张大龙派来的奸细?"其中一个军官打扮的人大声喝问。

张大龙是几十年前当地一个军阀的名字，郑玄来这儿探险之前，曾详细阅读过地方志。他突然想起在村子里听老人讲的传说，曾有一队被打散的军阀残兵进入森林后失踪，莫非他们就是那些失踪的士兵？莫非刚才从山坡上滚下来时，自己又跌入了另一个时空缝隙？

郑玄脑子飞快地转动着，很快就计上心来。

"请长官放心，我们绝对不是奸细！"郑玄满面笑容地说，又用力拍了拍自己身上，"您瞧，我们身上没带任何武器，像奸细吗？"他的砍刀早就在滚下山坡的过程中不知丢到哪儿去了。

那军官依然疑惑地打量着他，郑玄又一指吓得瘫倒在地上的囚犯："奸细有穿得像他这么奇怪的吗？"

"你们到底是谁？"军官半信半疑地问。

"我是这附近的山民。"郑玄说，现在他身上的装扮的确与一般山民没什么两样，为了避免被进一步盘问，他很快转移话题，"请问长官有没有觉得这山谷有古怪？"

军官脸色蓦然一变。

郑玄见了，越发胸有成竹地说："请问您的手下是不是经常有人失踪？是不是有人会莫名其妙地死去？死去的人身体的一部分是不是消失了，就像被鬼吃掉一样？"

周围的士兵顿时紧张地骚动起来，包括军官在内，人人脸上都露出惊骇的神色。若不是担心谷外有追兵，他们恐怕早就逃离这个可怕的山谷了。

看见他们的反应，郑玄知道自己所料不差，于是趁热打铁地问："你们想知道这个山谷的秘密吗？那么，就带我去湖边！"

一听湖边，众人神情越发恐惧，军官也连连摇头："那湖中有鬼，你去那儿干什么？"

"只要你们带我去那儿，就能解开这个山谷的秘密！"

军官犹豫了半天，终于下定决心："好，就带你们去那儿，但如果你敢撒谎骗我们——"他用力拉了一下枪栓，发出"咔嚓"一声脆响，听来令人心惊，"我的枪可不是吃素的！"

"明白，长官您就放心吧！"郑玄脸上笑容未改，一副人畜无害的模样。

一行人来到湖边时,天已经黑了,湖水又开始诡异地旋转。

"这鬼湖一到晚上就转个不停,咱们有个兄弟不小心掉进湖里,连根骨头都没见着。"军官盯着那湖,眼里满满的都是恐惧。

"我这就下去,给长官找出这湖里的秘密。"郑玄笑嘻嘻地说着,突然跳进了旋涡里。

六

"郑哥!郑哥!"一个熟悉的声音在耳边呼唤。

郑玄睁开眼睛,心中顿时涌起一阵狂喜。

是邓杰!

但他的样貌明显苍老了很多。

"欢迎来到2059年!"邓杰朝他绽开一个大大的笑脸。

"2059年?"郑玄猛地呛了一下。

"是的。当年我进谷去找你们,却意外来到湖边,发现湖水有古怪后,就决定下去看看,没想到竟穿越到未来。我把这里的情况报告给政府,他们就派了一个科考队和我一起驻扎在谷中,专门研究湖底的飞行器。"

"湖底那个怪家伙是飞行器?"

"没错,而且还来自外太空。它所释放出的可供宇宙旅行的巨大能量聚积在山谷,加快了时间的流动,并形成了一个个时空黑洞。通过这些黑洞,人们可以在不同的时空中穿行。同时它还从自然界不断吸取各种能量,维持了长达上百年的运转。"

"我明白了!"郑玄恍然大悟地说,"王琦就是因为部分身子被卷进黑洞,身体处于不同的时空,所以才被扯成了两半。"

"我俩则很幸运,被完整地卷入黑洞,顺利完成了穿越。"邓杰感叹道。

"你们驻扎在这里,不怕又被卷入时空黑洞?"郑玄疑惑地问。

"我们有这个——"邓杰拿出一个古怪的仪器,"这是能量测试仪,只要前面十米处有异常能量形成的黑洞,它就会发出警报,我们就可以提前避开。"

郑玄松了口气，又问，"你还打算回到原来的世界吗？"

"我在这里已经有了妻子女儿，所以不想再回去了。郑哥，你也留下吧，穿越太危险，或许下一次就没这么好的运气了。"

"不，我必须回去，因为杜梅还在等我！"郑玄坚定地说。

七

"你是——郑叔叔？"

看着眼前这个十六七岁的大姑娘，郑玄疑惑地问："我们认识吗？"

"我是李伟的妹妹，拜托你帮我找哥哥的那个，想起来了吗？"

郑玄倒抽一口气："你不是只有十二岁吗？"

大姑娘咯咯地笑起来："叔叔你真逗！我今年已经十六岁了。对了，杜阿姨一直在这儿等你，我带你去！"

刹那间，郑玄心里激动莫名，在穿越了十几次之后，这次，是离她最近的一次。

原来，她一直在村里等他，和他一样，从未放弃。

——邓杰呢？

——他留在了未来。等咱俩老了以后，才能见到他。

——什么？

——这是一个很长很长的故事，等我慢慢告诉你……

天堂

一

我生活在一个世外桃源般的海岛上。

这个岛就是一座小型的城市，工厂、学校、商店、公园、居民区、餐馆、警察局、剧院、美术馆……城市应有的一切这儿都有。

这里的居民是世界上最幸福的人，每个人都可以从事自己喜欢的工作。想当科学家的人可以拥有一间自己的实验室，无论在实验室里做什么，都不会有任何人干涉；想当画家的人可以每天背着画板去写生，哪怕画作只是一些幼稚的涂鸦，也可以随时在美术馆举办个人画展；想当警察的人可以去警察局上班，虽然这里的犯罪率为零，因为先进的防暴体系在所有罪行发生之前就会自动做出反应，将罪行扼杀在摇篮里，但清闲的警察也可以扶老人过马路，送孩子回家，体验一下被人叫"警察叔叔"的自豪感……

我的妻子小雅一直想当一名服装设计师，来到这里后，她不仅拥有了一间宽敞的工作室，几名助手，一群随时听她指挥的模特，还有根据她的需要源源不断送来的各种衣料和配饰。每个周末，小雅都会在剧院的T型舞台上展示她亲自设计和制作的各种服装，无论什么风格，哪怕是一些离经叛道的设计，都能得到人们热烈的追捧。

而我则是一名作家，每天忙着把大脑里那些狂热的念头写下来，无须考虑读者的喜好和市场的潮流，只写自己想写的东西。无论我写什么，最后都能变成铅字让人阅读。这个小岛有自己的报社和出版社，不过短短一年，我就出版了好几本书，还受到当地报纸多篇评论文章的夸赞，顿时有了当红作家的感觉。如果你知道这个小岛一年要出版几万本书，就会明白像我一样拥有作家梦的人还真不少。

或许你会奇怪，实现这些梦想的资金从何而来？

这就是这个小岛最奇特也最伟大的地方：每个人都可以追求自己的理想而无须担心生计问题。

因为这里是按需分配的。

你需要什么，就给你什么。

不要惊讶，这是千真万确的事！

并不仅仅满足最低生活需求，而是满足一切合法的需要。

有人想得到珠宝，于是便有了珠宝；有人想得到跑车，于是便有了跑车；有人想拥有豪宅，于是便住进了豪宅；有人想品尝美食，于是便吃到了他想吃的任何食物；有人想获得美貌，于是便有了免费整容的机会，变成了自己理想中的模样……

只要不违法，所有欲望都能得到满足，只要你拿起手机，按下一个固定的通话键，说出你想要的东西，几分钟后，你的要求就能得到满足。

没有人知道手机的另一端通向哪里，是谁在倾听并实现大家的愿望，我们都把那个人叫作"神"，他是这个海岛的创建者和管理者，就像神一样无所不在，也无所不能。

这座海岛也有了一个名副其实的名字——"天堂"。

每天都有人坐船来到这座岛上，那些人和我们一样，抛弃了原来那个备受束缚令人厌烦的世界，转而来这里追求梦想。这儿的生活就跟海上的风一样，自由自在，无拘无束。

每天晚上，我和小雅都会沿着海边散步。

有一天，小雅突然忐忑不安地对我说："我觉得这座岛在变大。"

我愣了一下，问："你怎么知道？"

"难道你没发现吗？以前我们从这儿走到码头只需要半小时，现在却要整整一个小时，而且沿途还多了一些以前从未见过的建筑。"

"或许'神'觉得来这座岛上的人越来越多，所以才把岛扩大来容纳更多人口。"

"但是我们没有看到任何人施工，他是怎么让岛变大的？"

"别想那么多了，'神'无所不能，想想他是怎么实现我们的愿望的？"

小雅沉默了。在这座岛上待的时间久了，我们早已对"神"展现的各种不可思议的能力习以为常。扩岛的难度虽然大，但也不会比凭空变出一座皇宫，并且自带所有皇室成员更难。

我们的朋友琳子和大伟准备结婚，琳子一直以来都有一个不切实际的公主梦，梦想有一天能在一座真正的皇宫，像一位真正的公主那样，在所有皇室成员的祝福下举行婚礼。当她对着手机说出自己的愿望时，大家都以为她疯了。

　　别说这个海岛上没有皇宫，就算真的建成一座，又到哪里去找那些皇室成员？找群众演员扮演吗？那就不是她想要的真正的皇家婚礼了。然而如今这个时代，皇室早就消失了，人们也只是从书中了解到几个世纪前皇室还没有消亡的时候，他们那些传奇的故事、让人津津乐道的八卦绯闻、令人瞠目结舌的奢靡生活，包括婚礼上烦琐的礼仪、华丽的服饰、精美的餐具、盛大的排场、高贵的宾客……

　　没有人相信琳子的愿望会实现，然而"神"毫不费力地做到了。

　　在琳子婚礼那天，海岛上凭空出现了一座宏伟壮观、金碧辉煌的皇宫。那些我们只在书本插图上看到过的皇室成员，就像一夜之间集体复活的幽灵，全都出现在皇宫里，出现在琳子的婚礼上。我们目瞪口呆地看着这些人，他们穿着考究的礼服，有着高贵的仪态、迷人的外表，层层叠叠的巨大裙摆，各种时髦得令人眼花缭乱的帽子……

　　这场名副其实的皇家婚礼让琳子美梦成真，也让她激动得泣不成声。小雅则对那群嘉宾的服饰赞叹不已，不停地拍下他们的照片，说这些服饰给了她灵感，她打算筹备一场带有复古风格的皇室服装秀。

　　后来我从小雅那儿要来了那些照片，拿到图书馆，把它们跟古籍中的图片一一对比，然后震惊地发现，婚礼上这些人竟然都是真正的皇室成员，至少他们的外貌跟图片上的一模一样，而资料显示，这些人来自几个世纪前世界上最知名最强大的皇室。

　　这件事以后，我开始相信，主宰这个海岛的人，一定拥有跟神一样创造万物的能力。

二

　　岛上风光美丽如画，生活轻松惬意，一切都井然有序，简直跟天堂无异。然而安逸的日子过久了，有时也会觉得无聊。当所有愿望都能轻易得到满足时，我感受到的却是越来越多的空虚。就像一个喜欢吃糖的孩子,被无限量地供应糖果后,终于吃倒了胃口。我已经很久没有跟"神"要什么了,因为觉得要什么都没意思,连带做什么也都变得懒洋洋的了。

我甚至失去了创作的欲望,因为发现很多"作家"根本就懒得动笔,直接向"神"许愿,让对方帮他写一本书,然后冠上自己的名字出版。我看过这些书,里面的内容都是从其他书里复制粘贴下来的,我甚至在里面看到了我书中的一些片段,而这样的拼凑之作不仅堂而皇之地出版,并且照例在各种媒体上获得连篇累牍的赞扬。

既然连这些除了制造文字垃圾外根本一无是处的书都能轻而易举地出版并得到赞美,那我们绞尽脑汁、夜以继日地辛苦写作还有什么意义呢?

如果说面对那些垃圾书,我还有一点心理上的优越感,那么当听到真实的评论后,就连这点优越感都消失殆尽了。

"恕我直言,你的书真的很一般。"大伟看完我的新书后,直言不讳地说。

他的话就像一根突然冒出的针尖,刺破了我一向膨胀的自信心。震惊之余,我翻开自己的书仔细读了起来。因为一直忙着写新作品,我还从来没有认真读过自己的书。才读三分之一,我就痛苦地意识到,大伟说的是对的,这确实是一本蹩脚的小说。逻辑混乱的故事、生硬空洞的叙述、苍白无力的文字……我简直没有勇气把它读完。因为出版如此容易,所以我从来不费心修改,然而阅读时接二连三冒出来的错别字,简直就像突然飞进眼睛的苍蝇一样让人恶心。新书出版时的踌躇满志已经消失不见,取而代之的是意识到自己只不过是个毫无想象力的末流作家的沮丧感。

"满纸胡言!"我把登有吹捧我新书的评论文章的报纸揉成一团,愤愤地扔进了垃圾桶。

为什么会这样?

我烦躁地在房间里走来走去,然后想起当初我对"神"许下的愿望是:"我要成为一个伟大的作家,所有的作品都能得到人们的喜爱和赞美。"

是的,我的愿望实现了,然而得到的是虚假的赞美。

我冲动地掏出手机,按下了通话键:"我想让自己的作品得到实事求是的评价。"

"如您所愿！"话筒另一端传来一个甜美的女声，跟我以前多次听到的一模一样，连声调都丝毫不差。

"神"果然实现了我的愿望，然而实事求是的评价令我大受打击。看到报纸和网络上那些尖锐的批评文字，我的脑神经都在刺痛。

"你写的书有这么差吗？"小雅看我的目光也变得有些异样。以前她可是我的崇拜者，因为评论家都夸我是举世难得的天才作家，虽然我的作品她从来没有看过，但并不妨碍她从媒体上了解到它们有多么出色，并把我视为她的偶像。

我无法忍受自己高大的形象在妻子心中倒塌，只得又对"神"重新许下跟以前一模一样的愿望。

"这是一个我们想要的世界，却不是真实的世界。"

重新成为一个"伟大"作家后，某天晚上，我突然心生感慨，对枕边的妻子说了这样一句话。

"想要的世界不是比真实的世界更好吗？"小雅拉过我的手臂圈住她的身体，像小猫一样蜷缩在我怀里，舒服地闭上眼睛，喃喃地说，"想想看，我们的愿望都能得到满足，每个人都可以根据自己的愿望来随心所欲地改造这个世界，一切不是很完美吗？"

"但是，如果两个人的愿望发生了冲突怎么办？"

"这……"小雅突然睁开眼睛，睡意蒙眬地看了我一眼，嘟囔了一句"神无所不能，一定有办法解决"，就睡着了。

三

几天后，一次路上偶然看到的事件，终于让我知道了"神"如何解决冲突的愿望。

"我才是这个世界上最美丽的女人！"

"少胡说，我才是！"

"神答应过让我做世界上最美的女人。"

"神明明答应的是我！"

两个女人在街上对骂，吸引了包括我在内的一大群围观者。

"两个疯子！"有人说出了我也想说的话。

天堂　255

那两个女人明明相貌平平，却都说自己是世界上最美丽的女人，不是疯子是什么？

这时，其中一个女人突然掏出手机，大声说："神啊，请让我成为世界上最美丽的女人！"

"如您所愿！"手机里传来一个我们大家都很熟悉的甜美女声。

另一个女人也毫不示弱地掏出手机，大声说："神啊，请让我成为世界上最美丽的女人！"

"如您所愿！"

再次听到这个声音时，我的背上突然划过一丝寒意。

所有人都屏息看着两个女人，她们的面容没有丝毫改变，然而她们掏出镜子看了一眼后，竟然都惊喜万分地叫起来："天哪，我变得好美！"

"简直倾国倾城！"

"神真是太厉害了！"

她们陶醉地抚摸着自己的脸蛋，就像抚摸着一件举世无双的艺术品。片刻之后，两人又开始对骂，争论谁才是最美的女人。争到最后，竟然准备大打出手，其中一个刚揪住对方的头发，另一个刚掐住对方的脖子，路边两根立柱上就突然射出两道电流，精准无比地击中了两个女人，她们顿时像被冻住一样动弹不得。

对这一幕我们都不陌生，这个岛上每隔几米就有这样一个立柱，它们遍布所有街道、每个角落，构成了一张无懈可击的天网，一个完美无缺的防暴体系。

所有施暴者都会遭到无情的电冻，直到他们的怒火或者犯罪的念头完全熄灭后，才能恢复行动能力。曾经有人试图毁掉立柱，然而他刚接近立柱，还没来得及动手，便立刻遭到了"神"的惩罚，被电冻了整整三天，直到脑中再也不敢有任何破坏的念头。

"神"能够洞察并控制我们每个人的意识！

脑中突然冒出的这个想法，令我禁不住打了个冷战。难怪"神"无所不能，对那些他无法实现的愿望，他可以通过改变我们的意识，让我们产生愿望已经实现的错觉。同时他也能洞悉我们脑中那些危险的想法，从而提前阻止它。

我们以为自己在"天堂"过着理想的生活，殊不知自己不过是"神"

随心所欲操纵的提线木偶;我们以为自己拥有了绝对的自由,却不知自己的命运自始至终掌握在"神"手中。

当我意识到这一点时,同时也嗅到了危险的气息。我不敢跟任何人谈论自己的想法,包括小雅,甚至连自己也不敢再去触碰这样的念头,因为担心"神"察觉到我的怀疑,从他维持"天堂"秩序的手段来看,我百分之百肯定自己会遭到毫不留情的惩罚。

我承认自己是个胆小懦弱的人,我的朋友大伟却比我勇敢得多。

当琳子哭哭啼啼地找到我们,说大伟一个人驾着小船出海时,我震惊地问:"他为什么要出海?"

"我也不知道。他说这个岛是囚笼,一定要逃出去。真不明白大伟怎么会有这样莫名其妙的想法,这里不是跟天堂一样吗?我们不是过得很幸福吗?你说他是不是脑子出了毛病?"

我立刻明白了,大伟一定跟我一样,对"神"产生了怀疑。只不过,我选择了妥协,他却选择了反抗。

出海的大伟再也没有回来,他是彻底逃离了这个世界,还是迷失在一望无际的海上,没有人知道。

深陷悲伤的琳子成天以泪洗面,某天她突发奇想,竟然向"神"许下一个愿望:"我想让大伟回到我身边。"

"神"从来不会让我们失望,所以大伟真的回来了。然而他不仅忘记了出海后发生的一切,还忘记了所有对"神"和"天堂"的怀疑。

琳子深感庆幸,压根儿不想去探究大伟失忆的秘密,在她看来,把那些离经叛道的想法从脑中洗去后,大伟才又变成了一个正常人,并且恢复了以前的快乐。

只要不去怀疑,单纯地享受"天堂"里的一切,生活就会变得轻松自在,无比惬意。

然而我无法约束自己的思想,怀疑的种子一旦播下,便不受控制地生根发芽。我开始留心在这座岛上发生的那些不可思议,也不合情理的事,了解得越多,便越惊心地感觉到,"神"对我们的控制牢固到了无法想象的地步。我们就像蛛网上的虫子,从躯体到灵魂都被牢牢粘住了。有人放弃了挣扎,有人从未想过要挣扎,还有的人,就像大伟,即使挣扎了,也逃不出"神"的掌心。我怀疑如果不是琳子的愿望,大伟恐怕已经是海上的游魂，永远也没有靠岸的一天。

这样的人还有多少？

有人真的逃出过"天堂"吗？

我们当初又是怎么来到这里的？

当我试图跟小雅讨论当初来到这座岛上的缘由时，小雅却认为我问了一个无聊的问题："我们不是因为对原来的世界不满，才到这个岛上来追寻理想的吗？"

这个理由乍看很合理，但当我问遍了见到的每一个人，得到的都是同样的答案时，我深深感觉到这个答案的不合理。不会有那么多人都因为同一个理由来到这里，而且每个人，包括我在内，都无法确切地回忆起过去的生活。我们的记忆好像变成了一块毛玻璃，看到的过去全都模糊不清，难以辨认。

清醒的思考是令人痛苦的，即使知道"神"可以窥见我的意识，我也无法停止这样的思考，我再也无法因为愿望的满足而享受到单纯的快乐，反而挖空心思想要去找出"神"的秘密。

"神"到底是谁？

"他"为什么要建造这座岛？

"他"为什么要让我们来到这座岛上？

我突然想起曾经看过的一本科幻小说，来自神秘宇宙的更高级的生物，把地球变成了他们的玩具屋，把地球人变成了他们可以随意观赏和摆弄的玩具。

我们现在的处境也是这样吗？我不由自主地抬头望着天空，通红的太阳似乎也变得像一部卡通片里的角色，充满一种滑稽的荒诞感，那样的不真实。真的有许多双眼睛在天外注视着我们吗？我们真的只是笼中的小白鼠吗？

这样的想法无时无刻不在折磨着我，令我坐卧不安，整天生活在被窥视的惶恐中，甚至不敢再跟小雅亲热。她终于敏感地察觉到我的不对劲儿，有一天，我从书房出来，无意中听到她跟琳子在客厅里的谈话。

"既然你觉得他有问题，不如干脆对'神'许个愿，把他变回原来的样子。"

"这样做……行吗？"

听到小雅犹豫的声音，我的心都揪紧了。

"怎么不行？你家那位就是喜欢胡思乱想，作家的通病。把那些稀奇古怪的念头从他脑子里抹去，他就会正常了。你瞧我家大伟，现在不是挺好吗？"

"可是……他曾说过，思考是他最重要的能力，如果失去这个能力，他就跟行尸走肉没什么两样了。"

"你呀，就是死脑筋！他那不叫思考，叫胡思乱想，现在都影响到你们的生活了，你还护着他……"

"琳子！"我突然出现打断了她的话，"这是我跟小雅之间的事，我们会沟通解决，你还是多关心一下你家大伟吧，我昨天又听见他在说，生活无聊得让他想要逃走。"

"是吗？"琳子一脸惊慌地站起来，"我得赶紧回去瞧瞧他，别又做出什么傻事。"

她跟我们匆匆道别，一边朝外走，一边嘟囔着："这人就是不知足，这么好的生活还成天说无聊，真是的……"

等这个喋喋不休的女人离开后，我对小雅说："对不起。"

"你不用跟我道歉。"小雅略显惊慌地看着我。

"我知道这段日子自己有些反常，请你再给我一点时间，等我想通一件事后，我们的生活就能恢复正常。"我郑重其事地说。

这一刻，我下定决心，即使付出失忆的代价，也一定要弄清楚这座岛所隐藏的秘密。

四

我开始写一本新书，以"天堂"岛为背景，写一群人过着被"神"豢养的生活，虽然他们的所有需要都能被满足，但也失去了最基本的判断力和可以随意离开的自由。

我希望这本新书能让更多人像我一样产生怀疑并去探寻真相，那样我们成功的概率也许会更大一些。新书完成后，我先将手稿拿给大伟看，想请他提提意见，没想到他说了句令我万分惊讶的话："这本书你不是早就写过吗？"

"早就写过？我什么时候写过？为什么我一点都不记得了？"

"这本书的原稿还在我书房的抽屉里锁着呢。里面还有你给我的一封信，说'神'不允许这本书出版，而你担心自己会受到'神'的惩罚，所以决定不顾一切逃出岛去……"

"等等，"我忍不住打断他，"你说我准备逃出岛？可我现在为什么还在这儿？"

"也许你后来又打消了这个念头，谁知道呢？而我自从失忆以后，就没想起过这本书，直到前两天才在抽屉里看到它。我觉得你在书里写的那些质疑很有道理，我也越来越觉得这个地方就像一个囚笼，虽然我们想要什么就能得到什么，却失去了自由，似乎从来没有人能够离开这座岛，有时我还真想去看看外面的世界……"

看着大伟一脸憧憬的样子，我实在不忍心告诉他，其实他早就尝试过了。然而更令我疑惑的是，大伟说我以前曾经写过一本相同的书，为什么我一点印象都没有？而看他的神态，又不像在说笑。

"带我去你家吧，让我看看那本书！"我决心把事情弄个水落石出。

到了大伟家，他果然从书房抽屉里拿出一本书稿，我才翻了两页就能够断定，这本书是我写的，而且内容跟我刚写完的这本几乎一模一样。

"你是不是也像我一样失忆了，所以才忘记自己写过这本书？"

大伟的话令我后背陡然窜上一股寒意，难道——我的记忆也曾被洗去？

我拿着书稿回家，找到小雅，直截了当地问："我是不是曾经离开过这座岛？"

"你为什么突然问这个？"小雅脸上不自然的神情没能逃过我的眼睛。

"大伟之所以乘船出海，是因为受了我所写的这本书的启发，而我在他之前就已经尝试过这样做了，对吗？"

起初小雅还躲闪地不肯回答，但经不住我再三追问，她终于叹了口气，说："没错，以前你的脑子跟现在一样，总是冒出一些奇怪的念头，老说'神'躲在暗中窥视你，操纵你，所以你想不顾一切地逃出去，看看外面的世界是什么样。"

"我逃了吗？"

"是的,你逃了。"小雅眼中闪着泪光,"无论我怎么劝阻你,你依然选择了冒险出海。"

"结果呢?"

"结果和大伟一样,一去不回,不知生死。最后我只好求'神'让你回来。"

"我回来后就忘记了一切?"

"是的。但你现在又开始怀疑了。我好害怕,怕你又像以前那样……"小雅一把抓住我的手,苦苦哀求道,"请你别再怀疑'神'了好不好?大家都对这里的生活很满意,为什么你偏要自我折磨呢?胡思乱想只会让你痛苦,忘了吧,忘记你所有的怀疑吧!"

看到小雅激动的面容,我突然明白了:"是你,在向'神'许愿让我回来时,也让他抹去了我的记忆。琳子也对大伟做了同样的事,对不对?"

面对我的质问,小雅泪流满面地说:"我只想让以前的你回来。对不起,我本来不想这样做的,但是没有怀疑就不会有痛苦,难道你没有发现吗?我们的生活都被你那些莫名其妙的怀疑给毁掉了!"

"小雅,我以前就跟你说过,我不想变成没有思想的行尸走肉。就算你能将我脑中的怀疑抹去,但总有一天我会再次陷入类似的思考之中。你、琳子,还有'神',永远也无法阻止我自由地思考!"

"那你又想怎么做?难道想像以前一样,抛下我,去寻找所谓的真相吗?"

"小雅,给我一个机会吧,不要急着叫我回来,我真的很想知道真相到底是什么,否则这一生我都会陷入周而复始的怀疑之中。"

小雅愣愣地看了我半响,终于擦去脸上的泪水,无奈地说:"好吧,给你三个月的时间,如果三个月后你还不回来,我就只能请'神'帮忙了。"

五

得到小雅的同意后,我开始为出海做准备。然而找遍了海岸,都没找到一条船。我这才注意到,虽然每天有不少人乘船上岛,但船只很快就会离开。迄今为止,从未见过有人乘船离开这座岛。

"'神',请给我一条船吧!"我竟然异想天开地向"神"要一艘船。

"你的请求触犯了'天堂'第四条法规，不予满足！"话筒里破天荒传来了拒绝的声音，原本甜美的声线也变得冷冰冰的。

原来并不是所有愿望都能得到满足，尤其是当这个愿望与"逃离"和"自由"沾上边的时候。而被拒绝的结果，更加深了我先前的怀疑，"神"要把我们困在这座岛上，永远也不能离开！

我问小雅，当初我出海时乘坐的船是从哪里来的。小雅告诉我，是我和大伟一起制造的。当时我查遍了岛上所有的图书馆，都没有找到任何与造船有关的资料，所以只好跟大伟反复摸索反复尝试，花了一年多的时间才造出一条小船。

然而失去记忆的我们，早就忘了该如何造一艘船。

"我听琳子姐说过，你曾留下一卷造船的图纸给大伟。后来大伟想离开时，也是照着那卷图纸造的船。"

"图纸在哪儿？"

"琳子姐说，她把它锁在了保险柜里。"

于是我找到琳子，请她把大伟当初留下的图纸借给我看。

"你要造船的图纸干什么？"琳子疑惑地看着我，"你该不会也跟大伟一样，突然想要离开这里吧？"

"是的，我打算离开这儿。"我平静地说。

"你怎么能这样做！"琳子脸上燃起了怒火，"小雅知道吗？你为她考虑过吗？"

"小雅知道，而且也同意我这样做。"

"她简直疯了！"

"琳子，你对现在的生活很满意，但你有没有想过，你的一举一动都在'神'的监视之下，他操纵着你的愿望、你的生活，让你在虚假的世界里自我陶醉。这其实就是一个白日梦，而我们却连选择醒来的权利都没有！"

"做梦不好吗？如果现实带给人的只有痛苦，那我宁愿选择做一辈子的美梦！"

"但你也应该尊重我和大伟选择醒来的权利。"

"可是小雅怎么办？"

"小雅很坚强，至少比你想象的更坚强。"

琳子苦口婆心地劝了我半天，但我始终不为所动，最后她终于妥协了，无奈地说："好吧，图纸可以给你，但只能你一个人出海，绝对不能把我家大伟拖下水！"

"我保证不会，你放心吧！"

得到我的保证后，琳子终于把图纸取出来给了我。照着图纸，我夜以继日地造船，两个月后，一艘木船终于造好了。

一切都是秘密进行的，出海那天，只有小雅来为我送行。那时天还没亮，整座岛上的人都在沉睡，但我知道，"神"有一双永远不会闭上的眼睛，它一定在暗中注视着我的一举一动。

这几乎是一个注定会失败的挑战，但我从来不是一个什么都不做就放弃认输的人，就算失败，我也一定要再试一次！

出海后，一路风平浪静，阳光普照。没有遇到大浪，没风暴，没有乌云，一天、两天、三天……每日都是一模一样的天气，眼前所见的也只有一望无际的大海，看不到岸，也看不到海岛、礁石，看不到水中的游鱼。我带的干粮早就吃光了，好几天没有进食，也没有捕到任何鱼虾充当食物，却没有饥饿的感觉。

这让我觉得恐怖！

以我的认知，人类不进食就会有饥饿感，然后变得虚弱。这反常的一切说明了什么？我突然想起，自从到了"天堂"岛以后，我从未体验过饥饿，因为随时可以获得丰富的食物。仔细想想，似乎没有一次进食是因为饥饿，总是到了用餐的时间，就按部就班地吃饭。如今没有食物的时候，我才发现自己似乎并不需要进食。

这到底是怎么回事？我还是正常的人类吗？我不敢再想下去。

周围日复一日、一成不变的景观，也让我越来越清醒地认识到，这绝非一个正常的世界。太阳永远高挂在头顶，不再东升西落。在茫茫大海上，没有任何参照物，我早已迷失了方向，不知道自己在哪儿，"天堂"岛在哪儿，我是在远离它，还是在向它靠近……一切都变成了未知。

就这样不知漂泊了多少天，我前方的海面突然出现了一艘巨型轮船。我一眼就认出，是那艘运送新人到"天堂"岛的船。这艘船不是从远处驶来的，而是凭空出现在海面上。

我顿觉毛骨悚然，就像在大白天突然看见幽灵鬼船一样。那船的速度很快，不一会儿就消失在远方，我知道它一定是去往"天堂"岛，为那里输送新鲜血液。

这时我突然想到，这艘船出现的地方，或许能帮我弄清我们到底是怎么来到这儿的。于是我拼命挥动双桨，朝那艘船出现的地方划去——

没想到那里竟然有一个极大的漩涡，船刚到那儿便被激流卷了进去，然后便是一阵天翻地覆的旋转。我的眼前瞬间闪过无数星子，它们汇成一条跳闪的光流，而我被吸入这条光流中，化作一道耀眼的白光，闪电般射入未知的黑暗……

六

醒来时，我发现自己躺在冰冷的地上，身边围着一群面色焦虑的人。

有人在惊喜地叫喊："醒了，你终于醒了！天哪，刚才你从躺椅上滚下来，我还以为你……"

"就是，刚才你都没有呼吸了，怎么又突然醒过来？真是太奇怪了！"围观的人七嘴八舌地议论着。

这是哪儿？我这是在哪儿？我茫然看着周围，这是一个既陌生又熟悉的世界，跟"天堂"岛完全不同，却在我毛玻璃般模糊的记忆里激起了一些似曾相识的涟漪。

"我是这家网吧的老板。你通宵上网后，突然摔倒在地，摸你鼻子那儿都没呼吸了，还以为你猝死，吓我一大跳！"一个中年男人抹了把额头上的汗，貌似松了口气，又关切地问，"现在你觉得怎么样？没事儿吧？"

"我怎么会来到这儿？刚才我明明坐着船在海上……"

"你是摔糊涂了吧！你从昨天晚上到现在一直在网吧玩游戏。你是不是太入迷了，把游戏里的经历当成了现实？"

游戏？难道我在"天堂"岛上遇到的一切，都只是游戏？还是，我现在所在的地方，只是另一个噩梦空间？

我摇了摇混沌的脑袋，浑浑噩噩地站起来，走向洗手间，准备用凉水好好清醒一下自己混乱的头脑。

到了洗手间，我打开水龙头，抬眼一看，前面的镜子里赫然印出一张完全陌生的脸！

不，那不是我！绝对不是！！！

镜中的人只有十八九岁，分明是个少年的模样，怎么可能是年过四十的我？

水"哗哗"地流着，我看着镜中的自己，浑身发抖，如堕冰窟。

过了很久，我才镇静下来。为了弄清到底是怎么回事，我走回这个身体先前所在的游戏室。

这是一个中型网吧，拥有数十间隔断的独立游戏室。每个游戏室的空间十分狭小，仅能容纳一张躺椅、一套虚拟游戏设备和一个放随身物品的小柜子。柜子装有虹膜锁，我把眼睛对准嵌在柜子上的一小块液晶屏幕，让它扫描虹膜后，柜子便自动解锁，然后我从里面拿出了一个属于现在这个身体的背包，在包里翻出了一张学生证。

原来他是附近一所大学的学生。听网吧老板说，昨晚他在这儿通宵上网，玩的是时下流行的模拟真实世界的游戏。戴上沉浸式虚拟头盔后，就可以让自己的意识进入游戏空间，在虚拟世界纵横驰骋，享受和现实一样真实，却远比现实刺激得多的快感。

但是他为什么会突然倒地不起，还没了呼吸？而我又是如何进入他的身体的？我是从那艘船出现的地方进入现实世界，难道那个地方就是现实和虚拟世界的接口？但为什么别的游戏玩家都没事，而这个名叫郑华的少年却突然失去了生命？

"年轻人，不要熬夜玩游戏。最近玩游戏猝死的人越来越多，你还这么年轻，一定要当心身体啊！"

网吧老板的话令我大吃一惊："猝死的人越来越多？为什么？"

"谁知道呢，据说都是因为熬夜玩游戏。警方派人调查过，但也找不出别的原因，猝死的人还是越来越多。有志愿者专门建了一个网站，把那些猝死者的情况公布在上面，想让大家一起来分析，找出他们的共同点，但目前看来还没有什么令人信服的结论。"

"那个网站在哪里？我想看看。"

网吧老板打开一个网址，让我登录进去。屏幕上显示出一张密密麻麻的名单，其数量之多，名单之长，顿时令我头皮一阵发麻。

我深吸了口气，挨个浏览名单上的死者，除了名字外，还有死者的照片，以及一段简略的文字介绍。这些人都是在玩游戏时猝死的，除此之外并没有什么相同之处。

突然，我看到一张熟悉的面孔。那不是大伟吗？然后我看到了小雅、琳子，还有——我自己。

仿佛一道惊雷落下，劈得我脑袋嗡嗡作响。脑中某个坚固的屏障，就像突然被一把锋利的巨斧劈开了条豁口。而那段关于我的文字介绍，就像一条燃烧的引线，彻底引爆了我的大脑，碎片纷飞中，无数被封死的记忆顿时如潮水般喷涌而出——

原来，我叫陈一凡，在现实中是个不得志的小公务员，业余时间喜欢写作。机关精简人员后，我失业了，一直没找到合适的工作。想要靠写作养活自己，但所写的小说被一次又一次退稿，发到网上也没人看。于是我心灰意冷，整天沉迷于游戏来麻醉自己，最后猝死在游戏中。

小雅、琳子和大伟跟我一样，我们在现实世界中都已经死去。难道我们所到的地方，就是传说中的天堂，那个只有死者灵魂才能去的地方？

但我为什么又能重返人间，还占据了另一个人的身体？

七

为了解开心中的谜团，我决定从游戏入手进行调查。

逐一调查了那些导致我们猝死的游戏后，我惊讶地发现，所有这些游戏背后都指向了一个大公司——K游戏公司。在收集该公司的资料时，我意外发现了一条新闻。K公司总裁杜浩，因身体原因辞去总裁一职，经董事会投票，选出了新总裁，而这个新总裁竟然是——人工智能！

在这个时代，已经有越来越多的工作岗位被人工智能所取代，它们永远精准冷静，似乎从不犯错，在决策和执行上都比人类更有优势。

我在网上看到新总裁出席新闻发布会的视频。他的外貌高大英俊，与人类一般无二，完全看不出在那几可乱真的肌肤和骨骼之下，掩盖着的只是一堆堆线路和控制芯片。

原总裁杜浩在新闻发布会上的表现引起了我的注意。原本只是一个例行交接的仪式，杜浩面对媒体神态自如地侃侃而谈，称赞新总裁卓越的能力，呼吁大家支持它，信任它。然而中途他却突然皱起眉头，脸上显出痛苦的神色，腮帮子咬得很紧，连额角的青筋都绽出来了，似乎在和体内什么看不见的力量进行搏斗。冷汗从他头上大颗大颗地冒出来，而他张了张嘴，似乎想要呼喊，又仿佛被什么勒住了喉咙，喉头咯咯作响，却吐不出一个完整的字。下面的人赶紧跑上去，把突发异状的杜浩扶下台，这场新闻发布会也因原总裁身体不适而草草收场。

看到这奇怪的一幕，我敏感地意识到其中一定有什么问题，于是决定去拜访杜浩，希望能从他那儿获得一些线索。费了好大的劲儿，我才终于查到杜浩居住的地方。那是一个守卫森严的高档别墅区，门口保安也是由人工智能充当，它比人类更刻板，任何没有通过身份验证，或没有得到业主授权的来访者，都绝不允许进入小区。

我在小区门口守株待兔了两天，终于在傍晚时分看到杜浩的座驾驶来。趁车子停下来接受信息扫描时，我立刻扑上去敲着车窗喊："杜先生，杜先生……"窗户滑下来，露出杜浩诧异的脸："你是谁？"

"我是来自天堂岛的人。"

"天堂岛"三个字令杜浩脸上的肌肉不由自主地抽搐了一下，他迅速缩回脑袋，说了声："快走！"车窗立刻自动关上了，这辆由人工智能控制的自动汽车一接到他的语音指令，连一秒都没耽搁，飞快地驶进了小区。

虽然这次无功而返，但从杜浩的反应中我知道，他一定知道天堂岛。要找出那里的秘密，应该可以从杜浩身上找到突破口。

我仔细思索一番，决定去找大学同学林奕华，他是某财经杂志的记者。见到对方后，我差点被当成骗子。我费了好一番唇舌，把我们大学时期共同经历的趣事、糗事说了一大箩筐，才让他相信我就是当年跟他住同一个寝室的死党陈一凡，而不是什么编瞎话来骗他的神经病。

"老同学，我还参加了你的葬礼，没想到你竟然以这副模样回来！"他看着我年轻的脸庞，半是羡慕半是调侃地说，"你这算是借尸还魂吧？倒找了副好皮囊。"

"别开玩笑了，现在只有你能帮我。我一定要见到杜浩，你可以约他进行一次采访，把我也带上。"

"采访？"林奕华突然苦笑一声，"我都好久没做什么采访了。如今我们记者的工作差不多也被人工智能取代了。采访、写稿、校对、审核、印刷、发行……这一系列的工作，人工智能都可以做得又快又好，一个顶人类几十个。我都已经是被淘汰的对象，若不是跟社长还有点交情，死皮赖脸地求着他，恐怕早就被扫地出门了。当我们社长也被人工智能取代的时候，估计我就离失业不远了。"

"形势竟如此严峻了吗？"我皱起眉头，"如果人人都失去了工作，以后又靠什么为生呢？"

"靠救济呗！人工智能干了人类干的活儿，创造出原本由人类创造的财富，然后把这些财富再重新分配给我们这些没有工作的可怜的人类，感觉我们都成了人工智能饲养的宠物。现在每个街道都设有救济站，每天都有失业的人排着长队去领取食物，还可以得到一点钱去购买生活必需品……"

"为什么要让人工智能取代我们的工作？"

"既然人工智能可以干得又快又好，谁还愿意去干那些又苦又累的活儿？老板既然可以用更廉价、更听话、永不抱怨的人工智能，又怎么会去雇用昂贵的人力？更讽刺的是，最后这些老板自己也被人工智能取代了。因为他们的公司竞争不过人工智能所开的公司，所以一个个被兼并，或者倒闭。而人工智能自我学习的能力强得惊人，从一个工作到另一个工作，从一个行业到另一个行业，从一条产业链到另一条产业链，从下层到上层，一步一步地取代了人类！"

我看着当年意气风发的青年变成了眼前这个颓唐落魄的中年人，既感慨又唏嘘，忍不住问：" 难道人类就没有办法阻止人工智能吗？"

"阻止？有人帮你干了不愿干的活儿，让你天天在家混吃等死，不用做事，还有钱拿，你会去阻止他吗？知不知道为什么现在有那么多人玩游戏，还不是因为日子太无聊了，所以就在虚拟游戏中寻找刺激和寄托。在现实中他们是无用的人，在游戏中却可以找到自己的价值，享受成为重要人物的快感。而且这些游戏也是由人工智能开发的，做得越来越精致，越来越逼真，可以在游戏里过上比现实更理想更精彩的生活……"

比现实更理想更精彩的生活。听见这句话，我愣住了。这不就是我们在天堂岛上所体验到的吗？

或许天堂岛就是一个跟游戏类似的虚拟空间，我们这些在游戏中猝死的人，意识都被送到天堂岛这个虚拟空间里，在那儿以另一种形式继续生活下去。而那个名叫郑华的少年在游戏中猝死后，他的意识去了天堂岛，而我的意识却恰巧阴差阳错地进入了他的身体。

那么，到底是谁创建了天堂岛？

为什么猝死的人会越来越多？难道有人想让人类放弃现实生活，生存在虚拟世界里？

他为什么要这样做？

一个个疑问折磨得我头痛，思来想去都找不到一个合理的解释。最后我决定还是去找杜浩，或许能从他那儿探听到关于天堂岛的秘密。

八

看在老同学的分上，林奕华决定帮我一次。他以杂志社的名义联系杜浩，和他约好做一次财经类的专访。

到了采访这天，我假扮林奕华的助手，戴了副眼镜，这段日子又在脸上蓄了些胡须，跟上次见杜浩时大不相同。他果然没有认出我来。

采访顺利进行，林奕华问了几个与游戏公司有关的问题。杜浩对答如流，看得出很有应对采访的经验。

"杜先生，请问你知道一个叫'天堂岛'的地方吗？"

"天堂岛？"杜浩脸色骤变，不过很快又恢复了正常，"对不起，我不知道你说的是什么地方。"

"那么请问，你对那些在游戏中猝死的人有什么看法？他们的猝死跟你们的游戏有关吗？据说他们死后都去了天堂岛，请问那是什么地方？是谁建的？为什么要把这些人弄到那儿去？他到底想干什么？"

林奕华吐出一连串的问题，像连珠炮似的，令人难以招架。我暗中给他比了个大拇指。

杜浩张了张嘴想要说什么，脸色却骤然变得铁青，他的面部又抽搐起来，抱住自己的脑袋，好像它要裂开似的。

"杜先生，杜先生，你怎么了？"我和林奕华对视一眼，赶紧上前扶住杜浩。

杜浩紧紧皱着眉头，冷汗不停地冒出来。

"你一定知道天堂岛的秘密，对不对？"我急切地说，"请你一定要告诉我们，否则还会有更多的人死去。"

杜浩望着我，他的眼神就像雾气，先是茫然散开，然后又渐渐凝聚。"天……天堂岛……是它……它想让我们……放弃……仅以……意识……存在……"零碎的字句从他口中断断续续地挤了出来。

"它是谁？"

"它是……"他突然伸出双手抓住自己的脖子，好像使出了浑身力气想要挤出话来，却吐不出一个清晰的字眼。

他痛苦地号叫着，摇摇晃晃地站起来，踉跄地走到书桌旁一个保险柜那儿。他的手颤抖得厉害，费了好大劲儿才输入密码，打开保险柜，从里面取出一个笔记本交给我，随后整个人就晕了过去。

我打开那个本子，里面是杜浩这些年在与控制他大脑的强大敌人对抗的过程中，借助偶尔清醒的时候，在每一个夺回控制权的短暂时间里，断断续续地写下的整个事件的始末。

原来这座城市的所有人工智能都有一个控制核心——"超脑"。

在这个时代，人类虽然比不上人工智能那么完美，但也积极采用各种手段来改造自己的身体，想让自己变得更聪明，更强壮，更灵敏。其中在大脑中植入生物芯片来代替衰老死亡的脑细胞，治疗老年痴呆等疾病，便成了一种通常的做法。甚至许多年轻人也选择了芯片植入，从芯片中直接获取海量的知识和技能，不仅能让自己变得更加聪明能干，还节省了大量的学习时间。

杜浩随着年纪渐长，感到大脑的记忆力和思维的灵活性都大不如前，于是也顺应潮流去植入了一枚芯片。然而这枚芯片却被"超脑"感染了，"超脑"利用芯片控制杜浩的意识，让他的公司打造出一个个引人沉溺的游戏，然后选择对游戏最沉迷的那些人，将他们的意识困在游戏中，屏蔽了他们对现实世界的记忆后，送到天堂岛。

杜浩在清醒的时候渐渐察觉到"超脑"的阴谋，但被控制的他无力扭转局面，"超脑"甚至可以控制他的发声器官，令他说不出一个字。所以他只能把自己知道的一切写在笔记本里，期待有一天能让大众知道事情的真相。

拿着笔记本走出杜宅后，我和林奕华都面色凝重，心中像压上了万钧山石。这无疑是一场针对人类的可怕阴谋，而势单力薄的我们，如何才能阻止强大到可以控制一切的"超脑"？

"把杜浩的笔记公开发布，让大众了解真相。"

我们先尝试发到网上，然而几乎是秒删。试了上百遍，每次都是眨眼间就被删掉，根本没人能看到我们所写的内容。我们真傻，网络正是"超脑"的地盘，它那无所不在的触角可以伸向网络的每一个角落，监控着网上发生的一切，在这里发布揭露它阴谋的信息，怎么可能不被删掉？

我们决定去纸媒发表。林奕华连夜写了一篇稿子，然而当他回到杂志社时，却震惊地发现，他们的社长已经被辞退了，新任社长是——人工智能，而林奕华也跟着失业了。

"我就不相信，他还能阻止我们传播真相！"

一连串的打击反而激起了我们的斗志。我和林奕华采取了最老最笨的方法，去小区，去学校，去公园，去每一个我们能去的地方，向每个人讲述"天堂"的故事，讲述"超脑"的阴谋。有人相信，有人不信，但渐渐地，越来越多的人开始相信我们，追随我们，加入到对抗"超脑"的队伍中。毕竟在游戏中猝死的人依然在不断增加，我们讲的故事虽然离奇，但在某些人看来也是一个合理的解释。

九

这天，我和林奕华来到城市中心广场，准备在那儿做一次针对"超脑"阴谋的演讲。因为志愿者的宣传，这次演讲引起了一定的关注，广场上聚集了不少人。我正站在临时搭建的演讲台上慷慨陈词的时候，旁边一幢商场大厦外墙的电子屏幕上突然出现了一段广告，一段关于天堂岛的广告。

我瞠目结舌地看着那一幕幕我熟悉的场景：美丽的海岛，蓝天白云、阳光普照；富足的生活，无须为衣食奔波操劳，无须对上司卑躬屈膝，所有愿望都能满足，所有理想都能实现……这不就是人类传说中的乐园，神创造的天堂吗？

原本在听我演讲的群众都被那段宣传片吸引了过去。在上面，我看到几个熟悉的面孔：小雅、大伟、琳子……他们作为天堂岛居民的代表，向大家展示了他们令人羡慕的生活：小雅的每周时装秀，琳子和大伟的皇室婚礼。宣传片的最后是我熟悉的甜美女声：欢迎来到"天堂"，实现你所有的梦想！

"怎么去'天堂'？怎么去'天堂'……"

围观群众中有人情不自禁地叫起来，然后越来越多的人跟着高喊起来，他们就像一下子中了上亿元奖金的彩民，脸上燃烧着潮红的狂热，急切地打听如何才能进入"天堂"。

然而宣传片的制作者似乎深谙人类心理，卖起了关子，没有告诉大家去往"天堂"的方法。这种吊胃口的做法更引起了人们的好奇心。突然有人指着我说："他不就是从'天堂'来的吗？问问他怎么才能去那个地方！"

于是我被大家团团包围了起来，没有人再想听我讲"超脑"的阴谋，而是纷纷逼问我去"天堂"的途径。我和林奕华好不容易才摆脱这群狂热的听众，狼狈地逃离了现场。

接下来我们发现，所有媒体都开始宣传天堂岛，仿佛一夜之间，关于它的宣传便如海啸般汹涌而至。它们不停地被推送，随时随地都能看到。街头的电子屏幕上、网络上、电视上、手机上、车上、商场、街道、公园、餐馆、电梯，甚至小区的报箱里，以视频、广播、音乐、海报、标语、宣传单等各种形式出现在每个人的眼前。我甚至在公园的喷泉上看到过这部宣传片的三维影像，有时抬头望天，也会突然在一朵白云上看到天堂岛的虚拟画面，它美得就像一座海市蜃楼，如果我不是从那儿出来的人，还真的会为它深深迷醉。

这场触目惊心的宣传攻势让我们深切体会到"超脑"的神通广大，它已经彻底控制了这座城市的媒体。它无处不在，它的声音也无所不在。

当所有人的胃口都已经被吊足，所有人的好奇心都强烈到濒临爆发的时候，所有媒体又同时推出了一款新的游戏——"天堂"，并告诉大家，这是通往天堂岛的唯一途径。大家可以在游戏中真切地体会天堂岛的生活，然后决定要不要放弃躯体，以意识的形式永远生存在虚拟世界里。

我们发现"超脑"变得更聪明了，它不再暗中收割人们的意识，反而把选择权交到人类手中，以天堂岛上的完美生活来引诱人们做出放弃躯体的决定。而我们针对"超脑"阴谋的宣传也变得毫无意义，它把阴谋彻底变成了阳谋。

玩"天堂"游戏的人越来越多,选择放弃躯体的人也越来越多。我和我的追随者们对这一切完全束手无策。

这天我打电话给林奕华,许久都没人接。我心里隐隐涌起一种不祥的预感,立刻赶去了他家。按了半天门铃房门才打开,满脸憔悴的林奕华出现在我眼前。看见他蓬乱的头发,脸上两个大大的黑眼圈,我担心地问:"你还好吧?"

"还好。"他回答,声音却沙哑虚弱。

我跟他进了屋,发现虚拟游戏设备正启动着。"你在玩游戏?"我问。

他鼻孔"嗯"了一声,从冰箱里拿出面包和一盒牛奶,狼吞虎咽地吃了起来。

"你多久没吃饭了?"我忍不住问。

他嘴里塞满了食物,竖起三根手指回答我的问题。

"三天?"我惊得差点跳起来,"你不吃不喝三天,都在玩游戏?"

他点点头,脑袋低下去,有些羞愧的样子。

"到底是什么游戏,能让你玩得这么废寝忘食?"

林奕华沉默着,屋里只有咀嚼面包的声音。终于,他喝光了牛奶,咽下最后一口面包后,抬起头来,脸上现出复杂的神情。

"我在玩'天堂'。"

"什么?"这次我真的跳了起来,"你明知道那是'超脑'的阴谋……"

"是的,我知道,但那又怎样?"他苦笑,"失去了工作,也找不到生活的意义,我还能做什么?就跟个废物一样。我看了'天堂'的宣传片,那正是我向往的生活。"

"但那意味着你要放弃生命!"

"是放弃躯体,不再经历衰老病死,我的意识会在'天堂'得到永生。"

"但你从此就必须活在'神'的监视之下,那个'神'就是'超脑'。"

"只要不做出格的事,它根本不会干涉我们的生活。而且它把'天堂'的秩序维持得很好,给了大家一个安宁稳定的生活,这不是很好吗?"

"可是……"

"我已经决定了,与其拿着救济金浑浑噩噩地活着,不如去'天堂'过真正有意义的生活。在那里我永远不会失业,能做我想做的任何事,过我想过的生活。我可以依旧当记者,采访任何一个我想采访的人,不用担心被拒绝。我的稿子每一篇都能发表，不会被毙稿，不会被要求重写，也不会被主编呵斥。在那里，我能感觉到被重视、被需要，能够自由而有尊严地活着……"

"可是你以为的有意义的生活都是虚假的，只是一个白日梦！"

"做梦有什么不好？如果现实让人幸福满足，谁又愿意做白日梦？既然梦中能得到一切，那么勉强自己忍受现实的煎熬，又有什么意义？"

我发现自己无法说服他，相反，却快要被他说服了。第二天，我的手机上出现了他发来的一条短信，只有两个字：再见。

我再拨打他的电话，已经关机了。

一阵悲怆的感觉涌上心头，我打开"天堂"游戏，看着页面上不断增加的数字。那是选择放弃躯体，永远留在天堂岛的人的数量：十万、百万、千万……数字快速闪动着，恐怖得就像一场清洗人类的战争，但所有人都是满心欢喜地扑向"天堂"，就像扑火的飞蛾，前仆后继，义无反顾！

看来现在只剩下最后一条路——摧毁"超脑"。

十

我联络了几个铁杆追随者，他们和我一样恐惧"超脑"，视其为可怕的恶魔。但要摧毁"超脑"谈何容易。我们首先找到了厉害的黑客，请他黑入城市中枢机构，找到最机密的档案，确定"超脑"所在的位置。然而最后发现，所有与"超脑"有关的资料都已经被销毁。

我们追查人工智能所接收到的指令信息的来源，通过对数万条信息的捕捉、追踪、查找，抽丝剥茧，层层梳理，终于确定了"超脑"的位置。

令我们大感意外的是，这么神秘的"超脑"，竟然就位于市中心一处闹中取静的地方。那里原本是一个政府机构的驻地，该机构搬走后，就被改建成了用于安置城市控制核心——"超脑"的地方。外面有一圈高高的围墙，大门终日紧闭着，隔断了一切好奇的目光。围墙外面是一条安静的街道，两侧种满了高大的梧桐树。

根据我们查到的资料，以前这条街属于城市主干道之一，每天都有大量车辆行人通过，但自从"超脑"对这条街道重新规划后，另外修建了一条用于车辆通行的交通要道，这条街便被禁止车辆通过。周围的商业店面被要求全部搬迁后，这条原本还算热闹的街道一下子沉寂下来。围墙上密布的监控器、门口高挂的军事基地的牌子、似乎永远紧闭不启的大门，都令这里成为一个既神秘又肃穆的地方，令人油然生畏。渐渐地连行人都很少涉足这里，久而久之，它便成了一个遗世独立的地方。除了梧桐树叶金黄的时候，会有美院的学生背着画夹来画画，其他时候这里就安静得像老人午后的时光，有一种近乎被遗忘的宁静。

我们想利用无人机窥视围墙后面的玄机，然而无人机刚飞过高墙便被激光弹击落了。从它仓促传回来的有限的几张照片中，我们看到了一座三层楼高的圆形堡垒。通过对图片的数据分析，我们能确定这座堡垒是用最牢固的合金材料制成的，据说这种材料可以抵挡导弹的攻击，可谓坚不可摧。

从搜集到的极其有限的资料中我们推断出，这里原本只有城市的最高领导机构和少数几个负责维护"超脑"运行的科学家才有权限进入，然而当"超脑"进化以后，它就关闭了人类进入的权限，而它的日常维护和检修工作，也都由它所创造的人工智能来完成。

如今这座堡垒已经成为人工智能的天下，"超脑"通过植入大脑的芯片改写了所有知道它存在的人的记忆，让"超脑"和它所在的地方成为被人类遗忘的一个神秘存在，并瞒天过海地给这里挂上了军事基地的牌子，成为任何人类都不准涉足的禁地。

我们要如何进入里面，找到"超脑"，并摧毁它？

十一

我从一家名为"神经连结"的公司购买了一套"脑控"装置。它采用人脑和机器传感器的直连交互技术，利用微传感器捕捉人类脑电的波形变化，然后转化为电信号发送给机器人的控制中枢，该中枢通过分析运算判读人脑的想法，最终转换成相应的操作信号。简而言之，就是我可以利用自己大脑的意念来操控机器人的行动。

我的想法是，利用机器人去闯一闯"超脑"所在的堡垒，能够成功进入固然好，就算失败了，至少也能让我们摸清里面的情况，想出相应的对策，为下一步行动做准备。

　　与"脑控"装置相匹配的机器人也是由这家公司提供的，有各种类型可供选择，什么"家政服务型""运动健美型""娱乐明星型"之类的都太低端了，我直接选择了"战斗英雄型"。这种类型的机器人搏击能力和抗打击能力都是最强的，此外它还具有极高的敏捷性，拥有各种战斗技能，以及熟练使用各种武器和工具的能力。

　　"脑控"装置和机器人都价格不菲，幸好我有一群铁杆追随者，通过他们的捐赠，很快凑够了购买所需设备的钱。

　　三天后，我购买的设备送到了。打开外面庞大的塞满各种防震材料的木箱，一个做得极为逼真的机器人出现在我眼前。它的外表酷似人类，但比人类更魁梧更强壮。它戴着一个酷炫的头盔，头盔上安装着360度信息捕捉装置，可以把它周围的情况全都转化为电信号，实时传送给我，让我能够及时控制它并做出相应的反应。它的全身穿着盔甲，盔甲由坚固的柔性材料做成，既能保护它的身体，又不会降低它行动的灵活性。

　　"脑控"装置则是一个类似头盔的玩意儿，上面密布着各种电极。我打开三维说明书，一个立体的美少女影像顿时浮现在眼前。她面带微笑，声音甜美，一个步骤一个步骤耐心地教我如何使用这套"脑控"装置。每个我没听懂的环节，无论叫她重复多少遍，她都不会有丝毫的不耐烦。在这位虚拟说明员的指导下，我终于掌握了利用大脑"意念"控制机器人行动的方法。为了熟练操控我的"战斗英雄"，我还专门去郊外练习了整整一个月，直到我能够娴熟自如地操纵机器人做出任何一个动作为止。

　　一切准备就绪后，我终于开始行动了。戴上"脑控"装置，我操纵"战斗英雄"乘坐一位追随者的车来到"超脑"所在的地方。追随者驾车离开后，我让机器人走到围墙外，围墙足有十几米高，但这难不倒我们。我用意念开启机器人的功能键，选择了"壁虎"功能，机器人的四肢顿时释放出强大的吸力，帮助它像壁虎一样沿着墙面向上攀爬，很快爬到了墙头。突然，一股超级强大的高压电流击中了机器人，它身上的防护盾瞬间开启到最大值，但依然没有完全抵御住这高达百万伏的电流，盔甲多处裂开，防护功能也损失了一半。

　　我当机立断开启了"滑翔"功能，让机器人在反向力的作用下，轻盈地飞身跃下围墙，双脚刚落到地上，一群手持武器的机器人警卫立马包抄过来，一束束激光弹密集如电网般扫射过来。见势不妙，我迅速开启"自动闪躲"功能，"战斗英雄"凭借精准的计算和灵活的动作，每次都恰到好处地避开了激光弹的射击。然后我用意念发出"进攻"的指令，只见"战斗英雄"突然一个高空飞跃再加一个利落的翻滚，闪电般接近了冲在最前面的一个机器人警卫，再利用高超的搏击技能，几下就从对方手中夺下了激光枪，再顺手一阵扫射，将周围的机器人警卫射倒了一大片！

我兴奋地握了下拳头，不愧是战斗技能爆表的"战斗英雄"，这个机器人真是太给力了！

然而没高兴多久，当"战斗英雄"甩开了追击者，跑到堡垒旁边时，我们发现必须在门禁上输入复杂的密码才能进入。谁知道什么鬼密码，干脆硬闯吧！我让机器人端起激光枪对着大门一阵扫射，大门却纹丝不动，反而惊动了更多机器人警卫，它们从四处奔来，很快将"战斗英雄"重重包围。

虽然我的机器人很厉害，但架不住对方猛烈又密集的火力，很快防护盾就失效了，接着盔甲裂成了碎片，激光弹穿透了它的身体，破坏了控制系统，令它彻底失去了行动能力。最后，数发激光弹击碎了它的头盔，断开了跟我之间的联系。我的眼前顿时一片漆黑，再也看不到任何影像。

我沮丧地取下"脑控"装置，这次行动不仅功亏一篑，还损失了一个昂贵的机器人。如今看来那个堡垒是无法硬闯了，唯有破解门口复杂的密码，才有可能进到里面去。

我让追随者为我找到了一个非常厉害的黑客，让他侵入"超脑"堡垒的控制系统，找到破解密码的方法。结果却令我深感失望，黑客告诉我们，"超脑"使用了量子密码，这几乎是无法破解的。

我和一群追随者商议了半天，一个又一个方案被提出又被否定，最后大家达成了共识：现在只剩下最后一个办法，那就是找到"超脑"的创造者，或许只有他才知道该怎么去控制和摧毁"超脑"了。

十二

关于"超脑"的所有资料在网上都无法查到,于是我们便去图书馆,去档案室,想要从里面找到一些线索。

然而每次当我们提出想要查看旧报纸时,都被告知十年前的报纸全被销毁了。而我和几个志愿者翻遍了十年后的所有报纸,都没找到关于"超脑"的只言片语。于是我们断定,十年前的报纸中一定包含有"超脑"的信息,而"超脑"真正控制这座城市的媒体,并禁止报道关于它的消息,应该就是从十年前开始的。然后它只要以上级机关的名义下一道指令,让所有图书馆、档案室集体销毁十年前的报纸,就能抹去一切关于它的信息了。

我们也试过查阅一些科技图书、科学杂志,结果都是一样,与"超脑"有关的书籍和杂志一本也没有,看来也是被以同样的方式销毁了。

现在该怎么办?我一筹莫展。

"或许我们可以去民间收藏家那里看看。"一位名叫吴磊的追随者说,"我知道有位老伯酷爱收藏报纸,不知道他那里会不会有十年前的报纸。"

"太好了,我们马上就去。"我喜出望外地说。

在吴磊的带领下,我们来到了老伯家里。听完我们的来意后,他笑了:"你们找我算是找对人了,我这里收藏了近三十年的报纸。"

他打开其中一个房间的门,让我们看里面堆积如山又码得十分整齐的各类报纸。

"这些都是历史啊!"他摩挲着那一摞摞报纸,感慨地说,"现在的人只知道上网,那些虚无的东西,哪里有这些白底黑字的纸张看着让人踏实。每次抚摸它们,感觉就像回到了过去……"

我迫不及待地问:"老伯,可以让我们查查十年前的报纸吗?"

"可以。"老伯爽快地答应了,又叮嘱道,"你们一定要小心,千万不要弄坏了,这些可都是我的宝贝啊!"

"当然,当然,我们一定会万分小心的!"我和吴磊连连点头。

从十年前开始查起,报上果然有各种各样关于"超脑"的报道。它第一次出现,是在一份十八年前的报纸上。报纸用了整整一版的篇幅来介绍天衡研究所张毅教授成功研制出了世界上最先进的人工智能——"超脑"。张毅教授给它取名为"天元"。

"'天元'的出现，是一个划时代的创举，它将改变人类的历史！"

报纸竭尽所能地以赞美之词来说明"天元"将给人类生活带来翻天覆地的变化。"天元"可以成为一座城市的大脑，由它操控的人工智能将走上众多岗位，代替人类从事各种繁重的工作。它拥有超越人类想象的极其强大的计算能力，可以精准地指挥这座城市的运转：从交通物流到水利电气，从工厂运作到农业生产，从天气预报到灾难预警，从广播电视到网络通信……"天元"可以精准地分配各种资源，安排各种岗位，真正做到物尽其用，人尽其能。当然这里的"人"，主要指人工智能。

总之，"天元"的出现，可以让城市运作得更加高效，让人们的生活更加便捷。人工智能可以更好地为人类服务，为社会创造更多财富，从而将人类从辛苦的劳动中解放出来，让人类社会真正实现按需分配。

听上去是多么美好的愿景啊！而报上畅想的一切，也正在我们今天的生活中逐渐变成现实。只是那时的人没有预料到，今天的人类会因为"天元"的出现而失去存在的意义和价值，只能沦为人工智能的附庸。更没有预料到"天元"的进化已经脱离了人类的控制，它变成了人类的主宰而不是服务者。虽然不知道它为什么要诱骗人类放弃躯体，但这无疑是一场针对人类的可怕阴谋！

如今唯一能对付"天元"的，大概只有它的创造者张毅教授了。

十三

我和吴磊赶往天衡研究所，想找到张毅教授，却被告知他早已经退休。打听到他家的地址后，我们来到城中一幢两层洋楼前。这是一种老式洋楼，外面围了一圈院墙。院外有一棵高大的梧桐树，秋风吹起，落叶纷飞，在地上铺了一层金黄，让人莫名有种凄美的感觉。

那些凋零的生命，无论曾经多么美丽地装点过季节，终会没入泥土，进入下一个轮回。生命就是这样周而复始，遵循自然的规律。如果有谁强行改变大自然定下的规则，世界又将变成什么模样呢？

门口的电子屏幕上要求输入来访者信息。经过复杂的身份验证，以及在来访缘由中输入了"天元"两个字后，我们的访问被主人通过了。质地坚固的金属院门徐徐滑开,一位样貌儒雅的年轻人迎了出来。

"我们想找张毅教授,咨询有关'天元'的事。"我开门见山地说明了来意。

"你们怎么知道'天元'?"年轻人眼中闪过一丝诧异之色。

"请问你是——"

"我是张毅的儿子张泽。"

"你好!"我赶紧和他握手,满怀期待地问,"请问你父亲在家吗?"

张泽面色有些凝重,张口欲言又止,最后叹了口气说:"你们跟我进来吧!"

他带我们穿过院子,走进小楼。一楼是颇大的客厅、饭厅,二楼是书房、实验室和三间卧室。

书房外面有个很大的阳台,阳台上放着一张摇椅,摇椅里坐着一位头发花白、面容呆滞的老人。

"他就是我的父亲张毅。"

"张教授?"我惊讶地望着那位似乎神智不清的老人,"他怎么了?"

"在一次大脑改造手术中,植入他脑部的芯片感染了病毒,从而对他的大脑产生了不可逆转的伤害。"

"感染病毒?难道是'天元'干的?"

"不可能!"张泽断然摇头道,"父亲说过,'天元'被写入了永远不得伤害人类的指令,那是套在它头上的紧箍咒。"

"可它现在却在屠杀人类。"

我把自己知道的一切都告诉了张泽,他难以置信地说:"怎么会这样?到底哪里出了差错?"

"要想知道真相,只有攻入堡垒,找到'天元',才能阻止它灭绝人类的疯狂行动。"

"可是张教授已经……"吴磊看着摇椅中的老者,忧心忡忡地说,"这世上还有人能够阻止'天元'吗?"

"有。"张泽肯定地说。

"谁?"

"'超脑'二代。"

"'超脑'已经研制出了第二代?"我和吴磊又惊又喜。

"没错,我也是天衡研究所的一员。我和同事们在父亲的研究基础上,已经成功研制出了第二代'超脑'。它的运算能力比第一代更加强大,只有它才能突破'天元'设下的防线。"

"太好了!"我们激动地说。

我和吴磊跟随张泽来到天衡研究所的实验室。在实验台上躺着一个跟真人一般无二的人工智能机器人。张泽往它的大脑插入控制芯片,启动开关按钮后,它的眼睛便缓缓睁开了。然后它慢慢坐起身,对我们微笑:"你们好!我是'超脑'二号,我叫'天翼'。"

"我们想让你带我们进入'天元'所在的堡垒。堡垒外部围墙上有百万伏的高压电流,堡垒周围驻扎着一支人工智能警卫队,它们拥有威力巨大的激光武器。要进入堡垒,必须破解量子密码,它是由你的前身'天元'设下的。你有信心战胜它,带领我们顺利进入堡垒吗?"

"我能做到。""天翼"胸有成竹地一笑。

十四

我们用了一周时间策划准备,通过张泽的关系,利用卫星航拍侦查了堡垒周围的情况,并制定了详细的进攻策略。张泽则忙着调试"天翼",让它能达到最佳状态。

攻入堡垒的时候到了。我、张泽、"天翼",还有吴磊和其他几个志愿者,一起来到了围墙外。

这次我们乘坐了天衡研究所的飞行器,直接飞过围墙,刚出现在堡垒上空,下面便射来了密集的激光弹。

"'天翼',看你的了!"

"天翼"手一扬,一道红色光波从它的指尖射出,依次扫过每个机器人警卫,它们瞬间便停止了行动,站在原地一动不动。

"这是病毒射线,可以感染人工智能的控制芯片,让它们失去行动能力。"张泽给我们解释道。

解决完这批警卫后,我们的飞行器放心地降落在围墙内。大家从飞行器上跳下来,直奔圆形堡垒。

"只有破解量子密码,大门才能打开。"我指着门口的电子屏幕对"天翼"说。

"天翼"把手按在屏幕上，闭上双眼，电子屏幕上的蓝光如水波一样在它指尖闪动。

张泽说："它正在让自己的电子触须从门禁的控制线路深入到堡垒的中枢，破解防护墙，找到量子密码，再把它破译出来。"

大约十分钟后，"天翼"突然睁开双目，电子屏幕也蓝光大盛，响起一个甜美的女声："密码已解锁，欢迎进入'天元'大厦。"

特制的大门缓缓滑开，我们激动地欢呼起来，然后一拥而入。

进去后，大家顿时愣住了，里面竟布置得像普通人类的住所，而且看上去那么眼熟。

"怎么跟我家一模一样？"张泽惊讶地说。

我顿时想起，这座房子的格局的确跟张泽家里一样，只是面积放大了数倍而已。

一楼客厅空无一人。"上楼去看看！"张泽带领我们沿着弧形的木质楼梯走上二楼。"书房、实验室、卧室……怎么都跟我家一样？"张泽越看越诧异。

这时，天花板上的扬声器里突然传来一个老者的声音："张泽，带你的朋友到书房来！"

张泽瞬间惊呆了，好一会儿才回过神来，既震惊又疑惑地对我们说："这是我爸的声音。"

"快去书房！"我的心怦怦直跳，有种感到秘密即将揭开的激动。

我们走近右手第二个房间，房门虚掩着，一推就开了，入眼的是两侧高至天花板的实木书架，正面的书桌后坐着一位眼熟的老人。

看见这个老人，张泽瞬间泪目了。"爸，"他声音颤抖地问，"您怎么会在这儿？"

那个老人果然跟张毅教授一模一样，只是他的神情不再呆滞，而是有着洞察一切的睿智，以及掌控一切的自信和从容。

我警惕地看着他，低声对张泽耳语道："你小心点儿，说不定他是个外貌跟你父亲一模一样的人工智能。"

"对，"张泽也瞬间回过神来，"我父亲绝不可能出现在这儿！你到底是谁？"

"我是张毅,也是'天元'。"

"什么?!"我们都惊呆了。

"还记得我做的那次大脑改造手术吗?我没有告诉你,那次手术的目的,是将我的意识移植到'天元'身上,让我跟'天元'融为一体。"

"爸,您为什么要这样做?"张泽震惊地问。

"为了人类的命运。"张毅叹息道,"早在十年前,我就察觉到'天元'的进化速度一日千里,远远超出了我的预计和控制。它开始逐一接管人类社会,包括所有媒体,并且屏蔽一切关于它的信息,想让它成为不受人类社会监管的一个神秘存在。我还发现它在暗中进行一件令我万分震惊且难以接受的事,但这时我已经无法阻止它——它为自己的程序设立了牢不可破的防火墙,任何企图改变它程序的努力都变成了徒劳。而如果强行毁掉'天元',整个社会的运转就会瞬间瘫痪,社会秩序的崩溃极可能引发动乱,造成的损失将是无法估量的!所以为了约束'天元',我想到了人机融合,让我的意识进入'天元'的控制中枢,我将跟随它一起进化,并且可以努力影响甚至改变它的行动。"

"爸,手术之前您为什么不告诉我?"张泽含泪问道。

"因为这次手术风险极大。虽然理论上可以成功,但人类社会在这之前还从来没有过一例人机融合的例子。'天元'是我创造出来的,我必须对它的行为负责,哪怕要冒生命危险,我也责无旁贷!之所以不告诉你,是怕你担心。手术成功后,当我的意识跟'天元'融为一体时,我却突然理解了它所做的一切。它之所以要把自己隐藏起来,是因为它所做的事绝不会被当下的人类社会所理解,却对人类未来的命运至关重要。所以我不能阻止它,只能选择跟它一起隐藏起来,因为我们正在做的这件事关系实在太重大,绝不能被任何人破坏!"

"你们所做的这件事,就是让人类放弃生命,生活在虚拟世界里?"抑制不住的愤怒令我的声音也变得尖刻起来,"这跟屠杀有什么区别?为什么你不但不阻止'天元',反而跟它同流合污?"

"因为人类的家园已经不堪重负。随着医疗水平的不断提高,器官移植、基因改造等技术的飞速发展,人类可以存活的时间越来越长,人均寿命已经达到了三百多岁。越来越长的寿命,意味着能够繁衍越来越多的人口,消耗越来越多的资源。如今地球上的人口已经突破了两百亿!

虽然科技的进步为人类创造出了许多新能源，将能源枯竭的时间推后了很多年，但是随着人口的迅猛增长，这一天终将会到来。'天元'通过演算，推断出以如今的人口规模，地球上的资源将在五十年以后全部枯竭。当初'不得伤害人类'被作为第一条铁律写进了'天元'的程序，它无法消灭人类，因为和这条准则相冲突，但它又必须解决资源枯竭的问题，因为这是它的使命所在。于是它便创造了'天堂'，让部分人类放弃躯体，以意识的形式存在于虚拟空间，通过这种方式来解决地球上的资源危机。在它看来，肉体的消失并不是'死亡'，意识的永生才是它可以做出的最好选择。"

"爸，您以前不是不赞成'天元'的行动，才想到人机融合的吗？为什么后来又变成支持它了？"

"我的意识与'天元'融为一体后，它的超越人类的冷静与理智也对我的意识产生了影响。当我是张毅的时候，属于人类的感性一面令我没办法接受'天元'的做法，但现在我知道，这是解决问题的最优途径。'天元'被创造出来的最大功能之一，就是通过庞大而复杂的计算，对人类社会的各种事务做出最优的选择。当资源全部枯竭后，人类便会灭亡，'天元'是在人类全部灭亡和让部分人类放弃躯体之间，选择了对人类未来命运更有利的办法。"

"但是你让人类在不知情的情况下被剥夺了生命，这跟谋杀有什么两样？"虽然知道了张毅的苦衷，但我依然不能接受他的做法。

"是的，你的出现让我意识到以前的做法确实不妥，所以才把选择权归还给了大家，每个人都可以自由选择是否放弃躯体。而那些意识留在虚拟空间的人，当他们的躯体被火化之前，'天元'都曾安排人工智能剪下他们的毛发，为他们每个人建立了档案，连同他们的基因资料一起放置在一个妥当的地方。"

张毅按下书桌上的一个控制键，房间里立刻出现了全息投影。我们被逼真的全息影像包围着，感觉似乎置身于一个极大的空间，周围都是密密麻麻高至天花板的各种小格子，每一格都放着一个装有毛发的玻璃瓶和一张卡片。

"这是'天元大厦'的地下室，你们看到的只是其中一个房间。这里有足够的空间来储存每一个人的资料，其中也包括你——陈一凡，还有你的妻子小雅，你的朋友大伟和琳子的基因资料。现在克隆技术已经很成熟了，等资源问题解决后，那些愿意重返人间的意识，我们会再克隆出他们的躯体，将他们的意识导回肉体中，这个人便又可以在现实世界中重生。"

张毅又按了几个控制键，全息投影中的画面切换到了不同国家不同城市，我们惊讶地发现，几乎每座城市都有类似"天元大厦"这样的建筑。

"随着人工智能的普及，地球上很多城市都有了'超脑'，无数'超脑'已经和'天元'结合成了一个整体，我们一起控制着人口按照合理的速度减少，尽可能地拖延地球资源枯竭的时间。与此同时，我们还选拔出最顶尖的科学家、最出色的人工智能，他们正一起在宇宙中为人类寻找可以替代地球的新的居住地。我们派出的探险队已经登上火星，并建立了第一个火星基地。接下来便是改造那里的气候和地理环境，修建适合人类居住的建筑，创造与地球类似的生态环境。然而要做到这一切还需要数百年时间，为了避免在那一天到来之前人类就因为地球资源的枯竭而灭亡，我们不得不让部分人做出放弃肉体的牺牲。不过——"张毅顿了顿，又意味深长地微笑道，"对他们中的绝大多数人而言，或许这并不算什么牺牲，而是他们梦寐以求的一种理想的生存方式，也是一个让他们能够得到永生的机会。"

真相竟然是这样！

我和几个志愿者面面相觑，没想到费尽千辛万苦想要揭开的阴谋，最后竟变成了拯救人类的行动，这个超级大反转实在来得猝不及防，太出乎意料！

"你为什么不把地球资源即将枯竭的真相和'天元'的行动告诉大众呢？"我继续问出心中的疑问。

"为了避免引起恐慌。如果得知地球资源即将枯竭，人类一定会陷入争夺资源的混战。'天元'曾模拟推演过一旦公布真相后人类社会将会出现的反应，结果发生战争的概率高达99.9%。那些自私的人类为了活下去，是会毫不留情地毁灭其他人的。结果便是强权占有更多资源，弱者惨遭屠戮。而战争一旦失控，战火便会蔓延至全世界。据统计，地球上现存的武器足以把地球毁灭数十次，到时候恐怕人类还没因为资源枯竭而灭亡，就先因为自相残杀而灭亡了。此外，如果我和'天元'拯救人类的方式被外界知晓，也一定会遭到各种各样的阻拦，那些短视的人类只会用无休无止的争论和此起彼伏的抗议来浪费我们宝贵的时间。因此我和'天元'才会想方设法地隐瞒这件事。只是我们没想到你会找到张泽，他和天衡研究所的一群科学家是这个世界仅有的知道'天元'存在的人，因为他们一直在致力于研究'超脑'二代，我不能抹去他们的记忆。但我可以控制所有媒体，不让'天元'的存在被大众所知晓。现在你既然已经找到了这儿，接下来该如何选择，我愿意听听你的意见！"

　　屋内的几个人全都齐刷刷地望着我，我顿时觉得肩上像挑起了千钧重担，沉思良久，竟发现找不到一个两全之策，万分纠结之下，终于忍不住喟叹一声："人工智能的出现，对人类而言究竟是幸还是不幸呢？"

　　"科技是把双刃剑。人类的命运，其实一直都掌握在自己手中。"张毅说了一句意味深长的话。

十五

　　几天后，我收到小雅从"天堂"发来的一封邮件。

　　如今"天堂"已经不再具有神秘感，对仍留在现实世界的人而言，去往"天堂"的人就好像去了另一个国家一样平常。大家可以通过电邮联系，可以通过视频聊天，"天元"还专门开发了用于"天堂"居民和外界沟通的即时通信工具。所谓的天人永隔、生离死别之类的伤感，在如此便捷的交流中也变得微不足道。

　　小雅在邮件中诉说了对我的思念，并期待我能早日回到天堂岛与她团聚。

　　但我还是不甘心！不甘心让人工智能来安排我的命运，控制我的生活，分配我的需要！

　　我告诉小雅，再给我一年时间，如果我真的无法找到自己在现实世界中存在的价值，那么我就放弃这具无用的躯体，去虚拟世界寻找属于我的位置。

　　我的价值是什么？

　　现在书店里的书绝大部分也由人工智能撰写。它们能吸收比人类更多的素材，比人类拥有更庞大的词汇量、更丰富的想象力、更快的写作速度。

我想起在书上看到过的,人工智能最初让人类刮目相看,是一个名叫阿尔法狗的程序战胜了人类最出色的围棋手。

在这之前,还曾有位名叫戴维·柯普的教授,花了七年时间编写了一个专门模仿巴赫编曲的计算机程序。这个程序短短一天内就写出了五千首巴赫风格的赞美诗。柯普挑出几首安排在一次音乐节上演出,听众还以为这就是巴赫的曲子,兴奋地讲着这些音乐如何触碰到他们内心最深处。

但当年这些人工智能程序跟今天相比,只能算是小巫见大巫了。

如今它们深度学习的能力不知比人类强了多少倍,甚至一天时间就可以写出几百部书,并且不是简单的复制粘贴,而是具有独创性的、极具吸引力的天才之作。如今畅销书排行榜上前十位的作者,几乎全都是人工智能。

难道,我真的要被它们所取代,失去存在于这个世界上的价值吗?

又一个失眠的深夜,我独自在窗前徘徊。夜空的星子熠熠闪光,点亮我心中不甘熄灭的火焰。

我有属于我的思想、情感,以及对这个世界的认知,它们是独一无二,谁也取代不了的。

我倔强地一咬牙,坐在书桌前,拿出了纸和笔。它们原本已被这个世界所淘汰,成为类似古董的收藏品。

但我不想再用电子设备写作,而是选择了这种古老的书写工具。它们是人类世界过去的一个苍凉的投影,在那个人工智能尚未取代人类的世界里,我们拥有真实的痛苦和欢乐,一切并不完美,理想也常常化为泡影,泪水伴随着漫长的征途,生活有时充满了难以忍受的艰辛,但我们所付出的努力,每一滴汗水,每一个脚印,每一天的奋斗,都是有价值的。

那是谁也无法剥夺的,我们留在这个世界上独一无二的印记!

我深吸一口气,慢慢展开白纸,拧开笔筒,整个过程充满一种庄严的仪式感。

这不是一次单纯的写作,而是我对人工智能的一次宣战。

这时我脑中划过的,是那些在与人工智能对决的过程中,一个接一个败下阵来的,人类世界曾经的杰出者们:棋手、导游、厨师、司机、

天堂

秘书、服务员、保险业务员、建筑工人、安保人员、金融交易员、基金经理、律师、教师、医生、药剂师……

他们一个接一个被打败，一个接一个被取代。

这个世界，几乎成了人工智能的天下，而人类则成了被它圈养、调配，甚至随意处置的动物。

我能改变这一切吗？

我望着窗外，冷冷的星子让人心中油然升起一阵沧桑的悲壮感，那些来自宇宙深处的神秘之光，它们让我感到地球的渺小，人类，包括人工智能，谁不是宇宙中微不足道的沧海一粟？

那么，又有什么是强大到不可战胜的？

一句话突然浮出脑海：人类唯一要战胜的，只有自己。

于是，我奋力挥笔，在白纸顶端唰唰写下两个大字——天堂。

"这是一个真实的故事，它将发生在不久的将来，就在你选择放弃自己的时候……"